虚心

吉川英梨

幻冬舎

虚心

目次

プロローグ

金木(かねき)大輔(だいすけ)は血まみれの両手を洗う。十二月初旬、埼玉県秩父地方にある黒部山の山中のプレハブ小屋の中にいる。白熱灯の明かりだけで薄暗い。どれだけ蛇口をひねっても水はちょろちょろとしか出ない。爪の間に入り込んだ血が落ちぬまま、大輔は蛇口を閉めた。

〝二〇〇三年の秩父夜祭も、あとは花火を残すのみとなりました〟

ラジオがつけっぱなしになっていた。かかっているのはちちぶエフエムだろうか。

大輔は焦っていた。早く警察に通報しなくてはならない。濡れた手を拭くものが見当たらない。ぞうきんでもいいので探す。テーブルの上を探っていると、ビラの束を見つけた。

『最終処分場建設、反対！』『美しい黒部町を産廃で汚すな！』『金文(かねふみ)商事は黒部町から、出ていけ！』

ビラの傍らに電話機があった。受話器を取り、濡れた指で一一〇と押す。

「はい一一〇番です。事件ですか、事故ですか」

返事をしたつもりが、声が掠(かす)れた。咳払いし、言う。

「事件です。外の橋で人が血まみれになって倒れています」

「怪我人が倒れている、ということですか」

相手の声も少し上ずった。

「住所はどちらですか」

「秩父郡黒部町春日です。番地はわかりません。黒部山の中腹にある道路です」

「なにか目印になるものはありますか」

「なまず橋です。赤い橋で、滝つぼにかかっています。トンネルの手前にあります」

トンネルの名前を思い出せない。父が私費を投じて掘ったものなのに、忘れてしまった。あの赤い橋も父が設置し、町から感謝状をもらった。

「いま近隣の交番の警察官を向かわせます。もう少し状況を教えてください。倒れた人は、息をしていますか？」

「いえ、もう動きません」

「いま目の前にいますか？」

「自分は橋の近くのプレハブ小屋にいます。トンネルのすぐ脇にあります」

黒部町春日、トンネル、プレハブ小屋――と電話の向こうの警察官が繰り返す。地図で探しているのかもしれない。ラジオから男女の神妙な声がする。

〝世界を見ると、今年はイラク戦争がありました。ＳＡＲＳという病気がアジアでは流行りましたね。二〇〇三年も大変なことがたくさんありました〟

電話の向こうの警察官が尋ねる。

「そのプレハブ小屋はどこの会社のものでしょうか」

大輔は言葉に詰まった。正直に答える。

「ここは……反対派の、拠点です」

「反対派？」

大輔はしどろもどろになりそうだ。

「ここは産廃の最終処分場建設で揉めていて、反対派がトンネルにバリケードを作っているんです。その監視小屋です」

「あなたは反対派の活動家ということですか？」

「いえ、違います。偶然通りかかった者です。ケータイは圏外で、周りには店も家もないので、ここの電話を借りて通報しました」

「あなたのお名前と住所、お電話番号を教えていただけますか」

「金木大輔です。住所は秩父市宮原町三一五の一〇です」

電話番号も正確に伝えた。受話器の向こうから、キーボードを叩くような音が聞こえてくる。なにかを調べているのだろうか。

「この住所は、金文商事という会社になっていますが」

また声が掠れた。咳払いをし、答える。

「父の会社です。自宅が会社の敷地内にあるんです」

警察は返事をしない。ラジオから花火の打ち上げ音が聞こえてきた。

〝いま一発目の花火が打ち上げられました！　大輪の花が秩父の夜空を彩っています。黒部山の雄姿とのコラボレーションが見事です〟

大輔はガックリとうなだれる。ここまで来た自分の行動を後悔し始めていた。電話の向こうの警察官の声音は厳しくなっている。

「警察官を向かわせています。そこから動かないでください。電話も切らないように」

二時間後、大輔は警察の捜査車両の中で事情聴取を受けた。

「そんなくだらない理由で――」

ソバージュヘアを揺らし、副島公子(そえじまきみこ)が言いかけた。大輔の表情を見て、口をすぼめる。

「ごめん。大輔君は本気だったのよね」

副島公子は、黒部警察署の女性刑事だ。黒い革ジャンに真っ赤な口紅がかっこいい。彼女の父親は長らく黒部地域を守った駐在だった。大輔の父とも懇意にしている。

「理由はわかったけど、まずい状況よ」

副島は手帳をぱたりと閉じて、車の窓の外を見た。屋根の上に回転灯を置いた黒い捜査車両が増えている。全て大宮ナンバーだった。

「殺人事件ともなると、本部から刑事がどっと押し寄せてくるの」

あの車に乗っている連中がそうなのだろう。次々とスーツ姿の刑事たちが降りてくる。手袋をはめ、靴にカバーをかけて、なまず橋に向かう。橋はいま、投光器の明かりでカッと照らされている。

「本部の刑事部捜査一課の連中は年がら年中、埼玉県内の凶悪事件を捜査してる。地元の理屈が通じる相手じゃないからね」

副島が強く言った。大輔は背中を丸める。顔をこすりたい気持ちだったが、爪の間にまだ血が残っていた。捜査車両の中が、急に息苦しく感じられた。副島は捜査一課の刑事たちを目で追っている。

「聞き分けのいい刑事がそろっているといいんだけどね」

刑事たちは橋の真ん中で、地面に顔がつくほど体を折り、死体を観察している。バリケードを確認し、大輔が乗りつけてきた四トンダンプを照らし、じっと見つめている。大輔は心の中を懐中電灯で照らされているような気持ちになった。刑事たちは監視小屋に入っていった。

ドアに取り付けられたウィンドチャイムの音が、離れた車内にいてもやかましく聞こえてくる。緊張で張り裂けそうな大輔の心を更にかき乱した。

「落ち着いて。私の言った通りにすれば、ちゃんと収まるから」

副島が大輔の肩に手を置いて、励ました。

刑事たちが監視小屋から出てきた。一人の刑事が、大輔と副島が乗る捜査車両を指さした。

懐中電灯を持った刑事と、小柄な若い刑事が同時にこちらを振り返る。まっすぐ近づいてきた。副島が声を震わせる。

「大丈夫よ。大輔君のことは、私が守る」

副島はこの田舎町では怖い者なしの刑事だが、緊張しているように見えた。大輔と同じくらいかそれ以上に身構えているのがわかる。

刑事の鋭い瞳が、窓の外からこちらをのぞきこんでくる。壮年の刑事と、まだ若そうな刑事の二人組だった。ベテランの方の目がじっと大輔をとらえて放さない。品定めするようにじっと大輔を見据え、窓をノックした。

第一章　崩落

1

奈良健市は窓を叩く雨の音で目を覚ました。身を起こした途端、腰に痛みが走る。

四十六歳にもなると、煎餅布団で眠るのが辛くなってくる。すとんと寝てしまえば痛みも忘れるが、昨日の夕方から雨が降り続き、寝つけない。両隣の布団からは今晩も寝言といびきが聞こえてくる。

「いや、俺にはそれ、無理っすね」

部下の森川淳一はいつも仕事の夢を見ているらしい。夢の中で奈良の指示を断っているようだ。実際は断らない。三十八歳独身のアニメ好きは、仕事一筋だ。

いびきをかいているのは、小山啓泰だ。バーコード頭だったが、先月から頭を剃り始めた。小山は先輩刑事ではあるが、階級を抜かした。いまは奈良の部下にあたる。

枕元に置いたスマホから警報音が鳴り響いた。他の連中のスマホも一斉に鳴っている。秩父警察署の道場で寝泊まりしている刑事たちが次々と跳ね起きた。

『埼玉県東部に特別警報発令』

森川や小山も目を覚ました。スマホを手に取り、寝ぼけ眼で内容を確認している。

「特別警報かぁ……」

「ふざけんなよ、ここは埼玉県西部だ。鳴らすなッ」

小山はスマホの電源を切った。奈良らは埼玉県警本部の刑事部の捜査一課に所属している。普段は県庁所在地がある埼玉県東部のさいたま市で待機中だ。

「もしかしたら県庁舎も水没するかもしれないぞ」

埼玉県警本部は県庁舎の中に入っている。部下たちに話しかけたつもりが、もう森川も小山も寝息を立てていた。

午前五時になろうとしていた。奈良は眠るのをあきらめ、煙草を持って道場を出た。階段の途中で、いま奈良らが担当している事件の捜査本部の垂れ幕が見えた。

『秩父橋強盗致傷事件』

埼玉県西部の観光名所である秩父橋で起こった置き引き事件だった。アニメの舞台になっている秩父橋はファンの聖地になっており、コスプレをして撮影する人もいる。休日には撮影の行列ができるほどだった。撮影に夢中で、荷物を傍らに置きっぱなしにしている人が、置き引きに狙われた。一人が気づいて追いかけたところ、犯人に突き飛ばされて転倒し、全治二週間の怪我を負った。大きな事件ではないが、置き引きの余罪があると見て、取調べと裏取り捜査が長引いていた。

奈良は駐輪場の脇にある喫煙所にしゃがみ、煙草に火をつけた。秩父市も朝から雨が降っていた。注意報は出ていない。スマホの天気アプリで雨雲の様子を見た。埼玉県東部にだけ強い雨が降り続いていた。

奈良はさいたま市大宮区にある実家住まいだ。被害がないか、高齢の両親が心配で電話をかけようか迷う。

スウェット姿の森川が、喫煙所に駆け込んできた。寝ぼけ眼ながら険しい表情をしている。

「どうした」

「秩父署管内の山で大規模な土砂崩れが発生したみたいです」

「土砂崩れ？　こっちは注意報すら出ていなかったぞ」

森川と共に地域課のフロアに向かう。小山も道場から降りてきていた。地域課は電話と至急報が鳴りっぱなしだった。当番は一人しかいない。受話器を二つ持って交互に話している。

「手伝うぞ」

奈良は至急報を止め、受話器を上げた。

「秩父警察署、地域課です」

「黒部交番の山村（やまむら）巡査長ですが、先ほどの続報です。現着しました」

代理だと奈良が説明する間もないまま、山村巡査長はまくし立てた。

「黒部山の南側斜面で大規模な土砂崩れが発生したようですが、全貌をまだつかめません」

黒部山は標高千三百メートルあり、界隈で最も高い。日本二百名山のひとつに数えられている。秩父地域のシンボル的な山だ。見た目は美しくはない。石灰が採掘できるので、北側の山頂は段々状に削られている。石灰採掘の現場が崩れたのかと奈良は尋ねた。

「いえ、採掘は北側でしか行われていません。崩落は南側の斜面です。土砂が数百メートルにわたり崩落しているようで、谷間に瓦礫（がれき）の山ができています」

「崩落現場に住宅や施設は？　被害者の数はわかりますか」

機動隊やレスキュー隊を呼ぶべきだろう。地域課の当番の警察官が、受話器を押さえながら奈良に言う。

「消防に確認した。救助要請はいまのところ入っていない」

電話の向こうの山村巡査長も話す。

「崩落現場から五百メートル下流の集落の住民から通報が入っています。土砂は押し寄せていませんが、いま避難誘導をしているところです。問題は、秩父アミューズメントパークです」

埼玉県内最大のスポーツパークだったか。奈良は利用したことはないが、グラウンドや研修、宿泊施設が充実していると聞いたことがある。

「土砂は秩父アミューズメントパークを分断するように崩落しています。宿泊者が被害に遭っているかもしれません。早急に施設側と連絡を取り、確認をしてください！」

奈良は秩父署の防災服を借りて、捜査車両で崩落現場へ向かった。無線が鳴りっぱなしだ。下流集落の住民、全二十戸二十三名の避難はすでに完了している。秩父アミューズメントパークの状況がまだわからない。崩落した土砂が電話線を引きちぎったらしい。

ぶかぶかの防災服姿の森川が、ハンドルを握りながら呟く。

「秩父アミューズメントパーク……。俺、つい半年前に行ったんですよ」

「お前、スポーツとかやってたっけ？」

「アニメファンのオフ会ですよ。秩父は数々の名作アニメの舞台になっているもんで」

小山が大判地図を広げながら言う。

「宿泊棟はパークの東端にある。土砂はなすび形のパークのど真ん中を突っ切っているらしいから、直撃を受けているのは受付棟と陸上トラックじゃないか」

奈良はスマホでＳＮＳを検索してみた。最近は災害があると、救助をＳＮＳ上で訴える人がいる。『秩父』『土砂崩れ』『秩父アミューズメントパーク』と組み合わせて投稿を検索したが、救助要請はなかった。野次馬の投稿が目立った。宿泊棟の窓から崩落現場を撮影したものだ。瓦礫と土砂の塊を舐めるように水が勢いよく流れている。近くで撮影するのはあまりに危険だ。避難しようとか、この瓦礫の下に人が埋まっているかもしれないとか考えないのだろうか。ＳＮＳで「いいね」をもらう方が大切か。

「この界隈は黒部と名のつく地域ばかりですね」

森川が言った。

「秩父アミューズメントパークの住所も黒部谷町になっています」

「その昔、この界隈は秩父郡黒部町って名前だったんだ」

小山が地図に目を落としたまま説明した。

「平成の市町村合併で秩父市に吸収合併された。いまでは地名に名前が残っているだけだ」

黒部町の他にも、荒川村や大滝村がなくなった。奈良は小学校で「埼玉県の最西部の村は大滝村」と習った。西側は殆(ほとん)どが秩父市に吸収された。黒部町は、秩父市の東部にひっつくような形で存在した、小さな町だった。

車は秩父市を横切る国道２９９号を東へ向かう。崖に張り付くようにかかる高架橋が右手に見えた。西武線の車両が走っている。『黒部駅』という小さな駅の目前で車は右折した。崖沿いの山道を登っていく。トンネルを抜けた先に、消防が敷いた第一規制線があった。マスコミはまだ到着していない。近隣住民は避難したあとだ。人の気配が全くなかった。

奈良は車を降りて、規制線の前に立つ消防士に声をかけた。

「お疲れ様です、埼玉県警ですが」

消防士はすぐに規制線を外した。

「ついさっき、県警さんのレンジャー部隊が入られました」

情報が欲しくて、奈良は尋ねた。

「秩父アミューズメントパークにどれだけの宿泊者がいたか、ご存じですか？　電話が通じなくて」

消防士は懐から紙切れを出した。

「当直の管理人が携帯電話で報告してきています。いまのところ行方不明者はいないということでした」

土砂の直撃を受けた受付棟は、パークが閉園する十七時には施錠してしまい、職員も十八時過ぎには出てしまうという。

「宿泊棟は、崩落現場から八百メートル東側です。職員が常駐する管理棟はその脇で、食堂と大浴場がある厚生棟はその反対側に隣接しています。人がいた建物は全て無事だそうです」

奈良はほっとして、気が抜けた。車両のトランクにスコップやバールなどを積んできたが、救助要請もないし、巻き込まれた人はいないのかもしれない。

小山も車を降りてきた。

「それにしても、秩父地方に土砂崩れが起きるほどの雨が降っていましたかね」

昨晩はむしろ東部の方に雨雲がかかり、警報が鳴っていたのだ。

「秩父地方に特別警報は出ていなかったと思いますが」

森川も車を出た。スマホをスクロールしながら訊く。

「秩父市内の降り始めからの総雨量は八百ミリだそうですね。これは特別警報を出すレベルの雨量じゃないです。せいぜい注意報でしょうか」

消防士も眉をひそめた。

「なんでたったの八百ミリで土砂崩れが起きたのか……。しかも崩落現場を見る限り、深層崩壊に近いレベルです」

深層崩壊とはなにか、消防士が詳しく説明する。

「山の斜面の地表が崩れるのが表層崩壊です。もっと深い五メートルないし二十メートルくらいの深さから崩れ落ちるのが深層崩壊です」

妙だなと奈良は首を傾げる。黒部山は地盤が固いはずだ。八百ミリ程度の雨など、山間部の秩父市ではしょっちゅう降っている。なぜ今日に限って崩落したのだろうか。

消防士に無線が入った。やり取りのあと、消防士は奈良に伝える。

「秩父アミューズメントパークの宿泊者と当直職員全員の避難が無事終わりました。すでに現場入りしているレスキュー隊員も、撤退するそうです」

小山が助手席の扉を開けた。

「帰るか」


朝の七時ごろには秩父警察署に戻った。いつもならこのまま捜査本部に入って捜査会議にのぞむ。奈良は睡眠不足もあり、救助活動をしてきたわけでもないのに疲れていた。管理官にひとこと断り、一時間ほど仮眠を取らせてもらうことにした。

道場では、撤退してきたレスキュー隊員たちがヘルメットを脱ぎ、休憩していた。何人かはおにぎりをほおばっている。

「大きな被害がなくてよかった。あれだけの崩落で死者ゼロは奇跡だな」

「しかしとんでもない瓦礫の量だったぞ。パークはしばらく再開できないだろうなぁ」

隊員たちの雑談を聞きながら、奈良は布団に横になってスマホを開いた。秩父市で土砂災害が発生した第一報は先ほどネットのトップニュースになっていたが、いまは見当たらない。


十時過ぎ、奈良は森川と共に、強盗致傷事件の余罪の裏取り捜査に行くため、署を出た。

「くっそ。まだ眠てぇな」

あくびをかみ殺しながら、捜査車両の助手席の扉に手をかける。いつもはがらんどうの駐車場だが、今日はレスキュー隊の特科車両がずらりと並んでいた。

「お疲れ様です」

奈良が声をかけると、『隊長』の名札をつけた人が振り返った。無言で帽子を上げる。分厚い胸板をしたコワモテの隊員だった。奈良は捜査車両に乗ろうとした。

「あのー」

背後から声をかけられた。上下ジャージ姿の中年の男が立っている。ランドセルを背負った男児を連れていた。男児は不安げに口をとがらせている。目が真っ赤で、泣きはらしたようだ。

「黒部山の土砂崩れの件で訊きたいことがあるのですが」

ジャージ姿の男は申し訳なさそうに言った。奈良は車の扉を閉めて、向かい合う。

「どういったお話でしょう」

「実は、母が秩父アミューズメントパークで働いているんですが、連絡が取れないのです。ケータイに出ないし、施設に直接電話をしても通じないので、心配になって警察に来てみたのですが」

特科車両に足をかけていた隊長が、振り返る。


奈良は親子を地域課に案内した。レスキュー隊は消防に確認を入れている。

「秩父アミューズメントパークの職員の方の避難場所を確認したいのですが」

地域課の警察官は、秩父アミューズメントパークの職員リストを指でなぞる。

「若月愛子(わかつきあいこ)さんというお名前はないですね」

ジャージ姿の男は若月雅也(まさや)と名乗った。奈良と同年代くらいだろうが、髪が耳にかかるほど長く、金色のメッシュが入っている。首が細くて頼りない雰囲気だ。困惑したように、頭をかいている。

「土砂災害のあった日、確かにお母さまは勤務に出ていたんですか」

「同居しているわけではないので、仕事のシフトをよく知らないんです。自分、今朝は四時に夜勤から帰ってきてすぐ寝たもんで、明け方に黒部山で土砂崩れがあったことも、ついさっきまで知らなくて」

どうりで眠たそうな顔をしていると思った。髪にも寝癖がついている。

奈良は応接スペースに親子を促した。若月愛子の安否の確認は、地域課とレスキュー隊がやってくれるだろう。森川が雅也に茶を出した。浅くソファに腰掛けた男児の前にしゃがみこむ。

「君、名前はなんていうの？」

「壮真（そうま）」

ぶっきらぼうに男児は答えた。小学校三年生だという。

「壮真君。お茶よりジュースの方がいいかな」

「コーラ」

すかさず父親が「お茶でいいです」と言って、頭を下げた。

「壮真君、学校は大丈夫なのかな」

奈良はやんわり尋ねた。いま平日の午前中だ。困ったように雅也が答える。

「コイツの朝飯は準備しといたんですよ。自分が夜勤明けの日、息子は勝手に学校に行くんで。でも八時半ごろ、外から物音がするんで玄関の外に出て、仰天です」

壮真が玄関の前にしゃがみこみ、ぼんやりと草をいじくっていたという。

「失礼ですが、奥さんは」

「あ、父子家庭です」

雅也は朝の出来事をまくしたてる。

「すぐ行けって蹴飛ばしたんですけどね。がんとして動かない。今日は学校に絶対に行かないと言い張るんですよ」

いつになっても若月愛子の話にならないが、奈良は尋ねる。

「よくあることなのですか？」

「コイツ、神経質なところがあって。母親が逃げちゃったせいか、被害妄想が強いんですよ。別にいじめられているわけでもないのに、へりくつこねて学校を休みたがるのはたまにあったんですけどね。いつもは渋々行っていました。今回は理由も言わないので、なんだか妙だなと」

そうこうしているうちに、秩父地方で土砂崩れがあったことをＳＮＳで知ったらしい。

「秩父アミューズメントパークが潰れちゃってる動画がたくさん出てきて、すぐ母に電話をしたんです」

「当直職員リストに名前はなかったようですが、どの部門で働いていたんですか？」

「掃除じゃないかなぁ。うちのおふくろ、ファミレスと、あと配達のバイトも掛け持ちしてるんで。秩父アミューズメントパークでできそうな仕事っていったら、掃除のおばさんくらいしか思いつかないです」

地域課の警察官が受話器を耳に当てたまま、応接スペースに顔を出した。受話器のコードが伸びて、デスクの上の電話機を引っ張っている。

「秩父アミューズメントパークの本社に確認を取っていますが、若月愛子さんという方の雇用はないと言っています」

雅也は首をひねった。

「おかしいな。俺の勘違いだったのかな」

スマホでもう一度、母親の携帯電話に電話をかけた。すぐに切る。

「だめだ。呼び出し音すら鳴らないです」

壮真が断言する。

「ばあばは秩父アミューズメントパークで働いているよ。アスレチックがあるから、今度一緒に行こうねって約束したもん。ばあばが働いているから割引になるって言ってたよ」

　奈良は少年に尋ねる。

「それはいつごろのことかな」

「先週の日曜日の夜。パパが夜勤の日、ばあばが夕飯作りに来てくれてたんだ。ゲームばっかりでしつかり遊ばないから体がぶよぶよだって、叱られて……」

　奈良は秩父アミューズメントパークの職員と電話で話す。

「若月愛子さんは、清掃担当だった可能性があるのですが、勤務していた可能性はありませんか」

　電話の相手は納得したような声をあげた。

「清掃部門は業者に委託しているんです。すぐに業者に確認しますね」

　十分後、地域課に折り返しの電話がかかってきた。確かに若月愛子の勤務の確認が取れた。ビル清掃会社のパート職員として登録しており、秩父アミューズメントパークには二年前から勤務しているという。

「今朝は早番で、六時から九時に厚生棟の清掃業務のシフトが入っていました。厚生棟の大浴場とトイレの清掃が主な業務です」

　土砂災害発生は午前五時二十七分だ。出勤していた可能性は大いにある。

「ということは、災害発生時は厚生棟にいて、宿泊客と一緒に避難しているかもしれませんね」

　着の身着のままで逃げて、携帯電話を置いてきてしまったのかもしれない。話を聞いた雅也はほっとした顔を見せた。

　レスキュー隊の隊長が応援スペースに入ってきた。消防に避難者の情報を確認していたという。

「避難者百二名の中に若月愛子さんはいないということでした」

奈良はそれを電話の向こうの秩父アミューズメントパークの職員に伝えた。職員は声を震わせる。

「清掃パートさんは外部委託なので、タイムカードは受付棟にあるんです」


レスキュー隊は消防と共に捜索活動に入った。奈良は捜査一課の刑事で、捜索活動の経験がない。捜索を手伝いたかったが、危険だから入らないようにと、隊長にきつく言われた。

「しかし、明け方も防災服を借りて、スコップ片手に現場に出向いたんです。人手は多い方が――」

隊長は太い眉毛を吊り上げて、咎(とが)める。

「二次災害の危険性も考えてください。機動隊の経験もない人は規制線の内側に入らないでいただきたい」

奈良はムッとしたが、反論はできない。隊長の名前を尋ねた。大泉孝明(おおいずみたかあき)という、警部だった。

夕方、森川と強盗致傷事件の余罪の捜査を終えた。奈良は避難所になっている秩父市役所黒部分庁舎に隣接する体育館へ、行くことにした。車を回すよう、森川に指示する。

「やけにこだわるじゃないですか。僕たちの担当は強行犯、いまは強盗致傷事件ですよ」

「そうだけど、気になるだろ。あの子」

若月壮真の顔を思い出す。丸顔で子供らしい顔をしていた。髪の毛はマッシュルームヘアに近かったが、前髪や襟足はそろっていなかった。父か祖母が切ったのだろう。

「理由もなく学校を休んでいた。ああいうのを、虫の知らせっていうのかな」

「子供は霊感がありそうですしね。大人になるにつれて鈍っていく」

「お前は子供のころ、どうだった」

「僕は全然ないですよ。奈良さんは」

「ないね。そんな能力があったら捜査本部に泊まり込みなんかしなくていいのにな」

秩父市役所黒部分庁舎に入った。旧黒部町の町役場だった建物だ。渡り通路の柱につかまりながら、よろよろと歩く老人がいた。土砂災害で怪我人がいたのかもしれない。奈良は手を貸した。

「体育館に戻りますか」

「ああ、どうも、すみません」

薄い白髪頭の老人がちょこんと頭を下げたが、奈良の横顔を驚いたように二度見した。

「あれ、あんた。どっかで見たことがあるような」

奈良はわからず、首を傾げた。

「今朝の土砂災害で怪我をされたんですか」

「いやいや、私はね、黒部春日に住んでいる者なんです」

奈良はぴたりと足を止める。黒部春日は、かつて秩父郡黒部町春日と呼ばれていた地区だ。奈良の顔を老人がのぞきこむ。

「やっぱり。あんた、あのときの刑事さんじゃないか？」

奈良は老人の顔に記憶はないが、なんの話かはわかった。

「なまず橋の殺人事件のとき、ですかね」

奈良の脳裏に、暗闇のなかの赤い橋が蘇る。頭から血を流した撲殺体が、橋の真ん中で倒れていた。

「そう、そう。まさみちゃんのところでちょっとしゃべったじゃない」

まさみというママがいたパブは、旧黒部町の国道沿いにあった。

「よく覚えていましたね。もう二十年近く前の事件です」

「十六年前だよ。嫌な事件だったね」

森川が、老人の腕を反対側から支える。

「奈良さん、担当していたんですか」

「まあな」

奈良が捜査一課の刑事になって初めて担当した事件だった。三十歳のぺーぺーで、小山が指導係として奈良を教育していた。

「私はいまは娘のところで世話になっているんです。黒部春日の自宅を空っぽにしていましてね。今朝、防災無線が入ってびっくりです」

自宅がどうなったのかと心配で、消防や警察、役場を回っているらしい。

老人は改めて、久保恵一(くぼけいいち)と名乗った。体育館の中に入るなり、久保は市役所の職員をつかまえて、自宅の様子を訊いている。

奈良はしばらく、十六年前の事件のことを考えていた。産廃の最終処分場建設反対の住民運動がさかんに行われている真っ最中の事件だった。被害者遺族の慟哭(どうこく)、シュプレヒコール、カーチェイスで車のタイヤがきしむ音も思い出した。金木大輔という容疑者の男の憤怒の吐息が、いまでも耳の奥に焼き付いている。

「奈良さん」

森川に強く肩を叩かれ、ハッと我に返る。

「どうしたんですか」

「いや……」

奈良は改めて見回した。旧町民体育館は小さく、百名を超す人が毛布を敷いてひしめき合っている。秩父アミューズメントパークに宿泊していた大学生が殆どだった。近隣集落の人の姿も見える。寝ている人もいるが、電話をしている人や話をしている人もいて、やかましかった。

「ひどいですね、あの若者たち」

森川が備蓄食料の配布場所を顎で指した。近づくと、若者が市役所の職員に詰め寄る声が聞こえてきた。着の身着のままで避難してきたので、荷物を全て宿泊棟に置いてきたらしかった。現在、秩父アミューズメントパークは立入禁止になっている。スマホを取りに戻りたい、財布が必要だから取ってきてほしいなど、無理難題を言っていた。

「土砂崩れの現場と宿泊棟は離れているじゃないですか。誰も死んでないんだから、入らせてくださいよ。まじでスマホ使えないとか地獄なんですけど」

「いえ、お一人行方不明者がいることが判明し、捜索活動がなされています。そちらの兼ね合いもあって、荷物を取りに戻るのはもう少し時間がかかります」

若者は舌打ちしていた。マスコミの取材を受けている青年がいた。駅伝の花形選手らしく、「もし土砂崩れの方向がズレて巻き込まれていたら、次の箱根駅伝の出場は絶望的でした」と答えている。運がよかったですね、とインタビュアーは相槌（あいづち）を打っている。

秩父アミューズメントパークの職員が避難している一画を探す。当直当番だった職員を見つけた。せわし気に本社と電話をしていたが、聴取に応じてくれる。

「行方不明の若月愛子さんのことなのですが」

職員は途端に肩をすぼめた。

「申し訳ありません、清掃業者の女性が受付棟にいたとは思いもよらず、情報を伝えるのが遅くなってしまって」

「では、普段は掃除業務の方とは接触がないんですか」

「廊下ですれ違ったら挨拶をする程度です」

森川が意見を言う。

「外部委託しているとはいえ、管理は必要かと思いますが」

「本社の管理部門が直接関わっているとは思いますが、彼らに当直業務はありませんから、夜間はいません」

「では、若月愛子さんとお話ししたことは」

職員は激しく首を横に振った。

「ないです。お名前も、顔も知りません」

二年も働いていたのに、職員に顔も名前も知られていなかった。

体育館を出た。入口で電話をしている男がいた。マスコミの腕章をつけている。

「行方不明者が一人いるみたいですが、掃除のおばさんだそうです。七十二歳。とりあえず現場の画(え)だけ撮って撤退でいいと思います」

奈良は秩父警察署に戻った。自動販売機でコーラを買い、地域課の応接スペースをのぞいた。雅也と壮真はもういなかった。一旦自宅に帰り、続報を待つことにしたらしい。対応していた女性警察官が言う。

「明日はちゃんと学校に行けよとお父さんが言ったら、壮真君は怒っていましたね。ばあばが見つからないのに学校なんか行けるかって。仕事に行く気らしいお父さんのことを責めてもいました」

土砂崩れに家族が巻き込まれたとなれば、現場に張り付く人は多い。

「仕事を休んだら飯が食えない」と父親は壮真に答えたという。

「昼は配送業で、夜は配管掃除の仕事をしていると話していました。生きていくために悲しんでいる暇はない、といった様子です」

夜、奈良は道場に入った。レスキュー隊がいたスペースはがらんどうだった。行方不明者が一人いると判明したいま、二十四時間態勢で捜索活動をしている。

翌朝、奈良は五時に起きた。一人で捜査車両を運転して、黒部山に向かう。

昨日の朝、消防が敷いていた規制線の前に到着した。今朝は警察官が立っていた。マスコミが押しかけている様子もなく、野次馬も全くいなかった。

「お疲れ様です、県警本部の奈良です」

レスキュー隊の大泉隊長に現場に来るなと言われていたので、門前払いされると思ったが、地域課の警察官はあっさり通してくれた。

奈良はハンドルを慎重にさばきながら、黒部山を見上げた。豊かに葉をつけた大木に邪魔され、頂上までは見えないが、南側の斜面の一部は見えた。抉(えぐ)れた山肌が剝き出しになっている。土は黒ずんでいた。北側は石灰が採取できるので白っぽいが、黒部山の南側は豊かな緑が繁っている。抉れた山肌の途中で、ひしゃげたガードレールがぶら下がっているのが見えた。元は道が通っていたのだろう。

レスキュー隊の特科車両や消防車が並ぶ駐車スペースに出た。

国土交通省の車もいた。運転席にいる職員は堰止湖（せきとめこ）がどうの、と電話の相手に話している。大量の土砂が、谷底を流れる黒部川を塞ぎ、堰止湖ができているらしい。黒部川は二級河川で、秩父市北部で荒川に注ぐ。早急に水を抜かないと、溢（あふ）れてしまう。

駐車場の先に第三の規制線が張られていた。現地災害対策本部と張り紙がされたテント群が並ぶ。秩父市役所、埼玉消防の隣に、埼玉県警のテントを見つけた。長テーブルが二つとパイプ椅子がある。クーラーボックスのような箱の脇にしゃがむレスキュー隊員が一人いた。

「おはようございます、捜査一課の奈良です」

「捜査一課？　なにしに来たんですか」

隊員は殺気立っている。

「すみません。捜索の状況が気になって」

「この先は行かない方がいいですよ」

機動隊員がボックスを開けた。防毒マスクが入っている。

「有毒ガスが出ているんですか？」

隊員はアンテナのようなものが突き出た計器を取り出した。初期設定しながら早口に説明する。

「硫化水素とか塩素、窒素系ではありませんでした。これから詳しく分析します。昏倒者が出ているわけではないですが、発生源を突き止める必要はありますので」

隊員はボックスの蓋を閉め、リュックのように担いで現場へ向かう。

奈良は捜査車両に戻り、ダッシュボードを開けた。殺人現場に臨場する際に、マスクやシューカバー、ヘアカバーを身につけるので、それらは常に車両に積んでいる。マスクをつけ、走って隊員の後を追った。

前方で黒い砂煙が上がっていた。近づくにつれ、重機の音が大きくなる。耳から脳髄を引っ搔きまわされているようだ。奈良の背丈をゆうに超す瓦礫の山が見えてきた。鉄筋が方々から突き出たコンクリート片、青々と茂る葉をつけた生木もある。ビニールハウスが絡みついていた。電柱も転がっている。『秩父市黒部春日町』という住所表示板がついていた。

土砂から取り除いた瓦礫とゴミの山がいくつかできていた。二槽式の洗濯機が転がっている。ブラウン管テレビもあった。子供用の書棚付きのデスクもある。屋根瓦や家屋の梁(はり)も突き出していた。こんなにも大量のものが受付棟にあったのか。奈良は手袋をはめ、子供用デスクの表面についた泥を拭った。シールがべたべたと貼り付けられていた。キン肉マンだ。奈良が子供のころに大流行した。

あたりは音で溢れている。重機の音や隊員の怒鳴り声を、金属を切断する音が遮る。金属音が止(や)むと、救助犬の荒い息遣いや無線の音、土砂の隙間を流れ出る水の音がわかる。

においもきつい。奈良はマスクをしているのに、無意識に口呼吸をしていた。埼玉消防の捜索隊は、顔面をすっぽり覆う面体をつけている。口元にフィルターがついた防毒マスクだ。

埼玉県警のレスキュー隊を見つけた。水色と黄色の作業服姿は瓦礫の山を前にするとカラフルに見える。

レスキュー隊は、斜めに傾いたコンクリートの壁に張り付くようにして作業していた。高さが十メートルはありそうだ。受付棟の一部だろう。三階建てだったらしい。ホームページを見たが、一階は受付とロビーがあった。そこにあったはずの桃色のベンチが泥まみれで周辺に転がっていた。二階は企画展示場で三階は畳敷きの談話室だ。畳やパイプ椅子、長テーブルなどもあたりに散乱していた。

建物の壁の半分は土砂に埋もれている。等間隔にあいた四角い穴から泥だらけのカーテンが垂れて、べたりと壁に張り付いていた。窓ガラスは残っていない。倒壊しないように、ジャッキがいくつも取り付けられていた。隊員は窓枠に足をかけ、エアコンと室外機をつなぐホースをつたって瓦礫を登る。券売機のようなものにも足をかけている。一日前まで、秩父アミューズメントパークのチケットを売っていたものだ。

救助犬が瓦礫の隙間から出てくる。くしゃみをひとつした。吠えたり、何かを訴えたりする様子はない。

「四号反応なし。ちょっとこのにおいでは厳しいですね」

救助犬を連れた隊員が、報告した。大泉隊長が、腰に手を当てて瓦礫の山に立つ。別の隊員は大泉に赤や青のペンで書き込みがされた白地図を見せている。

「瓦礫の一部は黒部川に到達しています。流域にも瓦礫や泥の流出が大量に見られます。荒川との合流地点でもいくつもの瓦礫を確認できました」

大泉は無言で地図と、受付棟の瓦礫の山を見比べている。

「この下にいるかもしれないんだ。黒部川の方の捜索は別の隊に依頼できないか」

「消防もうちの機動隊も集落近くの瓦礫の山を捜索していて、手があきません」

大泉は瓦礫の上から飛び降りた。

「部長と話をしてくる。自衛隊に災害支援要請を出すべきだ」

自衛隊への災害支援要請は、県知事が出すものだ。地図を持っていた隊員が首を傾げる。

「一名の行方不明者では出せないということでしたが……」

「出させる。災害発生からまだ二十四時間、生きているかもしれないんだ」

大泉が奈良に気づいた。相手にしている暇はないという様子で、隊員たちを振り返る。

「とにかく掘り進めろ。一メートル掘ったらもう一度救助犬を入れろ」

瓦礫混じりの土砂は、いま奈良がいる場所よりも更に三メートル高い位置に頂上があった。隊員たちがスコップ片手に瓦礫の山を登り始めた。

奈良も瓦礫をつたいながら登る。頂上に出た。車四台分くらいのスペースがある。消防士たちが一心不乱にスコップで土砂を掘っていた。

奈良は時計を見た。まだ六時だ。捜査会議は八時からなので、一時間は手伝える。予備のスコップを借りて、土砂に突きたてた。

八人の消防隊員と六人の警察官で三十分、掘り続けた。瓦礫の高さは一メートル低くなったが、奈良は日ごろの運動不足がたたってか、十分掘っただけで腕の筋肉が痛み出した。我慢して掘り続けていたら、震えてしまって力が入らない。消防隊員も、レスキュー隊員も、平気な顔で掘り続けている。経験のない者は現場に入るなと言った大泉隊長の言葉の意味がわかる。

一人の隊員が、身を起こした。軍手を脱いで頰をこすり、天を仰ぐ。

「いま、雨粒が当たった気が……」

灰色の分厚い雲が広がっている。奈良の目にも雨粒が入った。

「本降りにならないでくれよ、頼む」

息を切らせながら、消防隊員が呟いた。雨は本格的に降ってきた。レスキュー隊員が雨合羽を配りにくる。奈良も受け取り、フードをかぶって顔周りの紐をぎゅっと締めた。ヘルメットをかぶり直す。作業を再開しようとして、奈良は手を止めた。

「なんだこれ……」

土から湯気が出ている。雨に打たれた土埃かと思ったが、そもそも多量の雨水を吸ったことで崩れた土砂だ。土煙が立つほど乾いてはいない。煙の色は白くて濃い。他の隊員たちも不気味に思ったのだろう、手を止めてあたりを見渡す。奈良は地面に顔を近づけようとしたが、隊員に腕をつかまれた。

「やめた方がいい。有毒ガスが発生しているかもしれない」

防毒マスクが配られてはいたが、すぐに息があがるので誰も使っていなかった。無線で撤収命令が出る。


夕方になっても雨は降り止まなかった。奈良はスーツ姿に戻り、強盗致傷事件の送検に必要な資料をパソコンで打ち込んでいる。上腕筋が疲労していて、キーボードを打つ手が震えた。

秩父署の刑事と容疑者の取調べに入っていた小山が、捜査本部に戻ってきた。

「行方不明者の孫が来てるぞ」

奈良は給湯室の冷蔵庫からコーラを出し、一階のロビーへ降りた。ランドセルを背負った壮真が、ロビーのベンチで地域課の女性警察官と並んで話していた。学校から直接来たようだ。

「よう。今日はちゃんと学校に行ったのか」

コーラを渡し、奈良は壮真の隣に座った。途端に女性警察官が眉をひそめる。

「親御さんに無断であげない方が……」

お茶ならともかく、炭酸飲料などの嗜好品はまずかったか。

「平気。パパには内緒にしとく」

壮真はごくりごくりと喉を鳴らしてコーラを飲んだ。見ていて気持ちがよくなる飲みっぷりだ。

「今日、パパは」

「来れないよ。フルコースの日だから」

朝から配送の仕事に入って、そのまま夜勤の配管清掃の仕事に直行し、明け方に帰る。それを『フルコースの日』と呼んでいるらしい。

「ばあばは見つかりそう？」

少年が淡々とした表情で尋ねてきた。

「いま、レスキュー隊と消防の人が捜しているよ」

「まだ見つかっていないんだね」

壮真はため息をついた。

「今日、給食の時間に『大きな古時計』が放送で流れたんだ。やめてほしいよね、お別れのときがきたとか、天国へ昇るとかさ。まあ僕にじいじはいないけど」

「給食の時間にそんな曲を流すなんて、先生にクレームを入れてやればいい」

壮真は真面目に答える。

「あれは放送クラブの選曲だよ。六年生の部長に言わないとダメだろうなぁ。六年生、怖いんだよ」

小学生なりに気を遣う人間関係があるようだ。奈良は壮真に親近感を持った。

「じいじは、早くに亡くなったのか？」

「さあ。ばあばも離婚しているから」

若月愛子は苦労して雅也を育てあげたのかもしれない。その雅也も男手ひとつで息子を育てている。

「今日、フルコースの日と言ったな。そういう日は一人で留守番しているのか？」

「ばあばが来てくれてたんだけど……」

「今晩は難しいだろうな。ばあばが見つかったとしても、まずは病院に行かなきゃいけない。子供一人はよくないな」

地域課の女性警察官が提案する。

「児童相談所の一時保護とか――」

壮真は目を吊り上げた。

「やめてよそれ、近所の人に何度も通報されてパパも僕も参っているんだ」

育児放棄だとかネグレクトだとか一方的に決めつけられてきたらしい。

壮真はランドセルを下ろし、ポケットから子供用携帯電話を出した。

「やっぱ、行かなきゃ、か、ママんとこ」

父親から、夜は母親のところに行くように言われていたようだ。

「嫌なんだよ、ママの家。新しい家族がいるから」

母親は再婚しているらしい。

「あの人はさ、僕を産んだ事実をナシにしたいんだ」

「そんなことはないだろう」

奈良は即答したが、壮真に冷めた視線を送られただけだった。なにも知らないくせに、とその目が言う。女性警察官も黙り込んでしまった。壮真はパッと表情を明るくした。

「僕はがんばってママの新しい家に行くから、おまわりさんたちは絶対にばあばを見つけてね」

壮真はランドセルを背負った。急いでいるわけでもないだろうに、警察署を走って出ていった。

奈良は捜査本部に戻ろうと、階段を上がる。地域課で怒鳴り声が聞こえてきた。

「人数の問題ではないでしょう！」

大泉隊長だった。

「崩落した瓦礫と土砂の量は関係ないというんですか？　国交省の報告を読んでください、東京ドーム四杯分の土砂と瓦礫が崩落しているんです！　あの中からたった一人の行方不明者を捜すには、自衛隊の手がないと不可能です。行方不明者は死んでしまう！」

大泉隊長は顔を真っ赤にして、涙ぐんですらいた。ぐっとこらえるように唇を噛みしめ、しばらく黙り込んでいる。しばらくして、「バカヤロウ！」と叫んで、受話器を電話機に叩きつけた。拳を握り地域課を出てくる。奈良に気が付いた。懐に入れていたものを出す。採証袋に入った泥だらけのタイムカードだった。『若月愛子』と名前が書かれていた。昨日の日付と、時刻が打刻されている。『0526』。土砂崩落発生の一分前だった。

「初動の遅れが悔やまれる」

大泉が短く言った。

「発生から六時間も放置してしまった。もっと早く行方不明者がいるとわかっていたら、とっくに救出できていたかもしれないのに」


土砂災害の発生から三日目の早朝も、奈良は捜索を手伝おうと、防災服に着替えた。署のガレージで長靴の中につなぎの裾を入れ込んでいると、小山と森川がやってきた。二人ともすでに防災服を着ている。

「お前、誘えよな」

小山が棚に並んだ長靴からサイズを確認し、一足取り出す。

「業務外だ。いまどき命令したらパワハラになるだろ」

「命令しろとは言ってませんよ、誘ってくださいって言ってるんです」

森川はあくびをかみ殺していたが、目にはやる気がみなぎっていた。

現場に到着する。隊長の大泉は奈良たちを見て、足を止める。

「なにか我々で手伝える捜索はないでしょうか」

大泉の目がみるみる赤くなっていく。涙もろい人らしい。

「レスキュー隊の二班が、黒部川流域の捜索を始めています。瓦礫や遺留品が散らばっていますから、そちらの捜索をお願いしたい。ここは危険ですから」

車に戻りかけた奈良に、大泉が声をかけた。

「初日はすみませんでした。拒否してしまって」

奈良は車両の扉を閉めて、大泉の前に立つ。

「朝は一時間しか手伝えませんが、夕方にまた来ます」

朝の捜索ではなにも見つけられなかった。午前中に、秩父橋強盗致傷事件の容疑者の取調べを終えた。昼過ぎには疎明資料を揃え、十五時に検察に送検だ。あと一日二日で資料のまとめと捜査本部の片付けをして、捜査本部は解散になる。

奈良は無意識のうちに急いでいた。捜索を手伝いたい。はたと思い立ち、本部捜査一課の電話番号を押した。奈良班を治める二係の係長、野口（のぐち）に電話をつないでもらった。事案が起こるたびに奈良を次の事件へと送り出す、直属の上司だ。「お前いま、どこの署にいるんだっけか」と知っているくせに訊いてくる電話が、新たな事件発生の合言葉だ。電話をかけるなり、野口は驚いた口調だ。

「お前から電話をかけてくるなんて、どういう風の吹き回しだ」

「捜査の進捗状況の報告ですよ」

「そんな電話かけてきたことないだろ」

「数日中に捜査本部が解散しそうですが、すると俺らは事件番ですか？」

「そんなことは埼玉県民のみなさんに聞いてくれよ。事件が起きるかどうかは犯人次第だ」

どこかの捜査本部に行かされる様子はない。

「しばらく秩父署に残っていいですか」

「秩父署に？　なんでだ。田舎が気に入ったか」

「土砂災害の捜索を手伝いたいんです」

野口は、秩父市内で土砂崩れがあったことを忘れている様子だ。行方不明者が一名というだけで、報道も全くされていない。十名だったらもっと報道されるのか。行方不明者が有名な駅伝選手だったら、報道されていたのか。

「レスキュー隊が入ってるだろ。そっちの隊長が了承しているならかまわない。部下に無理強いするなよ」

「わかっています」

留置係が、容疑者送致の準備ができたと報告にやってきた。奈良も送検時の資料を捜査車両に積んでいく。森川の運転で出発だ。強盗致傷の容疑者を乗せたパトカーを追いかける。国道２９９号に入った。途中、黒部川と並走する。後部座席の奈良は窓に顔をつけ、黒部川の流れを見た。取り残された瓦礫やゴミが河原に散乱していた。

「妙だよなぁ」

助手席の小山も黒部川を見ている。

「今朝の捜索でお前らも変だと思っただろ」

森川が答える。

「俺は衣類を何点か押収しましたよ。男性用のステテコと、はんてん。セーターもありました」

泥まみれの半壊した桐ダンスがそばに転がっていた。上段だけ引き出しが残っていて、着物が収められていた。

「アミューズメントパークの受付棟に桐ダンスがあったとは思えませんよ」

外部委託職員の更衣室があったようなので、衣類は見つかって当然だが、若月愛子の衣類は見つかっていない。別人の衣類や桐ダンスが見つかるのは変だ。

「本当に流された家屋はなかったのかな」

「もしかしたら空き家があったのかもしれないな」

家屋の梁や瓦屋根の一部も見つかっている。

「それなら自治体が把握しているはずです。秩父市は土砂崩落箇所に民家は一軒もないと言っていますよ」

奈良はスマホの地図アプリで、崩落現場の航空写真を見た。鬱蒼と生えた木々が道路すらも隠している。民家があったとしても確認できない。

「百歩譲って、自治体が空き家があったのを失念していたとしてだよ。あの瓦礫の量を見るに、一軒や二軒分じゃないぞ」

家屋のものと思しき瓦礫は、黒部川流域だけでなく、秩父アミューズメントパークや、途中のガードレール部分などにも大量に引っ掛かっていた。大量の梁や屋根瓦、壁、モルタルが発見されているのだ。

「東京ドーム四杯分の瓦礫と土砂があったと、レスキュー隊長が言ってたな」

奈良は呟いた。崩落範囲と比べてそれが多いのか少ないのか、奈良は専門家ではないので、わからない。

「崩落したのは、黒部春日なんだよな」

小山が呟いた。わざわざ首をひねって、後部座席の奈良を見る。

「あそこは産廃業者の土地だったはずだ」

奈良の脳裏にまた、なまず橋で発見された撲殺体が浮かんだ。ハンドルを握る森川が驚いている。

「そんな情報、どこからも入っていませんが」

「十六年前の話だ。いまは違うと思うぞ。もし産廃業者の土地だったら、すぐさま情報が入ってくるはずだ」

奈良は言ったが、どうだかなと小山が鼻息を荒くする。

「あの金文商事だぜ。警察の捜索をかく乱することなんざ、簡単なんじゃねーの」


翌朝、奈良はガレージで防災服に着替え、ロビーを突っ切って駐車場に行こうとした。時計を見て、はたと立ち止まる。五時二十七分だ。七十二時間の壁を超えてしまった。以降は行方不明者の生存率が極端に下がると言われている。

ロビーにあったベンチが二つ、向かい合わせにくっつけられていた。ブランケットをかぶった壮真が眠っている。雅也がぼうっと背を丸めて座っていた。

「おはようございます」

奈良はそうっと声をかけた。雅也は頭を下げ、寝ぼけ眼で奈良の姿を見た。捜索に行くとわかったようだ。

「今日も朝早くから、すみません。よろしくお願いします」

七十二時間を超えてしまったことに気が付いているのか、雅也は突然、顔を両手で叩いた。

「今日も仕事がんばらなきゃッ」

捜索状況を全く尋ねてこなかった。

2

容疑者の送検を終えたので、今朝は捜査会議がない。十時まで捜索を手伝うことにした。できれば一日中捜索活動をしたかった。捜査本部の片付けなど、秩父署の刑事がやってくれるだろう。

一時間ほど捜索したが、森川が黒部川の岩場に挟まった木材を抜こうとして、手を切った。釘がいくつも突き出ていたことに気が付かなかったようだ。治療をしに病院へ行った。

小山と二人で河原を歩き、散らばった瓦礫やゴミを集める。岩場の隙間に引っ掛かったゴミを取り除き、人が流れついていないか捜した。水が濁って目視できないたまり場には、捜索用の棒を突きたて人が沈んでいないか確認した。消防隊やレスキュー隊も急ぎ足で、水たまりやススキ野原などを捜している。見つかるのは瓦礫や家財ゴミと思しきものばかりだった。

十時過ぎ、荒川との合流地点に行きついた。頭上に秩父鉄道の鉄橋がかかっていた。両岸には崖や雑木林が迫っている。

「とうとう荒川か」

水たまりに棒を突いていた小山がぼやいた。

「どの川に注ごうが、捜すのみだろ」

奈良は河原の砂利を踏みしめ、先へ進む。上流では奈良の身長ほどある大きな岩が転がっていたが、ここまで来ると、河原の石は拳ほどの大きさだ。砂利に交ざっている。秩父鉄道の鉄橋の橋げたに瓦礫や土砂が大量に引っ掛かっていた。川の中に入って三時間ほど捜したが、瓦礫やゴミばかりで、人の姿は見つからない。

荒川流域での捜索を開始した。東側の崖に立つホテルの従業員が、周辺流域に流れ着いたゴミをすでに片付けていた。遺体は発見されなかったという。土砂やコンクリートの塊などは、ススキ野原にひとまとめにしてあった。奈良は十個分あるゴミ袋を次々と開けて、中身を探った。濁流で引きちぎられた草木が多い。たっぷりと泥を吸った雑誌が大量に出てきた。何冊かは紐で結束されている。二十年前の週刊誌だった。

「秩父アミューズメントパークの受付棟は二十年前の週刊誌を保管していたのか」

小山がいぶかしげに言った。

「ライブラリーがあったはずだが、厚生棟の中だよな」

「厚生棟のライブラリーに入りきらない本を受付棟の談話室に置いていた、とも言えるか」

「二十年前の雑誌だぞ。秩父アミューズメントパークは二〇〇五年開業だ」

雑誌のバックナンバーなどそろえているはずがない。小山が断言する。

「やっぱり、不法投棄があったんじゃないのか」

奈良は首を傾げる。

「東京ドーム四杯分の不法投棄ということか？　ありえないだろ。量が多すぎる」

「ありえる。崩落した黒部春日は、悪徳産廃業者の土地だったんだぞ」

奈良は次のゴミ袋をひっくり返した。泥だらけの布が出てきた。土で茶色く染みているが、元は白かったように見える。土は乾き始めていて、広げるたびに土の塊がぽろぽろと落ちた。三角巾だった。奈良は河原に行き、荒川の流れに三角巾を浸して、汚れを取った。隅にペンで書かれた文字が見えてきた。『若月』とある。

奈良は一人で秩父警察署に戻り、雅也の連絡先に電話を入れた。仕事は忙しいはずだが、事情を話すと、「すぐ行きます！」と雅也は叫んだ。

一時間もしないうちに、ランドセル姿の壮真を伴って、雅也は秩父警察署を訪れた。十四時を回ったところだ。壮真は午後の授業があるはずだが、早退させたらしい。

応接スペースに案内し、採証袋に入った三角巾を見せた。『若月』の文字を見た途端、雅也は「母さーん！」と泣き崩れた。壮真も、いまにも泣き出しそうだった。父親の様子を見て、ぐっとこらえたのがわかる。

「お母さんの字で間違いないですか」

奈良は雅也にそうっと尋ねた。

「はい。母の字です」

振り絞り、噛みしめるように雅也は答えた。

土砂崩落発生当初から、この親子はどこか他人事で、淡々としているように奈良は感じていた。家族が土砂崩れに巻き込まれたという現実感がなかっただけなのか。雅也は袋ごと三角巾を抱きしめて、立ち上がれないでいる。壮真も肩をひくつかせて、嗚咽を漏らす。奈良はその小さな肩を抱き寄せた。

「泣いていいんだぞ」

壮真の目からぽろぽろと涙が頬をつたい落ちる。口をぎゅっと結び、父の背中を見ている。

三角巾を鑑識に回す手続きがあり、奈良は夕方まで秩父警察署内で事務仕事をした。レスキュー隊の大泉隊長も駆けつけ、現物を確認する。発見場所を聞くなり、ため息をついた。

「ダムまで流されているかもしれないな」

ダム湖に遺体が沈んでしまったら、発見は困難なのだろう。土砂災害等で川に流された人は、ダムや海で遺体が発見されることがあるが、「運が良ければの話」と大泉は言った。過去の土砂災害の例をいくつか挙げる。

「広島県の土砂災害では、行方不明者の遺骨の一部が八年後に瀬戸内海で発見されています。鹿児島県では土石流に襲われた山間部の集落の行方不明者を、五年経ったいまもダム湖で捜索しているんです」

手続きを終えて、時計を見た。十六時を回ったところだ。十七時で今日の捜索は終了するが、奈良は一刻も早く見つけてやりたい一心で、再び現場に戻った。小山と合流し、三十分集中して河原を捜索した。以降はなにも発見できなかった。

秩父署に戻る道中、奈良はスマホの地図アプリを指でなぞる。荒川がこの先、どの自治体をどう通って、どんなダムや堰止湖、取水堰(しゅすいせき)や水門を通り、東京湾に注ぐのか。三角巾が発見された地点からおおよそ十キロ下流に玉淀(たまよど)ダムがあった。埼玉県北部の真ん中あたりの、寄居町にある。

「ダムまで流されていたら、どうやって捜す」

ハンドルを握る小山が呟いた。会話が続かないまま、秩父警察署の駐車場に入った。森川がロビーから出てきた。奈良たちを待ち構えていたようだ。右手に包帯を巻いている。奈良は助手席の窓を開け、森川に声をかけた。

「手、大丈夫だったか」

「まあ、大丈夫です。それより妙な一団が来ているんです」

小山が駐車場にバックで車を入れながら、首を傾げる。

「大宮ナンバーの車がそろってるぞ」

県警本部の車両だろう。奈良は車を降りて、森川に詳細を尋ねた。

「スーツ姿の男たちです。三十人がわっと秩父署に入っていきました」

「県の防災部の職員じゃないか？」

「いえ、埼玉県警のストラップを下げていました。名前まではちょっと見えなかったんですが」

スーツを着ていたということは、刑事か。

「直接声をかければいいじゃないか」

奈良は二階へ上がった。刑事課や生活安全課、警備課がある。奈良は捜査本部から出てきた強行犯係の刑事に声をかけた。

「土砂崩れの捜索に行ってきた」

「捜査一課の刑事なら、捜査本部の後片付けをしましょうよ」

「スーツ組が本部から来ていないか？」

奈良は一方的に尋ねた。

「生活安全部のことですか。崩落した土地の持ち主についての捜査が始まっているようです」

「私有地だったのか？」

「それがいわくつきの土地らしくて」

小山が奈良の前に出た。

「待て、なんで生活安全部が崩落した土地の持ち主を調べるんだ。生安のどこの課だ」

「生活経済課のようです。不法投棄を取り締まる担当ですからね」

やはり黒部春日の土砂崩れは、不法投棄が原因だったのか。

奈良は階段を駆け上がる。『秩父市黒部春日土砂災害対策本部』の垂れ幕が張られた大会議室をのぞいた。レスキュー隊や機動隊の詰め所になっている。みなここに入る前にガレージで長靴を洗い、着替えるが、泥や土のにおいがした。

スーツの人間は五人いた。長テーブルの一角を陣取る。捜査本部専用の電話を次々と置き、床のカーペットの隙間にモジュラージャックと電源コードを差し込む。ロマンスグレーの髪を七三分けにした男が、ジャケットを脱ぎながら指示している。

「現物をいくつかこっちに運びたい。かなりのスペースが必要だから、どこかの部屋をあけてもらえるように、警務課と話してきてくれ」

続けざまに別の捜査員に指示を飛ばす。

「ドローン部隊はまだか？」

男がカフスボタンを外し、袖を捲(まく)りあげながら受話器を手に取った。左腕に高級そうな時計を嵌めている。出入口に立つ奈良と小山に、初めて気が付いた。苦々しい表情になる。ゆっくりと受話器を戻した。

石神要(いしがみかなめ)という刑事だ。防御姿勢を取るように両腕を胸の前で組んでみせた。

「これはこれは。小山さんと奈良君、でしたっけ。二十年ぶりでしたかな」

奈良は「どうも」とぞんざいな態度で答えた。

「十六年ぶりですが」

石神は昔から分厚いたらこ唇が印象的な男だった。いまは乾ききっていて色が悪い。石神が奈良と小山の全身を一瞥(いちべつ)した。

「捜索に入っていたんですね。ということは、いま地域や警備の方ですか。お二人そろって？」

「変わらず刑事部捜査一課です。別件で秩父署に詰めておりまして、捜索を手伝っています」

「ああ、そうでしたか。いや実は私、部署を異動していましてね」

十六年前は捜査二課の詐欺や贈収賄など、知能犯を取り締まる部署にいた。きれいな指で名刺を渡される。奈良は黒ずんだ手で名刺を受け取った。

『生活安全部　生活経済課　課長　石神要　警視』

警部補の奈良より二つも上の階級だ。十六年前は警部補だった。奈良は確かめる。

「生活経済課は不法投棄を取り締まる部署でしたね。この現場に入ったということは――」

「瓦礫の山から、不法投棄を疑われるものが多数見つかっている」

石神は部下に指示し、採証袋に入ったものを見せた。親指ほどの大きさの木くずのようなものがみっしりと詰まった袋だった。

「一部ですが」

手に取った。予想していた以上に重たい。

「シュレッダーダストです。工業用シュレッダーで廃家電や廃自動車を断裁したものです」

奈良は無言でそれを小山に渡した。小山は受け取ったが、黙ったままだ。

「大量に見つかっているんですか」

石神が頷いた。

「他にもテレビや冷蔵庫がほぼ原形をとどめたまま、出てきています。秩父アミューズメントパークの受付棟にあったものではない。土砂に巻き込まれた空き家もない」

総雨量がたったの八百ミリで表層だけでなく深い地盤までいっきに崩れた。深層崩壊だ。有毒ガスらしきものも発生している。なにかがおかしいとは思っていた。

石神がパソコンを開き、去年の十一月のものだという黒部春日地区の航空写真を見せた。

「黒部山の中腹に、逆さ十字みたいな形をした土地が見えるでしょう」

谷間にある平地で、ひし形をすぼめたような形をしている。石神が、崩落前と崩落後の画像を並べてみせた。

「土地の中央部分は更地で、南側にコンクリートの建物があった」

崩落前の画像では確かに四角いコンクリートの建物が見える。その北側は駐車場のようだった。白線が引かれていて、車止めのようなものが等間隔に設置されている。航空写真では点にしか見えない。

「この駐車場の先は木々に隠れて航空画像からは見えませんが、舗装道路とつながっています。いくつかのヘアピンカーブやトンネルを経て国道２９９号に接続します」

石神が映像に切り替えた。災害発生初日にドローン隊が撮影したものだという。崩落部分の目前まで近づくことができるので、ヘリからの映像よりも詳細に見える。

「更地だったところが地中十五メートルほどから崩落、コンクリートの建物を飲み込んで下へ滑り、秩父アミューズメントパークの受付棟や陸上トラックを破壊しながら、黒部川へ注いだ」

崩落箇所はバウムクーヘンのような層になっていた。石神が親切にもひとつひとつ指を指して説明していく。底の方の土は墨汁で浸したように真っ黒だった。

「黒いところがシュレッダーダストの層で、その上に三十センチの土の層があります。更にその上に廃家電などが適切な処理をされずに投棄されていた。少し焼いたような痕跡はありました」

どの層に何が埋められていたのか、崩落した断層の分析と流出物に付着した土を解析すれば、おおむね把握できるようだ。

「不法投棄の現場だったことは間違いない」

国土交通省の専門家もそう指摘しているという。

「土に直接埋めることが許されているゴミはごく一部です。廃プラスチック類、ゴムくず、金属くず、瓦礫類、ガラスやコンクリートおよび陶磁器くず。以上の五種類のみ」

石神が正確に説明する。

「無論、中間処理施設で破砕し焼却して容積を小さくし、安定化させてからの話ですがね」

安定化というのはなんとなくわかるが、石神が解説した。

「土の中で廃棄物が化学反応を起こさない状態のことです。化学物質が滲出（しんしゅつ）するとか、汚水になって地下に滞留する恐れのない状態とも言います」

土に埋める場合は、外部流出を防ぐための設備も必要だろう。

「擁壁や堰堤（えんてい）はもちろんのこと、突発的な豪雨で崩れないように、雨水を外に逃がすための水抜き施設も絶対に必要です」

今回は八百ミリの雨で崩れた。水抜き施設がなかったのか。奈良は尋ねた。

「崩落箇所を見る限り、擁壁も堰堤もない。遮水シートすら見当たらなかった」

石神が、小山が持ったままのシュレッダーダストを見下ろした。

「ちなみにそれは安定型の産廃ではない。管理型の最終処分場に行くべき産廃だ」

小山が初めて発言する。

「現在の土地の所有者は誰だ」

「役所に問い合わせたが誰も把握していない。登記簿をざっと調べたが複数人いる」

「十六年前は金文商事という産業廃棄物処理業者の土地だったはずだ」

「そんなことは言われなくても知っていますよ。私もあの捜査本部にいたこと、忘れたとは言わせません」

石神が咳払いを挟む。

「黒部の殺人事件の、特別捜査本部に」

黒部の殺人事件は、奈良が唯一思い出さないようにしていた事件でもある。小山とはその後もいくつもの事件捜査を共にしてきたが、黒部の殺人事件だけは話題にしたことがない。酒を飲んでも、奈良が新米のころの話になっても、お互いに黒部の件については触れなかった。

迷宮入りさせてしまった事件だからだ。三年も捜査本部にいて毎日靴底をすり減らしたが、解決できなかった。奈良の二十年近い刑事人生で、唯一のお宮入り事件でもある。

夜、奈良は寝る前の一服をしに、秩父署の道場を出た。今晩もロビーには雅也と壮真がいる。カップラーメンをすすっていた。昼に三角巾の確認で署に来たあと、一旦自宅に帰り、また来たようだ。雅也はカップラーメンを手に持ったまま、奈良に深く頭を下げた。

「昼間は失礼しました。泣いちゃって……」

雅也は照れくさそうだ。壮真はニコニコと父親の背中を見ている。

「パパ、号泣だったよね」

「お前だって泣いてたろ、幼稚園児みてーだったぞ」

父親と息子のやり取りを、奈良は微笑（ほほえ）ましく見る。雅也が壮真に言う。

「あれ、刑事さんに見せてやれ」

壮真はリュックからきんちゃく袋を出した。奈良に中身を渡す。

「学校の給食で使うランチョンマット。ばあばが名前を書いてくれたんだ」

奈良はランチョンマットを広げた。『若月壮真』と少し滲（にじ）んだ文字で書かれていた。

「母は昔っから、文字を書くときに角で一回止める癖があるんで、滲むんですよ」

『若』という文字の『口』の字の右上が確かに丸く滲んでいた。『月』という字もだ。三角巾に記されていた『若月』という文字にそういった特徴があっただろうか。奈良はそこまでは見ていなかったが、家族には一目でわかるものらしい。

「あの三角巾の文字にも同じ特徴がありました。あれは母のもので間違いありません。昼間、泣いちゃってちゃんと説明できなくてすみません」

「大丈夫ですよ。根拠を示していただけると助かります」

壮真が上目遣いに奈良を見る。

「ばあばの三角巾、いつ返してもらえる？」

状況からして事件性はないが、本人が発見されていないので遺留品は返却できない。奈良が言葉を探していると、雅也がハッとしたように言う。

「もしかして、今日中は難しいですか」

「今日中は、さすがに……」

雅也はガックリと肩を落とした。

「てっきりすぐに受け取れると思ったんで、夜通しここで待ってたんすけど」

奈良は、警察官の案内不足を謝罪した。二人はカップラーメンを食べ終えると、警察署を出ていこうとした。奈良は慌てて声をかけた。

「もう夜遅いですから、送っていきますよ」


雅也と壮真は秩父鉄道の秩父駅からバスで十五分ほどの一軒家に住んでいた。市が管理する空き家バンクで見つけた賃貸物件だという。元は飯能(はんのう)市育ちらしかった。

「自分の親が離婚してからは、母と埼玉県内を転々としていました。貧乏だし、母親は働きづめで家にいないし、お灸を据える父親がいないしで、だいぶグレて母親には迷惑かけました」

後部座席で、壮真は両手を投げ出して眠っている。お腹がぽっこりと出ていてかわいらしかった。

助手席の雅也も眠たそうだが、とつとつと母親の話をする。

「四十くらいのときに、このままじゃいかんと思ったみたいです。ちょうど俺が中二の反抗期真っただ中のころですよ。手に職をつけて生活を安定させなきゃと思ったようで、看護師目指して看護学校に通っていたんですよ」

「すごいですね。家計を一人で支え、家事もこなしながら学校に通うのは大変なことですよ」

「プラス、不良息子を抱えてね」

自分で付け加え、雅也は大笑いする。

「あのときのことをちゃんと謝ったことがなかったんで、母が帰ってきたらまず俺は謝らなきゃいけないなって思うんですよ」

愛子は結局、看護師の国家試験に受かることができなかったという。三度目の受験で挫折したらしい。

「学費の借金だけが残っちゃって、貧困の出口が見えなかったっすね。ま、いまも見えないっちゃ見えないですけど、食えてはいるんで」

しばらく会話が途切れた。雅也が後ろで眠る息子をちらりと見る。ため息まじりに、七十二時間の壁について話し始めた。

「今朝、うちの母親、夢に出てきたんすよ」

今日の朝、雅也は呆然とした表情をしてソファに座っていた。その後、顔を叩いて、仕事に行かなきゃと張り切りだした。

「子供のころに見てた、いつもの母なんです。さっき話したように、働きづめだったので、冬はまだ暗いうちから仕事に行くわけです。俺が小学校のときは、近所のコンビニの朝番をやってました。家で制服を着て上からコートをはおって仕事に行ってたんですよ。朝ごはんできているからね、気を付けて学校に行くんだよって。俺はいつもそれを寝ぼけ眼で聞き流していたんですけど」

雅也が突然、黙り込んだ。目には涙が溜まっていた。ごまかすように助手席のシートにもたれ、窓の外の景色を見る。

「夢の中でも、当時と同じ恰好で、行ってくるって言うわけです。俺は——もう母はこれで仕事に行ったっきり帰ってこられないと、布団の中で母の声を聞きながら、わかっているわけです。夢の中の母も、それが最後だとわかっているふうなんすよ」

雅也が嗚咽を漏らした。バックミラー越しに、壮真が目覚めたのが見える。

「たぶんもう帰れないけど、びっくりしないでね、って言うんです。お母さんのことは気にしないで、普通に過ごしてね、って言うんです……」

雅也はそこで目が覚めたという。時刻は五時二十七分を過ぎたところだった。

「正直それまで、母が土砂災害に巻き込まれたと聞いても、え、なにって感じで。ピンと来なかったんです。あのとき夢に出てきて、初めて、実感がわいたというか。すいません。すいません……」

「いいですよ、気にしないで」

奈良はスラックスのポケットからハンカチを出し、渡した。すいません、と雅也は受け取り、目頭に強く当てる。

「ちょっとこの話は誰にもできないなと思ってたんです、絶対泣いちゃうから。息子にも」

奈良は、バックミラー越しに、壮真が慌てて目を閉じたのを見た。

「今日、がんばって仕事して自宅に帰ったら、壮真が言うんですよ。明け方、ばあばが夢に出てきたと」

奈良も目頭が熱くなってきた。

「警察署のロビーで寝てたら、ばあばが揺り起こしてきたと。こんなところで寝ていたら風邪をひくから、家に帰りなさい、と夢の中で言っていたと言うんです」

「愛子さんは——最後のお別れに、来ていたのかもしれませんね」

生存の可能性がゼロではないが、奈良は言わずにはいられなかった。雅也も大きく頷いた。

二人が住む賃貸の一軒家は、築四十年の二階建てだった。古民家と言えるほど風情もない。手入れをする時間もないのだろう、庭は雑草だらけだ。門扉は錆びつき、いまにも朽ちて外れそうだった。ビニールテープで補修されている。

雅也は壮真をおんぶして、玄関口で頭を下げた。


秩父市の中心地に戻ってきた。西武秩父駅周辺は、殆どの店が閉まっている。ロータリー近くでは、パブや飲食店などが数軒並ぶ。人通りは少ない。

その前で車を停めた。秩父税務署が見えた。その北側に、六階建てのビルがある。広大な敷地の中にはダンプカーが整然と並んでいる。『金文商事』とボディに書かれていた。門扉は見当たらない。会社の銘板や看板も見当たらなかった。

ビルの入口前でうろつく人影が見えた。全てのフロアの明かりが落ちて、一階入口はブラインドで閉ざされていた。不審者か。窓を開けて声をかけようとしたが、煙草のにおいでわかった。

「小山。なにやってんだ」

くわえ煙草のまま、小山が振り返る。

「奈良か？　お前こそ。車かよ。秩父署からすぐだぞ」

小山がこちらへ歩いてきた。

「秩父市が正式に発表したようだぞ。土砂崩れ現場の瓦礫の総量は、産廃だけでも四百万立米だと」

「りゅうべいってなんだ」

「立方メートルのことだろ。体積。東京ドームが百二十四万立米だから、計算すると、ドーム三・二杯分だ」

誰が処理するのか。小山が助手席に座りながら呟く。

「その件で、埼玉県と秩父市が対立しているんだと。どこで処理するか、誰が費用を負担するか」

「そもそも東京ドーム三杯分の産廃を一瞬で不法投棄できるはずがない。ダンプでせっせと運び続けたとして数か月はかかるだろ。その間、なんで行政も警察も摘発しなかったんだ」

「土地の持ち主が誰なのかってところがはっきりしないと、なんとも言えない」

奈良はため息をついた。

「生活経済課の捜査待ちか」

そういえば、と小山が煙草に火をつけた。

「石神課長殿、えらい高級時計を嵌めてたな」

ランゲ&ゾーネというブランドメーカーのもので、四、五百万円するらしい。十六年前の黒部の殺人事件のときはロレックスをつけていた。小山は突然、笑い出した。

「なんだよ」

「お前が運転で俺が助手席。十六年前みたいだな」

翌日も朝から荒川流域の捜索に入った。昼には北部にある皆野町の境界まで辿(たど)り着く。もう少し下流に行くと赤平川と合流し、やがて長瀞(ながとろ)町に入る。埼玉県の観光名所、長瀞ライン下りの流域だ。運営会社に問い合わせると、土砂崩落以降は川がゴミだらけになり、ライン下りは中止しているという。スタッフ総出で毎日ゴミを片付けているということだった。

「行方不明者やその遺留品が流れ着いている可能性があるのです。集めたゴミは収集に出さず、一時保管しておいてくれますか」

午後、奈良班は急いで長瀞ライン下りの乗船場へ行き、ゴミ袋の中身を漁った。スニーカーが一足出てきた。元は白かったようだが、泥で茶色く汚れている。履きつぶした様子があり、かかと部分が折れてゴムが飛び出していた。ゴム底もかなりすり減っている。サイズ表示が消えてしまっていた。森川がメジャーを出して図る。

「二十二・五センチですね」

若月愛子の足のサイズと同じだ。本人のものかもしれない。採証袋に入れて、鑑識作業員にすぐさま届ける必要がある。彼らは、秩父アミューズメントパークの受付棟があった付近にテントを張っている。森川を現場に残し、小山と共に車で向かった。

今日もレスキュー隊員を中心に、埼玉消防の面々が受付棟周辺の瓦礫の山を捜索していた。駐車場から降りると、上空から虫の羽音のようなものが聞こえた。見上げると、ドローンがいた。県警本部のドローン隊が土砂流出箇所に飛ばしているようだ。スーツ姿でヘルメットをかぶり、モニターをのぞきこむ人がいる。特殊捜査係の係長だった。立てこもりや誘拐事件が専門の彼だが、なにをしに来たのだろう。奈良は声をかけた。

「捜索を手伝っているんだってな。お疲れ様。今日からうちも本格的に捜査に加わるんだ」

「なぜ特殊捜査係が？」

「若月愛子さんは恐らく亡くなっている。不法投棄による業務上過失致死事件にあたる。うちの担当だ」

小山が奈良の肩を叩き、レスキュー隊のいる瓦礫の山を指さした。大泉隊長と防災服姿の男が話し込んでいた。一瞬、誰だかわからなかった。スーツ姿しか見たことがないのだ。

「野口係長！」

奈良は声をかけた。野口が振り返る。大泉に一礼し、頼りない足取りで瓦礫の山を降りてきた。

「係長が殺人以外の現場に来るなんて珍しいですね。しかも防災服」

「奈良。不法投棄物の処分についての話を聞いたか」

いつも飄々（ひょうひょう）としている野口の表情が厳しい。

「現場で四百万立米という量の産業廃棄物が見つかっている。捜索の邪魔になるから、その殆どが現場から運び出されている」

奈良は改めて周囲を見渡した。確かにこの数日で、瓦礫やゴミ、土砂がかなり撤去されている。一部はがらんどうの更地になっていた。

「公営のゴミ保管所に持っていったそうだが、不法投棄による業務上過失致死を問う捜査本部が立ち上がる予定だ。すぐに処分はできない。逮捕、送検までも相当な時間がかかる事案だ」

確かにこれだけの不法投棄の量だと、犯人を突き止めても、事実関係の詳細を紐づけるのに相当に骨が折れるだろう。最低でも数年はかかりそうだ。それまでは不法投棄物を証拠品として保管する必要があるが、いつまでも公営の保管所に置いておけない。証拠品なので処分するわけにもいかない。東京ドーム三・二杯分の産廃を、県警の土地で保管できるスペースも、思い当たらなかった。

「それでな、石神のお出ましだ」

野口も石神のことをよく覚えていたようで、苦々しい顔をしている。十六年前の黒部の殺人事件のとき、野口は班長として捜査本部に入り、小山や奈良の捜査を指揮する立場にあった。

「保管所を提供してくれる業者が現れたと石神が言い出した」

奈良は直感で気付いた。

「金文商事ですか」

奈良は小山と共に、秩父警察署の捜査本部に乗り込んだ。

石神は部下と談笑しながらコーヒーを飲んでいた。ワイシャツを捲りあげている。ランゲ&ゾーネの高級時計がよく見えた。目が合った。奈良は怒鳴る。

「あんたか、不法投棄物の保管を金文商事に持ち掛けたのは」

「あれはあちらから——」

「どういうつもりだ、金文商事が不法投棄したゴミかもしれないんだぞ！」

石神は心底呆れた顔をして、奈良を見据える。

「またその思い込みで捜査をするつもりか」

奈良は言葉に詰まる。

「金文商事は悪の権化（ごんげ）。証拠もないくせにそう思い込んでいるだろ。その思い込みが十六年前の殺人事件を迷宮入りさせたんじゃないのか」

奈良は石神の襟ぐりをつかみあげたくなった。一歩出たところで、小山が遮るように前に出る。

「十六年前の事件が迷宮入りしたのはあんたのせいだろ」

「なに」

「あんたが容疑者に捜査情報を流していたからだ」

「でたらめを言うな。そもそも金文商事も、金木大輔も容疑者じゃない！」

小山と石神がもみ合いになった。奈良は間に入る。いまや奈良が小山の上司だ。落ち着かなくてはならない。

「ともかく、あの産廃や瓦礫は不法投棄の証拠品だ。崩落した土地の持ち主だった金文商事が容疑者の筆頭になるのは当然だ。その金文商事の一時保管所を借りるなど、言語道断だ！」

「それなら君が東京ドーム三杯分のゴミを保管できる企業を探してきたまえよ」

石神が奈良を見下ろした。奈良ははらわたが煮えくりかえり、殴りかかりそうになったところで、「奈良」と呼ぶ声が聞こえた。振り返る。

捜査一課の管理官、比留間賢作が書類を片手に、立っていた。比留間とはこれまでいくつもの事案を共にしてきた。奈良が最も信頼する優秀な管理官だ。

「比留間さん、どうしてこんなところに」

「お前こそ、らしくないぞ。なにをわめいている」

奈良は我に返った。石神の襟ぐりをつかんでいた手を離す。

「なにが原因か知らんが、仲間割れなどしている暇はないぞ」

比留間は雑然とした捜査本部を見回した。

「悪質な大規模不法投棄事件として捜査する」

奈良、と比留間は悲しげにため息をついた。

「さっきロビーで行方不明者の家族を見かけた。お前が面倒を見ているんだろう。お前も捜査本部に入れ」

奈良は腹から返事の声を出し、頷いた。小山もやる気満々だが、石神が嚙みついた。

「ちょっと待ってください。奈良班は捜査一課所属でしょう。これは殺人事件ではない、不法投棄による業務上過失致死事件だ。捜査一課からは特殊捜査係が出れば充分な事案です」

「君は捜査本部の規模を仕切る立場にない」

比留間はあっさりと石神の意見を却下した。奈良にも厳しい目を向ける。

「奈良、強行犯捜査担当からはお前らの班だけだ」

「言葉は悪いが、被害者の数が一名しかいない。マスコミも全く報道していない」

注目度が低い事件は捜査本部の予算も少ない。捜査員の数も割り振られない。

期待するなと比留間は言いたいのだ。

「人も金もない。厳しい捜査になる」


捜査本部の設置準備を一日ですることになった。

奈良は家族のケアをしていたこともあり、行方不明になっている若月愛子の鑑取り捜査報告書を作ることになった。雅也の了解のもと、愛子の自宅アパートに入る。雅也の自宅から徒歩十分の場所にある、二階建ての木造アパートの一階だ。平日の昼間だったが、壮真も来ていた。

「家宅捜索をするんだって言ったら、僕も行くと聞かなくて」

「そんな大袈裟なもんじゃないですよ。物を押収するということも恐らくありません」

業務上過失致死罪での捜査として立件する場合、愛子の死亡が確定していることが条件になる。自主的に行方をくらましているとか事件に巻き込まれた可能性があれば、生存の可能性が出てくる。今日の家宅捜索は、その可能性を排除するためのものだ。奈良は丁寧に説明したが、雅也は聞き流している。

「まあ、奈良さんならいいですよ。どうぞ見てやってください」

「まどろっこしくてすみません。法に基づいてやるとなると、わかりにくいですよね」

奈良は念のため、壮真にも確かめる。

「ばあちゃんち、入ってもいいか？」

「いいよ」

壮真はそっけなかった。雅也が鍵を開ける。壮真が扉を開けて率先して中に入っていった。新聞紙くらいの広さの玄関に、サンダルが一足だけ出ていた。小さな下駄箱の上には、折り紙の作品が二つ置いてあったが、形が崩れていて、なにかはわからない。

「これ、カブトムシだよ。ばあばと二人で折ったの」

「そうか。えらい複雑そうだな」

「そう。訳わかんなくて、最後むかついてぐちゃって丸めて捨てたの。なんでゴミを飾ってるんだろ」

祖母にとってはゴミではないのだ。２ＤＫの間取りの室内を見回す。寝室として使っている和室は布団が敷きっぱなしだった。壮真がそこにごろんと転がる。

「やべー。ばあばのにおいがする」

雅也が布団の横にあぐらをかき、「パパにはわかんない」と言って首を傾げている。奈良はリビングとダイニングを確認したが、誰かと揉めた形跡など、事件性のある出来事が発生した痕跡はない。

雅也は台所に行って冷蔵庫をのぞき、「これ食っちゃわないとな」と呟いている。食器棚の引き出しからビニール袋を出し、冷蔵庫の中身を入れている。冷蔵庫の扉には七月のカレンダーが貼られていた。新聞のチラシに毎月入ってくるカレンダーだ。仕事などの予定は記入されていなかった。七月四日、土砂災害のあった日の翌日には、『壮真、保護者会15時から』と記されていた。父親の代わりに行く予定だったのかもしれない。十八日には『壮真、給食終わり』と書いてあった。翌日から昼食を作るつもりだったのだろう。七月二十日には『壮真、夏休み開始』と記されている。

壮真はリビングのテレビ台の下を開けていた。

「なにかあったか？」

「僕が遊びに来たときのためにDVDそろえてくれてたんだよー、MCUの」

『アベンジャーズ』のDVDには、レンタルショップのシールが貼られていた。中古販売されたDVDだろう。壮真はDVDを抱えて父親に持って帰るように頼んでいる。

奈良はテレビ台の中に、ミッキーマウスの缶を見つけた。ディズニーランドのお土産のクッキー缶のようだ。二〇〇九年のクリスマス商品だったようだ。雅也が苦笑いでやってきた。

「新婚のとき、当時の嫁とディズニー行って。そんときの土産の缶じゃないかなー」

雅也が、なにを入れていたのかと缶を開ける。

「なんだこれ。ゴミか？」

ティッシュの塊があった。よく見ると、てるてる坊主だ。顔が書いてあるが、歪(ゆが)んでいる。付箋が頭の後ろに貼り付けてあった。

『平成28年6月、壮真と作る』

料理のレシピが記されたメモ用紙も出てきた。裏側に、うっすらと◯が二つと口のような線が描いてある。人の顔だろうか。すぐ下にメモがしてあった。

『平成25年3月、壮真が書く』

雅也は声をあげて笑った。

「これ、お前が二歳のときの絵らしいぞ」

壮真は腹を抱えて笑っている。塗り絵もあった。恐らくは愛子が塗ったのだろう、丁寧に色づけされているところと、壮真がぐちゃぐちゃに塗りつぶしたところが、半々だった。

『平成27年7月、壮真と塗る』

どんぐりやまつぼっくりも入っていた。いつどこで壮真と拾ったかを書いた付箋が貼り付けてある。

「ばあばの宝物箱だったんだな」

雅也が蓋をしながら言った。いやそれゴミでしょ、と壮真は言った。嬉しそうな顔だった。

「ばあちゃんが見つかったら、棺に入れてやろうな」

若月愛子の自宅には、写真は殆どなく、日記や手帳もなかった。愛子の記録は、ディズニーの缶の中にあるものが全てだった。


奈良は捜査本部に戻った。パソコンで若月愛子に関する資料を作っていると、森川が声をかけてきた。

「さっき鑑識から届いたファックスですけど、非常に興味深い分析結果が載っていましたよ」

奈良が一人で捜索を手伝った発生翌日の話になる。

「奈良さん言ってたじゃないですか、雨が降り出したら土から煙が出てきたと」

土は採取され、科学捜査研究所が分析していたらしい。

「モルタルが焼けて水に溶けたものが土に染みこんでいたみたいです。土は強アルカリ性になって、熱を持っていたみたいですね。それで雨が降ったら化学反応を起こして煙のようなものが出た」

「モルタルといったら、建築現場で使用されるもんだよな」

「犯人が土中に投棄し、容積を減らすために火をつけたんじゃないかと思います。燃え尽きたところで覆土した。降った雨で水溶液となり土中に染み出たと思われます」

奈良は後ろの生活経済課の捜査員を振り返った。産業廃棄物法の分厚い冊子を借り、尋ねる。

「モルタルってのはどうやって投棄するのが正しいんですか」

捜査員はパソコンにせわしくなにかを打ち込んでいる。手を止めず、簡潔に説明する。

「通常は破砕処理して容積を小さくしたあと、管理型最終処分場行きになります」

安定化することができない、環境に影響を及ぼしてしまう産廃を埋めるのが、管理型処分場だ。安定型の最終処分場よりも厳重な遮水工に囲まれた場所に捨てられる。

「最近はリサイクルが強化されていて、九十パーセント以上のモルタルが最終処分場には行かないはずですけどね。しかし、リサイクルは高くつきますから」

モルタルを一トン引き受けたら排出者から一、二万円は取れる。それをリサイクル工場に引き取ってもらうと、大手や優良企業だと一万円以上払うことになるのだという。

「利ザヤは数千円か、下手をするとゼロか」

「ええ。しかし不法投棄してしまえば、丸儲けです」

奈良は礼を言い、パソコンの前に戻る。誰かの丸儲けのせいで、全く無関係の若月愛子は土砂崩れに巻き込まれた。キーボードを叩く指に力が入る。


「起立！」

特別捜査本部長となった秩父署長が号令をかけた。秩父警察署の講堂に、約五十人の捜査員が座っていた。奈良も立ち上がり、幹部に敬礼して着席する。右に小山、左に森川を従えているが、気心の知れた他の捜査一課の刑事たちの姿はない。

レスキュー隊の大泉隊長が、一番目に報告に立った。スーツ姿の刑事の中で唯一の作業服姿だ。現場の画像や動画をプロジェクターで示しながら、若月愛子の捜索状況を説明していく。

「受付棟の瓦礫の下からタイムカードが出てきました。土砂災害発生時に受付棟にいたことは間違いなく、その後、黒部川や荒川で点々と遺留品が見つかっています」

ホワイトボードに貼られた埼玉県西部の地図を指した。黒部川と荒川の流れがわかりやすいように赤い線で記されている。

「三角巾が荒川との合流地点で発見されています。現場から約十キロ下流の長瀞ライン下りが行われている現場からは、女性もののスニーカーが発見されましたが、本人のものとは確認できていません。一方で、同地点で回収されたゴミから、ピンク色の作業着が見つかっています」

現物の写真が提示された。愛子が勤める清掃委託業者の上衣だという。この上衣にも『若月』とペン書きで名前が記されていた。

「以上の状況から、若月さんはこの地点まで流されている可能性があります。一方で、土砂に巻き込まれ、はぎ取られた衣類だけが流されたとも考えられます」

衣類は軽いから、より遠くに流されやすいということだろう。

「ご本人は受付棟の瓦礫の下にいる可能性もあり、引き続き捜索を続けていきます」

次に、今回の黒部山土砂崩落のメカニズムについての説明があった。壇上に立ったのは国土交通省関東地方整備局の職員だ。おおむね、石神が説明していたのと同じ内容だった。副署長がマイク越しに言う。

「続いて生活経済課より、崩落した黒部春日地区の現在の所有者についての報告を」

扉が開く。生活経済課の捜査員たちが、段ボール箱を山積みにした台車を押して入ってきた。石神が叫ぶ。

「これより資料をお配りします！」

大型クリップでも留めきれない厚さ三センチ超えの書類だった。一冊、二冊、三冊と奈良の眼前に積み上げられていく。紐綴(と)じされたそれを手に取る。表紙を見て驚愕した。『1／18』と記されている。全部で十八冊もあるらしい。

奈良は一冊目のページを捲(めく)る。企業名と思しきものと代表者氏名、代表電話番号、現住所が記された一覧表が目につく。通し番号は十四まであった。法人名が並ぶ中で、個人名がひとつ。久保恵一、八十五歳で現住所は秩父市黒部春日町一八五番地とある。黒部体育館で出会った男性だ。

石神が一冊目の冒頭にある概要を見るよう指示する。

「崩落した黒部春日地区の、現在の土地所有者一覧です」

次々とページを捲る音がする。部屋がざわついた。森川と小山は目を合わせ「土地の持ち主がこんなに？」と口走っている。

「静粛に！」

副署長がマイクなしで叫んだ。静まり返る。

「黒部春日地区の総面積は山の斜面を含めるとおおよそ五十万平米、五十ヘクタールあります。うち崩落したのは二十七ヘクタールでした」

石神がプロジェクターで崩落前の航空写真を示しながら伝えた。

「十八年前の二〇〇一年にさかのぼります。当時この地域一帯は秩父郡黒部町春日と呼ばれ、十世帯十四人の住民が住んでいました」

当時の航空画像に切り替わる。痩せたひし形の土地に段々畑と家屋がうつっている。

「ここに産廃の最終処分場を作る計画が持ち上がり、全戸が移転しました。地域一帯の四十ヘクタール分の土地が、秩父市宮原町に本社を置く金文商事という産廃業者の名義となりました」

二年後の二〇〇三年、住民の間で最終処分場建設反対運動が起きて、激しい攻防が繰り広げられた。

「同年十二月には反対派のリーダーが撲殺される事件も起こっています」

幹部の何人かがこちらを見た。奈良と小山がその殺人の捜査本部に入っていたと知っているのだろう。

「翌二〇〇四年の住民投票にて、最終処分場計画は反対多数の結論が出て、金文商事は撤退を余儀なくされました。しかし黒部町は土地の買い戻しを拒否。土地はこの間手付かずで、荒廃していくことになりました。たった一人春日地区に戻った住民がいます。それが、八番目に名前がある久保恵一さんです」

久保恵一は現在、娘夫婦の自宅に住んでいる。足が悪いのは事故によるものだった。去年の夏に自宅で転倒し、大腿骨を骨折した。退院後は娘の自宅でリハビリをしており、一年近く黒部春日の自宅はあけていたようだ。

「彼は春日地区の高台に土地がありまして、家屋の被害は免れています」

話が過去に戻る。

「この黒部春日地区ですが、二〇一二年になってようやく買い手が現れました。リゾート会社である城西開発です」

捜査員が少しどよめく。城西開発は埼玉県内のリゾート開発業者としては最大手だった。埼玉テレビでよくＣＭを見かけた。秩父アミューズメントパークを作ったのも城西開発だ。

「黒部春日地区の再開発計画ですが、秩父アミューズメントパークの拡大を狙ったものです。しかし、城西開発は二〇一五年に倒産しています」

巨額の負債を抱えての倒産だった。関連会社も次々と倒れた。

「秩父アミューズメントパークについては東京のリゾート会社が買い取り、現在まで運営が続いています。未開発だった黒部春日地区は破産管財人の管理下に置かれました」

生活経済課は土地の持ち主に辿(たど)り着くまでに骨が折れただろう。秩父市の行政文書や登記簿の他に、地裁の資料を取り寄せて分析することになる。

「黒部春日地区の土地、四十ヘクタールは二〇一六年に競売開始、買い手がつかないまま、二〇一七年にようやく『久我開発』という法人が落札しました。地裁に残っていた文書には宅地への造成目的と記されています」

宅地造成したところで、住み着く人が増えるとは思えなかった。最寄りの黒部駅からは車で二十分かかる。黒部駅は無人駅で、周辺にコンビニのひとつもない。市町村合併のときに学校の統廃合が行われたので、最寄りの小中学校は黒部春日地区からは十キロも離れている。

「この久我開発ですが、我々が調べたところ、二〇一八年には倒産しています」

土地を落札したわずか一年後だ。

「倒産の直前に、黒部春日の約四十ヘクタールの土地を十四の関連会社に分割譲渡していることがわかりました」

捜査員たちが一斉にため息をついたり、ぼやいたりした。どよめきが大きくなる。

「それでこの数か……」

小山もパイプ椅子にもたれ、呟いた。ざわめきの中、石神が声を張り上げる。

「土地は十四分割され、登記上は十四の法人所有となりました。我々生活経済課は土砂災害の発生直後から、登記簿を取り寄せて持ち主の法人をしらみつぶしにあたってきました」

石神の眉間に深い皺(しわ)が寄る。

「実体のある法人には行きあたりませんでした。どうやら全てペーパーカンパニーのようです」

初めて比留間管理官が口を挟む。

「そもそも、競売で土地を手に入れた久我開発からして怪しいな」

石神が大きく頷いた。

「我々は引き続き、この十四の法人と久我開発の実態を調べますが、十四番目の法人に注目していただきたい」

奈良は急いで当該のページを捲った。やはりな、と思っただけだ。

『金木大輔』

崎玉商事なる企業の代表者として、名を連ねていた。隣の小山は拳が震えている。十六年前の黒部の殺人事件の容疑者だった男だ。死体の第一発見者だった。ふてぶてしく聴取に応じ、権力者の陰に隠れて逃げおおせた。

「金木大輔は、黒部春日地区の元の所有者だった金文商事の、現在の社長です」

小山は笑い出した。よほど腹に据えかねたのか。

「警察の捜査から逃亡したやつが、いつの間にか社長だと……！」

「十六年前の黒部の殺人事件の際は、第一容疑者でした」

石神が淡々と付け加えた。

「迷宮入りした事件だったな」

比留間が重々しく、奈良を呼んだ。

「十六年前の黒部の事件もおさらいしたい。あの土地が荒廃する原因となった殺人事件だ」

奈良は立ち上がり、壇上へ上がる。資料など一切いらない。いつ誰がなにをしたのか。全て覚えている。

第二章　迷宮

1

殺人の第一報が入ったとき、小山啓泰は夫婦喧嘩の真っ最中だった。久々に定時で帰宅できたのに、妻は邪険に小山を扱う。ゆっくり晩酌を楽しんでいても、「食卓が片付かない」とせっついてくる。数か月ぶりの一番風呂も、小学生になる長男に取られた。

「お前、息子にどんな教育をしているんだよ」

「事件事件で家に寄りつかないくせに、口出ししないで」

「帰りにくくさせてんのはそういうお前の態度だろうが！」

本部から支給されている携帯電話が鳴った。直属の上司である捜査一課二係二班の班長、野口からだった。

「殺人。黒部署管内だ」

遠い。小山が住むさいたま市から車で一時間以上かかる。

「酒入ってますけど」

「お抱え運転手が連れていってくれるさ。到着したらピンポン押すとさ」

大宮ナンバーの捜査車両が十分で迎えにきた。奈良健市、三十歳、この秋に捜査一課に配属されたばかりの新人刑事だ。毎日デスクを拭いたり先輩に茶を淹れたりファックスを配ったりしている。奈良にとっては初めての殺しの事件になりそうだが、ハンドルを握る本人は淡々としていた。新人刑事によくある前のめりの張り切った様子がない。

「今日は秩父夜祭の最終日のようですね」

国道２９９号の秩父方面の車線は空いているが、反対の上り車線は渋滞していた。ヘッドライトの連なりが光の帯となりどこまでも続いている。

秩父夜祭は毎年十二月二日と三日の二日間行われ、のべ三十万人近い人出がある。日本三大曳山祭（ひきやままつ）りのひとつで、埼玉県西部地方の観光の目玉でもある。

「秩父夜祭の最終日に殺しとは、大変な夜です。おかげで現場はぐちゃぐちゃみたいっすよ」

小山は扉のサイドポケットに入っていた地図を開き、確かめる。

「現場は黒部町だろ。祭りの会場ってわけじゃない」

黒部町は、秩父市の東側に隣接する小さな町だ。

「花火見たさで周辺道路に車が殺到していたときに、通報が入ったらしいです」

「現場の住所は？」

「黒部町春日、二〇〇番地付近です。黒部山の中腹で、周囲に民家はありません」

小山は黒部駐在所からのルートを確認する。渋滞している国道２９９号を通らないと辿り着けない。

「駐在所も空っぽだったらしいです。秩父夜祭の沿道警備でヘルプに出ていたとか」

電話に出た駐在の妻が慌てて夫を呼び戻したが、そもそも秩父夜祭の日に秩父を脱出するのは警察車両でも至難の業と聞く。管轄の黒部警察署も、秩父夜祭に殆どの警察官を駆り出されていたようだ。

「刑事生活安全課で五人しかいない、ミニ警察署ですからね」

刑事課と生活安全課は担当が違うが、小規模所轄署の場合は人数が少ないので、一緒くたにされることがある。

「強行犯係は何人いるんだ？」

「窃盗係と掛け持ちで三人だそうですよ」

小山はぼやく。

「ちゃんと現場保存できてるかなぁ」

「駐在がバイクで秩父市街地から現場に向かったようなんですけど、結局、現着が二一四三（フタヒトヨンサン）ですからね」

通報があったのは二十一時三分だったという。民家もない山間部が現場なら、街灯もなさそうだ。真っ暗闇だろう。

「第一発見者と死体が真っ暗闇の中、四十分も二人きりか」

「第一発見者を疑え、とよく言われますが」

「現場をいくらでも偽装できただろう」

西武秩父線黒部駅の前にさしかかる。西武線の特急が高架線路を通過していく。真っ暗闇の中を光の棒が走っているようだ。

急こう配の山道に入った。トンネルを二つ抜けた先にヘアピンカーブが続く。日光のいろは坂を思わせるほどのきついカーブだ。奈良は四苦八苦している。Y字路が見えてきた。左手の道は工事中で通行止めだった。

「止めろ。なんの工事現場だ？」

奈良は確認してきます、と車を降りる。小山も助手席から出た。煙草を吸いたい。

「防犯カメラの類があるかもしれないからな、失念するな」

工事の詳細が記された看板が出ている。建物の仮名称が『秩父アミューズメントパーク』だった。二〇〇五年にオープン予定らしい。煙草を吸い終わるころ、奈良が戻ってきた。

「防犯カメラはありませんでした」

「こんな山奥に遊園地でも作ってんのかな。秩父アミューズメントパークだってさ」

奈良は興味がなさそうだ。独身で子供もいないし、女とデートする予定もないのだろう。無論、したくとも暇がない。捜査一課は激務だ。

車に戻り、Y字路を右へ進んだ。木々の隙間から小さな光の集合体が見えた。秩父市街地か。だいぶ標高の高い場所まで来たようだ。進むにつれ左手は崖になった。前方に捜査車両の車列が見えてくる。黄色の規制線が張られていた。

小山は車両を降りて、ケータイを見た。圏外だ。班長の野口が先に到着していた。

「遅くなってすみません」

奈良が言ったので、小山は謝らなかった。野口は奈良の肩を叩く。

「新人。殺しは初めてだったな」

奈良は初めて緊張感ある表情を見せた。

「よく学べ」

小山を指さしたが、釘を刺す。

「生き方は学ぶなよ」

小山は手袋をしながら突っ込む。

「どういう意味っすか」

奈良にも使い捨てのヘアキャップ、シューカバーを与え、身につけさせた。最後の規制線をくぐる。道路の先に赤い橋がかかっていた。投光器の光を反射し、暗闇に浮かび上がって見える。車一台分の幅がある。長さは十メートルほどか。

なまず橋――欄干の銘板に書かれていた。左手は崖で滝が流れている。橋は滝つぼにかかっていた。

「水の流れ方がなまずみたいに見えるのかな」

野口が言った。右手はなだらかな斜面で雑木林が広がっている。一部は開けていて、駐車場十台分くらいのスペースがあった。

遺体は橋の真ん中に倒れていた。頭が割れている。うつ伏せなので人相はわからない。膝をくの字に曲げ、両腕は方々に投げ出している。割れた頭部は投光器の光を反射している。赤くてらてらと光っているものは脳みそか。新人はたいてい吐くが、奈良は無表情に遺体を見つめている。冷淡な性格なのか、配属されてから感情の起伏を見せたことがない。

血が遺体の下に円状に広がって橋の欄干にまで達していた。小山は懐中電灯を借りて、血を追う。橋げたをつたっていた。殺害直後は滝つぼに血のしずくが垂れていただろう。

小山は遺体に手を合わせて、しゃがみこんだ。血を踏んだり触れたりしないように膝をついて、ガイシャの顔面をのぞきこむ。顔面が見えたが、血まみれだ。

「身元は？」

野口が採証袋に入った運転免許証を突き出した。

「村治茂、三十六歳」

住所は神奈川県横浜市。裏面に住所変更の印字がしてあった。現住所は秩父郡黒部町本郷。黒部町の中心地で、国道２９９号沿いの地区だ。

「住所変更は半年前ですね。横浜からこんな田舎町に引っ越してきた？」

「住民運動のリーダーだったようだぞ」

一枚のチラシを野口が見せた。『黒部町の豊かな自然を守る！』と大きく記されていた。真ん中には『最終処分場建設反対決起集会11・３』ともある。

「これはどこにあったんですか？」

「この先のトンネル手前にあるプレハブ小屋の中だ。反対派の監視拠点らしい」

野口が橋を渡った先を指さす。小山は懐中電灯で道の先を照らしながら進む。現場を照らす投光器が強すぎて、橋の先になにがあるのかよく見えない。野口が教える。

「監視小屋の先はトンネルだが、いまは行き止まりだ」

橋を渡り終えた。投光器を通り過ぎた途端、暗闇に閉ざされる。目がなかなか慣れない。近くまで来てようやく、黄色のダンプが停まっていると気づいた。四トン車だ。懐中電灯で足元と前方を交互に照らすうちに、闇の向こうに看板が見えた。赤い文字が目に入る。

『最終処分場建設、反対！』

『金文商事は出ていけ！』

看板はバリケードに括りつけられていた。バリケードはトンネルの入口を完全に塞いでいる。フェンスの扉がついているが、南京錠と鎖で施錠されている。鍵があれば徒歩で進むことができそうだが、車での通行は不可能だ。

「この先は産廃業者の土地だ。四十ヘクタールもあるらしい。集落がまるまるひとつあったようだ」

野口が背後で説明してくれた。奈良もついてきている。

「このバリケードじゃダンプは通れませんね。産廃業者は仕事にならないでしょう」

懐中電灯で、左側を照らした。プレハブ小屋がある。

「ここに監視小屋を置いて、産廃業者がバリケードを壊さないように見張っていたのかな」

鑑識作業が終わっていることを確認し、監視小屋の扉を開けた。頭上からハープのような音が聞こえてきた。ドアベルらしきものが取り付けられている。

中は明かりがついたままだった。十畳ほどのスペースに、テーブルと椅子が置いてある。部屋の片隅には手洗い場があった。雑然とした室内ではあるが、人が争ったような形跡はない。鑑識課員が、洗面台で作業していた。

「洗面台、どうした」

「第一発見者がここで手についた血を洗ったと証言したものですから。ルミノール反応も出ました」

付着物を詳しく分析し、ガイシャの血液と同じものか調べるのだろう。

一般人が殺人遺体を発見した場合は、まずは驚愕と衝撃で後ずさり、逃げたりするものだ。触るなどもってのほかで、洗い流さねばならないほど血がついてしまった第一発見者に、小山は会ったことがない。

「怪しいですね、第一発見者。反対運動絡みのトラブルでしょうか」

奈良が呟いた。野口が頷く。

「第一発見者は産廃側の人間だ」

　現在はパトカーの中で、黒部警察署の署員が取調べているという。トンネルの前に停めっぱなしの四トンダンプに乗ってきたようだ。

「金文商事の従業員ですか？」

「ああ。金文商事の御曹司だそうだ」

　顔を見たい。監視小屋を出ようと扉を開ける。またやかましい音が響いた。

　小山は懐中電灯で扉の上部を照らした。銀色の板がひらひらとぶつかり合い、音を発している。

「ウィンドチャイムですかね。よほど警戒していたんでしょうか」

「人の出入りに強い警戒心があるから、音が大きく響くものをつけていると奈良は思ったようだ。

「反対派と産廃業者がよほどの攻防をしていたってことだな」

　小山は、産廃業者の御曹司が聴取を受けているパトカーに向かった。後部座席に、金髪の男とソバージュヘアの女が並んで座っていた。

　小山は窓ガラスをノックした。ソバージュヘアの女は黒い革ジャンを着ている。腕に所轄署の腕章をつけていた。車から降りてきた。

「黒部署強行犯係、係長の副島警部補です」

　小山より階級が上だ。

「金文商事の御曹司が第一発見者だとか？」

「ええ。通りすがりに偶然発見したみたいです」

　ずいぶんゆるい聴取をしている。

「聴取、代わりますよ」

小山は窓から金髪の御曹司をのぞきこんだ。耳が隠れるほど長い金髪だ。黒光りするダウンジャケットに、黒い細身のジーンズを穿いている。裾を黒い編み上げブーツの中に押し込んでいた。見たところまだ十代か二十代か。腕を組み足を組み、ふてぶてしい態度で小山を睨み返してきた。

小山は扉を開けた。襟ぐりをつかみあげ、後部座席から引きずり出す。

「お前が第一発見者か！」

女性刑事が咎めた。初っ端から刑事に対して舐めた態度を取るのが悪い。地面に転がった御曹司を、小山は見下ろした。

「どうも。捜査一課の小山です」

奈良は小山の後ろで戸惑っている。小山が睨むと、青年に対して「奈良です」と名乗った。青年は小山を睨んだまま立ち上がった。手足についた砂を払う。長い前髪が目にかかって邪魔なのか、首を何度も振る。とにかく頭をよく振るやつだった。

「お名前は」

「金木大輔」

名乗りはしてくれた。小山は大輔の尻についた土埃を払ってやった。

「住所は」

「刑事さんに言いました。通報したときも……」

小山は即座に襟ぐりをつかみあげ、唾を飛ばして怒鳴り散らした。

大輔は声を震わせ、秩父市宮原町の住所を言った。なかなか聞き分けのいい青年だ。小山は手を離し、乱れた襟元を直してやりながら、優しく尋ねる。小山の飴と鞭の聴取で、どんな輩も素直にしゃべるようになる。奈良に手本を見せてやるべく、今日は少しオーバーにやっている。

「金文商事の御曹司だって？　社長の息子か」

はい、と口元を強張らせながら大輔は答えた。

「父親の名前は」

「金木忠相」

奈良は大学ノートを出し、メモしていた。漢字を大輔に訊く。

「そっちで調べてください。タウンページに載ってるんで」

途端に大輔は舐めた口調になった。

「教えてもらえますか」

そんなに下手に接していると舐められる。大輔は案の定の態度だ。

「広告料をかなり払っています。まるまる一ページ、うちの会社の広告になっているんで」

父親が権力者であることを誇示している。警察官をけん制しているつもりか。小山は大輔の肩をどついた。

「君は会社ではどんな立場？　あそこのダンプで来たようだけど、運転手か」

大輔が目を逸らした。初めて気まずそうな表情をする。小山はソバージュヘアの女性刑事に免許証情報を尋ねた。すでに押収していた。まだ二十二歳だ。

「あんなデカいトラックでなにしに来た？」

「仕事です」

「バリケードで通れなかっただろう。知らなかったのか？」

答えない。

「知っていたのか知らなかったのか。イエスかノーかも言えないのか、え？」

声にどすを利かせて迫る。

「知りませんでした」

「あんな大掛かりなバリケード、一日二日じゃ完成しねえぞ。知らなかったなんてことがあるのか。こんな夜間に仕事ってぇのもおかしいだろ！」

「ダンプは騒音まき散らすんで、夜間に動くんです」

「夜間に騒音をまき散らす方が迷惑だと思いますが」

奈良が冷静に突っ込んだ。大輔はぶすっとしている。

「なにを運んでいたんだ？」

小山は改めて訊いた。大輔は目を合わせない。

「見たところダンプは空荷だが」

返事はない。小山は大輔の額を小突き、怒鳴った。

「おい、まともに答えろ！」

野口が「小山」とひとこと咎める。小山が若いころは舐めた態度の相手を殴るのは普通だったが、最近は手を出すと注意される。小山は咳払いを挟み、改めて尋ねる。

「最終処分場建設予定地に向かっていたが、バリケードで足止めを食ったんだな。その後、どうした？」

「監視小屋の中に入って、バリケードの鍵を探していました」

大輔がようやく答えた。小山の威圧的な態度がそれなりに効いているようだ。

「勝手に入ったのか」

「誰もいなかったので。鍵も開いていたし」

「橋で亡くなっていた村治さんが中にいたんじゃないのか」

「いえ、僕が到着したときには誰もいませんでした」

「死体はいつ見つけたんだ」

「鍵を探している最中に、外で人の悲鳴が聞こえたんです。ウィンドチャイムの音もしたので、監視小屋に反対派の人が戻ってきたのかと思ったんです。扉を開けたんですけど、外には誰もいませんでした」

妙に思って周囲を見回していたら、橋に人影が見えたという。

「行ってみたら、血まみれの人が倒れていました」

瞳に揺らぎがある。しゃべり始めると小山から目を逸らすのも気になった。奈良が訊く。

「そもそもバリケードの鍵を見つけたところでどうするつもりだったんですか。徒歩で通過はできてもダンプでは無理ですよね」

「徒歩でも通りたかったので」

小山は厳しく突っ込む。

「じゃあなにをしに、ダンプでここまで来た。空荷だったということは、最終処分場建設予定地から、なにかを大量に運び出すつもりだったんじゃないのか」

「他にあいている車がなかっただけです。自分の車は修理中ですし」

理屈をこねまわして罪から逃れようとするやつは、小山の一喝でたいてい自供する。大声で怒鳴り散らしてやろうとしたとき、急ブレーキの音が聞こえてきた。橋の付近が騒がしくなる。「規制線内に入らないでください！」と警察官が咎める声がした。

巨大なダンプが捜査車両の列に割り込むようにして停まっている。八輪の四十トン近いダンプだ。扉が開き、つなぎ姿の男が飛び降りてきた。車高がかなり高いダンプだが、その男は着地の足に揺らぎがない。スキンヘッドだった。

近くにいた制服姿の警察官になにか尋ねたあと、ぎろりとこちらを見た。目が合う。ずんずんと近づいてくる。止めに入った警察官は片手で振り払われた。身長は二メートル近くありそうだ。灰色のつなぎには『金文商事』の刺繍が見えた。顔は皺だらけで、伸ばした顎髭（あごひげ）は真っ白だ。仙人みたいな風貌だが、背筋がピンと伸びてプロレスラーのようでもあった。

白い乗用車もやってきた。スーツを着用した男性が降りてくる。カバンを振り回しこちらに近づいてくる。プロレスラーを抜かして、前に出た。弁護士バッジをつけていた。

「クソ。早いもんだ」

小山はため息をつき、やってきた弁護士を睨む。弁護士が名刺を出した。

「金文商事、顧問弁護士の高木（たかぎ）と申します。従業員を不当に拘束しているようですが」

「ちょっと話を聞いているだけです。他殺体の第一発見者なもので」

「通報は二十一時三分。二時間も不当に拘束している。いますぐ解放してください。強制的に身柄を拘束する根拠がおありでしたら令状にてお示しください」

弁護士の背後で、プロレスラーのような男が微動だにせず、佇んでいる。乗りつけてきた巨大ダンプを背にしているせいか、余計に大きく見えた。

「社長も、これ以上大輔君を拘束するようならば、出るところに出るとおっしゃっています」

弁護士が、後ろのプロレスラーを振り返りながら言った。

あれが金文商事の社長、金木忠相か。大輔とは祖父と孫ぐらいに年が離れているように見える。

野口が「解放しろ」と小山に顎を振った。奈良が大輔の前に立ちはだかっていたが、道を譲る。小山は弁護士に釘を刺す。

「お宅の会社のおぼっちゃんは死体の第一発見者です。しかも殺害現場に居合わせたと証言なさっています。洗面台には血を洗い流した痕跡がある。近々お伺いしますのでくれぐれも居場所を明確に願います」

「もちろんです。なにかあれば私の方から出頭させます」

大輔は自分が運転してきたダンプに戻っていく。鑑識捜査員がタイヤ痕を取っている。大輔が助手席から高価そうな一眼レフカメラを持って、出てきた。まっすぐ父親のダンプへ向かう。助手席によじのぼるようにして収まった。窓を開けて、捜査員たちを睨みおろす。

金木忠相も運転席に座った。ハンドルを切り返し、現場を立ち去る。大輔はカメラのシャッターを切り始めた。棒立ちの警察官や刑事たちをせせら笑うように撮影する。フラッシュを浴びるたびに、小山の視界に、光に浸食された大輔の残像が重なっていく。殺人現場でこんなに不愉快な思いをしたのは初めてだった。

「あの若造、絶対にワッパかけてやる」

黒部警察署に捜査本部が立った。講堂の入口に『黒部町住民運動リーダー撲殺事件』と垂れ幕がかかる。

黒部署の署員たちがデスクを並べたり電話機を設置したり、捜査本部の体制を整えている。小山は隅っこで昼食のカップラーメンをすすった。午前中のうちに司法解剖が終わり、解剖所見が届いていた。ページを捲る。

「よく飯食いながら読めますね」

コーヒー片手に奈良が言った。

「お前もいずれ読めるようになるよ」

ガイシャの顔面のアップ写真が出てきた。右目が薄く開いたままだった。昨夜は頭蓋骨が割れて脳の一部が出ていると思ったが、実際は頭皮の裂傷で皮膚が潰れていただけだ。頭頂部よりも額側の損傷が激しい。棒状のものでやや左側の頭頂部を複数回殴打されたようだ。左眼窩(がんか)の骨が割れて潰れ、左眼球が飛び出していた。死因は脳挫傷とある。

「凶器は鉄パイプらしいですね」

橋の下の滝つぼから発見された。水濡れしてしまったので指紋は出なかった。ルミノール反応がかろうじて出た。一部がへこんでいた。村治の陥没した頭部とへこみの形状が一致している。

バリケードの設置のため、余った鉄パイプが監視小屋の脇に無造作に積みあがっていたらしい。計画的犯行ではなく、突発的に起こった事件だろうか。

野口がくわえ煙草で入ってきた。

「ホシはすぐあがりそうだな」

小山は解剖所見をいくつか捲り、該当ページを示した。

「犯人ともみ合って、引っ掻いたようだ」

村治の右手の人差し指と中指、薬指の爪に、微量の皮膚片が検出されていた。A型の男性のものらしい。

「DNA鑑定すりゃ一発っすね。捜査本部の発足はいつです」

「十五時に管理官がやってくる」

「それまでに金木大輔の周辺を洗っておきます」

小山はジャケットを取り、奈良を促そうとした。

「それはもう終わってますよ」

どこからか声がかかった。長テーブルの上に捜査資料の束を置いて回っている、ソバージュヘアの女だった。黒部署の強行犯係、副島公子だ。

「金文商事についてもあの社長親子についても、もう詳細はつかんでいますので」

教師のような物言いだった。

「詳細ってなんだよ」

資料を渡された。金文商事の会社概要と金木親子の基本情報が記された書類だった。小山はさっと目を通した。

「この親子、在日朝鮮人か」

金木忠相は通称で、本名は金相文（キムサンムン）というらしい。一九二六年生まれの七十七歳、出身は北朝鮮にある先鋒（ソンボン）となっていた。ロシアとの国境付近の町らしく、簡略化された地図までついていた。大輔は在日朝鮮人二世ということになる。

警務課の警察官が入ってきた。

「ご遺体が戻ってきました」

村治茂の遺族は刑事生活安全課の応接スペースで休んでいた。パーテーションの隙間から、奈良が声をかける。小山は奈良の背中越しに応接ソファを見た。村治の両親がうなだれてソファに座っていた。父親が前に出て、母親と共に頭を下げた。

若い女性が向かいに座っている。両手足を投げ出し、放心したような状態だった。「妻の陽子（ようこ）です」と消え入りそうな声で言って頭（こうべ）を垂れる。陽子は二十八歳だ。ふくよかで健康的だが、いまは生気がなく幽霊のようだった。隣にいた五十代くらいの男が、立ちふさがるように前に出た。陽子の父で、被害者の義父にあたる。堀米功（ほりごめいさお）と名乗った。

奈良が遺族に説明する。

「先ほど村治さんの司法解剖が終わりまして、霊安室にご遺体が戻ってきました。お会いになりますか」

村治の両親はもちろんですと前に出た。堀米が遠慮がちに訊く。

「娘の精神状態が……」

見て大丈夫なのかと暗に尋ねている。奈良も口ごもっている。頭部を殴打されて左目が飛び出てしまっているとは言えないだろう。

「会います」

陽子はきりっと答えた。足取りは幽霊のようだった。奈良を先頭に、霊安室に向かう。小山が最後に続いた。待ち構えていた秩父署の警察官が、霊安室の扉を開ける。堀米は入らなかった。

「娘になにかあれば、すぐ呼んでください」

小山は一礼し、霊安室の扉を閉めた。奈良が遺体にかかった白布を捲る。

「しげちゃん……！　嘘でしょ」

陽子が亡骸（なきがら）にしがみつき、泣き崩れた。村治の父親は肩を震わせて、動かなくなった息子を見ている。母親は振り絞るように唸ると、壁に爪を立てて泣きわめいた。

小山と奈良は一旦廊下に出た。堀米から話を聞く。彼がいま被害者家族の中で一番冷静だ。

堀米は「古いものですが」と、店のカードを出した。『喫茶くろべえ』という名前の店だ。湯気の出たコーヒーカップの絵柄に『黒部の大自然と、厳選された焙煎珈琲を』という言葉が添えられていた。

「喫茶店を経営されているんですか」

「店の方は娘夫婦に譲りました。去年まで私がオーナーでした。いまは年金生活です」

村治は舅（しゅうと）の店を引き継いでいたようだ。

「娘さん夫婦とは同居なさっているんですか」

「いえ。私は秩父市内に家があります」

被害者の人となりについて尋ねる。

「村治さんはもともと横浜の方のようですね」

「今年娘と結婚し、移住してきました。最終処分場の反対運動で知り合い、意気投合したようです」

「横浜在住の村治さんがなぜ、埼玉の山間部の町の産廃問題に？　反対運動のリーダーにまでなっていますが」

「非常に頭のきれる青年で、人から頼られる存在でした。誰もやりたがらなかったので、引き受けたようです」

奈良も訊く。

「反対運動に関わったきっかけはご存じですか」

「さあ、あちらのご両親に訊いていただいた方が早いかと」

戸惑いがちに堀米は答えた。念のため、小山は娘夫婦の仲を尋ねた。

「新婚ですよ」

言わずもがなといったふうに、小山と奈良を見下ろす。

「村治君は娘によくしてくれていました。こんなさびれた山間部の町にわざわざ横浜から移住してきてくれたのだって、娘への愛情故でしょう」

堀米は長いため息をついた。


陽子は口が利ける状態ではなく、堀米と共に帰った。聴取は明日以降だ。村治の母親も同じような状況だったので休ませている。応接スペースで村治の父親から話を訊くことにした。彼は荒々しく言う。

「だからよそさまの土地の住民運動のリーダーなんか引き受けるなと言ったんです。息子はただ担ぎ上げられただけです。それなのに、金文商事のやつらから嫌がらせや脅迫を一身に受けていて……！」

もっと具体的に訊きたくて、小山は前のめりになる。

「嫌がらせや脅迫の詳細を教えていただけますか」

村治の父親は怒りをあらわにした。

「なにをいまさら。警察にだって何度も相談しているんですよ！」

奈良が丁重に謝った。小山は心の中で舌打ちする。あとで所轄署に訊かねばならない。

「反対集会を開くたびにヤクザやチンピラが乗り込んできたり、経営していた喫茶店にも嫌がらせをしたり。右翼の街宣車が喫茶店の前を塞いでしまって、店を開けない日もあった。あなたがたがなにも知らないってことは、なんの捜査もしてなかったってことなんでしょうね！」

父親は怒りが収まらない。

「あんたらも金文から袖の下をもらってるんだろ。だから息子の訴えを無視してゴロツキを放置して、最終的にこういう結果を招いたんだ！」

奈良が反論しかけたが、小山は止めた。深く一礼してその場を立ち去る。応接スペースを出て大股で捜査本部に向かった。

「くそ、あのチリチリヘアの女め。先に情報を出せっつうんだ！」

捜査本部には刑事が一人もいなかった。警務課の警察官がコーヒーの準備をしていた。

「おい、ここの強行犯係は！」

「管理官が到着されましたので、お迎えに」

小山はくるりと踵を返した。追いかけてきた奈良が方向転換できずに滑った。

一階に降りた。自動扉の前に出迎えの列ができていた。副島は課長のすぐ脇に背筋を伸ばして立っていた。自動扉の向こうに、取り巻きを引き連れた本部の管理官の姿が見えた。小山は副島に背後から近づく。男なら強く肩をつかんで引きずり倒すところだが、女にはできない。

「おい」

副島は無表情に振り返る。

「後にしてください。これから出迎えです」

「えらく情報を出し惜しみしてくれるな。昨晩からずーっと一緒だったんだ、少しは話してくれてもいいだろう」

「あなたそれ、私が男でもそんな態度？　私は警部補。あなた巡査部長でしょう」

「関係ねーだろ！」

大きな声を出したので、出迎えの刑事たちの注目が集まる。

「何人ホシをあげてきたか。それだけが刑事の価値だ」

副島は「めんどくさい男」と言ってため息をついた。ソバージュヘアを揺らして踵を返す。裏口へ向かう。駐車場に出ると、副島は腕を組みながら壁に寄りかかり、小山を見据えた。

「村治はこれまで散々嫌がらせや脅しを受けていたそうじゃねーか。ヤクザ、チンピラ、右翼。たいがいが産廃業者とつるんでる輩だ。金文商事は暴力団のフロント企業なのか？」

「違う。普通の業者よ」

「ならなぜ反対運動のリーダーに嫌がらせをする。ちゃんと捜査をしたのか？」

「したに決まっている。金文商事と加害者に一切の関係はなかったし、金文商事側も関与を否定している」

「うのみにしたのか？　昨夜の横暴を見ただろ。弁護士を盾にほくそ笑み、警察官の写真を撮ってあざ笑っていた」

車が一台、駐車場に入ってきた。黒いハイヤーだ。県警本部の幹部かと思ったが、所沢ナンバーをつけている。ハイヤーから出てきたのは女性だった。黒いコートに黒いスカート、ストッキングもパンプスも黒だった。スカートにはレースがついている。喪服ではないようだ。

「あれは黒部町長よ。横崎翔子」

女性の自治体の長は珍しい。しかもまだ三十代くらいに見える。横崎は秘書らしき男性に促され、庁舎に消えた。副島が小山を鼻で笑う。

「あなた、町長が誰かも知らずに現場に入ったの？」

「殺人現場の自治体の長なんかいちいち調べるか。事件関係者じゃない限り――」

意味ありげな顔で副島が小山を見返す。

「事件関係者ということか？」

「村治と不倫関係にあるという怪文書がばらまかれたことがある。細かいことはこのあとの捜査会議で」

副島は立ち去った。

第一回捜査会議が始まる直前まで、パソコンで横崎翔子について調べた。山間部の所轄署はインターネット通信速度が遅くて時間がかかる。

捜査員たちが席に着き始めていた。本部捜査一課から野口班の五名を含め、三個班入っている。飯能署と秩父署の強行犯係もヘルプで入り、初動はざっと五十人態勢といったところだった。

「どうやら写真家のようですね」

奈良が横崎翔子の写真集のタイトルをノートに列記していた。報道関係の賞も取っている。

「ただの写真家ではなさそうですね」

「そりゃそうだろう。いまは町長だぞ」

「環境保護活動家でもあるようです」

やっと写真がモニター上に表示された。ジャーナリズム環境賞を受賞している写真だ。小山も見たことがある。

「これは所沢だったか」

埼玉県南部の所沢市は、首都圏のベッドタウンになっている。工場が集まる地域でもある。特に産廃業者が多く、里山を切り開いた場所に焼却炉の煙突が林立している。横崎翔子が撮影したのは、方々から突き出た煙突から吐き出される黒や灰色、白の煙だった。カラー写真なのに、モノクロームの世界だ。

「見るだけで煙たくなってくる写真だな」

「所沢は何年か前にダイオキシン問題で大騒ぎになりましたからね」

テレビの報道がきっかけだった。小山の妻も食材の産地を気にしていた。横崎翔子は『環境写真家』としてその界隈では知られた存在らしかった。

「そんな彼女がガイシャと不倫関係ねぇ……」

黒部署の副署長が号令をかけた。小山も奈良と並び、敬礼する。管理官の訓授が始まった。亀野（かめの）というベテランだが、とろいところがある。小山は聞き流し、捜査資料を先に捲る。副島が指名された。ボリューミィなソバージュヘアを後ろでひとつにまとめている。事件のあらましを報告した。

埼玉県警の通信指令センターに金木大輔から一一〇番通報があったのは、二十一時三分。「黒部山のなまず橋で人が頭から血を流して倒れている」というものだった。携帯電話の電波が届かない山中だ。大輔は監視小屋にあった固定電話から通報している。

通信指令センターはすぐさま黒部署に情報を入れたが、秩父夜祭の大渋滞で署員はなかなか現場に辿り着けなかった。通報者の金木大輔はその間、何度も一一〇番している。実際の音声が捜査会議で流れた。「早く来てほしい」「なぜ誰も来ないのか」と、電話をかけるたびに荒々しい口調になっている。

通報から四十分後の二十一時四十三分、黒部駐在所の警察官が現場に到着した。遺体に動かされたような痕はなかった。大輔はバリケード前に停めたダンプの運転席に座っていたという。遺体発見の経緯は小山が現場で聞いた通りだった。

副島がガイシャの爪に残っていたA型の男性の皮膚片について説明を始めた。橋の欄干にはガイシャも含め無数の指紋が検出されている。足跡も多数あった。

「タイヤ痕の方ですが、これから採取というところで、金木大輔の父親のダンプに荒らされまして」

鑑識捜査員が、肩をすぼめながら発言した。亀野管理官が重々しく頷く。

「金木忠相がダンプで規制線を破ったそうだな」

小山は手を挙げた。指名はされていないが発言する。

「第一発見者の父親が証拠を潰した。ガイシャとは敵対関係にある会社の社長でもある。息子の仕業と父親もわかっていたんじゃないですかね」

「ちょっと決めつけがすぎやしませんか」

副島が咎めた。亀野管理官は署長に進言する。

「現場を荒らしたことに関しては厳重に抗議すべきでしょうね」

「早速、文書の準備をしておきます」

亀野管理官が正面に向き直りながらぼやいた。

「駐在の到着まで四十分ではどうしようもない。むしろ現場で見つかったものには惑わされない方がいい」

副島が報告を続けた。ガイシャは横浜出身でもともとは横崎翔子のアシスタントをしていた。奈良が小山に囁く。

「ガイシャは地元の人間より、町長との付き合いの方が長いんですね」

横崎翔子と村治の不倫関係についての暴露が始まる。副島は、村治と金文商事の対立よりも、不倫関係によるトラブルを強調しているように見えた。だが不倫の証拠はないようだ。小山はガイシャの父親の言葉を思い出す。

〝あんたらも金文から袖の下をもらってるんだろ〟

黒部署の署員が黒部署長のもとへ走ってきた。なにか耳打ちしている。署長は眉をひそめ、隣に座る亀野管理官に言う。亀野が苦々しく、捜査員に伝えた。

「金木忠相が署に来ているようだ」

金木忠相は今日、喪服姿だった。花かごのようなものを持っている。菊の花ではなく、お祝い事かと見まがうほど華やかなものだった。

「失礼ですが」

なにをしに来たのかと前に出たのは、奈良だった。なかなか気の強いやつだ。小山は冷や冷やしながら見守る。

「悼みに参りました」

妙な言葉だった。真意を測りかねていると、金木は花かごを掲げた。

「村治さんに」

遺体が署にあると聞きつけたらしい。

「お帰りください」

奈良がきっぱり断った。金木が不愉快そうに返す。

「奥さんはいいと言った」

生まれが朝鮮半島だからか、やはり日本語が妙だ。間違ってはいないのだが、違和感がある。

黒部署の署長が、奈良を後ろへ下がらせた。遺族の了承を確認したらしいが、警察として遺体と対面させるわけにはいかない。

追っ払った。金木は花かごを託し、深く一礼して立ち去った。副島が追いかけていった。

夜、食事をする店を探しがてら、黒部の町を捜査車両で流してみた。町内唯一の駅、西武線の黒部駅の界隈は、道の駅や蕎麦屋（そばや）がある程度で、コンビニすらなかった。駅の南側はコンクリートで固められた黒部山の斜面だ。国道２９９号沿いに、飲食店が点在している。

「お姉ちゃんがいそうな店はないなー」

小山は舌打ちした。

「秩父市まで出ないとないでしょうね」

奈良がカーブの多い道を前のめりで運転している。山道に慣れていないようだ。

「あれですね。喫茶くろべえ」

ガイシャが経営していた喫茶店だ。ログハウス調のしゃれた外観をしている。『CLOSED』のプレートがぶら下がっていた。隣はパブだった。『おしゃべりまさみ』という店舗名にマイクの絵と音符が書かれていた。

「入ってみるか。まさみちゃんにべらべらしゃべってもらおうじゃないの」

格子窓のついた扉を開け、店の中に入った。薄暗い店内のカウンターにママがいる。「いらっしゃい」とガラガラ声で言った。奥に二人掛けのテーブル席が二つあるだけのこぢんまりとした店だ。奈良と並んでカウンター席に座る。まさみママは化粧品のにおいがきつかった。薄暗くてよく見えないが、塗りたくっているに違いない。

「とりあえず、ビール」

ママはグラスを出した。

「もしかして警察？」

小山は笑顔を作るにとどめた。

「隠さなくったっていいわよ。普段は近所のなじみ客しか来ないんだから」

ママは運転手の奈良にはウーロン茶を出した。

「飲みたかったらいつでも言ってね、黙っててあげるから」

ウィンクする。

「こんな山奥の国道、飲酒運転の取り締まりなんかないから。生まれてこの方、六十年ね。あらやだ、還暦ってバレちゃったー」

奈良は目元を引きつらせ、追従(ついしょう)笑いしている。枝豆とナッツを肴にビールを飲みながら、小山は隣の喫茶くろべえのことを尋ねてみた。

「堀米さんのところねぇ。いろいろあって言葉もないわ」

「いまは娘さんご夫婦が継いでいますよね。村治さん夫妻」

「まあ継いだというか……活動がメインでお店も殆ど開けてなかったし。客も入らないわよ」

最終処分場建設反対派の拠点のようになっていたらしい。

「他のテーブルでずーっと環境問題を議論しているようなところじゃ、コーヒーも煙草もまずくなるじゃない」

確かに、と小山は煙草をくわえた。ママがすかさずライターを突き出した。ママも、と小山がビール瓶を差し出すと、嬉しそうにグラスを出した。

「堀米さんが経営していたときとはずいぶん空気が変わっちゃってね。昔はさ、堀米さんがじっくりと焙煎するコーヒーのにおいがして、居心地がよかったわよ。カウンターのはしっこで陽子ちゃんが足をぶらぶらさせながら宿題をやっていてね」

堀米の妻は二十年ほど前に病気で他界している。乳がんだったのよ、とまさみママが気の毒そうに呟いた。

「村治がここに来たことで、お隣さんは空気が変わっちゃったってわけか。残念に思ってる？」

やんわり指摘すると、ママはわざとらしく大笑いした。

「難しい話が嫌いなだけ。特に政治の話。産廃もよくわかんないし。なにかができるって言ったって、更に山奥の方の話でしょう。汚水がどうのとか、大気汚染がどうのって言われてもねぇ。酸性雨が降ったって、なるようにしかならないじゃない」

戦後の食糧難の時代に比べたらと口走り、ママはまたわざとらしく声をあげた。

「やだー還暦がバレちゃうー」

これが彼女の持ちネタらしい。奈良はママの話を熱心にノートに書き留めている。

「やめてよ坊や、学校の授業じゃないのよ」

ママがエンピツを取り上げた。

「僕ちゃんにはおうどんでも煮てあげましょうか。うどん粉から練ってくるから、ちょっと待っててね」

ママはカウンターの突き当りにある厨房に入り、冷凍うどんを電子レンジへ押し込んだ。

小山は奈良のノートを捲った。今日の捜査会議は長かった。この町で起こっている最終処分場問題について、流れを把握する必要があったからだ。

「発端は二〇〇〇年か」

三年前のことだ。金文商事が当時の黒部町長に、春日地区での産業廃棄物の最終処分場建設計画を持ち掛けた。

「この時点で春日地区の全戸移転の了承を得ていたというのは用意周到ですよね」

「了承を取り付けてからじゃないと門前払いだろう。産廃の最終処分場なんてそんなもんだ」

「しかし一軒あたりの移転費用と補償金が一億円というのも破格です」

ママが「おまちどおさま」とどんぶりに入ったうどんを奈良に出した。奈良は腹が減っていたのか、勢いよく食べている。小山はママに訊いてみる。

「ママ。もし一億円積まれてどっかに引っ越してくれって言われたら、どうする？」

「するする！　欲しいわ一億円。こんなしょうもないところで商売やったって大した金にならないし、ここになんの思い入れもないもの」

移転完了前の春日地区は十世帯十四人が住んでいた。平均年齢は七十五歳、年金をもらいながら細々と農家を続けている世帯が殆どだったようだ。過疎が進む埼玉県の山奥で、築年数の経った家に住みながら農業を続けるより、ポンと一億円もらって便利な場所に移転した方が安泰か。住み慣れた故郷で静かに余生を過ごしたいという人もいるだろうが、一億円という額には誰しも目がくらんでしまうだろう。

最終処分場計画の認可が正式に下りたのは翌年の二〇〇一年のことだ。

「認可は県知事が出すものなんですね」

最終処分場や中間処理場の建設は、その土地の自治体の長には認可の権限がない。

「どっちにしろ、前町長は賛成してたんだろ」

「役所が住民に公表したのは二〇〇二年になってからです」

公表したら猛烈な反対に遭うとわかっていたから、黙って進めたのだろうか。自治体に公表の義務はない。ここで環境写真家の横崎翔子が登場する。

「去年の夏に『破壊される里山』という写真集を緊急出版か」

ママが大判の写真集を突き出した。

横崎翔子のサインがあった。中に挟まれていたチラシを広げる。ふるさとの危機を訴える内容だ。『発起人／鴨川（かもがわ）』とあった。荒川の水利組合の職員だったか。反対運動の、二人いる副リーダーの一人だと今日の捜査会議で聞いた。

「鴨川君がこの本を方々に配って問題を訴えるうちに、反対運動の基礎ができあがっていった感じ」

小山は大判の写真集を捲った。昔ながらの民家が点在する農村の写真だ。手ぬぐいをかぶって農作業する女性、トラクターを動かす男性がうつっている。背後の農道を、巨大なダンプの隊列が連なる。

次のページは見開きだ。木が伐採され、土が掘り起こされている。農道が更地になり、かやぶき屋根の民家は木くずの山になる。写真がコマ送りのフィルムのように並べられているので、変化がわかりやすい。更地になった場所には木の枠組みが設置され、生コンクリートがどろどろと注がれる。神社の鳥居が倒される写真には、さすがに胸が痛んだ。

更にページを捲っていく。不思議な形をした山の画像がところどころ挟まれていた。麓には豊かな緑が茂っているが、頂上付近が灰色だ。段々状に削られていて、木の一本も生えていない。

「それは黒部山よ」

現場の山だ。北側はこんな形をしているらしい。死体が発見された春日地区は山の南側にあたる。

「飲む？」

日本酒の大瓶をママが持ち上げた。秩父の銘酒らしい。『黒部正宗』という銘柄だった。

「寒いから燗してもらおうか」

小山は頼んだ。奈良がうらやましそうな顔をしている。

「黒部山の北側が段々状に削られているのは、良質な石灰が取れるからなのよ。削って削って秩父地方はコンクリート産業で栄えたから」

熱燗用のポットに黒部正宗を注ぎながら、ママが説明する。

「戦前からこの界隈の人々はあの山を削ることで食べてきたからねぇ。だけど見てくれがかわいそうでしょう。奈良君って何年生まれ？」

「昭和四十八年です、一九七三年」

「そのころにはね、頂上はもっと高い位置にあって、古事記に出てくる池とか神社もあったらしいの。だけどいまじゃ石灰の採取で見るも無残な姿。そしてこの石灰が、次に破壊されることになった黒部山の南側にコンクリートとしてどろどろと注がれたのよ」

ママが手を伸ばし、ページを捲った。コンクリートの建物ができあがっていた。周辺の更地も固められている。

「もう殆ど建設が終わっているような感じですね」

奈良がうどんのどんぶりを横によけて、写真集をのぞきこんだ。

「見た目はね。このコンクリートの中にいろいろ作る予定らしいけど、反対派がバリケードを作ったことで工事が止まっちゃった」

バリケードが完成したのはつい一週間前のことだという。

小山はページを捲った。昆虫や鳥の死骸の写真がコラージュされていた。掘り返された土の中で、逃げ場を求めるように這うカブトムシやクワガタの幼虫がたくさんいた。無残に潰れたのもある。

「鴨川さんがこれを町中に配り歩いたことで、だんだん騒ぎになってきてね」

いくつかの地区では勉強会が開かれた。最終処分場建設に至るまでの経過が全く町民に知らされなかったこともあり、地区長が連名で町長に抗議した。若者たちも団結し始め、婦人会も結成された。あちこちで個別に活動していた小さな団体が合流していき、反対運動は大きくなっていった。

鴨川は横崎翔子と連絡を取り、写真集のスライドショーを埼玉県内で行った。横崎翔子やアシスタントの村治はこのころから反対派と緊密に連携を取るようになったそうだ。

「その間、金文商事側は静観を決め込んでいたようですね。このころにはまだ反対派への嫌がらせもなかったとあります」

奈良がノートを見返しながら確認した。

「県知事の認可は取っているんだ。経過になんら違反がないなら、堂々としているもんだろ」

雲行きが怪しくなってきたのは、当時の町長が金文商事から高額接待を受けているという週刊誌報道が出てからだ。黒部の最終処分場問題は全国的には無名だったが、ダイオキシン問題で揺れている所沢市を取材していた記者が、黒部での騒ぎを聞きつけ、前町長を張っていたらしい。

町長と金木忠相が料亭に入る姿を撮り、掲載した。町長と金文商事の間に贈収賄疑惑があるという内容だった。

「前町長側はもちろん、金文側も否定していますね。証拠もないし」

反対派には大きな追い風となったようだ。

パブの扉が開いた。なじみ客か、ママの一つ上の世代くらいの三人組の男がテーブル席に座る。ママは三人組の方に行ってしまった。

奈良はノートをしまった。金文商事と反対派住民との攻防については話を続けた。

「町長や町政が金文側についているとなると、反対派はより結束して活動しないと勝てないと思いますよね」

記事が出た一か月後の去年十一月、反対派の決起集会が行われた。発起人は鴨川だが、リーダーに選出されたのは村治だった。ハチマキを巻いた人々が『黒部の自然を守る』と書かれた横断幕を持ち、拳を振り上げる写真を、小山は捜査会議で見た。

反対派に対する嫌がらせが始まったのは、この直後からだ。

金文商事の社長、金木忠相自らが騒ぎを起こしている。去年の十二月の第二回の反対集会に、金木忠相が乗り込んできた。ハンディカムで集会の様子を記録していた映像が、捜査会議でも流された。

金文忠相はビルの解体現場で出たコンクリートの塊をわしづかみにして、ずかずかと会場に入っていった。町民が警察を呼び、反対派の幹部たちが金木忠相を十人がかりで取り押さえた。金木は駆けつけた駐在員に連行された。映像では、金木が強く抵抗する様子は見られなかった。暴行や傷害にも至っていないので、即日釈放されている。襲撃や脅迫の意図はなかったと金木は証言しているが、コンクリート片は子供の頭くらいの大きさがあった。

「そんなもんをわしづかみにして集会に乗り込んでくる時点で、襲撃や脅迫の意図はなかったなんて通じるか。所轄署も即日釈放とはやる気がなさすぎるだろ」

年が明けた今年二〇〇三年一月には、町長選の告示があった。

争点は、最終処分場建設の賛否だ。当時の町長は「町民には丁寧に必要性を説明していく」とし、賛成の立場だったが、金木忠相が起こした騒ぎで金文商事には暴力的なイメージがついてしまった。反対派が対立候補として担ぎ出してきたのは、横崎翔子だった。

「落下傘候補というやつですね。政治の素人ではあっても、認可のいきさつに不信感を抱いている町民は、横崎翔子に流れるでしょうね」

「これだから若いのは」

テーブル席の男が口を挟んできた。事件の捜査に来た刑事だとママが話したのだろう。白髪の男が瓶ビール片手に、奈良の隣に座る。勝手に奈良や小山のグラスに酌をした。奈良はどうしたものかと小山に視線を送ってきた。正式に聴取しにここまで来たわけではないし、住民と打ち解けた方が情報を得やすいだろう。小山は相手をしてやれと頷いた。

白髪頭の男が意気揚々としゃべる。

「落下傘候補なんざ、政治の素人だよ。ちゃんとした政策を聞かないで、雰囲気だけで若い人はないちゃうからダメなの。いま町政は最終処分場の件でぐちゃぐちゃになっちゃった。しかも殺人なんてさ。黒部は平和で穏やかな町だったのに、がっかりだよ」

すでに数軒梯子（はしご）してきたか、白髪の男はろれつが回っていない。小山はビールを注いでやり、調子よく尋ねた。

「お父さんは最終処分場賛成派？」

「俺は反対派だよ。よその業者が出したきったねぇゴミを、なんで我が故郷で処分しなきゃなんねーんだよ！」

反対ではあっても、反対派の動向について大いに不満があるらしい。

「とにかくやることが下手。素人集団だからしょうがないけどさ、ちょっと名のあるだけの素人を町長に担ぎ出しちゃうわ、反対運動のリーダーもよそ者にしちゃうわ、うまくいくわけねーよ」

「俺は賛成派だよ」

テーブル席の別の男が意見を挟んできた。目がぎょろりと大きい男だった。チューハイにレモンを絞りながら意見する。

「金文商事なんつったら埼玉一、産廃で儲かっているところだよ。最終処分場ができたら町に税収ががっぽり入ってくる。その税収で前町長は高齢者施設を作るって話してたの。一刻も早く作ってほしいんだよ。うちは寝たきり老人抱えているんだ」

最終処分場反対派の老人と、賛成派の老人で、議論が始まった。

「再来年にはスポーツパークができるだろ。その税収で充分だろうが」

「無理無理無理、死に体の城西開発がやってんだぜ。どうせ赤字だろうよ。税収なんか入ってこない。最終処分場の方が絶対に儲かるのによ」

「全国を見てみろよ。あちこちで産廃は汚水だ大気汚染だで公害を引き起こしてるじゃないか。しかも最終処分場計画地から黒部川まで一キロしか離れてないんだ。未来ある若者たちはそりゃ嫌だよ。俺も子や孫のためにそんな汚いものを故郷に作りたかないね」

「子や孫のことを考えるっつうんなら、ここ黒部が町として生き残ることを真に考えるべきだろ。町は破綻寸前だ。このままじゃお隣の秩父市に吸収合併されるぞ」

テーブルに座って一緒にしゃべっていたママが、片付けをしながら立ち上がった。

「やだやだ、こっちも盛り上がってきちゃったわねー」

テーブル席にはもう一人、腕を組んで頷くだけの男がいた。首を振るたびに二重顎が震える。賛成でも反対でもないようだ。

「町長選挙は横崎翔子の圧勝だったようですね」

奈良がカウンターに戻ってきたママに尋ねた。答えたのは、反対派の男だ。

「当たり前だよ、圧倒的だ」

賛成派の老人が大きな目を見開いて割って入る。

「圧倒的とは言えないだろ、最初は賛成派も多くて五分五分だったんだ。ところが右翼が選挙妨害したもんだから、すっかり賛成派は黒のレッテルを貼られてよ」

右翼の街宣車は四回も選挙妨害していた。その都度、黒部署が追っ払っている。横崎翔子は当選後に名誉毀損と公職選挙法違反で訴える準備をしていたらしい。村治が殺害され、それどころではなくなってしまっただろう。

「金文もバカだよ、なんで右翼を使うかねぇ」

賛成派が黒い髪を撫でつけながらぽつりと言った。

「警察の話じゃ、金文商事と右翼に関係はなかったんだろ」

反対派の男が小山と奈良に確かめた。捜査情報は教えられないので、曖昧に微笑むにとどめた。

「誰が信じるよ、そんなん。黒部署なんかちょっとしか警官がいないし、捜査なんかテキトーだろ」

賛成派ですら、金文商事が右翼やヤクザを使って反対運動を抑圧しようとしていると思っているようだ。

「俺は税収面のことに関してのみ最終処分場建設は賛成だ。誰だってゴミを出す。どこかの地域がそれを受け入れなきゃなんないんだ。だからといって金文商事の仲間じゃないからな。あんな朝鮮人と一緒にされたくないし」

反対派の男がたしなめた。

「やめとけよ、民族差別だって大騒ぎになるぞ」

「別にかまわないだろ、在日は在日でも韓国の方じゃなくて北朝鮮だぞ。最近は調子に乗ってデコポンを撃ち込んできやがってよ」

「テポドンだろ。デコポンはみかんだ」

三人の男たちが、腹を抱えて笑った。

「右翼もバカだよな。選挙に負けて気に食わねぇのはわかるけどさ、当選祝いに横崎町長に衣装ケース一杯の産廃を送ったんだろ?」

反対派の男が酒を呷(あお)りながら笑った。差出人はわかっていない。被害届が出ているが、黒部署が捜査した様子はない。

横崎翔子はひるむことなく住民投票の実施に動きだしている。町長にはなったが建設可否の権限はない。金文商事も動かず、県知事も認可を撤回しなかった。住民が直接反対票を投じ、県知事や金文商事に強い意志を見せないと、事態は動かないと思ったのだろう。

「住民投票の実施は年明けでしたか」

日程は二〇〇四年の一月八日となっている。一か月後だ。

小山は町民三人に訊く。

「横崎町長と村治リーダーの不倫関係を暴くような怪文書がまかれたと聞きましたが？」

正確には、無名の新聞社が発行した数ページしかないタブロイド判での記事だった。二人のツーショット写真が掲載されていたが、仕事中かプライベートの写真かは見分けがつかない。

「あれを信じるのはいるのかなぁ。いきなりポストに入っていた聞いたこともない新聞社の記事なんかさ」

反対派の男が言った。賛成派の男が困った顔をする。

「うちのばあさんは信じてたよ。やっぱりね、みたいな感じでよ」

金文商事は夏以降、住民説明会を頻繁に開いている。

「行ったことはありますか」

三人の男たちに尋ねたが、みんな首を横に振った。仕事や介護で忙しかったという。三度行われた金文商事の住民説明会では、特に紛糾や混乱は起こっていない。

ここまで賛否どちらの意見も口にせず、ニコニコするだけだった二重顎の男が、初めて口を開いた。

「九月にあった、金文商事栃木処理場の見学会には行ってきたよ」

金文商事は栃木県内に中間処理場を持っている。日本一の規模を誇る施設らしい。反対派も賛成派の男も、突っ込む。

「久保ちゃんのはそれ、温泉目当てだろう！」

見学会は一泊二日で行われたらしい。金文商事が用意した団体バスで初日にプラントの見学、夜は那須塩原温泉で宿泊した。宴会付きだ。二日目は日光観光までセッティングされていたという。

奈良が変な顔をした。

「住民説明会というよりも、温泉旅行で住民を釣ったような感じですね」

金文商事のやっていることはあからさまlevelすぎると小山も思ったが、久保ちゃんと呼ばれた二重顎の男は絶賛する。

「かなりちゃんとした企業だと思ったね。近い将来、中間処理で発生する熱を利用した温泉を作るんだってさ。黒部に欲しいなと思っちゃったもん」

「黒部の方は最終処分場だよ。中間処理施設じゃない」

反対派の男が反論した。賛成派の男はため息をつく。

「栃木の施設は素晴らしいとは聞くけど、処理水の偽装が痛手だったな。ああやっぱりかという感じだよ」

汚泥を中間処理施設で脱水する際に出る汚水は、浄化処理してから川に流している。安全な水であることを証明するため、処理水を池に引いてコイや亀を飼っているらしい。

〝ここの水は汚泥の処理の過程で出たものです。コイは元気、亀は万年か百万年は生きますよ〟

仰々しく金木忠相は話していたらしい。だがその処理水を反対派が採取し分析したところ、自然の湧水だったことが判明した。奈良が住民に確認する。

「パンフレットもめちゃくちゃだったそうですね」

栃木県の中間処理場のパンフレットは、誇張表現ばかりで正確な数字が全く反映されていなかったらしいのだ。

「秋から三回連続で行われた金文商事の住民説明会はよかったみたいよ。最初はハチマキ巻いて反対デモに参加していたうちのお隣さんも、賛成派に流れたもんね。ただ、処理水の偽装とパンフレットの嘘で、また流れが変わったのよ」

久保が言った。十月に入ると、前町長や町政の産廃担当者と金文商事の癒着を指摘するタレコミが埼玉県警本部に相次ぐようになった。県警の内部情報だ。パブの客たちには話さない。

捜査二課は十月二十日に贈収賄容疑で捜査着手している。贈収賄は立件が難しく、証拠をあげるために何年も内偵が必要になる。捜査をしていることを悟られないため、所轄署に捜査本部を置かないことすらある。いまのところ証拠はあがっていないらしい。捜査本部にも捜査二課の姿はない。

奈良は改めて、三人の住民に尋ねる。

「住民が裁判所に何度も工事差し止め請求を出していますが、一度も認められていませんね」

「県知事の認可が下りているんだもの。あれは黄門様の印籠みたいなもんだ。処理水の偽装も遠く離れた栃木県の話だからね。一度認可が下りると、それを覆すのは容易じゃない」

久保が答えた。他の二人は飽きたのか、プロ野球の話を始めている。

「バリケードができた経緯はそのあたりにありそうですね」

「住民投票までまだ時間があるし、そもそも住民投票で否決されたところで、法的な効力がないんだ。完成してしまったら取り返しがつかないと反対派は思ったのだろう。

住民投票の結果がなし崩しになるのを恐れて、バリケードを作って工事をさせないように強硬手段に出たというわけだ」

金文商事は現在、工事を断念している。小山は黒部正宗を飲み干した。

「結果、反対派リーダーが殺害されたってわけか」

　久保は野球の話には入らず「今日は俺もう帰るわ」と千円札を三枚置いて、方々に手を振りながら出ていった。扉が完全に閉まったところで、反対派の男がひっそりと小山と奈良に言った。

「あの人ね、中立のふりをしているけど、完全に金文商事側の人間だから」

　久保は春日地区の元住民らしい。

「金文商事から一億円もらって、秩父市街地に豪邸を建てたところ」


　二十一時過ぎには捜査本部に戻った。署の最上階にある道場に風呂場が併設されている。小山はシャワーで体を洗い流した。湯船に入った奈良がぼやく。

「それにしても金文商事、真っ黒ですね」

「処分場建設を巡るあの流れからして、反対派がバリケードを建設して工事ができなくなったのが、引き金のように見えるな」

　村治はバリケードの近くで殺害された。バリケードを撤去する、しないで揉めた末の殺人だったのではないか。

「大方、息子の大輔がカッとなってやっちまったんだろ」

「しかし、これまでの嫌がらせはヤクザや右翼がやっていますよ。直接手を下しますかね」

　金文商事は金を持っている。反社会的勢力にやらせるだろう。

「だが金木忠相はカッとなりやすい性格に見えるぞ。反対派の集会にコンクリートの塊をつかんで押しかけてくるほどだ。息子の大輔は中途半端なワルってところだな。警官の写真をパシャパシャ撮って、なにをしでかすかわからん雰囲気があった」

「黒部署の連中の、捜査の腰が重いのも気になりますよね」

反対派への嫌がらせが何度もあったのに、金文商事を厳しく捜査しているようには見えなかった。

「ちゃんと捜査をしたのか、調べるか」


小山は寝る間を惜しんで、地下の捜査資料庫に入り浸った。反対派の人間が受けてきた嫌がらせや脅迫事案の被害届を見つけ出し、奈良にコピーさせた。所轄署としてどこまで捜査してどう対応したのか、把握していく。

翌朝の捜査会議で、小山は手を挙げた。

「最終処分場を巡るこれまでの黒部署の対応に不信感を持っています。調べさせてもらいました」

黒部署長が眉をひそめる。副島がソバージュヘアを揺らして立ち上がった。

「一体どういうつもりですか」

「それはこっちのセリフだ。どういうつもりで事案をほったらかしてきたのか、説明してもらうぞ」

小山は書類を振りかざした。

「まずはこれ。去年十二月の反対派集会を金木忠相社長が襲撃した件」

「襲撃はしていません」

副島が即座に反論した。

「コンクリート片を持って自分の会社を追い出そうとしている集会に乗り込んだ。これのどこに襲撃の意図がないと言えるんだ」

「事実、誰も怪我をしていない」

「みな逃げたからでしょう。どう考えても脅迫罪だ。だが立件していない」

　亀野管理官も興味を引かれたようだ。黙って小山の様子を見ている。

「今年の一月以降に四度連続であった右翼による横崎翔子の演説妨害。威力業務妨害と脅迫の被害届が出ているのに、道交法違反で送検しただけ。交通課に丸投げしたな」

「右翼の街宣への対応なんてそんなもんでしょう。いちいち立件している暇なんかないわ。こっちは少人数でやってんのよ」

「三月には、当選した横崎翔子のもとに衣装ケース一杯の産業廃棄物が届いた。こちらは迷宮入りですか？」

　一応捜査したような記録はある。衣装ケースは夜間に何者かが選挙事務所の前に置いたもので、宅配便や郵便などの業者を使っていない。目撃者は見当たらなかったという調書がつけられているのみだった。しかも二日間しか捜査していない。副島が言い訳する。

「田舎町は防犯カメラも少ないの。目撃者がいない以上、警察は動きようがない」

「地取り捜査はしたんですね。ナシ割捜査は？　鑑識作業はしたんですか」

　遺留品から犯人を探る捜査をした記録はなかった。

「ナシ割捜査でどこの業者が排出した産業廃棄物かわかるんじゃないですか？　衣装ケースの販売元は？　あんたらそもそも証拠品をどこに保管しているんだ！」

　副島が、しどろもどろで反論する。

「うちに鑑識係はいません。大規模に捜査するとなったら近隣の秩父署に捜査応援を頼むことになります。この程度の嫌がらせでは捜査応援など要請できない」

「だから殺されたんだ」

小山は言い切った。

「小さな嫌がらせをどれだけ積み重ねられても、警察は微罪だからと言って動かなかった。だからリーダーの村治は殺された」

捜査本部が水を打ったように静まり返る。黒部署員たちは肩身が狭そうな顔だ。副島も唇を嚙みしめ、すとんと座った。別の手が挙がる。

「まあまあ、それは結果論だ」

見覚えのない刑事が立ち上がった。開襟シャツを着ている。髪はオールバックで髭を生やしていた。

「産廃業者が雇ったゴロツキが住民やライバル業者を嫌がらせするなんて事案は全国どこでもある。全部を捜査して正しく立件しろというのなら、予算を増やして警察官の数を倍にしてもらわないと、警察官は過労死するよ」

お前は誰だと訊くまでもなく、開襟シャツが名乗る。

「自己紹介が遅れました、本部捜査四課の猿渡(さるわたり)警部補だ」

マル暴——暴力団担当の刑事だ。

捜査四課は小山と同じ刑事部だが、フロアは別だし事件捜査を共にすることも少ない。顔を合わせたことがなかった。地取り、鑑取り、ナシ割という地道な捜査で証拠をあげ、犯人を追い詰める捜査一課と違い、四課は内偵や監視を中心に捜査をする。時に暴力団と密な関係を築いて情報を集め、証拠を得る。威圧的に出てくる相手に対抗するため、コワモテになる刑事が多い。猿渡も見た目がチンピラみたいだ。警察官なのだからネクタイを締めて髭を剃れと注意したくなる。

「小山、所轄署の捜査の不備をいま責めても仕方ない。座れ」

亀野管理官が言った。小山は舌打ちして、腰を下ろした。捜査四課の登場で空気が変わってしまった。猿渡が意気揚々と続ける。

「昨日一日で我々捜査四課も最終処分場を巡る町のごたごたは把握しました。早いところ金文商事にガサ入れをかけるべきです」

副島が立ち上がり、反論する。

「なんの容疑のガサ入れですか。殺人でしょうか？　証拠はなにもないのに」

「証拠を積み上げている暇があるか？　周辺を洗っているうちにやつらはどんどん証拠隠滅を図る。正直、我々捜査四課からしたら、事案発生から二日経ってまだ関係先にガサ入れできていないこの捜査本部は危機感がなさすぎる」

黒部署長が苦言を呈する。

「令状が出る状況じゃないだろ。相手は暴力団じゃない。一般企業だ。四課の理屈は通らない」

「令状なんかすぐ出ますよ。これまで金文商事は反対派に嫌がらせをしてきている。小山君がいま言ったとおりだ。襲撃、脅迫、嫌がらせ――」

「それらを起こした連中と金文商事の関係は立証されていない」

亀野管理官がピシャリと言った。別の手が挙がる。飯能署から応援で来ている刑事だった。

「大きな情報をつかんでいます。先に報告させてください」

飯能署の刑事は金木親子の自宅周辺を聞き込みしていた。近隣の二十四時間営業のドラッグストアで、重要な証言が取れたらしい。

「事件当日の深夜、金木忠相が店にやってきて、医療品を大量に買っていったとのことです。普段はお手伝いさんが買い物にくるので、妙に思って店員の印象に残っていたようです」

購入品目を読み上げる。大判のガーゼや化膿どめの他、紙テープと包帯を購入していた。

「確かガイシャは犯人を引っ掻いているんですよね」

奈良が呟いた。すかさず副島がソバージュヘアを揺らして立ち上がる。

「金木忠相氏には確固たるアリバイがあります！」

秩父夜祭の真っ最中だった。地元企業として協賛金を出している金木は、秩父市長の隣の来賓席で花火を観賞していたらしい。多数の目撃者がいるし、写真や映像も残っている。

「なら、家族か」

あの家族は父一人、息子一人だ。大輔しかいない。

2

金木大輔に出頭要請が出た。逃亡を防ぐため、奈良と小山は自宅前の張り込みに配置された。金木の自宅は秩父市宮原町の金文商事本社の敷地内にある。本社は六階建てのビルで、広い駐車場にはトラックが三十台くらい並んでいた。自宅は本社ビルの裏側にある。

自宅の表門のすぐ脇に、奈良が捜査車両を停めた。午前八時一分前、小山のケータイが鳴る。亀野管理官からだ。了解して電話を切り、奈良に伝えた。

「自宅に出頭要請の電話を入れたそうだ。弁護士と相談するってよ」

電話に出たのは金木忠相で、大輔と直接話せたわけではないらしい。

「七十過ぎの年老いた父親が聴取の現場にダンプで突っ込んできたり、深夜にドラッグストアへ使いっ走りしたり、相当な過保護だな」

奈良がいつものノートを捲った。金木親子の家族関係を記したものだった。

「金木忠相の最初の結婚は昭和二十五年ですね」

いま七十七歳だからそんなものか。

「息子と娘がいたようですが、昭和五十年に離婚。子供はすでに自立しています。最初の妻子とはとっくに縁が切れていますね」

元妻と長男長女は、殺人事件絡みの聴取にやってきた刑事を見るや迷惑そうだったらしい。「もう二十年会っていない、連絡もしていない」と口をそろえた。離婚の原因は性格の不一致だそうだ。子供たちは在日朝鮮人二世であることを隠したくて、疎遠になったと証言した。いじめを受けたり、就職ができなかったり、苦労があったようだ。

「大輔の母親にあたる女性とは、昭和五十五年にできちゃった結婚しています」

金木が五十四歳のときだ。どんな女か。

「秩父市内の飲食店勤務で当時二十五歳。二十六歳で大輔を産んでいます」

「金木が五十五歳のときか」

「その翌年には離婚しています」

親権は金木が取り、慰謝料として億単位の金を女にやったらしい。

「なんで何億も慰謝料をやるんだ。不倫でもしていたのか？」

「親権で相当争ったようですね。金木は息子を手放したくなくて、金で女を黙らせたのかも」

「いま大輔の実母はどうしてる」

奈良が現住所を読み上げた。新宿区内の高級マンションに住んでいるらしい。慰謝料で悠々自適の生活を送っているようだ。

「大輔は祖父ほどに年の離れた父親に甘やかされて育ったんじゃないですか」

「そして大好きなお父さんとその会社を苦しめる反対派リーダーに怒りの鉄拳を食らわせたってか」

自宅の引き戸が開いた。金木大輔が現れる。

「車、出せ」

奈良はエンジンをかけて、路肩から車を発進させた。門扉のすぐ目の前に車を停める。小山は助手席の窓を開けた。

大輔は今日も黒ずくめの恰好だ。飛び石をジャンプするようにやってきた。音楽のリズムでも刻んでいるような足取りだった。黒い革ジャンを右腕に抱えて、ポケットに両手を突っ込んでいる。

「よう、上機嫌じゃねーか。お散歩か」

小山は声をかけた。大輔は見向きもせず、門扉を開けた。革ジャンをはおっていないところを見ると、車に乗ってどこかへ行くつもりか。

「チェイスになるかも。緊張しとけよ」

小山は奈良に小声で発破をかけた。奈良はサイドブレーキをぎゅっと握り、緊迫して様子をうかがっている。大輔は捜査車両の後部座席の扉に手をかけた。この車に乗るつもりか。確かに出頭要請は出したが、送迎に来たわけではない。

小山は奈良にロックを外させた。大輔が滑り込んでくる。警察が迎えに来たと勘違いしている大輔三本の引っ掻き傷を、堂々と、刑事二人に晒した。一部はかさぶたになっていた。

「誰にやられた」

「村治さんです」

自首しに来たというわけか。

大輔はおもむろに、黒いシャツのカフスボタンを外した。シャツを捲りあげる。腕の裏側についた

「署に行くぞ。弁護士はいいのか？」

に、念のため確認する。

小山は班長の野口と金木大輔の取調べを担当した。八時間ぶっ通しで絞ったが、自供を得られなかった。十九時、一旦取調べを中断し、捜査本部に戻った。書記が記した供述調書をみな読んでいた。奈良もだ。小山が入った途端、捜査員たちが一斉にこちらを振り返る。同情されているのを感じた。

小山はパイプ椅子を足で蹴った。椅子が倒れて大きな音が鳴る。

「小山――」

亀野管理官が振り返りもせず、たしなめた。奈良がパイプ椅子を起こしている。

「村治を救護中についた傷だと？　ふん。よく言ったもんだ」

捜査四課の猿渡が、煙草に火をつけながら言った。

金木大輔の言い分はこうだ。

監視小屋でバリケードの鍵を探していたところ、外から悲鳴と鈍い衝撃音が聞こえた。ウィンドチャイムも鳴ったので、大輔は監視小屋の外に出た。なまず橋で血まみれの村治を発見し、救護しよう

と駆けつけた。村治はまだ亡くなってはおらず、錯乱状態だった。大輔を犯人と間違えたのか、つかみかかってきた。結局、大輔の腕を爪で引っ掻きながら、息絶えた――。

「話の筋は通っているとは思いますけどね」

副島がチリチリヘアを後ろでまとめながら、発言する。

「真冬の犯行です。長袖に上着を着ている。犯人が腕を露出していたとは思えない」

冬の夜の黒部山は氷点下になる日もあるらしい。事件当夜の黒部山の気温は、二度だった。

「でも血まみれの人を手当てするとき、腕捲りをすると思うわ。村治はひどく出血していた。血がつかないように袖を捲るでしょう。それで錯乱した村治に引っ掻かれたのではないですか？」

「救護するときに袖を捲ろうとするのなら、殺害しようとするときも捲るんじゃないか？」

小山は指摘した。副島がため息をつく。

「どうしても大輔を犯人にしたいのね」

「あんたはどうしても犯人にしたくない」

睨み合いになった。猿渡が亀野管理官に訊く。

「ＤＮＡ鑑定の結果は？」

取調べ開始と同時に大輔の粘膜の採取をしている。科学捜査研究所に最優先でＤＮＡ鑑定を依頼していた。亀野は短く答える。

「一致した」

「送検できます。逮捕しましょう」

小山は亀野の前に一歩踏み込んだ。副島が割って入る。

「やめておくべきです。本人が救護中についたものだと訴えている以上、犯行時についたものだとする証拠がないと、検察は起訴を見送ります」

亀野は小山と副島の顔を見比べ、立ち上がった。

「上と相談してくる」

亀野は大輔逮捕の判断を見送った。

「反対派への聴取は不充分だし、当日の大輔、ガイシャの足取りがまだはっきりしていない。急いで捜査しろ！」

大輔は出頭したその日の晩のうちに弁護士が迎えにきて、自宅に帰ってしまった。張り込みはつけているので逃げられる心配はないが、焦燥感が募っていく。

小山と奈良は、金文商事と取引がある人々を調べ始めた。調べ始めて三日目の今朝も捜査車両に乗り込んだ。奈良が膝の上で大学ノートを開く。聞き込み先一覧のコピーを貼り付けていた。

「さて。今日は所沢ですね」

奈良が地図を開いてルートをざっと確認した。小山はシートベルトを締めて煙草に火をつけた。煙を吐いたが、ため息でもあった。

「早いですよ、小山さん。まだ今日は一件目です」

「これで三日目、これから向かう所沢市内の企業で二十八件目だぞ」

めぼしい情報は出ていない。どの関係者も口が重いのだ。金文商事との取引は認めても、金木親子については親しくはないからと知らぬ存ぜぬだった。

「取引先なら仕方がないような気がします」

「ダンマリは取引先だけじゃないだろ」

　金文商事がある秩父市宮原町の近隣を訪ね歩いたが、誰も金文商事について話をしてくれなかった。市の中心部なので企業や飲食店も多く、住民もいる。みな金文商事の名前を出しただけで「お答えできません」と扉を閉めてしまう。とある土産物屋の女将はあたりを気にしながら、小山たちを店の外へ追い出し、シャッターを下ろすほどだった。

「よほど近隣住民は金文商事に怯えている様子だったな。あの界隈に秘密警察でもいんのか」

「日常的に暴力団が出入りしていたとか、すでに脅されているとかかもしれませんね」

　最終処分場問題や金文商事について話をするのはタブーなのだろうか。

「前向きにいきましょう。昨日まであたっていたのは全て秩父や黒部町内の運送業者です。地元だと証言しにくいことがあるでしょうけど、今日は所沢ですよ」

　秩父から三十キロ以上東にある。金文商事の影響下にはないと願うしかない。

　国道２９９号を東へ向かう。飯能市に入り、山ばかりの景色が田園風景に変わる。所沢市に入った。たまに目につく雑木林には不法投棄と思われるゴミが散らばっていた。隣の畑では土にビニールをかぶせている女性がいる。男性は種をまいていた。

「所沢の土壌は汚染されてんじゃなかったか」

「ダイオキシンが検出されたと報道されていましたよね」

「それなのに種まきしてんのか、あの農家は」

　吉田興和産業という看板が見えてきた。ここは産廃の中間処理場だ。今日話を聞くのは、吉田興和産業の子会社の運送会社だ。金文商事と取引がある。本社ビルの四階に入居している。産業廃棄物を積んだダンプが次々と敷地内に入っていく。

車を降りた奈良が、空を指す。煙突から黒い煙がもくもくと出ていた。垂れ幕がかかっている。

『我が社の焼却灰からダイオキシンは検出されておりません！』

小山は笑った。

「あんな真っ黒の煙を出しておいて、悪い冗談だろ」

本社ビルに行こうとして、シャッターを切る音がどこからか聞こえてきた。本社ビルの入口脇に、電話ボックスのような掘っ立て小屋が立っていた。窓はない。正面に折り紙くらいの四角い穴がある。レンズのようなものが太陽に反射して光った。さっとカーテンが引かれる。

「なんだありゃ」

奈良が掘っ立て小屋の反対側に回った。扉がある。ノックをしたら、腰の曲がったおばあさんが出てきた。

「こんなところでなにをしているんですか？」

「なにって、監視だよ。悪いがヨシコーに出入りするもんは写真を撮らせてもらっているからね」

ヨシコーとは、吉田興和産業の略だろう。老婆は額に『ダイオキシン追放！』と書かれたハチマキをしていた。『団結』の赤い腕章もつけている。

「我々は警察です。ヨシコーの関係者ではありません」

奈良が警察手帳を見せた。活動家や市民運動は公安の監視対象だ。警察官は関わらない方がいい。忠告する間もなく、奈良は名乗ってしまった。

「もしかして、ヨシコーの摘発に来たんですか？」

「いえ、我々は別の捜査でして」

小山は老婆に断り、奈良の腕を摑んで歩く。

「ああいうのは相手にするな」

エレベーターに乗り、四階で降りる。ヨシコー運送の社長兼運転手だという男が対応に出てきた。恰幅がよく、色付き眼鏡をかけている。社長自らお茶を出した。

「あ、おかまいなく」

いえいえとぶっきらぼうに言い、社長はどっかりと向かいのソファに座った。眉尻を剃り落としていた。ワイシャツの襟にでっぷりと顎の肉が乗る。

「早速ですが――」

その前に、と社長は腕時計を見た。太い金のブレスレットをしていた。純金だとしたら百万円はくだらないだろう。

「実は反対派がデモを予告していましてね。うちの親会社がダイオキシンをまき散らしているというやつです。東所沢駅を九時に出発して、十時には本社ビル前でシュプレヒコールがあります。うるさくなると思いますけど」

「反対派からスケジュールを教えてもらうんですか？」

奈良が素っ頓狂な質問をする。デモ対応をしたことがないのだろう。

「警察情報だよ。主催者が警察に届け出るんだ」

社長も頷いた。

「所轄署の人が教えてくれるんです。衝突しないための配慮でしょうね。デモが来る時間はダンプの通行も危ないですから、取引業者にその時間は運搬に来ないように通達しなくてはなりませんし」

新人刑事に説明する口調は優しげだ。で、と社長は冷たい目で小山に向き直る。

「今日は秩父の金文商事のことでということでしたが」

ソファにふんぞり返る。また偉そうな態度に戻った。むかついたが、顔には出さない。

「最終処分場の件で、黒部町の住民と金文商事が揉めているのはご存じですか」

「知っていますよ。反対運動のリーダーが先日、亡くなられたこともね」

「金文商事とはいつごろから取引をなさってますか？」

「いつだったかな……まあ、古い付き合いですよ」

調べにいくそぶりもなければ、正確に答えようとする努力も見えない。

「社長の金木忠相さんとは個人的な付き合いはありますか？」

「ないです」

人となりを尋ねてみるが、知らないとはねつける。

「あくまで仕事上の取引――と言いましても、こっちは運搬の方です。金文の運搬担当の人間としか直接やり取りしません。金木社長とお会いしたことも殆どありませんし」

「業界ではどのような印象があるか、一般論を聞かせていただけたら」

社長が答えようとして、拡声器の声が聞こえてきた。

「ダイオキシンをまき散らす焼却炉は、取り壊せ！」

反対派のシュプレヒコールが始まったようだ。社長は腹からでかい声を出す。

「信者は多いと思いますよ！」

信者とはどういうことか、詳細を尋ねる。

「関東産業廃棄物業連合会の会長を務めていたこともありますから！」

外のシュプレヒコールがやかましいせいだろうが、社長は叫ぶように答えた。小山はうるさがられているような気になった。

「次男の大輔君についてはどうでしょう？　なにかご存じですか」

「家族関係については全く知らないです！」

「跡取り息子として、すでに金文商事でダンプを乗りまわしているようなのですが」

拡声器が割れるほどの駆け声が聞こえてきた。「ヨシコーは所沢から出ていけ！」

「全然知らないですね！」

小山は奈良の太腿を叩き、耳打ちした。

「帰ろう」


本社ビルを出たところで、赤ん坊を抱っこした若い母親につかまった。ハチマキと腕章をしている。老婆から聞いたのか、小山と奈良が刑事だと知っていた。

「やっと警察の捜査が入ったんですね。ヨシコーの焼却炉からダイオキシンが出たんですよね？　違法な焼却をしていたんですよね？」

赤ん坊はグズグズ泣いていた。小山は立ち去ろうとしたが、奈良は無視できないようだ。

「申し訳ないです。我々は別件の……」

　赤ん坊が咳き込んだ。痰が絡んでいた。

「この子は生まれたときからこの調子なんです。我が家はヨシコーの焼却炉の煙突の風下側にあって、洗濯物がにおうなとは思っていました。赤ちゃんは肌も荒れているでしょう？」

　確かに、ほっぺにできものができていた。小山の下の娘も赤ん坊のとき、頬にブツブツのできものができていた。ただのあせもだったが。

「あちこちに相談しているんですが、原因を調べるのに時間がかかると言われています。絶対ヨシコーの焼却炉のせいなのに、弁護士さんに相談しても因果関係を調べるのは無理だと言われて……」

　奈良がノートを開きメモを取り始めた。シュプレヒコールが終わり、デモの解散が宣言されていた。老若男女が三十人ほど集まり、「お疲れ様でした」と拍手をしている。若い母親が団体に手を振った。

「みんなー！　警察さんが話を聞いてくれるって！」

　小山は慌てて奈良の腕を引いた。

「俺らはダイオキシン被害の捜査をしてるんじゃないんだぞ」

「しかし、なにか金文商事の情報を取れるかもしれませんよ」

　シュプレヒコールをやっていた連中が、わらわらと近づいてきた。

「バカ。知らねぇぞ」

　小山は奈良を置いて駐車場に向かった。捜査車両に逃げ込む。車からは人だかりが見えるばかりで、小さな奈良の姿は埋もれた。

　一時間後、ようやく奈良が戻ってきた。確信に溢れた目をしている。

「産業廃棄物業者に対する反対運動をしている団体は横のつながりがあるようです。黒部のことを知っている人が結構いました。村治の知り合いもいました！」

村治は怒り狂っていたという。

「警察は敵で、埼玉県警の元警察官が金文商事に天下りしていると話していたそうなんです」


金文商事に天下りしている元警察官とは誰なのか。

小山は県警本部にいる捜査一課の係長に報告を入れた。金文商事の内部に元警察官がいるとなると、捜査情報が漏れているかもしれない。係長はすぐに人事に話をあげたようだが、翌日になっても情報は小山のもとに下りてこないままだった。

捜査会議が始まる。事件当日の村治の足取りについて、報告がある。

小山は捜査会議に集中できない。警察官が産廃業者に天下りなどあまり聞かないが、ないとは言い切れないか。ヒラの巡査長あたりの再就職なら、県警本部は詮索しない。警視や警視正の階級を最後に退職している人物だとしたら、大問題だ。現役の警察官はＯＢに弱い。元上司で世話になったとか、昇任の推薦をしてもらったとか、恩義があると強く出られない。捜査に圧力をかけられる可能性もあった。

もしくは、どうすれば警察の捜査をかわせるか、金木親子にアドバイスをしているかもしれない。

捜査本部の上下スライド式の黒板には、時系列に沿って事件当夜の村治の足取りが記されていた。

「そもそもよ……」

小山は奈良にぼやかずにはいられなかった。

「村治の殺害からもう十日だぞ。ガイシャの足取りをつかむのになんでこんなに時間がかかったんだよ」

「反対派が警察の聴取になかなか応じなかったようですからね」

反対派は警察と距離を置いている。金文商事寄りの黒部署員のせいだと訴えている。金文商事側に元警察官がいるのも原因だろう。下手に情報をあげるとそれが金文商事側に筒抜けになると思っているのだ。いま報告している秩父署の捜査員が、根気よく反対派のもとを訪れて説得し、ようやく得た証言らしい。

「ガイシャは西武秩父駅前で秩父夜祭の観光客相手にビラ配りをしていました。十八時から深夜〇時までバリケードの監視当番で、十六時半に自宅兼店舗に一旦帰宅しています」

ここからは妻の陽子の証言だ。村治はシャワーを浴びて三十分ほど仮眠を取り、バリケードの監視小屋に向かった。喫茶くろべえを出たのは、十七時半ごろだそうだ。

隣の奈良がエンピツで時系列表をノートに書いている。

「通常、バリケードの監視は二人一組です。この日はガイシャと平沼和正（ひらぬまかずまさ）という反対運動の副リーダーが当番でしたが、体調不良で休んでいます」

インフルエンザにかかってしまった。肺炎を併発し未だ入院中で、聴取もできていないようだ。もう一人の副リーダーの鴨川に比べ、印象が薄い男だ。

奈良がノートを捲り返し、一枚のコピーを開いて小山に見せた。奈良のノートはどんどん分厚くなっている。挟み込む資料や糊付けした資料が増えてきたのだ。

「反対派が定期発行しているビラです。鴨川の寄稿文が載っています」

鴨川は荒川の水利組合の職員だったか。汚水問題に敏感だったようだ。黒部川は荒川となり、やがて東京都へと流れていくから、都民の飲み水にもなるのだ。鴨川は寄稿文の中でこう呼びかけている。

『黒部の最終処分場建設問題は地元だけの問題ではありません。あなたが、もしくはあなたの両親が、あなたのお子さんが、産廃で汚染された水を飲むことになるかもしれないのです。自分ごととして、この問題を考えていただけないでしょうか』

前のめりの気持ちを感じる文章だった。

「まさに扇動屋ですね。事実、鴨川は地元で反対運動を組織し、東京では『水を守る会』の発足にも奔走しています。一方の平沼は病弱なせいか、こういった行動は皆無です。主に金銭の管理など裏方に徹していたようですね」

亀野管理官が一同に言う。

「平沼の体調が回復次第、すぐに聴取だ。他に報告があるものは？」

ピンと手を伸ばしたのは、捜査四課の猿渡だった。

「これまで反対派への嫌がらせで検挙、聴取された暴力団や右翼についての情報がまとまりました。チャートにしましたので、資料をご覧ください」

猿渡は嬉々とした表情で黒板の前に立つ。


一時間経ってもまだ猿渡は話していた。

黒板にはごちゃごちゃのチャート――相関図が記され、網の目のように関連団体が連なっている。都心の路線図の上に道路地図までかぶせたかのようだ。とある団体の幹部は別の暴力団幹部と舎弟関係にあるとか、他の暴力団のフロント企業には産廃業者が複数いて暴行傷害の前歴があるとか、芋づない。

る式に反社会的勢力の名前が付け足されていく。捜査一課は、団体のチャート図を見るのに慣れてい

「そんなまたいとこの友達の友達みたいな先の団体までここで取り上げなくていい」

亀野管理官が物申すと、猿渡は心外そうに言い返す。

「しかしこの団体にはマッポ殺しがいるんです。七十ですが未だに屈強、一般人の撲殺など訳ない凶暴なやつですよ」

「当日、殺害現場にいた証拠はあるのか？」

「それはこれから、調べるか否かは管理官次第ですよ。こいつは黒部で反対派に嫌がらせした右翼の幹部とともに、若いころは精神統一派という右翼団体にいました。この幹部が、福岡に拠点を置く宗像組系麻生会の会長と、かつて歌舞伎町の抗争に関わったことがあるほど暴力傾向があって……」

わけがわからない。隣でチャートをノートに写していた奈良も、ペンを投げて頭をかいた。

二十二時、ようやく捜査会議が終わった。小山はシャワーを浴びてから、道場に行く。奈良が先に布団に入ってうつ伏せになっていた。枕を胸の下に置いて、なにやらペンを走らせている。小山は隣の布団に入りながら奈良の手元を見て、うんざりする。

「もうそのチャート、やめろ」

奈良は、猿渡の捜査資料をもとに、チャートをノートに書き直していた。

「チャートは出発点を決めて自分で作れば、意外と頭に入りますよ」

奈良のノートも都心の路線図みたいだったが、出発点だというところを赤く囲っている。

「まず、この『愛国一心会』。横崎翔子の選挙活動に街宣車を回してきた右翼です」

関連団体だけで十以上ある。

「このうち、前科がある構成員は五人。殺人は一人」

殺人までやったやつは現在も服役中だという。つまりアリバイがある。

「というわけで、この愛国一心会は一旦忘れましょう。次、横崎町長と村治の不倫関係の怪文書を回したのは、ミニ新聞を発行する、自称同和団体の『部落解放戦線』です」

あちこちの市民運動に出向いては勝手にビラや新聞を配って関係者を脅し、小銭をせびる団体のようだ。本来の同和団体とは全く無関係の『エセ同和』だ。

「ここは暴力団ではないのでどこの組と盃（さかずき）を交わしているとか、敵対しているとかはないですが、全国津々浦々の暴力団から小遣いをせびっているようなので、捜査範囲が広がりすぎます」

「依頼されても暴力団側は殺人を請け負わないだろうな」

「俺もそう思います。ここも忘れたいところですが――」

小山は唸る。

「この団体だけなんだよな、金木忠相が関係を認めたのは」

小遣いをやったことがある、と黒部署の所轄署員に証言した記録が残っていた。金文商事本社に押し掛け、「現場の警備をやってやる」と迫った。断ると「今晩飯を食う金もない、働かせてくれ」と泣きついてきたらしい。一万円をやって追っ払った、と金木は証言している。今年の六月のことだ。

「不倫関係を疑う記事がばらまかれたのは、その直後のことだったな」

「ええ。これはかなり引っ掛かりますが、たった一万円の小遣いで、金文商事と敵対する人間の悪評をばらまきますかね」

「本当はもっと金を渡していたのかもしれんぞ」

「不倫を記事にしてやったのだから発行料をよこせと再び金文商事に乗り込んでいる可能性もありますね。そこで金木が金を払っていたら――」

「反対派リーダーを殺害してやれば、もっと金を取れると思うかもしれんな」

町長宛てに衣装ケース一杯の産業廃棄物が送られてきた事案は未解決だったが、四課の猿渡があっさり犯人を摘発していた。猿渡は首都圏の反社会的勢力と関わる情報提供者を大量に抱えている。ちょっと話を流せばその手の情報はすぐにわかるようだ。

「自称産廃ブローカーの男で、こいつはどこの組織にも属していないようですね」

歌舞伎町であった大規模な抗争に一枚噛んでいるとかで、警視庁がマークしている人物だという。抗争に出入りしている反社会的勢力は数十組に及ぶ。その中で暴行傷害や殺人の余罪がある者は百名以上いた。

「やめやめ、もうこっちは猿渡に丸投げでいい。頭が痛くなるぜ、全く」

小山は寝る前にトイレへ行った。見知らぬスーツ姿の男が神経質そうに手を洗っていた。ロレックスの腕時計が蛍光灯を反射して光る。にこやかに話しかけてきた。

「もしかして、捜査本部の方ですか」

分厚い唇をした男だった。

「そうですが」

失礼ながら、小山は用を足しながら答えた。

「明日からお世話になります、捜査二課の石神です」

小山が手を洗いハンカチで拭くまで待って、男が名刺を差し出してきた。石神は捜査二課の係長で警部補だった。小山も名乗ったが、階級は言わない。上から目線のまま続けた。

「そういや、捜査二課は金文商事と前町長や、処分場に認可を出した県知事の贈収賄を内偵していたとか」

「ええ。我々は秋から捜査しています。四課が活躍している以上、我々二課も殺人の捜査本部に入るべきじゃないのかと課長が言い出しましてね」

困ったような顔で言った。捜査本部に入ると、他の課の刑事たちと情報共有せねばならなくなる。あまり情報を出したくないのか。もしくは、なんの情報も得られていないのか。

「実際のところ、贈収賄があったのは間違いないの？」

「タレコミが大量にあっただけで、証拠はあがっていません。まだまだこれからですが、二か月経っても端緒がつかめなくて、捜査員の士気は下がっています」

気合を入れ直す意味も含めて、上層部は活気ある殺人捜査本部に捜査員を放り込みたいようだ。まあがんばりますよ、と石神が頭を下げた。

「すみません、呼び止めまして」

「いいえ。いい時計していますね。また明日」

石神は左腕のロレックスを見て、目を細める。

「ああ、これは結納返しですよ」

「新婚さんか」

「いえ、まあ、近々の予定です」

「おめでとう。いま、地獄の入口に立っている」

石神は「みんなそう言う」と笑いながらトイレを出ていった。


反対派副リーダーの平沼和正から、ようやく聴取できることになった。まだ病床にいるが、肺炎は快方に向かっているらしい。医者からは聴取は十五分までと言われている。小山と野口で秩父市内にある総合病院に行く。病室には平沼の他、二人の男がいた。一人は反対運動の顧問弁護士で、もう一人はこの反対運動を扇動した鴨川だった。小山と野口を見るなり、目尻を吊り上げる。よほど警察に対して不信感があるようだ。ベッドの中の平沼は入院着姿で、弱々しく見えた。

「犯人はつかまりましたか」

こちらが名乗る前に、平沼が切り出した。息苦しそうだ。野口が答える。

「鋭意捜査中です」

「自分が監視に行っていれば――」

平沼は涙ぐみ、咳き込んだ。鴨川が背中をさすり、小山と野口を睨みつける。弁護士は名刺を交換すると、病室の隅に引っ込んだ。

小山は聴取を始めた。

「当日は朝から村治さんと一緒だったと陽子さんから聞きましたが、詳しく聞かせてもらえますか」

平沼が語り出す。

「秩父夜祭の二日目で、僕と村治は午前中に西武秩父駅でビラを配っていました。僕は朝方、喉が痛い程度だったんですが、だんだん寒気がしてきて、昼前には病院へ行くことにしました」

平沼の目に涙が溜まる。鴨川がすかさずタオルを目に当てた。押しつけがましい男だ。

「村治は昔から優しいやつで、熱があるんじゃないのかと僕の額に手を当てて心配してくれました。あの日ほど地元がにぎわう日はないので、僕は倒れてもビラを配るつもりでしたが、村治が病院まで送ってくれました。気にしないで休めと村治が車から身を乗り出して言ってくれたのが、最後の別れになってしまいました」

村治とは長い付き合いだったのか、小山は確かめた。

「武蔵国際大学の同級生です。学部は別ですが、同じボランティアサークルに所属していました」

環境汚染で苦しむ発展途上国支援を行っているサークルだという。

「ご覧の通り、僕は肺が悪いので、環境汚染に苦しんでいる人を黙って見ていることはできません」

平沼は傍らの棚を探り、一枚の書類を見せた。川崎公害被害者の認定通知書だった。

「川崎公害は確か……」

よく知らず、小山はそれとなく確認する。

「大気汚染公害です。僕は幼少期から喘息で苦しんできました。流行感冒にかかるとすぐに肺炎を併発するので、大変です」

平沼は小学校三年生のときに川崎を出て、環境のよい黒部町に引っ越してきた。

「黒部は自然豊かで空気がきれいです。少しずつ症状は改善し、就職するころには吸入器もいらないほどに回復しました。しかし最終処分場ができるという鴨川さんのビラを見て、ガックリしてしまいました」

汚染物がどこまでも自分を追いかけているように思えたと平沼は表現した。

「僕は川崎公害から逃げてきましたが、もう逃げないと決意した。鴨川さんと共に戦うことにしたんです。そんなとき、大学のサークルの同窓会で村治と再会し、黒部の現状を話しました。村治は自然破壊は許せない、横崎先生に話すと言ってくれたんです」

それで横崎翔子や村治本人も活動に加わったようだ。

「村治さんは活動のさなかで現在の奥さんの陽子さんと出会い、結婚されたそうですが」

「ええ。あれは驚きました。女っ気がないやつだったので」

「もともと派手に遊ぶタイプではなかった？」

「とても真面目なやつです。真面目すぎるのが逆に欠点になっちゃうくらい」

「頑固で融通が利かない？」

小山は敢えて悪く言ってみた。鴨川がなにか言いたそうな顔をしたが、平沼は否定しなかった。夫婦仲について尋ねてみた。

「仲がよさそうでした。まだ新婚ですからね」

「不倫疑惑の怪文書がばらまかれたようですが」

鴨川が強引に話に入ってきた。

「ただの嫌がらせでしょう。陽子さんは一笑に付していました」

小山は頷き、平沼に、事件当夜の話をもう一度促す。

「当日、やはり夕方からのバリケードの監視当番にも入れなかったのですよね」

「ええ。検査でインフルエンザとわかり、薬をもらって自宅で寝ていたんです。だからこそ、夜の八時にかかってきた村治からの電話には驚きましたよ」

平沼がまた咳き込んだ。小山は止むのを待つ。

「一時間でいいから、監視を代わってもらえないかというんです。横崎町長から緊急呼び出しの電話がかかってきて、どうしても役場に行かなくてはならないと」

小山は目を丸くする。野口も前のめりになった。

「事件当日、村治さんは、横崎町長から呼び出しを受けていた？」

平沼は大きく頷いた。

「監視小屋を空っぽにするわけにはいかないけど、秩父夜祭の真っ最中で代わりが見つからなかったようです。村治は僕がインフルと知るや、体調を気遣ってくれて、電話は切れてしまいました。これが最後の会話です」

平沼が携帯電話の着信履歴を見せてくれた。十二月三日の十九時五十五分に、確かに監視小屋の固定電話からの着信があった。通話時間は五分間だ。

村治は殺される一時間前に監視小屋を出て、町役場の町長室に顔を出していたことになるが、捜査の過程でどこからもこの証言は出ていない。電話の解析は誰がやっていたのか、横崎町長の聴取は誰がしたのか。野口にひっそりと尋ねる。

「どっちも黒部署の強行犯係がやっている」

小山は鴨川に、この件について尋ねた。

「スピーチの件で緊急の話があったとは聞いていますが。町長本人に訊いたらどうですか」

鴨川はそっけない。

病院を出て黒部町役場に向かった。町長室は二階にあった。廊下の天井は低く、雨漏りの痕がこびりついている。町長室の前で奈良が待っていた。平沼の証言は電話で伝えていた。次は横崎町長に裏取りをすると話したら、奈良がすぐに町長にアポを取ってくれた。

「中にいるか？」

「ええ。昼休憩を先延ばしにして、待ってもらっています」

野口がノックする。「どうぞ」と酒焼けした女の声が返ってくる。中は煙草の煙が充満していた。横崎翔子は灰皿に煙草をすりつけながら、手で煙を追いやりつつ立ち上がる。灰皿から煙草の吸殻が溢れ、周囲に灰が飛び散っていた。

「ソファへどうぞ」

横崎は黒いジャケットに黒のロングスカート姿だった。生地には幾何学模様がエンボス加工されている。黒いストッキングに黒いくるぶし丈のブーツを履いていた。ショートカットの、首のほっそりした女だった。

「ランチの時間に大変すみません」

「いいえ。執務がありますので手短にお願いします」

ぷうんとアルコールのにおいがした。野口も小鼻を動かして小山に目配せしてきた。朝から飲んでいたのか。野口が切り出す。

「黒部署の捜査員が事件当日のことについて聴取に来ていると思うのですが」

横崎町長は指先が震えている。緊張か、アルコール依存症か。

「失礼ですが、飲まれてました？」

小山は酒を飲む仕草をした。横崎翔子が途端に肩をすぼめ、眉毛をハの字にした。

「いえ、あの、眠れなくて明け方まで飲んでいたので、ちょっとにおいが残っているのかも」

引きつったような愛想笑いをした。環境写真家というから、町政をかき回す気の強いフェミニストをイメージしていたが、繊細そうだ。ソバージュヘアの女性刑事、副島よりは親しみやすかった。

「まさか村治君がこんなことになるなんて……。いまでも信じられません」

必死に涙をこらえ、言葉を絞り出しているふうだ。

「やはり素人が、利権まみれの地方行政に入り込むべきではなかったのかとか思い悩む日々です。次に狙われるのは私かもしれません」

「少し休まれた方がいいかもしれませんね」

野口が言ったが、横崎翔子は激しく首を横に振る。

「そうはいきません。村治君があちこち奔走してようやくこぎつけた住民投票が来月に迫っています。これだけは絶対にやり遂げなくてはなりません」

まずは村治との関係を訊く。

「一九九五年からアシスタントとして働いてもらっています」

きっかけは村治が彼女の写真展に来たことだという。村治は環境問題に興味があり、すぐに意気投合したらしい。

「村治さんのアシスタントとしての働きぶりは」

「申し分ありませんでした」

「あなたは町長に、村治さんは最終処分場問題の反対派リーダーに収まった。お二人はそれぞれ違う立場になられたわけですが」

「最終処分場問題に向けて、一丸となり戦っていました」

「しかし最終処分場の問題は町政の数ある議題のうちのひとつにすぎません。他にやることがたくさんありますよね」

「もちろんです。素人ですから、秘書や議会のみなさんのお力添えをいただきながらです。全く頼りない町長ではありますが、ここ黒部の自然を守るということについては、確固たる決意を持っています」

選挙スピーチのようで退屈だ。小山は強引に次の質問をする。

「村治さんとの不倫関係がタブロイド判に書かれていましたが」

「あれはエセ同和団体のでっちあげだと警察の方もおっしゃっていましたが」

「男女の関係になったことは？」

「ありません」

横崎町長は恋人が海外にいると言った。フランス人の戦場カメラマンだという。

「いまは米軍が侵攻したイラクに入っています」

恋愛関係を確かめようがない。

「戦場カメラマンから見たら、埼玉のちっぽけな町の産廃をめぐるいざこざなど、小さなものでしょうね」

「争いに小さいも大きいもありません」

横崎町長が毅然と言った。弱々しかったり、強く出たり、つかみどころがない。野口が本題に入る。

「事件当夜、村治さんとはお会いになりましたか」

横崎町長は探るように小山と野口、背後の奈良を見た。小山は、もう全部知っているんだぞと言わんばかりに、目に力を込めた。絶対に視線を外さない。横崎町長はため息をついた。

「ええ。お亡くなりになる直前までこの町長室に来ていました」

「それをこれまで警察に言いましたか？」

「もちろんです。アリバイもあります」

村治の襲撃は死亡推定時刻から、二十一時ごろだ。横崎町長はちょうどそのころ、役場近くのマンションに帰宅していた。巡回の警察官が確認している。選挙妨害や嫌がらせが多くあったので、黒部署の地域課が自宅マンション周辺を巡回していた。日報に帰宅時間が正確に記入してあったらしく、黒部署員も追及しなかったようだ。

野口がため息を挟み、尋ねる。

「村治さんがこちらにいらしたお時間など詳しいいきさつを、教えてください」

「今月の集会のスピーチ原稿のことで相談があり、監視小屋に電話をかけて、呼び出しました。二〇時ごろだったと思います」

平沼の証言と一致はしているが、時間が遅すぎないかと指摘した。横崎は言い訳する。

「村治君は飲食店経営です。集会や反対活動に関する打ち合わせは、店が終わる夜間にすることが多いです。当日もその流れです。相談ごとができたので、村治君のいる監視小屋に電話をかけました」

「しかし、当日は監視当番の平沼さんが病欠で、村治さん一人でした。監視小屋が空っぽになるとわかっていて村治君をここに呼び出すのは、よほどの急用かと思ったのですが」

横崎翔子は言葉に詰まった。ソファの手すりにしがみつくようにして座っている。

「平沼君の件は、知らなかったんです。一緒にいるのかと」

「村治さんは話さなかったんですか。平沼さんが病気で監視当番に入れず一人だと」

曖昧に頷く。

「具体的にこの執務室で、どのような相談をされたのでしょう」

「ですから、スピーチに関する相談を……」

「それは監視小屋を空っぽにしてまであの夜に話し合うべきものだったのですか？」

小山は壁にかけられたスケジュールボードを指さした。

「あそこにも書いてありますね。次の集会は十二月二十日。だいぶ先です」

「ですから、平沼君がいないとは知らなかったのです」

「村治さんはどれくらいここにいましたか？」

「三十分くらいか……」

「スピーチ原稿の骨子はどのようなものになったのですか。話し合いをしたときのメモや下書き原稿などはありますか？　データでも」

「話したのみです。私はメモを取らないので……」

「三十分話し合った末、具体的に、どのようなスピーチをすると決まったのですか？」

「住民投票に向けて、町民の全てが一致団結できるようなスピーチをしようということです」

「そういうスピーチをするのは当たり前のことですよね。わざわざここへ呼び出して、たったの三十分スピーチの件を話し合って帰らせた？　電話ではダメだったのですか」

「電話で大切な話はしません」

「大切な話なのに三十分で済ませたんですか」

「……平沼君が監視小屋に一人でいるものと思っていて」

「ということは、金文商事との争いの最前線に、たった一人反対派メンバーを残したきりだと認識していたということですよね。気にならなかったんですか。あなたはすでにたくさんの嫌がらせや脅迫を受けているのに」

「すみません、スピーチのことに夢中で」

「別のことに夢中だったからでは？　例えば、村治さんと男女の――」

わざと意地悪な調子で小山は尋ねた。

「私と村治君はそういう関係じゃありません！」

とうとう横崎翔子は怒りをあらわにした。取り乱すところを見たかった。感情的になったところを鋭く切り込む。

「村治さんをここに呼び出した本当の理由はなんですか」

横崎翔子は言い切った。

「スピーチ原稿の相談のためです」


あの女、絶対に嘘をついている。

執務室で三時間粘ったが、納得できる答えを引き出すことはできなかった。秘書課の職員が廊下から見ていたが、誰も聴取を止めたり町長をかばったりしなかった。

町役場の各課でざっと聞き込みを行った。当日は殆どの職員が十八時前には退勤し、秩父夜祭を見に行っていた。村治が現れたのを目撃した人はいない。横崎翔子をよく言う職員もいなかった。

「町政を混乱させている」

「〝ガラス張りの町政〟のせいで仕事が滞るようになってしまった」

怒り、嘆く者ばかりだ。アポイントメントや根回しなしで他の自治体の長のもとへ押しかけたり電話をかけたりするので、周囲から常識がないと怒りを買うこともあるらしかった。

「そんな素人を町政の場に送り込んだのは町民だろうに、孤立無援とはな」

二階の廊下の喫煙スペースのベンチで、野口と話す。小山は奈良に小銭を渡し、飲み物を買ってくるように言った。

「いずれにせよ、横崎翔子はホンボシじゃなさそうだな。アリバイもあるし、村治の身長は百七十五センチあった。彼女は見たところ百五十ないぞ」

「ずいぶん小柄だなと思いました。痩せていましたし」

自分より背が高い男の頭頂部を、数度殴っただけで死に至らしめるのは、難しいだろう。

「不倫の線はクロっぽくないですか」

小山は上司に言ってみる。

「あの晩、役場の執務室でスピーチ原稿の話をしていないのは一目瞭然だが、村治がわざわざ平沼に電話しているのがなぁ」

逢引のためなら、横崎に呼び出されていることをわざわざ平沼に電話で言わないだろう。

奈良が缶コーヒーを三つ持って、戻ってきた。

「お前、横崎翔子についてどう思った？」

奈良は缶コーヒーを配りながら、難しい顔になった。

「今回の事件について言えばシロですが、不倫はクロかなぁと……。そういえば、ちょっと気になる情報が捜査本部に入ってきたんですよ」

村治の夫婦仲はあまりよくなかったのではないかというものだった。

「最終処分場となった春日地区の住民一覧です。すでに全戸補償金をもらって移転していますが、その中に気になる名前がありました」

堀米功。村治の妻、陽子の父親だ。小山は身を乗り出したが、野口が即座に却下する。

「その件はもう本人に聴取しているよ。移転を容認したということは、最終処分場の賛成派なのかってことだろ。娘婿は反対派のリーダーなのに」

「堀米は喫茶店の自宅兼店舗に住んでいたんじゃないんですか？」

「春日の自宅は実家だ。平屋建てのぼろ屋だったし、喫茶店の店舗付き住宅に住んでいたから、両親が亡くなったあとは空き家だったらしい」

物置同然で放置していた土地建物を一億円で買い取ってもらえたということか。

「堀米は最終処分場に反対も賛成もない。誰だってラッキーと思って土地を手放すだけだろ」

しかも、と野口は声を潜めた。

「優しいお父さんは受け取った補償金を娘に分け与えていたようだ。村治が喫茶店の経営そっちのけで反対運動に集中できていたのも、金文商事からの補償金があったからだろう」

小山はちょっと引いてしまった。

「金文が与えた補償金が、回り回って反対派の活動費になっているようなもんじゃないですか」

「とにかく金木大輔だ！」

亀野管理官が朝の捜査会議で叫んだ。事件から三週間経った。いろいろなことが判明したが、結局、この事件は金木大輔がホンボシでしかないと小山も思っている。

腕の傷という証拠があるが、本人の言い逃れが裁判で有力視されると、証拠能力を失う可能性が高い。逮捕に踏み切れない状態だ。横崎翔子も怪しいが、アリバイがある。

「年明けには住民投票もある。結果によっては小競り合いやトラブルがあるだろう。警備体制のことを考えると、なんとしてでもそれまでにホンボシをあげたい。とにかく金木大輔だ。共犯者がいるかもしれない。やつの周辺を徹底的に調べあげろ！」

反対派に脅迫や嫌がらせをした暴力団や右翼は、捜査四課が中心になって片っ端から調べている。

小山と奈良は大輔の人間関係を詳しく調べるため、卒業した学校を順番に回ることになった。大輔は幼稚園にも保育園にも通っていなかった。実母はそれを「二重差別のせい」と言った。在日朝鮮人二世という出自の差別と、父親が産業廃棄物業者だという職業差別だ。

金木が大輔を近所の幼稚園に入園させたが、送迎のたびに「朝鮮人」「ゴミ屋」と陰口を叩かれた。大輔と遊ばないように親から言われている子供もいたらしく、一か月で退園していた。以降は小学校に上がるまで、大輔は社長室に作った畳のスペースでお絵描きをしたり、折り紙を折ったりしていた。シッターや手のあいた女性職員が交代で面倒を見ていたらしい。「ぼっちゃん」「大ちゃん」とかわいがられていたと実母は言った。

小中学校でも大輔は二重差別に苦しんでいた。中一の春で不登校になっている。

小山は捜査車両の助手席で、借りてきた中学校の卒業アルバムを捲る。金木大輔はクラス写真にうつっていない。部活動の集合写真にも姿がなかった。個人写真は一人だけ背景が違う。

「体育祭、遠足、修学旅行――どの写真にも大輔の姿がないな」

中学校一年生のときの担任教師から話を聞いてきたところだ。

〝不登校になってからは何度かご自宅に伺って本人と直接話をしたり、いじめをしている生徒にも厳しく指導を入れたりしたんですが、私の力不足でうまくいきませんでした〟

卒業アルバムのクラスの文集のページには『クラスのみんななんでもベスト3』というランキング表があった。かっこいい、頭がいいなどの定番ランキングの他、相撲が強そうな人などというユニークなものもあった。大輔は中一から学校に通っていなかったのに、『有名になりそうな人』というランキングで三位に入っていた。名前の横に怪しい男のイラストが入っていた。帽子にサングラスで、ナイフを持っている。二位には女子の名前が入っていた。歌うアイドルのようなイラストが描かれていた。一位の男子の名前の横には、サッカーボールの絵が添えられている。

「あからさまだな。担任は咎めなかったのか」

大輔が三年生のときの担任教師は、すでに定年退職していた。

「ま、的を射ていると当時の担任も思ったのかな」

実際に大輔は村治を殺しているに違いないのだ。

「寄せ書きにもひどいのがあります」

男子の一人が『俺の成果はゴミ屋のチョンを追い出したこと』と平気で差別用語を書いていた。大輔をいじめて不登校にさせたことを誇っているようだ。大輔の寄せ書きは隅にあった。

『三年間ありがとうございました』

後から紙で付け足したような痕が残っている。

「教師も教師ですよね。この文集上でもあからさまに差別やいじめが見られるのに、削除させなかったなんて」

「教師もまた差別主義者で、いじめを容認してたってことだろ。このころから将来人を殺めそうな雰囲気を醸し出していたんだろうな」

大輔が進学した秩父市の工業高校に到着した。埼玉県内でも偏差値の低い高校だ。男子生徒たちが中庭でたむろし、廊下では、髪を染めた生徒が教師から出席簿で頭を叩かれていた。機械工学室ではエンジンの前に生徒たちが集まっていた。熱心な顔つきの生徒もいる。

小山と奈良は応接室に案内された。アポイントメントを取っていたので、テーブルの上に卒業アルバムや文集が準備されていた。三年生のときに担任をしていた教師が入ってきた。

「金木君の件と聞いて驚きました。もしかして、黒部町の殺人事件の件ですか？」

「よくわかりましたね」

「金木君は金文商事の御曹司ですからね。事件に巻き込まれていなければいいと気をもんでいたのです」

大輔が現場にいたこと、容疑者と見込まれていることについては、言わなかった。

「高校時代の彼はどんな様子でしたか？」

「賢い生徒さんでしたよ。中学校時代のいじめが原因で不登校だったでしょう。内申点が足りなくて、我が校にしか入れなかったようですが」

埼玉県内で高校受験の目安にされる北辰テストの偏差値は七十近かったようだ。

「北辰偏差値で七十なんていったら、浦高レベルですよ」

浦和高校は県内トップの公立高校だ。

「内申点を重視しない私立なら高レベルな学校に入れたでしょうに、機械工学を学びたい、高校に出てすぐに父親の会社で働きたいからと、うちに進学したんです」

大輔は高校生活を満喫したいとも思わなかっただろう。教師は成績表を捲りながら、残念そうな顔をする。

「いずれお父さんの会社を継ぐなら、技術面だけでなく、経営を学ぶのもありでしょう。学校でもダントツの成績でしたから、大学進学を勧めたんです。しかし本人が同年代の人間とは馬が合わないから、と……」

高校時代も友人はいなかったようだ。

「中学校時代のいじめのせいでしょうか、ものすごく警戒心が強かった。気軽に話しかけるクラスメイトもいましたが、愛想笑いで流してしまう。どことなく表情も暗いし、引きつったように笑うもんで、気味悪がる生徒もいました」

「失礼ですが、こちらの高校にはちょっとガラの悪い生徒さんも見られますね。例えば、暴走族とか……」

「いなくはないですが、加入が確認できた時点ですぐに退学処分です」

「大輔君はそのあたりは？」

教師が驚いた顔をした。

「そういうタイプじゃないですよ。さっき言った通り、人とつるめない性格でしたから」

大輔が仲間と反対派の監視小屋を襲撃したという推理は、成立しなそうだ。やはり、大輔単独か。

「いじめのせいで、コミュニケーションが苦手そうでした。決して人を傷つけるタイプではありません。真面目で、産廃屋の父親を尊敬する、いい子ですよ」

やけに褒めちぎる。部活動にも熱心に打ち込んでいたと教師は話す。

「写真部で活躍していたんですよ」

横崎翔子の顔が浮かんだ。そういえば大輔は事件当夜も一眼レフカメラで警察を撮っていた。

「金木君の作品は校内に残っています。どうぞ」

教師が応接室を出た。すぐ隣にある校長室に入る。校長は不在だった。応接ソファの右手の壁に、額縁に入った黒部山の写真が飾られている。『無言山』とタイトルがつけられていた。段々に削られた白い山肌が剥き出しになっている。黒部山の写真だ。

『三年一組　金木大輔　平成十一年、全国高校生写真コンクール、環境賞受賞』という添え書きがついていた。

「無言山、ねえ。入賞するほどの腕前ですか」

誇らしげに元担任教師は頷いた。

「我が校は見ての通り、荒れている生徒もいます。部活動も活発ではありません。外部に表彰された生徒が出たのは開校以来、金木君ただ一人です」

小山は遠目に大輔の作品を見たが、ただの黒部山の風景写真だ。

「入賞時の本人のコメントも地域の新聞に載ったんですよ」

スクラップブックを見せられた。

『黒部山は僕が生まれ育った秩父地域のシンボルで、僕の父親がかつて働いていた山でもあります。子供のころ、父は黒部山のヤマトタケル伝説を話してくれました。かつて黒部山には神社があり、伝説の大蛇が住む池もあったそうですが、石灰石の掘削が進んで神社はなくなり、池も涸れ果ててしまった。体を削られ続けても無言で耐えている姿は悲しくもあり美しくもあります。僕は将来、黒部山を守るためにも、環境を守る仕事をするのが夢です』

教師が目を輝かせている。「偉いですねえ、高校生で」と小山は言っておいた。

父親の会社は最終処分場建設のために、黒部山の南側にある春日地区を破壊した。黒部山を守る仕事がしたいとはずいぶん虫がいい。高校生だったから父親の仕事を理解していなかっただけかもしれないが。

チャイムが鳴った。クラスの様子を見てくる、と教師が出ていった。小山はすぐさま奈良に言う。

「優等生の皮をかぶった異常者ってところか」

「環境破壊をする産廃屋の息子に環境賞を与えるなんて、審査員は何を考えているんでしょうね」

「写真コンクールで親の職業は確認しないだろ」

小山はスクラップブックのページを捲った。大輔が受賞した際の記事には審査員のコメントも載っていた。読もうとして、出窓に飾られた記念写真を見ていた奈良が肩を叩く。

「小山さん、見てくださいよこれ」

額縁に入った写真を突き出す。校長と思しき人物と、スーツ姿の金木忠相がうつっていた。二人で紅白テープを切っている。校門を新設した際のものらしい。

「金木忠相は息子の在学中に多額の寄付をしているようですね」

小山は鼻で笑った。

「あの教師も、大輔のことをよく言うしかないな」

奈良が黒部山の写真を顎で指した。

「案外、あの写真も審査員を買収したものだったりして」

小山は「どれどれ」と審査員の選評を記した新聞記事を読み上げた。

『金木君の写真は一見普通の風景写真だが、光の露出を極限まで抑えることで、太陽を浴びる黒部山の陰影を濃くしている。秩父の経済を支え身を削られながら無言で佇む黒部山の歴史だけでなく、セメント産業の町が抱える光と影のコントラストがこの写真一枚で伝わってくる』

小山はつらつらと記事を読み進める。

「こうコメントを寄せたのは、環境賞担当審査員の……」

横崎翔子だった。


金木大輔と横崎翔子にはつながりがあった。

捜査車両のサイレンを鳴らして、黒部町に戻る。聞き込み中にサイレンを鳴らすなどそうない。

「どうなってる。あの二人は敵対関係にあるんじゃなかったのか?」

「しかし写真を巡って接点がありました。横崎は大輔を評価していたんです」

奈良が国道２９９号の急カーブを、スピードを落とさずに曲がる。だいぶ山道の運転に慣れてきたようだ。小山は手すりにつかまりながら、共犯関係かと言ってみる。

「あの日、大輔と共にバリケードの突破にやってきたのは横崎翔子本人だというんですか？」

「そういう構図じゃない。横崎はこっそり大輔をバリケードの向こうに通してやりたかったんじゃないか？　それで敢えて村治を役場に呼び出して監視小屋を空っぽにさせた」

だが村治が早々に監視小屋に戻ってしまい、鉢合わせてしまったので、村治を殺害した。

「小柄な横崎翔子では撲殺できないから、大輔にやってもらったというわけか」

現場のつじつまは合うが、大輔の心情が矛盾する。

「父親に敵対する相手をかばうことになるな」

「横崎翔子は活動から足を洗いたかったのかも。しかし後に引けなくなった村治と揉めていたとか」

「なるほど。男女関係のもつれではなく、反対運動の方向性について揉めていたということか」

「そうです。となると、大輔と横崎町長は利害関係が一致します」

町長の横崎翔子が反対運動から撤退すれば、反対派は大きな後ろ盾を失う。住民投票の結果を左右するだろう。村治と横崎町長はこの件で揉め、大輔が村治にとどめを刺した。

「バリケードの撤去が目的で、大輔を呼び寄せたのかも」

「なるほど。横崎の手引きで、大輔はバリケードを撤去しに来たのか」

「だからダンプが空荷だったんですよ！」

「これだ。絶対にこれに違いない」

小山は興奮し、三度大きく手を叩いた。

「やりましたね。見えてきましたね……！」

奈良も興奮気味だ。前方のカーブを曲がったところで、急速にスピードを落とした。

喫茶くろべえの前に人だかりができていた。小山はサイレンの音を消す。奈良が窓を開けた。寒風と共にシュプレヒコールが吹きこんでくる。

『産廃業者は出ていけ』と記された横断幕が見えた。プラカードの『最終処分場はいらない』という赤い文字も揺れる。五十人くらいの反対派住民が集まっていた。横崎が喫茶店の入口の階段に上がっている。白手袋に拡声器を持ち、声高に結束を呼びかけていた。

「金文商事は、撤退しろー！」

シュプレヒコールが響き渡る。団体は金文商事本社のある秩父市方面に向けて、デモ行進を始めた。

全国高校生写真コンクール事務局に電話で確認した。環境賞は毎年全国で百人ほどの高校生が受賞する。審査員と本人が会うことはまずないという。金木大輔の写真に横崎翔子が選評を寄せていたのはただの偶然か。

念のため、大輔と横崎町長に接点があったことを亀野管理官に報告した。亀野は唸っただけだ。

「実は、今日の昼に自首してきたやつがいてな」

大輔、横崎の共犯説が吹き飛ぶ。

「暴力団関係者のようだから、捜査四課の猿渡が聴取している。見てこい」

小山と奈良は昼食を取るのも忘れ、取調室へ急いだ。

「これで急転直下の解決ですか」

「わからんが、自首ってなると……」

たいがいそれでカタがつく。取調室に併設されている小部屋に入った。取調室の様子をマジックミラー越しに確認できる。猿渡の部下たちが神妙な表情で取調べを見つめている。

「自首してきたのがいるって？」

小山は一人に声をかけた。髪をオールバックにしているマル暴刑事だった。

「ええ。かつて愛国一心会に在籍したことのあるチンピラだそうで」

愛国一心会は横崎翔子の選挙演説を妨害した右翼団体だ。

「金木大輔に頼まれて、鉄パイプで村治を襲撃したという趣旨の話をしています」

小山はマジックミラー越しに、自首してきた男の様子を見る。会話は、壁に取り付けられたスピーカーから聞こえてきた。猿渡が男に尋ねている。

「金木大輔とはどこで知り合ったの？」

「仕事仲間だよ。俺も金文商事の仕事を個人で請け負ってたんで」

「具体的にどんな？」

「ダンプで産廃を運んでた」

「どこからどこに？」

男は薄汚れたニッカボッカーズを穿いている。両手をポケットに突っ込み、足を前に投げ出すように座っていた。捜査四課員が身上書を小山に見せてくれた。右翼メンバーとして警察庁に登録されている人物のようだ。

正木(まさき)一心(いっしん)と自称している。街宣車を回したことによる道路交通法違反での逮捕が五度あった。うち三度は実刑を受けて交通刑務所に入っている。暴行による逮捕は二度あった。

「最後の前科は詐欺事件ですね」

ハローページに掲載されている個人の電話番号に片っ端からかけて「オレ、オレ」と息子のふりを装う。交通事故の示談金という名目の大金を振り込ませていた。

「新手の詐欺だな。最近はこんなのがあるのか」

「愛国一心会は右翼です。広く社会のために、とあくどい権力者を成敗するのがモットー。一般人から詐欺で金を巻き上げるなんて言語道断、と即座に正木一心を除名しています」

具体的に金文商事でどんな仕事をしていたのか、正木がマジックミラーの向こうで答えている。

「東京のガラクタだったかな。それを引き取って、黒部の処分場に運んだよ」

「春日地区か？　あそこの最終処分場は建設途中でまだ稼働していない」

「じゃあ、保積だったかな」

産廃の一時保管所のことだ。金文商事は埼玉県内に三つの保積を持っている。猿渡が正木にどこの保積か問う。

「長瀞町の保積だよ」

「長瀞町に金文商事の保積はない。事件当日の足取りをもう一度言ってみろ」

猿渡が鋭く切り返した。面倒そうに正木は答える。

「だからぁ、大ちゃんから、反対派のリーダーを殺るから手伝ってくれって言われて……」

「それは電話で依頼されたのか？　直接頼まれたのか」

「電話だよ」

いつ、何時ごろかかってきた電話か。正木は答えられない。

「飲みに行っているときに頼まれたんだったかな」

「殺害の計画を立てたはずだろ。そのときの記憶が曖昧すぎるぞ」

「忘れっぽいんで」

「それで？　当日は」

だから〜、と正木が座り直す。

「大ちゃんと一緒に現場に行って、監視小屋にいた村治をボコったの」

「村治は監視小屋にいたのか？」

「そうだよ。バリケード前にダンプ回したら、プラカードを振り回しながら出てきたんだよ」

凶器は鉄パイプだと堂々と言った。村治を撲殺したあと、凶器はどうしたのか。凶器の発見については記者発表していない。犯人の自供を証拠とする際、秘密の暴露となるからだ。小山はじっと答えを待った。

「橋から投げ捨てた」

殺害に至るまでの証言はめちゃくちゃだが、凶器の遺棄場所は正しい。

「どうなってんだ。本当にやつが犯人か？」

思わず唸った小山に、奈良が首を傾げる。

「橋で殺害したなら、凶器は橋から投げ捨てる……簡単に想像できますよね」

小山と奈良は捜査本部に戻った。亀野管理官に問われる。

「金木大輔の学生時代を洗っていたんだろ。正木一心と友人だった可能性はありそうか。右翼に興味を持っていたとか、共通の友人がいたとか」

小山は首を横に振った。

「いじめと差別に苦しんだ十代といった感じです。友人はゼロ。高校時代については、父親が高校に多額の寄付をしている様子でした。教師らの証言は信用できません」

亀野はため息をついた。

「取り急ぎ正木一心について、金木大輔本人に聴取してきます」

亀野は腕時計を見て「なるべく早く」と付け足した。十六時になっている。まだ昼飯も食べていない。

金木の自宅に急行した。応対に出た家政婦に、小山は用件を伝える。十五分も待たされた挙句、会社の方に行ってくれと言われる。

「大輔さんとお話をしたいのですが」

「会社の専務が聞きます。右手の庭の飛び石沿いに裏へ向かえば、本社の敷地に出られますから」

家政婦は拒絶するように扉を閉めた。小山は仕方なく、奈良と共に自宅の敷地を通り抜けた。金文商事の本社に向かう。

「大輔は居留守ですかね」

「その専務とやらにごり押しするぞ、大輔を出せとな」

本社の正面入口に立った。自動扉が開かない。社内の明かりはついている。インターホンを押すと、迷惑そうな顔をした社員がやってきた。

「本日はもう業務を終了していますが」

話が通っていない。小山は声を荒らげた。

「警察だよ！　専務が対応するというからここに来た。たらいまわしにする気か！」

ねずみ色のスーツを着た男が背後から現れた。社員をかばうように立ち、小山を見下ろす。金木忠相ほどではないが、図体のでかい男だった。

「専務の難波高志です。私が話を聞きます」

名刺をもらった。銀髪の豊かな髪を七三に分けている。六十代くらいか。スーツもネクタイも地味で、堅苦しい雰囲気の男だった。どうぞとエレベーターに促され、最上階に上がる。左手にある難波の執務室に通された。応接テーブルの上に録音機が置いてある。

「大輔君に聴取させていただけませんか」

「大輔君は自首してきた右翼について全く知らない人だと話していました」

「それは我々が直接本人に訊きます」

「会社にも確認しました。愛国一心会の自称正木一心。村治さんの殺人事件以降、毎日のように我が社に押し掛けていました」

難波が録音機の再生ボタンを押した。正木の声が流れてきた。

〝村治はお宅のぼっちゃんがやったんだろ。俺がやったことにして、自首してやるよ〟

延々と計画をしゃべり始めた。

〝俺は実行犯として自首する。指示役については、家族が命を狙われているから死んでも口にできないと言っておけばいい。裁判になったところで無罪を主張する。俺がやった証拠はなんもないんだ、公判は維持できないだろう。俺は無罪放免。おしまい。一億でどうだ？　安いもんだろ。あの件を箇単に迷宮入りさせられるぞ〟

小山は驚かなかった。こんなもんだろうと思っていた。

「ずいぶん都合よく録音をしていたものですね」

念のため、押収はする。任意提出書と領置調書が必要だ。奈良が書類を取りにいった。

「事件以降、その筋の人間から、身代わりを出すから金を出せという電話が何度かかかってきていましてね。勝手に自供して、後から金をせびりにくるとも考えられましたから、念のため録音しておりました」

難波はため息を挟んだ。

「これで少しは我々の立場もわかっていただけましたか。黒部での最終処分場建設が始まり、反対運動が起こってからは毎日この調子です」

ある日突然暴力団がやってきて、最終処分場周辺のパトロールをしてきたから百万円をよこせと言う。横崎翔子のところに街宣車を回してやったから二百万円払えと言われたこともあるらしい。反対派潰しのためにビラを作った、製作費や配布に五十万円かかった、請求書はこれだと一方的につきつけられる。

金文商事はどんな反社会的勢力ともつながりがないと言いたいようだ。

「しかし、金木忠相社長にも暴力的な傾向が見られます。コンクリートの塊をつかんで反対派の集会に乗り込んでいる」

「社長は襲撃目的で集会に乗り込んだんじゃない。産廃業の必要性について説得するためだった」

「産廃業の必要性を訴えるのにコンクリートの塊を持っていく必要がありますか？」

奈良が戻ってきた。難波はなにか言おうとしていたが、小山は遮り、書類に必要事項を書かせた。難波は署名し、執務デスクから木製の印鑑ケースを出した。鮭を食らうクマの絵が彫刻されていた。側面に彫られた文字を見て小山は固まる。

『北海道警本部、有志一同』

小山の反応を難波は注意深く見ている。わざと出したのだろう。

「これは昔、道警に出向してまた県警に戻るときに、記念にいただいたものですよ」

――北海道警に出向だと？

「当時はロシアからの密漁船で銃器や薬物がざくざく入ってきていた。埼玉県内にさばきをする拠点があった関係で、毎年のように埼玉県警は警察官を出向させていたんですよ」

小山は唇を噛みしめる。金文商事に再就職した元警察官というのはこの男だ。

「捜査四課の猿渡君によろしくお伝えください」

難波は微笑み、ちらりと奈良を見た。

「猿渡君が、ちょうどそこの奈良君ぐらいの年齢のときから知っている。立派なマル暴刑事になるように、私が育てた」

黒部署に戻る。その道中、車内で捜査一課の係長に電話をかけ抗議した。金文商事に元警察官が再就職しているという話はずいぶん前に奈良が突き止めている。専務の難波だったという情報が下りてこないまま、難波の息が吹きかかっている後輩刑事が捜査本部にやってきた。

電話の向こうの係長は驚いた声で言い訳する。

「人事課に調査は依頼したが、金文商事を始め産業廃棄物業者への天下りはないという返事だった」

「とにかくいますぐ調べてください。難波高志って名前の、元マル暴刑事だ！」

十分後に折り返しの電話がある。難波高志の最終階級は警視正。役職は捜査四課長だった。とんだ大物だ。

「なんで捜査本部にこの情報が下りてこなかったんスか！」

係長は人事課に電話を替わった。人事課の職員が言い訳する。

「警察の関連団体ならともかく、あっせんなしに民間企業へ再就職した元警察官など、いちいち人事で追いません」

「捜査四課のトップまでいった人間だぞ。後輩たちに絶大な影響力を残して去っていった。その後の去就を誰も知らなかったということがありうるのか!?」

ハンドルを握る奈良が醒めた顔で言った。

「知ってたんじゃないんですか」

知っていて、四課の猿渡は黒部署の捜査本部に入ったか。係長が再び電話を替わる。難波の人事書類を手に入れたようだ。

「難波は署長賞や県警本部長賞だけでなく、刑事局長賞まで受賞している」

北海道警と協力したという、ロシアの密漁船から拳銃や薬物を押収した実績での表彰らしい。県警本部長賞は本部勤務の経験があればたいてい受賞するものだが、刑事局長賞はなかなか取れない。警察庁長官賞に継ぐ名誉ある賞だ。

「こんだけ大物なら、普通はどっかに天下る。なんで産廃業者に再就職をしたんすか」

金だろう、と電話の向こうで係長が言う。

「産廃の利益率を知っているか？　製薬会社と同等らしいぞ。他の業種よりも突出して儲かる仕事ってわけだ」

小山は怒り任せに電話を切った。携帯電話をへし折りたい。

「猿渡は金文商事に難波がいると知っていて、捜査本部に入ってきたんでしょうか」

「逆だろう」

小山はため息をついた。

「難波が猿渡に命令したんだ、お前が捜査本部に入れと」


黒部署に戻った。二十二時になっている。

捜査本部に猿渡はいなかった。道場に汗を流しにいったと四課の捜査員が教えてくれた。係長からファックスが届いていた。難波の人事情報だ。小山はそれをひったくって道場に乗り込んだが、いない。隣の風呂場をのぞいた。猿渡が腰にタオルを巻きながら、出てきた。首からごつい金のネックレスを下げている。あん、という顔で小山を見る。小山は猿渡の耳をつかみ、引きずり倒す勢いで脱衣所に引っ張っていった。

「お前も金文商事のスパイか！」

階級も役職も関係ない。裏切り者は許さない。

「なに言ってんだ、放せ！」

「黒部署の副島と同じなんだろ、お前も金文の回し者だろうが！」

小山は猿渡に難波の人事書類を叩きつけた。猿渡は濡れた手でページを捲る。途中、何枚か破れた。目が飛び出そうなほどに見開いている。

「難波さんが……」

知らなかった顔だ。本当か。信じていいのか。

「金文商事に再就職している元警察官がいるという情報があったろ」

「難波さんが、か⁉」

小山が返事をしないうちに、猿渡はロッカーを探った。濡れた手のまま携帯電話を出す。難波高志と表示された番号にかけている。相手が出たか。猿渡の喉仏が上下する。

「俺です。どうして俺が電話をかけてきてるのか、わかりますよね」

猿渡は涙ぐんでいる。

「嘘ですよね。なんで難波さん、産廃業者なんかに……!」

演技には見えない。小山は踵を返した。

「奈良、飯行こう」

昼からなにも口にしていない。

黒部町は二十三時にもなると開いている店はパブ『おしゃべりまさみ』くらいだ。梯子できそうな店も他にない。所沢まで出た。所沢警察署に捜査車両を置かせてもらい、今日は奈良にも存分に飲ませた。三軒梯子して、気が付けば北浦和駅の近くまで流れていた。

「奈良、言っておくがな」

奈良はタクシーをつかまえようと、国道17号沿いの車道脇に立って手を上げている。

「捜査本部は、普通はあんなんじゃねえからな」

「わかっていますよ」

タクシーの表示灯を見つけたか、奈良が背伸びする。

「普通は事案の関係者が捜査本部に入り込んでるとか、やたら加害者側に肩入れする捜査員なんかいない。あの捜査本部はおかしい。普通は埼玉県警の警官が一枚岩になって――」

「わかりましたから、ちょっと下がっていてください。いまタクシーつかまえますから」

「くそう、捜査一課は、負けないぞー！」

小山は地面に向かって叫んだ。通りすがりの人が振り返るが、かまいやしなかった。路肩にしゃがみこんでいると、奈良に引きあげられた。タクシーの後部座席に押し込められる。肩を激しく揺さぶられた。

「ご自宅の住所を言ってください、小山さん！」

「わーってるよ、うっせえな」

小山は運転手に住所を告げた。酒くさいのか、運転手は顔をそむけている。

「鈴谷三丁目って、すぐそこじゃないですか」

「いいから出せ！」

奈良が小山をたしなめ、運転手に謝る。すっかり自分は厄介な先輩になっている。自宅に到着した。

奈良は帰ると言ったが引っ張り込む。妻を叩き起こして酒とつまみを出すように命令した。

子供部屋をのぞく。二段ベッドの下で娘がすやすや眠っている。かわいらしくて頬ずりした。険しい表情をされる。上のベッドから冷たい視線が突き刺さる。小学五年の長男だ。

「なんだコラ、小学生の分際で」

小山は息子をいびり、ダイニングに戻った。奈良が申し訳なさそうにダイニングテーブルに座っていた。妻が眠たそうに冷蔵庫をのぞいている。

「小山さん、奥さんに申し訳ないですよ、寝ていたのに……」

「いいから座れって。俺が家に帰る暇もないほど働いているからこいつらは飯食えてんの」

妻が無言で夕食の残りと思われるおかずを出した。ひじき煮だった。

「おい、貧乏くせぇおかずばっかりで失礼だ。なんか気の利いたものを作れないのかよ」

妻は無言で向き直り、小山の前に出したひじき煮を三角コーナーに捨てた。奈良が慌ててひじき煮を食べ、「おいしいですよ」と言った。


奈良は小山の家で仮眠を取ったあと、午前四時ごろ家を出た。所沢署に駐車しておいた捜査車両を取りに戻っているのだろう。小山は始発の電車に乗り、午前七時には黒部署の捜査本部に入った。

「おはよう」

奈良は栄養ドリンク片手に、青白い顔をして座っていた。昨夜の小山の失態を毒づいてくる。小山は奈良の隣に座り、肩を抱き寄せた。

「奈良、お前、早く結婚しろ」

「はあ？」

「いい夫になるよ。優しいもん、お前」

亀野管理官が捜査本部に入ってきた。小山は呼ばれる。

「正木一心の取調べだが、今日からお前がやれ」

猿渡が担当だが、外したようだ。捜査会議が始まっても、猿渡ら捜査四課の姿は見当たらなかった。一旦県警本部に戻り、態勢を整えてからまた戻ってくるらしい。

小山はこれまでの供述調書と、難波高志から借りた録音機を持って、取調室に入る。奈良も見学させた。

正木一心はすでにデスクの奥の席に座っていた。小山が名乗ろうとしたところで、大きなあくびをする。

「まっずい官弁でよぉ。昨日までの刑事さんは？　開襟シャツの」

奈良が難波から預かった録音機をデスクの上に置いた。小山は無言で再生ボタンを押した。正木は動揺を見せず、ずっとニヤニヤしていた。再生が終わる。

「おまわりさんのせいだからね」

正木が唐突に言った。

「我々の税金で飯食ってんでしょ。早く大輔を逮捕しないから、俺のような輩が出てくるの。これからも来るぜ、きっと」

立ち上がる。

「おい、どこへ行く」

「帰るんだよ。だって俺は犯人じゃないもん。いつまで拘束してるんだよ、バカたれ」

3

大晦日の朝、道場で寝ていた小山は、やけに足腰が冷えて目が覚めた。窓の外を見て、驚く。大雪が降っていた。五センチくらいは積もっていそうだ。

黒部署の警察官が総動員で、入口と駐車場の雪かきをしている。慣れた様子だった。朝食を買いに行こうとしたが、小山と奈良が使用している大宮ナンバーの捜査車両も雪に埋もれていた。嫌がらせのつもりか、副島たちは本部の車が駐車しているスペースだけ雪かきをしていなかった。

「くそ、あいつら。覚えとけよ」

小山は手でボンネットに積もった雪をどけようとしたが、コートが汚れる。奈良がスコップを借りに行った。他にも、車を出すのに四苦八苦している連中がいた。捜査四課の猿渡らだ。難波の騒動があってしばらく不在にしていたが、何事もなかったかのように戻ってきた。

猿渡と目が合った。この雪は困ったなと言いたげな、親密な苦笑いを浮かべてきた。小山は目を逸らし、煙草に火をつける。

金文商事の支配下にないことを猿渡は証明しきれていない。金木大輔にワッパをかけることでしかスパイの汚名は晴らせないのだ。猿渡は毎日のように暴力団員や右翼を引っ張り込んできては、金木大輔との関係を吐露させようと強引な絞りをしていた。

捜査は行き詰まっていた。大輔の犯行とする決定打が出ない。引っ掛かるのは、横崎町長と写真を通じてつながりがあったことだ。二人に何度も聴取しているが、偶然で片付けられている。偶然を覆す証拠も見つけられない。

国道２９９号を走っていると、喫茶くろべえが開店しているのが見えた。

「立ち寄ってみるか」

駐車場に車を停め、丸太を組んだ短い階段を上がる。扉を引いた。

「いらっしゃい」

村治の義父、堀米がカウンター席に座っていた。

「お父さんが開けてらっしゃったんですか」

「ええ。実は、今日で店を閉める予定でして」

堀米はカウンターの上に広げていたはがきを束ねて脇によけ、カウンターの中に入った。

「なにか飲みますか。メニューはもう処分してしまったのですが……」

「ブレンドを一杯いただければ」

奈良と二人、カウンターに座った。去年の年賀状の束と、弔事用の薄墨の筆ペンが脇に追いやられていた。堀米が説明する。

「喪中はがきを書いていましてね。本来なら十二月初旬までに出すものでしょうが……」

村治の殺害は十二月三日だった。警察の取調べや通夜に葬式、関係各所への連絡で多忙にしていただろう。小山ははがきをちらっと見た。若者の死を記した文面は心が痛む。奈良が尋ねる。

「今日、娘さんは」

「上で荷造りをしています」

小山は木目調の天井に視線を向けた。物音ひとつしない。引っ越しの作業ははかどってなさそうだ。

堀米の背後には備え付けの棚があった。コーヒーカップがディスプレイされている。

「そういえば、ここは反対派の活動の拠点になっていたんですよね」

「全て横崎町長が引き取っていきました。村治君の遺志を引き継ぐ、と町長選のときのような威勢です。弔い合戦の様相がありますからね」

ろ紙をセットしながら、堀米が言った。奈良が確かめる。

「店を閉めるということですが、お引っ越しされるんですか」

「娘がもうね、限界なんです」

堀米が深いため息をついた。

「寝ないんですよ」

コーヒー用のポットを持つ手が細かく震えていた。

「事件から一週間くらいは睡眠を取るどころではなかったですが、そうは言っても横にはなっていました。最近は、眠るのが怖いといって、布団に入ろうとしない。眠ったあと目覚めるのが怖いんだそうです。ああ、いないんだ、って」

目が覚めるたびに強烈な喪失感に襲われるということか。コーヒーの香りが立ち昇ってきた。

「昔の娘に戻れる日は来るのでしょうか。他の被害者の方はどうなんでしょう」

奈良は彫刻のように固まっていて、なにも言わない。小山も答えられなかった。警察は犯人を逮捕し、送検したら終わりだ。被害者のその後を知ることはまずない。

「クリスマスは、池袋にあるイタリアンレストランを夫婦で予約していたようです。お正月休みは、ディズニー映画を見にいく約束をしていたらしくて」

堀米は居住スペースの方へ入っていった。『ファインディング・ニモ』の前売り券を持って戻ってくる。カウンターに並べた。

「茂君のお財布の中から出てきたんです。住民投票が終わったら見にいくつもりだったようです。よろしければ刑事さんに差し上げます」

「小山さん、お子さんに」

奈良が促した。突き返すのも申し訳なく、小山は堀米に礼を言ってチケットをスーツの内ポケットに入れる。堀米が丁寧な手つきでソーサーに置いたカップにコーヒーを注ぎ、奈良と小山の前に出した。ごゆっくり、とバックヤードへ引っ込んでいった。

捜査の進捗状況を訊きもしない。堀米はその気力もないようだった。コーヒーをいただき、小山はお代の二千円を置いて店を出た。

小山は二階の窓を見上げた。引っ越しでカーテンを外してしまったようで、外から窓の中が丸見えだった。段ボール箱の山が見える。身じろぎひとつしない陽子の背中が見えた。


年が明けた。正月三が日は聞き込みをしなかった。捜査員には順番に正月休みが割り振られている。捜査本部は半分以上が不在でがらんとしている。

「景気づけに、午前中は秩父神社へ初詣に行きませんか」

黒部署の署長が提案した。捜査員三十人が黒部駅へ向かい、西武線に乗った。西武秩父駅で下車する。破魔矢の袋を提げた人や、秩父神社の紙袋を手に持っている人たちでにぎわっている。

「帰りに蕎麦でも食って帰るか」

亀野管理官がマフラーで口元を隠しながら、寒そうに言った。

「あー、雪が降ってきちゃいましたね」

黒部署の副署長が、ゴルフ用の大きな傘をさして、先を歩く署長のもとへ走る。小山はビニール傘を持ってきている。奈良はダウンジャケットのフードをかぶった。

「奈良、三十人で蕎麦を食える店、探しとけ」

奈良は駅前のバスロータリーの右手にあるログハウス調の建物に入っていった。交番だが隣の観光案内所と見まがう造りだ。奈良は交番の警察官に訊いている。警察官向けの店なら同業者に訊くのが早い。

「小山君」

背後から声がかかる。猿渡だ。黒革のロングコートを着ていた。秩父では悪目立ちする。

「今年もよろしく」

なにをアピールしたいのか、じっと小山の目をのぞきこんでくる。

秩父神社まで雪の中を歩いていく。参道はさほど人がいなかった。鳥居の先の参道は、雪がシャーベット状に溶けていた。参拝の列に並ぶうち、革靴に水が染みてきた。

「つめてぇ……」

小山はビニール傘の下で足踏みする。奈良はフードにすっぽり頭を隠し、交番の警察官が書いた蕎麦屋の一覧に片っ端から電話をかけていた。

参拝の順番が回ってきたときには、殆ど足の感覚がなくなっていた。亀野管理官と署長、副署長を筆頭に、三十人が次々と賽銭を投げる。千円札も飛んできた。亀野は諭吉を入れた。歓声があがる。久々に捜査員たちに笑顔が見えた。亀野の動きに合わせて、二拝二拍手一拝する。

神殿の中には大きな鏡が祀られ、榊が捧げられていた。折りたたみ椅子が等間隔に並んでいる。石油ストーブの赤い光が見えた。中は暖かそうだ。

祈禱控え所に続いている廊下から、神主がやってきた。足袋を履いた足が静かに小山の目の前を通り過ぎていく。その背後を、巨体の男がついてくる。

金木忠相だ。ぞろぞろと会社の社員を連れていた。難波の姿もある。一行は神殿の中に入っていった。最後の一人は大輔だった。小山ら、警察関係者の参列に気が付いている。雪に降られ、寒さで足踏みする刑事たちを、大輔は気の毒そうに見下ろしていた。

帰りがけ、秩父神社の入口近くの玉垣に、金文商事の文字を見つけた。金木忠相個人の名前が入っている玉垣もあった。かなりの額の奉納をしないと、玉垣に名前を入れることはできない。金木は秩父神社にも金を積んでいるようだ。

「金文商事一本に絞って捜査体制を敷き直す」

翌日、亀野管理官が改めて捜査会議の席で言った。捜査四課が突き止めた反社会的勢力の洗い直し、金文商事の社員や退職者、その家族も含めてアリバイを徹底的に洗う。

前町長や町役場の産業廃棄物課職員には、金文商事からの収賄の疑いがかかる。認可を出した現知事と審査をした県庁の産業廃棄物課も疑惑の対象だ。埼玉県警本部は、県庁の第二庁舎の中にある。亀野管理官は「県知事と県庁を捜査対象にしていることはくれぐれも内密に」と声を潜めた。

小山は捜査二課の捜査情報を知りたいのだが、班長の石神要は正月休みの真っ最中だった。いつだったかトイレで挨拶したきりだ。腕にロレックスをつけたたらこ唇を思い出す。捜査会議で顔を合わせることはあっても、めぼしい情報をあげたことはないので、存在を気にしたことがない。奈良に石神へ電話をかけさせた。

「留守電です」

どこへ遊びに行っているのか。

「しょうがねぇ。俺らもお楽しみといくか」

小山はコートを取り、奈良を促して立ち上がった。

「車出しとけ。チェーンを忘れんなよ」

外はよく晴れていた。年末から元日にかけて積もった雪はまだ残っている。子供が手形をつけて遊んでいた。埼玉県東部はあまり雪が降らないし、積もってもすぐに解けてしまう。西部の山間部は春になるまで雪が残ることがある。岩盤が剝き出しの黒部山も雪化粧をまとっていた。

奈良が黒部署の入口に捜査車両をつけて待っていた。小山は助手席に乗ろうとして、驚く。

「お前、なんで前輪にチェーンつけてるんだよ」

「えっ、チェーンって前につけるもんじゃないんですか？」

「駆動輪の方につけるの。スカイラインはＦＲだから後輪だ、バカたれ」

「すぐつけ替えてきます」

奈良は車を降りた。小山は助手席で煙草に火をつけて待つ。三本目を吸い終わるころ、ようやく奈良が運転席に戻ってきた。指先が真っ赤で、震えている。気温二度の中での作業で寒かっただろうが、毒づかずにはいられない。

「お前、警察学校でなに習ってきたんだよ」

奈良も反抗的な態度で立ち向かってくる。

「警察学校でチェーンのつけ方は習いません」

「常識だからだろ、そんなの。早く出せ」

「……どこへ行くか聞いていませんが」

「金木ンとこに決まってんだろ！」

奈良は無言で車を出した。信号にやたら引っ掛かる。ため息ばかりついていた。

「なにか訊けよ。今日はなにをするんですかとか、なんの捜査に行くのかとか。ため息で察してもらおうとすんな」

「訊いたら訊いたで怒るでしょう。年明けからずっとイライラしてるじゃないですか、小山さん」

小山は四本目の煙草に火をつけた。

「いや、年明け前からですね。いつだったか俺を自宅に引っ張り込んだときも――」

「いいよあの日の話は」

「奥さん――」

「黙れって！」

奈良がやっと黙った。乗り心地が悪い。チェーンのせいだろう。金属がコンクリートをこする嫌な音が断続的に響く。

「今日は大輔を尾ける。誰かに会うかもしれないだろ」

暴力団や右翼は年始に大規模で集まることがある。反対派に嫌がらせをしてきた面々と接点が見つかれば、事件捜査は大きく前進する。

「了解です」

右側のタイヤから、金属の音がしなくなった。小山は窓を開けて、後ろを振り返る。チェーンが道路に落ちていた。小さくなっていく。

金木の自宅前を張り込みして二時間後、車庫が開いた。BMWの排気筒からガスが出ている。誰も乗っていないので、エンジンを温めているようだ。

「出かける準備をしているぞ」

小山は助手席で今日十二本目の煙草を吸いながら、目を皿にして玄関の引き戸を見る。奈良はまだチェーンと格闘している。走行中に外れたので留め具の一部が飛んだらしい。泣きそうな顔で車に戻ってきた。

「チェーンが外れたときにリアカバーに当たったようです。ちょっと傷が入ってたんですけど……」

「バカ野郎、確実に始末書案件じゃねーか」

一緒に乗っていた小山も同罪になる。奈良を叱っていると、玄関の引き戸が開いた。

「来たぞ」

金木大輔は金髪がこの一か月で伸びて、根元の黒さが目立っていた。黒いライダースジャケットのようなものに、黒のとっくりセーターを着ていた。下はいつものぴったりとした黒いジーンズにブーツだ。車庫からBMWが出てくる。

「二十二歳の小坊主が、親に買い与えてもらったのがBMWとはな」

チェーンを外してしまったので、奈良は雪道を慎重に運転している。BMWはスタッドレスタイヤを履いているようで、全く滑らない。国道299号に入り、一路、東へ向かう。途中で三芳町に立ち寄った。所沢市の北側にある町だ。雪をかぶった水田は一面の銀世界だ。目に痛いほどまぶしい。やがてBMWは住宅街に入った。ベージュ色の一軒家の前で停まる。

「一旦、通り過ぎろ」

『野田(のだ)』という表札が出ていた。大輔が車を降りるのを、小山はバックミラー越しに見つめる。大輔は携帯電話で電話をしていた。雪がまぶしいのか、カッコつけているのか、サングラスをかけている。三十メートルほど先に公園があった。小山はその脇に車を停めるよう奈良に指示する。後部座席に移動し、シートに身を潜めながら、双眼鏡で大輔を観察した。

大輔は運転席の扉に寄りかかり、野田家の前で誰かを待っている。

「奈良。住所を確認して、東入間警察署の地域課に電話をかけろ。あの家の巡回連絡票がないか大至急で調べてもらえ」

巡回連絡票を書かせていれば、家族構成がわかる。奈良は電話をして事情を話し、じりじりした様子で折り返しを待っている。

野田家の玄関の扉が開いた。若い女が出てきた。安っぽいファーに縁どられたロングコートに、厚底のブーツを履いている。玄関から車までの雪の積もった段差を、おっかなびっくりの足取りで降りてきた。ホットパンツを穿いていて、剝き出しの太腿が寒そうだ。大輔が女の手を引き、助手席に導く。恭しく扉を閉めた。

「ほう。女か」

「初めてですね」

東入間警察署の地域課から折り返しの電話がかかってきた。奈良が復唱する。

「世帯主は野田道夫。妻の他、二十歳の長男、十九歳の長女が同居しています。長女の名は野田遥」

BMWが出発した。

「有力企業の御曹司でBMW持ち。自慢の彼氏だな」

川越街道に入り、新座市に入ったところでBMWはラブホテルに立ち寄った。

「どうします」

「入るっきゃないだろ」

奈良もハンドルを切った。駐車スペースにバックで停めている金髪が見えた。コテージふうの建物が七棟ある。各駐車場から直接、機械でチェックインして部屋に入れるようだ。駐車場はあとひとつしか空いていなかった。BMWの三つ奥だ。奈良が車を入れる間、小山は身を低くして姿を隠した。間に車が二つ並ぶと完全に死角に入ってしまうが、他に駐車スペースがない。

小山は奈良に待っているように言い、助手席を降りた。隣の車に隠れながらBMWに近づく。大輔が自動チェックイン機に八千円を入れていた。小銭でおつりが来ている。値段的に休憩だろう。ここの休憩時間は最長で三時間だった。長い。小山は車に戻った。

「恐らく、あと一、二時間は出てこないかな」

「コンビニでなにか買ってきますか。先に昼飯食った方がいいっすよね」

「頼む。片手で食えるもの。あと煙草」

奈良に二千円渡し、残りが少なくなってきた煙草をあさる。奈良が出てしばらくすると、ホテルの職員らしき人が近づいてきた。眉に剃りが入った目つきの悪い男だった。駐車場に車を入れておいて部屋にチェックインしないので、クレームを入れにきたのだろう。小山は警察手帳を出した。

「捜査協力お願いします」

「だとしても、ここに停めるのなら部屋の使用料を払ってください」

「駐車場を借りるだけだって」

「ここに車を停められちゃうと満室の表示が自動で出ちゃうんです、商売になりません」

小山は舌打ちし、助手席を出た。三時間の休憩料金を払う。


大輔と女はきっかり三時間後に部屋から出てきた。川越街道から笹目通りに入る。都心に向かっているようだった。警視庁管内で尾行するのは気が引けるが、仕方がない。

「第三者が登場するかもしれないし、女の素性をもう少し知りたいしな」

野田遥という名前では免許証照会でも引っ掛からなかった。補導歴もない。健全な少女なのだろうが、せめて職業か学籍だけでも知りたかった。

二人は新宿にある伊勢丹の地下駐車場に車を停めたあと、徒歩で映画館に入った。『ファインディング・ニモ』の窓口に並んでいる。小山のジャケットの内ポケットに、堀米からもらった前売り券が入ったままだった。

映画館にスーツ姿の男二人組は目立つので、小山と奈良は前売り券を持って別々に行動した。小山はパンフレット売り場に並ぶそぶりで、目を光らせる。奈良は劇場の扉の前にあるベンチで遠巻きに確認している。

ポップコーンと飲み物を持ち、大輔と女が列に並んだ。劇場の扉が開く。観客の入れ替わりで混雑する中、トラブルが起きた。野田遥がガラの悪い男女にぶつかり、女のピンヒールに飲み物を引っ掛けたようだ。

「おい！　靴が汚れただろ、クリーニング代払えよ！」

連れのパンチパーマの男が巻き舌で凄んだ。小山は遠巻きに観察しながら、心の中で忠告する。

――やめとけよ。相手は殺人犯だぞ。

パンチパーマがニタニタ笑いながら絡む。

「一万円な。この靴、高かったんだ」

見たところエナメルの安っぽい靴だ。大輔は財布を出し、相手を挑発するように一枚ずつ万札を出していく。チンピラに五万円を押し付け、黙らせた。

小山は急いで伊勢丹の駐車場の捜査車両に乗り込んだ。

映画を見終わった大輔と野田遥は、伊勢丹で二時間近く買い物をしていた。いま駐車場に向かって歩いている。

「それにしても大輔君のお財布にはいくら入っているんだろうな」

チンピラに五万円やって追っ払い、今度は伊勢丹で女にハイブランドの財布を買ってやっていた。

「パパからお年玉をたんまりもらったんじゃないですか」

「産廃ってのはよほど儲かるんだな」

奈良が車をバックさせた。「あっ」と急ブレーキを踏む。大輔が立ちふさがるように、通路に立っていた。いつの間にＢＭＷを出て捜査車両の背後に移動していたのか、気配すらなかったのでぞっとする。大輔が奈良と小山を睨みつけながら、助手席に近づいてきた。尾行がバレたようだ。

「どうします」

煽る、と短く答えたら、奈良が目を丸くした。

「逃げたら舐められるだろ。とことん挑発するしかない」

小山は窓を開けた。

「よう。パパからもらったお年玉を持って東京でお買い物か？　楽しい正月の過ごし方だな」

大輔は手に一眼レフカメラを持っていた。

「なんだよ。それで刑事を襲撃して頭をカチ割るのか？」

遥がＢＭＷの助手席からで出てきた。駆け寄ってくる。

「大ちゃん、どういうこと、刑事って……」

遥は大輔の素顔を知らないようだ。小山は教えてやるつもりで叫んだ。

「『ファインディング・ニモ』は楽しかったか？　殺された村治も、奥さんと見にいく予定だったそうだぞ。奥さんは茫然自失で荷造りしてたよ。黒部町を出ていくんだと。そりゃあもうあの町には住めないよな。夫が殺された町で、容疑者がＢＭＷでうろついているんだからな」

遥は真っ青になって、大輔と小山を見比べている。

「奈良。帰るぞ」

奈良がアクセルを踏み、ハンドルを切った。大輔の横を通り過ぎる。

シャッターを切る音がした。小山と奈良は大輔のレンズで追われていた。連写の音を聞くたびに言いようのない不快感が募る。

野田遥は県内の調理師専門学校に通う学生だった。改めて自宅を訪ねて聴取した。

「飲み屋で知り合ってお金を持っていそうだったので逆ナンしました。もう会いません。殺人犯だとは知らなかったんです」

遥が涙目で訴えた。

「優しすぎるし、金持ちだから、なにか裏があるなとは思ったけど、やっぱり……」

野田遥の背後関係を調べたが、事件との関連はなさそうだった。

一月八日、最終処分場建設の可否を巡る、黒部町の住民投票が行われた。

町内にある各小中学校の体育館が投票所だ。体育館の出入口には看板が立てられ、土足のまま中に入れるよう浅葱(あさぎ)色のシートが敷かれた。

選挙の場合、当日の選挙活動や演説は禁じられている。住民投票にはそういった規定はない。反対派は全ての投票所の前でビラを配ったり、拡声器で演説したりしている。

賛成派――金文商事側は目立った活動はしていない。「地域住民の決断に耳を傾けて今後のことを協議する」と今朝の埼玉新聞にコメントが掲載されていた。住民の中に賛成派もいるようだが、団結はしていない。ビラ配りや演説も行われていなかった。

右翼の街宣車が来るかもしれない。反対派との衝突も予想された。万が一のときにすぐ対処できるよう、捜査本部の捜査員も警備に就いた。

小山は捜査二課の石神とコンビを組まされた。黒部第一小学校の体育館前の警備にあたる。コートの上から『警備』の腕章をつけて、校門の脇に立つ。

金文商事と行政の贈収賄捜査はどうなっているのか訊きたいが、捜査二課員は口が堅い。政治家や行政職員などは警察官と関係が深い者もいるから、同じ班の刑事にすら情報共有をしないと聞いたことがある。どうやって探りを入れればいいか考えながら警備に立つ。投票所は特にトラブルはなく、不審者が現れることもない。十五時を過ぎて投票の人の列が途切れた。石神が小山に話しかけてきた。

「いやー。同じ埼玉県でもやっぱり山間部は冷えますね」

「ほんとっすね、足の先の感覚がもうないですよ」

今日は丁寧語で話した。予備のカイロを譲る。石神は嬉しそうに封を開けてカイロを振る。

「かみさんが差し入れしてくれましてね」

そんなはずはないのだが、嘘をついた。

「いい奥さんですねぇ」

「妻には本当に感謝していますよ。ろくに家族サービスもできないのに、支えてくれますからね」

石神との雑談を盛り上げるために、言った。石神はうらやましげな顔になる。

「確か新婚さんでしたよね。いい時計もらってたじゃないですか」

石神は隠すようにして袖を引っ張った。

「これは結納返しです。それなりに包みましたからね」

「珍しいですね、いまどき結納金なんて」

「厳粛な家庭というか、なんというか……」

愚痴が出てきそうだ。促してやる。

「うちも新婚当初は喧嘩ばっかりでしたよ」

「そんなものですか」

「仕事が忙しいのを全然わかってくれなくてね。内偵があるから私服で通勤しようもんなら、遊びに行くんじゃないの、女でもいるの、って具合にね」

これは本当に言われたことがある。

「事件の詳細は家族に話せないし。二課は情報統制が厳しいでしょう。仲間にすら言わないとか」

「そうなんですよ。まだ成果があって本筋が正しければ強気でいられるんですけどね」

「本筋に迷いが出ているんですか」

金文商事と行政側に贈収賄はなかったということか。

「会食の代金はきっちり割り勘にしていましたし、苦労して手に入れた金文商事の決算書も帳簿も、不審な金の流れが全くなかった。突然羽振りがよくなった町役場の職員もいない。それは前町長も県知事も同じです」

「もしかしたら、最終処分場が実際に稼働し利益が出てからじゃないと、入ってこない金かもしれませんよ」

町は反対派一色のように見える。最終処分場が完成することはなさそうだ。

「だとしたら、永遠に摘発できないな」

あきらめ顔の石神に、小山は驚く。

「そんなことはないでしょう。売り上げの一部を上納するとか、マージンを毎月いくら払うとか、そういう契約書面とかメモが残っている可能性があるじゃないですか」

「口約束だったら？」

石神はたらこ唇をすぼめた。根気よく捜査するつもりがないらしい。


二十時に投票が締め切られた。投票箱を抱えた選挙管理委員が車で開票所に向かうのを見送り、小山は石神と共に黒部署に戻る。結果は未明にも判明するという。

国道２９９号を通った。パブ『おしゃべりまさみ』からはカラオケの歌声が漏れ聞こえてきた。喫茶くろべえは反対派の集会所になっていた。看板は布がかけられて、ビニール紐で縛られている。ログハウスの木の壁に『最終処分場反対』という張り紙やポスターが何枚も張られていた。せっかくの外観が台無しだ。


助手席の石神が、反対派の人々を目で追っている。

「小山さんがもし黒部町の町民だったら、どちらに票を入れます？」

「俺は引っ越しますね」

石神が「ずるいなぁ」と苦笑いする。

「いや、最終処分場は必要でしょう。どこかには作らなくちゃならない。だけど自分の住む町には嫌だ。だから引っ越します。以上」

「そこが先祖代々大切にしてきた土地でも、ですか」

「俺は両親からボコボコに殴られながら育ったんで、先祖には感謝もくそもない。土地に執着もないです。まあ、みんながみんなそうじゃないのはわかります」

石神はどうなのか。

「俺に訊いたのなら、意見があるんでしょう。どうぞ」

「俺は、賛成です」

　石神は拳を握り、背筋を伸ばして意見を述べる。

「そもそも黒部町は自前のゴミ処理場を持たない。一般ゴミは全て秩父市に委託している状態なんです。その委託料が財政を圧迫している」

「金文の最終処分場は産廃専用でしょう？　一般ゴミは扱わないはずですよ」

　企業から出る産業廃棄物と家庭から出る一般廃棄物は法律での取り扱いが違う。前者は企業に排出責任がある。後者は各自治体に排出責任があるのだ。

「当初はそうでしょうが、稼働がうまくいって利益が出てからは新たに一般廃棄物も受け入れられるように施設を拡大する予定だったんです。金文商事は、産廃処理で使う最新鋭の焼却炉とリサイクル技術を使えば、黒部町が秩父市に払っている委託料の半額で一般ゴミを受け入れられると話していたとか」

　どこまで真実味があるのか疑わしい。最新鋭の焼却炉やらリサイクル技術やらが実在するのかも不透明だ。

「焼却炉ねぇ……。結局燃やすとなると、煙が出て黒部町は大気汚染に晒されるじゃないですか。所沢じゃないですけど、ダイオキシン問題が勃発しますよ」

「最新の焼却炉はダイオキシンが出ないようになっているんです。とある産廃業者は、所沢の住民にいくらそれを説明しても誰も納得してくれないし、マスコミも全然報道してくれないと嘆いていました」

石神は産廃業者の代弁者のようだった。

黒部署に到着する。ロビーには奈良と捜査四課の猿渡がいた。小山たちを待ち構えていたようだ。

二人とも石神を見て、表情が強張った。奈良は石神に紙袋を渡す。

「奥さんがいらしてました。着替えの差し入れだそうです」

石神は礼を言い、そそくさと立ち去ろうとした。猿渡がその前に立ちはだかる。

「奥さん、かわいいね。新婚だってね」

石神が表情を硬くした。

「まだ一緒に暮らし始めて一か月、入籍して半月だって？　奥さんは新しい名前に慣れていないようでね、奈良君に紙袋を預けながらこう言ったそうだ――」

猿渡は女の口真似をする。

「難波……あ、間違えちゃった。石神の妻ですぅ」

小山は背筋が粟立つ。

難波だと――。

奈良が控えめながら、突き放すように石神に言う。

「警察官への差し入れも慣れている様子だったんで、それとなく訊いてみたんです。家族に警察関係者がいるか、って。新婚の旦那さん以外で」

石神がいまにも言い訳しそうだ。奈良が遮る。

「父がマル暴刑事でしたと奥さんは笑顔で言いましたよ。それでも万が一の間違いがあってはいけないので、猿渡さんを呼びにいきました」

猿渡なら、どのマル暴刑事の娘なのかわかる。猿渡が開襟シャツの襟元を揺らし、石神に迫る。

「ロビーに降りて絶句したよ。明日香(あすか)ちゃん本人がニコニコしながらロビーに座っているんだ。〝お久しぶりです、これからは石神をよろしくお願いします〟と言われたときの俺の気持ちが、あんたはわかるか？」

猿渡が石神の胸倉をつかみあげた。

「金文商事のスパイはお前だったんだろ。自分がどういう立場かわかってんのか。捜査対象の企業幹部の娘を、なんでコソコソ娶(めと)ってんだよ！」

「そんなつもりではない。難波さんだって」

「しかも入籍をまだ本部に報告していないだろ。これはまずい状況だとわかっているからだろ、え！」

石神は強く否定した。

「私はッ、断じて、捜査に手心を加えるようなことはしていない！」

この捜査本部はどうなっているのか。小山は拳を握りしめた。猿渡だって難波と関係が深かった。石神と猿渡が激しい言い争いを始めた。ロビーを通り過ぎる警察官や騒ぎを聞きつけた捜査本部の刑事たちが集まってきた。二課と四課の対立に発展しかけている。小山は奈良の肩を叩いた。

「お疲れ」

二人で捜査本部に戻る。ソバージュヘアの副島がいるのを見て、引き返した。

翌朝、小山は四時に目が覚めた。住民投票の行方が気になった。煙草を吸いながら、階段を降りた。亀野管理官は徹夜のようだ。誰かと電話をしている。小山を見て、一旦電話を切った。

「石神は外す」

当たり前だ。

「住民投票はどうでした」

「反対多数。八割だそうだ」

小山はもうひと眠りしようと煙草を灰皿に捨て、踵を返した。

「お前、寝起きはまず白湯を飲んだ方がいいぞ。煙草を吸うのはそれからだ」

亀野が投げかけてくる。

「寝起きは水分不足で血液がどろどろだ。そこへ喫煙なんかしたら血管がきゅうっと締まってあっという間に脳梗塞か心筋梗塞だ」

「なんすか、急に」

「去年、新手の詐欺事件の捜査本部で、心筋梗塞を起こして亡くなった捜査員がいたんだ」

ここのところ、息子を装って高齢者から金をせしめる詐欺が増えてきている。自称正木一心もやっていた。オレオレ詐欺というらしい。

「捜査二課は埼玉県警一、人手不足だ」

石神が率いる捜査二課の班を追い出しても、改めて金文商事にまつわる贈収賄容疑を捜査できる班がいないのだろう。八方塞がりの亀野は長いため息をついた。

小山は道場の入口脇にある足踏み式の水飲み場に行った。奈良がいま起床した様子で、水を飲んでいた。

「おはようございます」

「おう、ちょっとコーヒー淹れといてよ」

奈良を追い立て、小山はお腹が苦しくなるほど水を飲んだ。着替えてから、捜査本部に再度入る。二人分のインスタントコーヒーを奈良が淹れたところだった。しばらく会話がない。小山は煙草に火をつける。奈良も煙草を出した。

「あっちを見てもこっちを見ても、金文商事だな」

口に出して言うや、ため息が漏れた。

「金文商事とズブズブの黒部署員、再就職した難波高志、その影響下にあった猿渡と、娘と結婚していた石神。聞き込み先の高校は金文商事から多額の寄付金を受け取り、神社の玉垣にまでその名前がある。地域住民は金文をタブー視してダンマリ」

「明日からどうします」

奈良がどこか急いたように言った。

「俺たちは捜査本部の駒だ。どうするのかを決めるのは俺たちじゃない。だがな、捜査の方向性を決める管理官を動かすことができるのもまた、駒だけだ」

決意を込めて、小山は言う。

「金木大輔の逮捕状請求に動くぞ」

「難しいでしょう。証拠がありません」

奈良は即座に否定した。

「村治の殺害時に現場にいた。村治の爪に大輔を引っ掻いたときについた皮膚片が残っていた。本来ならこの二点で充分なはずだ」

「救護中に錯乱した村治に引っ掻かれたという大輔の言い分はどうするんですか。これがあるから逮捕に二の足を踏んでいるんです。追加の証拠がないと――」

「大輔のこの言い分が裁判で採用されるかどうかは、検事の力次第だ。まずは検事を訴追に向けて乗り気にさせるしかない」

凶器から指紋は出ず、目撃証言もない。あと刑事ができることは、いまある証拠だけで押し通そうとする熱意でもって検察を動かすことだ。

「検事はなにで心を動かしてくれると思う？」

「証拠ですよね。大輔が犯人だというより直接的な――」

「捜査本部の中にこれだけ金文商事の関係者がいるんだ。今後も金文はスパイを送り込んでくるぞ。地道な捜査で訴追できる相手じゃない」

もしかしたら失われた証拠があったのかもしれない。目撃証言が握りつぶされている可能性もある。

「この捜査本部で確実な証拠をあげ、送検することなんてできない」

どうしたらいいのかと奈良が小山に食いついてくる。

「検事の心が動く出来事があっただろ。つい昨日だ」

住民投票で最終処分場建設が否決された。

「この町は確実に金文商事にノーをつきつけている。金文商事を追い出そうとする空気が町にあるうちが勝負だ」

亀野管理官は説得できたが、黒部署の署長は及び腰だった。捜査一課長は「検事を説得できたら逮捕状請求書類に判を押す」と約束した。署長は他の幹部のハンコがそろえば、請求書類に捺印せざるを得なくなるだろう。

小山は奈良の運転で、さいたま地検熊谷・秩父支部へ向かった。後部座席では亀野管理官が腕を組んで難しい顔をしている。彼が脇に置いたビジネスバッグは今日、薄っぺらい。通常、検事と犯人の逮捕や送検について相談するとき、予備の紙袋が必要なほどに大量の書類を持っていく。今日はそれがない。亀野は胃が痛むのか、何度も腹をさすっている。

「胃痛ですか」

小山はバックミラー越しに尋ねた。

「事件からもうすぐ二か月だ」

二月一日になっている。小山と奈良はこの三週間、逮捕に向けて警察幹部を説得して回っていた。幹部は五十キロ離れた埼玉県東部の県警本部にいる。移動だけで一日の大半を費やした日もあった。さいたま地方検察庁の熊谷・秩父支部に到着した。小山は管理官と共に玄関前で車を降りる。奈良は車を駐車場に停めにいった。

改めて、担当検事の執務室で事情を話した。当番は女性検事だった。四十代くらいだろうか。相棒の検察事務官は定年が近そうに見える。女性検事と手分けして書類を確認している。

「通常なら、現場にいたこと、ガイシャに引っ掻かれた傷——これだけで逮捕状は下りますよね」

検察事務官が言った。この言葉は心強い。亀野が頷く。

「我々としてはこの二か月、補足の証拠を探し共犯者がいる可能性も見て奔走していたのですが、凶器は滝つぼの中で指紋も一切出ず、山間部の事件なので目撃者も皆無です」

「動機は充分ありますしね」

検察事務官は乗り気と見た。女性検事が黙ったままなのが気になる。

彼女が当番になると聞いて、少し素性を調べさせてもらった。北海道出身で埼玉県秩父市とは縁もゆかりもない。金文商事と利害関係はないはずだ。

女性検事は全ての書類を読み終えると、黒いジャケットを脱いだ。フリルのついたブラウスが、暖房の風を浴びて揺れる。結論を出さずに、女性検事は供述書類を読み直し始めた。迷っているのだ。

奈良から電話が入った。小山はそれを無視して立ち上がり、女性検事を説得しようとした。再び携帯電話が震える。電話越しに奈良を怒鳴ろうとして、一方的にまくしたてられる。

「妙な報告が入ってきました。捜査四課の張り込み車両が難波高志の車とカーチェイスになっているらしいです！」

唐突に言われ、小山はすぐに理解できない。

「難波に張り込みなんかついていなかっただろう」

「だから、金木大輔です。金木大輔が難波高志の車で秩父を出たらしいんです」

大輔は大きなトランクを車に積んでいたらしい。逃亡か。小山は執務室を飛び出した。

「奈良、すぐ追うぞ。車を出しておけ！」

「もう出ました」

「なにッ」

亀野が小山を呼び止めた。説明している暇がない。そのうち亀野にも報告が入るだろう。エレベーターホールまで走り、下りのボタンを連打した。古い建物だからなかなかエレベーターが来ない。小山は階段を駆け下りながら、先に出発した奈良を強く叱った。

「待てませんよ、難波の車は皆野寄居バイパスを東に向かっているそうなんです」

皆野寄居バイパスの先には、花園インターチェンジがある。関越自動車道に通じる。成田もしくは羽田空港に向かう最速ルートだ。

「高速に入られたらすぐには追いつけません。先回りして関越道に入ります！」

小山はロビーを突っ切り、外へ飛び出した。タクシーを止め、熊谷警察署に向かう。


熊谷警察署にパトカーを出してもらった。助手席に乗り込み、サイレンを鳴らして花園インターチェンジへ向かう。

亀野管理官にも一報が入ったのだろう、検事の説得を後回しにして地裁に向かった。逮捕状の請求に動いている。現場にいたこと、被害者と争った形跡が体に残っていること、張り込みの刑事をまいて逃亡したこと──三つ根拠があれば充分だ。

海外に逃げられたら手も足も出ない。まずは身柄の確保が最優先だ。奈良のほか、捜査四課の捜査員たちも関越自動車道に入り、難波の車両を探している。小山が乗る熊谷署のパトカーも関越自動車道に入った。六キロ南東にある嵐山（らんざん）パーキングエリアに立ち寄り、難波の車両が停車していないか確認する。駐車スペースが百台に満たない小さなパーキングエリアだが、ひっきりなしに車の出入りがある。フードコートもあるし、車両の数が多すぎる。奈良から電話がかかってきた。

「お前、いまどこだ！」

「高坂サービスエリアです。四課の捜査員が、上り方面の駐車場で発見したと連絡がありました。いま探しています！」

高坂サービスエリアは十五キロ南にある。東京方面へ向かっているのは間違いない。高跳びが目的だとしたら、東京の羽田空港と千葉の成田空港のどちらに向かうか。もしくは船だろうか。海外へ通じる船便が東京湾から出ていただろうか。せめて船便の確認はしてくれと捜査本部にいる野口と電話をしていると、奈良からキャッチが入った。

「いまトランクを引きずって駐車場を横切っています。建物の方へ向かう様子はないです」

なぜトランクをわざわざ下ろしたのか。

「難波も付き添っています。大型車の駐車スペースに向かっています」

小山は背筋が寒くなる。

「車を替えるつもりだ！」

「いま徒歩で尾けているんですが、一旦車両に戻ったほうがいいですか？」

「そのまま徒歩で追え。乗り換えた車のナンバーをすぐに俺に連絡しろ。もう追いつく」

高坂サービスエリアまであと五キロほどだ。時速百キロで飛ばせば数分で到着する。間に合え――

小山は祈りながら、捜査本部に連絡をする。応援と緊急配備の要請をした。黒部署長は拒否する。

「追う根拠がない。逮捕状が出ていないんだ」

「管理官がいま地裁に飛んで説得しています。逮捕状は出ますし、出なかったとしても緊急逮捕できる状況です。このまま海外に出られたら追えなくなりますよ！」

「緊急逮捕の案件を満たしているとは思えない。事件直後で犯人が凶器を持ったまま逃走中という状況でもないんだ。後々、大問題になるぞ。緊急配備なんてとんでもない」

小山はダッシュボードに拳を振り下ろしていた。隣の警察官は運転に集中している。サイレンを鳴らしているからすいすいと先へ進む。時速百五十キロ近く出ていた。

奈良から電話がかかってきた。呼吸が荒い。走りながら電話しているようだ。

「いま大輔が別の車に乗り込みました。金文商事のダンプです！　トランクを座席に引き上げています」

奈良がナンバーを読み上げた。復唱しつつ、隣の地域課の警察官にも伝える。東松山インターチェンジを過ぎた。高坂サービスエリアまでもうすぐだ。

電話口から風を切る音が聞こえてくる。奈良も自分が停めた捜査車両に戻っているのだろう。

小山は亀野に電話を入れた。令状部の裁判官を説得中の亀野もいきりたっている。ナンバーを伝えた。

「羽田か成田かわかりませんが、警視庁か千葉県警に応援要請をしてもらえませんか」

「無理だ。逮捕状が出るか出ないかの瀬戸際だ。県警本部すら動かせない。とにかく待ってろ」

小山はただ、叫ぶしかない。

「このまま関越道を南下すれば東京都ですよ。応援はなしですか！」

亀野から返事がない。令状部の裁判官と話をしているようだった。亀野はすっかりトーンダウンして、小山との通話に戻ってきた。

「大輔は旅行に行くだけなんじゃないのか。本当に海外逃亡か？」

小山は絶句した。地裁は逮捕状の発行に及び腰なのだ。

「一度サービスエリアで車を乗り換えているのに？　あきらかに警察の追尾をかわすためでしょう！」

亀野管理官は口ごもったあと、「とにかく追え」と逃げて電話を切った。

「くそ！」

役立たずめ、と心の中で罵る。

「高坂サービスエリアまであと一キロです！」

運転席の警察官が叫んだ。小山は奈良に電話をかける。奈良が早口に状況を説明する。

「サービスエリアの出口にあるガソリンスタンドで待機しています」

言い終わらぬうちに、奈良があっと声をあげた。車が急発進する音がした。状況はそれだけで充分わかる。

「もうすぐ追いつく。そのまま張り付いてろ」

通話を止め、小山は携帯電話を握った。高坂サービスエリア脇を通過する。前方にパラパラと車両が走っている。件(くだん)のダンプは見当たらない。どれだけ走っても、奈良が運転する捜査車両すら見つからない。あっという間に鶴ヶ島インターチェンジが近づいてきた。小山は奈良に電話をかけた。出ない。このまま走り続けて大丈夫か。途中のインターチェンジで降りてはいないか——。

鶴ヶ島インターチェンジの案内標識の下を、時速百キロで通過した。直後、奈良から電話がかかってきた。

「鶴ヶ島インターチェンジを降りて一般道に入りました！」

「早く言えよ！」

小山はまた叫んだ。奈良はハンドル操作をしながら電話をかけているだろうから、報告が一歩遅れてしまうのは仕方がない。小山は感情を抑え、伝える。

「そのまま追えよ、見失うな。いまどこだ」

「国道407号を北上していましたが、右折しました。川越坂戸毛呂山線です」

県道39号だ。埼玉県中部を横断する道路で、川越市街地に通じている。なんとか挟みうちできないか。運転席の警察官に指示する。

「次の川越インターチェンジまで飛ばしてくれ。そこから一般道へ降りて北へ戻るルートで県道39号に入るぞ」

パトカーは川越インターを降りた。小山は奈良に電話を入れる。奈良はいつの間にか国道16号に入っていた。南西方面に向かっているという。大輔を乗せたダンプは飯能市近くまで戻っていることになる。ぐるりと一周しているようなものだ。あちらも警察を必死にまいているのだ。東京都の北西部にある瑞穂町に入ったと連絡がある。大輔が乗るダンプは八王子ジャンクションから中央道に乗り、再び都心を目指し始めた。

中央道は関越自動車道に比べて混雑している。サイレンを鳴らして緊急走行したとしても、空いていた関越自動車道のようにスピードは出せない。しかも警視庁管内だ。事故でも起こしたら、後から県警幹部に大目玉を食う。

熊谷署の警察官は表情が険しくなっている。都心の複雑な道路はよくわからないようだ。中央道から首都高に入ると、判断を迷ったり混乱したりするようになった。奈良の連絡から羽田空港方面に向かっているのがわかるのだが、どの車線に入るべきか、次のジャンクションでどう羽田線に入るのか、と地域課の警察官はパニック状態に陥った。

「いま空港に入りました！　国際線出発ロビーです。難波が出てきました。大輔もです。トランクを下ろしています」

大輔のダンプを見つけられないまま、とうとうこの連絡が奈良から入った。

「お前はいまどこだ」

「ターミナルビルの前に車を停めたところです」

「車を置いて追え！」

「もう追っています！」

小山は電話を切り、ハンドルを握る警察官を急かした。急ハンドルが切られ、大きく揺れながら車は左折する。羽田空港国際線ターミナルのビルが見えてきた。


小山はターミナルビルに飛び込んだ。スーツケースを引きずる人が行きかう。外国人の姿も目についた。出発アナウンスが小山の気持ちを急かす。電光掲示板を見上げた。行き先はハワイを始め、アメリカ国内が殆どだ。

小走りでフロアを突っ切る警察官を見つけた。警視庁の東京空港警察署の警察官だろう。小山は呼び止める。

「後ほどでいいですか。いま緊急事態でして」

慌てた様子で走り去ろうとする。小山は追いかけ、警察手帳を示した。

「埼玉県警の者です、実は逮捕状が出る寸前のホシがここに――」

警視庁の警察官は血相を変えた。

「恐らくその件です、騒ぎになっています」

各航空会社の出発カウンターを突っ切った先に、出発口があった。金属探知ゲートの目の前から、男の怒号が聞こえてくる。人だかりができていた。人々の隙間から、もみ合う二人の男と、間に入って止めようとするスーツ姿の男や警察官の姿が見えた。

トランクが傍らに置きっぱなしになっている。誰かに押されたのか、人だかりから離れるように転がっていく。

小山は人だかりをかき分けて前に出る。黒のスリムジーンズにブーツの足が、もがくように床を蹴っている。大輔の足だ。うつ伏せに倒れていた。

奈良が馬乗りになり、大輔に手錠をかけようとしていた。難波が奈良を止めている。

「ワッパをかける根拠はなんだ！　逮捕状は！」

奈良は大輔の腕を背中の上でひねりあげながら、小山を見上げた。すがるような目だ。早く逮捕状を出してくれと言っているのだ。小山は首を横に振った。奈良の手から、手錠が落ちた。

「ふざけんなよ！」

大輔が叫び、跳ね起きる力で背中に乗った奈良を突き飛ばした。奈良は尻もちをつく。大輔が奈良の襟ぐりをつかみあげ、拳を振り上げる。小山は止めに入らなかった。

殴れ――公務執行妨害で、現行犯逮捕できる。奈良も奥歯を嚙みしめ、受け身を取っている。小山と同じ気持ちでいるはずだ。

大輔は身体を震わせたまま、拳を静かに下ろした。

難波に促され、大輔は出発ゲートを通過した。その姿がガラスの向こうに消えた。小山はしゃがみこんだ。もう立てない。大輔は四十分後、ハワイへ飛んだ。

さいたま地検熊谷・秩父支部の女性検事は大輔が海外に出たと知るや、及び腰になった。面倒なヤマには手を出さないつもりなのだろう。

「根性ナシのクソババア!」

珍しく奈良が声を荒らげ、受話器を電話機に叩きつけた。一夜明け、黒部署にいる。小山が電話に出たのだが、女性検事の話を聞いて、無言で電話を切るところだった。奈良が受話器をひったくり、怒鳴り散らしたのだ。熱くなっている後輩を見ても、小山はやる気が起きなかった。窓の外をぼんやり見る。隣接する雑木林は葉を落とし、寒々としている。

「俺はあきらめませんよ」

奈良が乱暴に小山の肩をつかんだ。

「落ち着けよ」

小山は腕を振り払う。

「金木大輔は観光ビザでハワイに飛んだんですよね。長くとも九十日間しか滞在できないはずです」

遅かれ早かれ三か月で帰ってくる。小山は目を細め、奈良を見上げる。

「ワッパをかけられるだけの態勢を整えるのにあと三か月しかないってことですよ。がんばりましょう、小山さん!」

奈良は意外に熱く、根性があるやつだったらしい。

「まだ家宅捜索すらできていません。余罪を探して別件での家宅捜索という手もあります」

「脱税あたりが簡単か」

ぽろっと言った。奈良は目を輝かせる。

「そうですよ。金文商事の税理士をつつけば節税対策でなにかしらごまかしているかもしれません。ダンプのドライバーは荒っぽいのが多い。交通違反や暴行傷害も叩けば出てくるはずです。金木大輔に散々貢がせていた野田遥も、もっと叩けばなにか出てくるかもしれない。横崎翔子も住民投票が終わったいま、改めて動向を注目すべきです！」

小山はもう、どの線にも希望を持てなかった。やる気も出ない。奈良に腕を引かれる。

「小山さん。来てください」


奈良が運転する捜査車両が、トンネルをくぐる。ヘアピンカーブに差し掛かった。

「今日は月命日です」

なまず橋が見えてきた。被害者のことを、その無念を思い出せと、新人は言いたいようだ。

一台の乗用車が停まっていた。ガイシャの妻、村治陽子とその父、堀米が出てきた。車を降りた小山と奈良は深く頭を下げた。陽子は大きな花束を、堀米は缶ビールとお線香を持っていた。

挨拶をしただけで、言葉は途切れた。四人そろって無言でなまず橋へ向かう。

ふいにどこからか破裂音が鳴った。タイヤがパンクでもしたんだろうと、小山は気にも留めなかった。奈良は音の出所を気にしている。堀米が教えてくれた。

「あれは黒部山のダイナマイトの音です」

石灰石の採取のために、毎日、昼の十二時半に山の一部を爆破しているらしかった。この裏の、北側の斜面から聞こえてくる音だった。同じ山の中にいるのに、地面はびくりともしない。黒部山はよほど頑丈な山らしい。

大輔がこの山のことを『無言山』と称していたことを思い出す。

なまず橋の真ん中で、手を合わせる。

監視小屋はまだ残っていた。今日は風ひとつない穏やかな天気だ。やかましくチロリンと鳴っていたウィンドチャイムは、微動だにせず扉から垂れ下がっている。

トンネルのバリケードは太陽の下に晒し出され、安っぽく見えた。金文商事に対する罵詈雑言を記した張り紙の数が増えていた。

住民投票で処分場建設は否決された。最終処分場の認可を出した県知事は「住民の意思が優先される」とコメントしている。あとは金文商事と黒部町長の交渉に任せるつもりらしい。金文商事は住民投票の結果が出て以降、正式なコメントを出していない。不気味な沈黙を続けている。

第三章　暗示

1

奈良健市は跳ね起きた。机につっ伏して寝ていた。椅子が床に倒れ、腰に激痛が走る。

「三十分もその姿勢で寝たら腰も悲鳴をあげるだろうよ」

隣に座っていた小山啓泰が、倒れたパイプ椅子を起こした。奈良は座ったが、腰が痛くて身を起こせない。

「お前さあ……」

スキンヘッドのでかい顔が近づいてくる。初めて出会った十六年前、小山はもっと細く精悍(せいかん)で、肌もつやつやしていた。いまは瞼(まぶた)の小じわと頬のたるみが目立つ。太って顔が丸くなっていた。

「なんだよ、気持ちわりぃな」

奈良は小山の顔を押しのけた。

「お前、前髪が白くなってきたと思っていたが、生え際もやばいぞ。地肌が――」

「地肌丸出しのあんたに言われたくない」

奈良は『秩父市不法投棄土砂崩落事件』の捜査本部のデスクで行政文書を読んでいた。文書は段ボール箱百個分ある。深夜〇時を過ぎたころから眠気がひどくなり、コーヒーやカフェイン飲料をがぶ飲みしたら腹を下した。十分だけ仮眠を取るつもりが、もう明け方の四時だ。

「ばかやろう、起こしてくれよ」

小山に毒づいた。

「起こせねーよ。すやっすや眠っててかわいかったぞー。十六年前を思い出した」

秩父市黒部春日地区で起こった不法投棄による土砂崩落事件から、三か月が経とうとしていた。

崩落現場の土地の持ち主に関する行政文書のチェックは続けている。いまのところ、行政側に落ち度はない。城西開発というリゾート会社が金文商事から土地を購入するいきさつにも不審な点はなかった。城西開発が倒産し、黒部春日地区が競売にかけられる経緯にも不自然な点はない。

問題は、黒部の土地を競売で手に入れた久我開発だ。落札した一年後に倒産している。土地を分割して十四のペーパーカンパニーに譲渡した。土地の登記を行った司法書士は全て同じ人物だった。すでに公文書偽造等の容疑で逮捕している。

「金に困っていた。怪しげな企業による妙な土地分割譲渡だなとは思ったが、手続きをすれば通常の手数料の五倍を払うと言われ、引き受けた」

依頼者の素性はよくわからないという。

「SNSで知り合い、メールでしかやり取りしていない。顔も知らないし、声もわからない」

捜査をそれ以上広げることはできなかった。

土地の名義人として登録されていた十四人に焦点を絞ったが、全員が関与を否定した。

自宅に窃盗に入られたり、ひったくりでバッグを奪われたりして、実印や免許証などの貴重品を盗まれた被害者が名義を使われているケースが四件あった。城西開発の関係者は二名いた。養子縁組や偽装結婚を繰り返して自分の名義を売り続ける者が七名もいた。詐欺業界では『役者』と呼ばれる。

順次つかまえて聴取しているが、居場所がわからない者がまだ三名いる。

金木大輔は名義を勝手に使われた一人に数えられている。

三十八歳になっていた。肩書は金文商事社長だ。現住所は十六年前と変わらず秩父市宮原町、本社ビルの真裏だ。独身で、九十を過ぎた父親と二人で暮らしている。

土地の名義人に名前があると判明するや、まず警察署にすっ飛んできたのは金文商事の顧問弁護士だった。十六年前、金木と共に現場までやってきて抗議した弁護士と同じ、高木という人物だった。

顧問弁護士も、捜査本部の奈良と小山を覚えている様子だった。

「昨年、事務所荒らしに入られたときに実印を盗まれています。そのときの実印が悪用されたのではないでしょうか。事務所荒らしについては秩父署に被害届を出していますが、残念ながら犯人は検挙されていませんね」

暗にこちらを非難した。けん制しているつもりだろうか。

「いずれにせよ、社長は捜査協力を惜しまないということでしたが……」

奈良と小山を順繰りに見て、弁護士は思案顔になった。

「改めて確認し、ご連絡差し上げます」

後日、弁護士から要望書が提出された。捜査には応じるが、奈良と小山の聴取は拒否するというものだった。理由として、十六年前の羽田空港での顚末（てんまつ）を記していた。弁護士の書面には、頭に血が上ると手が出る悪徳刑事として名指しされていた。

金文商事は企業としては奈良と小山の聴取に応じている。だが、秩父本社の二階にある社長室の扉の向こうには、踏み入ることができない。仕組んで森川を行かせたこともあった。「大輔は普通にいい人でしたが」と言うので、張り倒したくなった。

金文商事が引き受けた産廃に不法投棄がなかったか、生活安全部の生活経済課が調べている。そもそも大輔が犯人なら、自分の名前を土地の名義人として使うはずがない、と生活経済課の石神は主張する。他の十三件はペーパーカンパニーだったのだ。

大輔ならそれくらいトリッキーなことをするのではないかと奈良は思っている。被害者ぶるつもりで、敢えてペーパーカンパニーの中に自分の名前を入れた。金文商事で産廃を受け入れて処分しているように見せかけて、恨みの残るあの土地で不法投棄を繰り返し、業者が本来払うべき排出料金分を丸儲けしていた。証拠はないので、この線の捜査は許されていない。奈良と小山はいまのところは捜査方針に従っている。

「飯に行くか」

奈良は小山に言って、ジャケットを取った。ソファで寝ていた森川を起こす。階段を降りた。一階の地域課をちらりと振り返る。土砂崩落現場の救出活動は埼玉県警のレスキュー隊と消防が規模を縮小しながらも続けている。ホワイトボードの文字を見た。

『十月一日　重軽傷者〇名　死者〇名　行方不明者一名』

若月愛子は土砂崩落から三か月経ったいまも、見つかっていない。


事件以降、『観音茶屋』というお土産物屋兼定食屋でよく食事を取るようになった。黒部山の麓にある。安くてうまい上、いつ行っても空いているので、事件の話もできる。

森川がハンドルを握り、小山が助手席、後部座席には奈良が座った。最近、捜査の関係で十六年前のことをたびたび思い出す。奈良をこき使っていた小山はまだ四十一歳、いまの自分よりも若かった。

国道２９９号を東へ進む。ここが秩父郡黒部町だったとき、この界隈にはそれなりに飲食店や小売店が並んでいた。いまは軒並みシャッターが閉まっている。歩く人もいなければ、走る車もない。最終処分場計画反対派の拠点となっていた喫茶くろべえは、もうない。隣にあったパブ『おしゃべりまさみ』と共に更地にされている。まさみママは十年ほど前に肝硬変で亡くなったという。

村治の妻だった陽子は再婚した。現在は秩父市内の中心地で、夫と子供の三人で静かに暮らしている。

西武秩父線の黒部駅が近づいてきた。トンネルを二つ通過してヘアピンカーブを抜けた先に、いまもなまず橋がある。バリケードや監視小屋はもうない。崩落事件以降、ヘアピンカーブの手前から立入禁止区域となっている。

トンネルに入る手前で曲がりくねった道へ逸れた。しばらく走った先に、目当ての定食屋『観音茶屋』はある。かっぽう着姿の店主が九月のカレンダーをはがしていた。

「早いな。もう十月か」

小山がぼやいた。奈良も無意識に深いため息をついていた。オーダーのあと、森川が水をひとくち飲み、切り出す。

「すっげーやなこと呟いていいですか」

奈良は即座に返す。

「ダメに決まってるだろ」

「言いたいんですよ。愚痴です。聞いてください」

部下が吐き出すことを聞いてやるのも上司の仕事か。小山は煙草をつかんで逃げようとする。

店員が「ここで吸っていいわよー。誰もいないから」とガラスの灰皿を持ってきた。小山は渋々、テーブルに座ったまま火をつける。

「あの土地の持ち主もわかりました。しかし全てペーパーカンパニーで、その会社の登記に関わる人物十四名のうち所在がわかっている者は全員が関与を否定。残りは『役者』で住所不定ばかり、行方もわからない」

『役者』をするのはたいていが生活困窮者だ。かつては食えなくなった高齢男性がよくやった。ここ十年は若者が中心だ。特殊詐欺の現場で使用する電話の名義人、詐欺拠点のマンションの契約者名に使われる。

警察に摘発されたらその名前は使えなくなる。婿入り、養子縁組を繰り返して苗字を変え、名義を売り続ける。自分の名前が犯罪に使われるので、住居を確保できずネットカフェを転々としている者が多い。捜査本部も探し出すのに苦労している。

「朝から言うなよ、それをよ」

奈良も煙草に火をつけた。

「だって、殺人で送検することもひと苦労なのに、そもそも土地の本当の持ち主が誰なのかわからないって、これはもう捜査のしようがなくないですか」

「土地の持ち主の責任以前に、捨てたやつの責任だよ」

「どこに捜査の端緒があるんです」

森川の指摘は鋭い。誰が捨てたのかが、全くわからないのだ。

あの土地は手付かずで荒れ果てていた。唯一の住民は久保恵一だけだ。一人で細々と暮らしていたが、怪我のせいで黒部春日の自宅をあけていた。去年の夏から一年近く、黒部春日地区は住民の目が完全になくなっていたのだ。舗装道路は春日地区で行き止まりになっている。登山道は東西にあって黒部春日は通らない。北側は石灰の掘削が行われているので、一般人は入ることができない。黒部春日と通じる道もない。

小山が投げやりに言う。

「よっぽどの方向音痴かカーセックスしに来たカップルくらいしか通らないような場所だろ。直近の監視カメラは八キロ先の交差点、防犯カメラに至っては五キロ離れた秩父アミューズメントパークの入口にあるものだけ。その防犯カメラは黒部春日に通じる道はうつしてない」

Ｎシステムは二十一キロ東側、オービスは七キロ先だ。どうしようもない、と小山が煙草の煙を鼻から出した。森川がぼやく。

「迷宮入りのにおいがプンプンしませんか」

奈良はぴしゃりと叱る。

「口に出すな。縁起がわりぃ」

「そもそも十六年前の殺人だって迷宮入りしちゃってんじゃないですか」

奈良は憮然と鼻を鳴らすほかない。小山は無視して煙草を吸い続ける。

「一年程度の捜査で継続捜査係にバトンタッチというならまだしも、三年も粘っていたんでしょう？それで迷宮入りは、正直、メンタルおかしくなりますよ」

「撤退のタイミングはちょこちょこあったんだよなぁ」

小山が懐かしそうに目を細める。

「大輔の高跳びとか、金文商事の春日地区撤退表明とか、ガサ入れの空振りとかな。そのたんびに奈良が俺に泣きつくんだよ。小山さぁん、俺はあきらめたくないっす、絶対ホシにワッパかけたいですぅ、ってよ。あのころの奈良はかわいかったぞー」

奈良はテーブルの下で小山のすねを蹴ろうとしたが、空振りだった。

『黒部町住民運動リーダー撲殺事件』の捜査本部は、米国がイラクに侵攻した二〇〇三年に発足し、三年後の二〇〇六年、米国がフセイン大統領の死刑を執行した日に解散した。

大輔が高跳びしたあとは、観光ビザが切れるまでに逮捕できるだけの証拠をそろえることに全力が注がれた。家宅捜索で大輔の部屋にも入った。高級一眼レフカメラが三つと大量の写真の他は、成人雑誌やゲーム機など若者らしいものしかなかった。

九十日間の観光ビザが切れれば帰国して逮捕できると思っていたが、大輔はビザ失効二週間前にドイツへ出国してしまった。ドイツは観光ビザで滞在しながら、長期滞在が可能な学生ビザに切り替えられる。アメリカはできない。

逮捕状が出ると知って慌てて出国した先が、フライトの多い米国だったのだろうが、捜査本部が手ぐすね引いて帰国を待っていると知るや、日本に帰国せずとも長期ビザの取得が可能なドイツに逃げたのだろう。

事件から一年が経ち、二〇〇四年の秩父夜祭の直前、金文商事は最終処分場建設の取り下げを表明した。

土地の買い戻しを横崎町長に提案したが、税金で金文商事に数億円を払うことになる。町民は猛反発した。金文商事は無償譲渡に難色を示した。春日地区の住民の移転補償費用や土地代の支払い、道路の整備、土地の改良工事等ですでに春日地区に三百億円近い投資をしていたのだ。交渉は難航した。金文商事が折れて無償譲渡となるまでに更に五年かかった。

捜査本部の方は二〇〇五年、反対派に嫌がらせをしていた暴力団や右翼等を洗うローラー作戦を正式に終了した。何人かは別件逮捕したが、金文商事との関係を暴くことはできなかった。

三年経ってしまい、事件は風化していた。秩父夜祭の日には情報提供を呼びかけるビラを配った。

「まだ捜査していたんですか」

「三年前のことなんて覚えているわけない」

そんな声ばかりだった。

結局、捜査本部は解散した。黒部町が秩父市に吸収合併されることに伴い、黒部警察署も廃止になることが大きな原因だった。

撤退する最後の夜、奈良と小山は現場となったなまず橋に戻り、手を合わせた。バリケードも監視小屋もいつの間にかなくなっていた。道路が通じているのを見て、奈良は拍子抜けしたのを覚えている。地域の住民はもう反対運動を忘れてしまっていた。

最後の夜、初めてバリケードがあった場所を抜けた。春日地区は舗装道路の地面が割れ、雑草が生えていた。コンクリート造りの建物は中ががらんどうのまま、未接続の配線が天井で剝き出しになっていた。

壁はどこもかしこも落書きだらけだ。小便くさい場所もあった。ビールの空き缶、吸殻、食べ残しも散乱している。深夜に若者たちがやってきて肝試しをしたり、どんちゃん騒ぎをしたりしていたようだ。

誰がこのゴミを片付けるのだろう。金文商事が撤退し、住民も戻らず、行政も見捨てた土地なのだ。悶々と考えながら廃墟を巡っていたとき、どこからか連続して破裂音が聞こえてきた。

秩父夜祭の花火だった。

次の四月から秩父市黒部春日と呼ばれるようになるこの場所からは、秩父市街地がよく見下ろせた。市街地に上がる指先ほどの花火のささやかな美しさを、奈良はいまでもよく覚えている。


毎朝、奈良と小山は朝食のあとに金文商事に立ち寄っている。森川は連れていかない。本人も行きたいとは言わなかった。

金木の自宅はかつては玄関から門扉まで砂利敷きで飛び石が敷いてあった。いまは全てコンクリート舗装されている。引退した金木忠相は御年九十三歳だ。足が悪く、杖をついていた。毎朝、秩父神社を参拝するのが日課と聞いた。崩落事件以降、家から殆ど出ていない。近所に聞き込みをしたが「最近は姿を見ない」ということだ。

金木大輔は、月の半分を栃木県広岡町にある中間処理施設で過ごしているらしい。十六年前、処理水の偽装を行った施設だ。かつてＢＭＷが停まっていた駐車場には、社長御用達のクラウンがある。いま大輔は秩父にいるはずだが、奈良と小山は接触を禁止されているので、自宅の前に立つのみだ。十分に圧を感じさせられると思っている。本社の方に回っていた小山が家の前にやってきた。

「インターホンを押して、家政婦をドカーンと一発怒鳴れば、ペラペラしゃべるだろ」

「威圧的な聴取はダメだ」

「お前は甘い」

小山は昔気質の刑事だ。昔から高圧的な態度で聴取をし、殴ることもあった。処分を受けたこともある。奈良が昇任して上司になってからもこの悪い癖はなかなか直らない。

署に向かって並んで歩く。小山が奈良の眼前に金文商事の企業パンフレットを突き出した。

「最新版だ」

奈良はページを捲り、社長の金木大輔の顔写真を探したが、ない。

顔は免許証写真で把握はしている。黒い髪を中分けにした、真面目そうな中年男性になっていた。金髪でいきがっていたころの面影はなく、目の陰気さはやわらいでいた。膨れ上がった肩と太い首から、体つきが屈強になっていると思われた。

パンフレットには、産廃をどうリサイクルしているのかという説明図や本社ビルの写真、自然の森や山の画像ばかりが載っていた。

「去年の決算でも、売り上げは埼玉県内一だとよ」

取引先企業一覧を見た。金文商事に排出した産廃ゴミの処理を頼んでいる企業だ。名だたる大企業ばかりだった。

「相変わらず方々に賄賂を配ってんのか、え」

小山が鼻で笑った。

「黒部春日地区に不法投棄したおかげで、排出料分を丸儲けだろうからな。大企業にも町の有力者にも献金できるだろうよ」

奈良はページを捲った。環境保護とかＳＤＧｓという言葉が目に入る。

「どの口が言うんだ。十六年前は最終処分場を建設するために黒部山を破壊した。自分たちにノーをつきつけた反対派のリーダーの頭もカチ割ったくせに」

そこそこ厚さのあるパンフレットだったが、どこにも最終処分場の文字がない。栃木県内を始め、関東圏内に四つの中間処理施設を持っているだけだった。

「十六年経ってもどこにも最終処分場を作れなかった。だから黒部春日に不法投棄したんだろうな」

捜査本部のある三階まで階段で上がる。十六年前の捜査資料が入った段ボール箱は、捜査本部の隣の部屋に並んでいる。金文商事の十六年前のパンフレットを探す。

「あった。二〇〇三年版だ」

ぎらついたパンフレットだった。栃木の中間処理施設には『東洋一の規模！』だの『最先端テクノロジーによる処理！』だのと仰々しい。

「このパンフの文言、確か嘘ばっかりだったんだよな」

小山が段ボール箱を蹴り戻しながら言った。

「敷地面積も嘘、東洋一も嘘。そもそも日本一でもなかったそうだぞ」

「写真もだいぶ加工した痕がある。目で見りゃ簡単にわかるのに」

小山は最新のパンフレットをデスクの上に投げた。

「こっちも加工だらけだろう。ディープフェイクってやつなら、見抜くのは難しいな」

古いパンフレットには『二〇〇五年開業予定！　金文商事初の最終処分場、完成間近』という文言もあった。黒部春日地区に新設予定で東洋一の規模をうたっている。ＣＧによって作られた完成予想図では、建物の周囲は豊かな森になっている。子供が蝶を追いかけたり、虫をつかまえている挿絵があった。読み手を煽る文章も掲載されている。

『ご存じですか？　埼玉県内の最終処分場はあと三年でいっぱいになります！』

大外れだ。

「二〇一九年現在で埼玉県内の最終処分場の空きは七割ある」

「そもそも黒部春日地区の最終処分場は産廃専用だったんだろ。将来的には地域の一般ゴミも引き受けるなんて言っていたらしいが、契約したわけでもあるまいしな」

石神要が出入口前の廊下を通りかかった。目が合う。

十六年前は、捜査二課の班長として、金文商事と前町長、県知事との贈収賄容疑を調べていた。なんの証拠もあげていない。金文商事の幹部の娘と結婚したことで捜査本部を追い出された。贈収賄容疑の捜査は進展がないまま、村治の殺人事件と同じく迷宮入りとなった。

現在の石神は、不法投棄の摘発を専門とする、生活安全部生活経済課長だ。当時はロレックス、いまはランゲ&ゾーネの高級時計を身につけて、捜査本部を自由に闊歩する。

不信感があるが、石神の舅であり元マル暴刑事だった難波高志は、金文商事の専務を引退している。しかも石神は離婚しているらしかった。むしろ金文商事とは敵対関係にあるととらえる幹部もいた。結婚したからあっちの味方、離婚したからこっちの味方というのも節操がない話だ。現在は無関係だからと捜査本部にいる。

石神を人がよさそうに見せていたたらこ唇はいま、色艶を失って乾ききっている。どこまで信用していいのかよくわからない相手だ。石神が先頭に立ち、金木大輔を始めとする金文商事関係者の聴取にあたっている。

産廃については、マニフェストを追えば、どこで排出されたゴミがどこでどう分別され最終的にどこに行ったのか、追えるようになっているらしい。

マニフェストは、産業廃棄物管理票とも言う。七枚つづりの伝票になっている。産業廃棄物の種類や数量、運搬や処理を請け負う処理業者名が記載されている。一九九八年に全ての産業廃棄物に添付することが法制化されてから、不法投棄が激減した。誰が産廃を排出し、誰が運搬し、誰が処理したのか。この伝票で明確になるからだ。

金文商事ほどの規模の産業廃棄物業者は、電子マニフェストを導入している。電子マニフェストの管理は日本産業廃棄物処理振興センターが一元管理している。すでにこちらのデータも押収済みで、生活経済課が、齟齬(そご)がないか調べている。

強行犯捜査専門の奈良班は主体的に動くことができない。直接の被害者は行方不明の若月愛子ただ一人だが、遺体が見つかっていない。土砂崩落という性格上、被害者の人間関係を洗う鑑取り捜査は意味がない。機能するのは証拠品を洗うナシ割捜査と、行政文書や押収書類の確認だけだ。奈良班には、行政文書の分析の手伝いや、裏取りの聞き込みなど、補助的な仕事ばかりが回ってくる。

今日も野暮用を頼まれた。管理官の比留間がメモを渡す。秩父市の北にある小鹿野町の住所が記されていた。

「元住民の久保恵一が居候している娘の自宅住所だ。久保が黒部春日の自宅に一時帰宅したいそうだ。付き添ってやってくれ」

「あそこは立入禁止では？」

唯一の舗装道路が崩落し、辿り着けないはずだ。崩落した地域は埋め立て補強作業が行われ、徐々に立入禁止区域は小さくなっている。

「住民の一時帰宅は許されている。古道を通ると言っているんだ。危険だから警察が付き添ってほしいと市が要請してきた。ついでに不法投棄について本当になにも見聞きしていないのか、絞ってこい」

奈良は大きく頷いた。久保恵一は、十六年前には最終処分場建設を巡り、金文商事と移転補償について直接協議している相手だ。なにか知っているかもしれない。

小山の運転で、奈良は小鹿野町へ向かった。秩父市の北にある小さな町だ。奈良はスマホの地図アプリを開く。

「古道ってなんだ。獣道かなにかなのか？」

「知らん。地図にも載っていない」

地図アプリの航空写真を見たが、うっすら道らしきものが見える程度だ。久保は玄関前の段差に腰を下ろして待っていた。娘と思しき人が寄り添っている。奈良が車から降りると、娘が頭を下げた。

「本当に行くんですか？　あの道はもう通れないと思いますけど」

「お前は黙っとれ」

久保が一喝した。警察相手にはヘコヘコする。十六年前も飲み屋で微笑むばかりで、他人には強く出ないタイプだった。

「すみませんね。警察さんに付き添ってもらえるなんて」

「いいえ。我々も聞きたいお話がたくさんありましてね。どうぞ」

だいぶ足腰が弱っているようだ。杖なしで歩けるようだが、今日も小股でよろよろしている。奈良は後部座席に久保を促した。車は国道２９９号を東へ戻る。

「お父さん、失礼ですが、おいくつになられました？」

奈良はバックミラー越しに話しかけた。

「私はもう八十五になりました。あなたもずいぶん貫禄が出て。十六年前はまだ小僧でしたよね」

目尻に皺を寄せて笑う。頭はしっかりしているようだ。当時としゃべり方が変わっていない。

「長生きはありがたいことですけど、故郷で嫌な事件ばかり起こる。それを見続けるのもねぇ」

久保は目に涙を溜めて言った。白内障なのか黒目に少し白濁が見えた。

「妻は早くに亡くなってよかったかもしれないなぁ。黒部の町がこんなふうになってしまったのを、見たくなかったと思うんだ」

久保の妻は最終処分場闘争の五年前に病気で亡くなったという。生まれも育ちも黒部春日で幼馴染だったそうだ。

「妻はね、氏神さんとこの娘だったんです。黒部春日神社というのが集落の真ん中にあってね。自治会も盆踊りも、正月の餅つきも節分の豆まきも、地区に関わる行事は春日神社でやってました」

妻の父親は宮司で、地域の住民から慕われていたらしい。黒部春日神社は最終処分場建設が始まってすぐに取り壊された。

「妻の兄――つまりは私の義兄だね。彼が神社を継いでいたんだけど、病気がちでね。独身で子供もいなくて、継げる者もいなかったしね。地区が丸ごとなくなるなら、黒部春日神社もそれと命運を共にしようじゃないかってことになりましてね」

　鳥居がショベルカーで倒されて粉々に破壊されている写真を、奈良は覚えている。横崎翔子の写真集に載っていた。小山が毒を吐く。

「金木は在日朝鮮人でしょう。日本古来の神社を潰すことくらい、どうってことない」

　久保は苦笑いだ。最終処分場計画に同意し、移転補償費用の一部をもらっている。金文商事側は撤退後も、支払った費用の返却を春日地区の住民たちに求めてはいない。久保はあまり金文商事のことを悪く言えないだろう。

「特に返金要求はなかったのに、春日地区に戻られたのはなぜですか」

「申し訳ない限りで、新築のピカピカの家に住むのは気持ちが落ち着かなかったんですよ。金文さんの撤退が決まったあと、家は売って故郷に戻り、元の土地に新たに小さな家を建てたんです」

　他の住民が後に続くと思っていたらしいが、戻ったのは久保だけだった。他の土地は殆どが駐車場とか、処分場のコンクリート製の建物の下だからだろう。

「あれを壊してからじゃないと家は建てられないしねぇ。町側も、戻れる住民は戻ってくださいと呼びかけたけども、処分場の建物が残ったままなのにどう戻れというんだとみんな憤慨していましたよ」

　それからずっと、春日地区で久保恵一は一人静かに暮らしてきた。

「若いころは農業をやっていたもんで、年金も少ないしね。それでも、きれいな家で豊かに暮らせるのは、金文さんのおかげだからな……」

　身を乗り出してきた。

「新聞で読みました。現在の土地の持ち主はペーパーカンパニーだって。やっぱり、最初からあそこに不法投棄するつもりの輩がいたってことだよね」

「そういうことかと思います」

「大輔君の名前がそこにあったたって、本当なんですか」

それを知っていることに驚いたが顔には出さず、奈良はバックミラー越しに久保恵一を見た。

「噂で聞いたんです。金文商事に毎日のように警察が来ているのは、土地の持ち主の名義人の中に社長の名前があったからだって」

「金木大輔社長とは親しい間柄ですか？　十六年前は栃木の処理場にも行っているんですよね」

小山がバックミラー越しに尋ねた。

「いや、個人的な付き合いはないけども、彼の子供のころは何度かね。春日地区の盆踊り大会があるときは、必ず金文商事さんが大量に差し入れしてくれたもんだから」

ダンプに大量の瓶ビールを積み、築地から直送させたというマグロや鯛をクーラーボックスに入れて駆けつけたという。金木はいつも大輔を連れていた。

「そのころ大輔君は、まだちっちゃかったですよ。五、六歳だったかな」

最終処分場問題が持ち上がるずっと前から、金木は春日地区に寄付していたようだ。祭りにも必ず顔を出していた。集落の移転をスムーズにするために、十五年も前から周到に計画し、黒部春日に金をばらまき続けてきたということだ。当時の金木大輔の印象を訊いてみた。

「かわいらしかったですよ。お父さんの太い腕にぶら下がって遊んだり、神社のどんぐりや木の実を拾い集めたり、カブトムシをつかまえたりね。そこらの子と変わらなかったです」

車が西武秩父線の黒部駅前を通過した。町道に入る。崩落現場の抉れた斜面が山間にちらりと見えた。車内は沈黙に包まれる。

秩父アミューズメントパークと枝分かれするY字路に出た。左に曲がればパークの駐車場だ。右に行けば、黒部春日へと通じる。左手の道路は封鎖されていた。秩父アミューズメントパークは、再開の目途が立っていない。

Y字路を右へ抜け、更なるヘアピンカーブを抜けた。こちらも規制線が張られている。

『崩落の危険あり、立入禁止』

見張りの警察官に話は通っていた。先に進む。滝の音が聞こえてきた。赤い欄干の橋が見えてきた。なまず橋だ。十六年前は鮮烈な赤い色をしていたが、長年風雨に晒されて退色していた。欄干はところどころひび割れ、錆が浮いているところもあった。

奈良は橋の手前で車を停めるよう、小山に言った。久保に断る。

「ちょっと、すみません」

今日の目的地ではないが、奈良は小山と共に橋の前に立つ。そろって手を合わせた。十六年経ち、いまはこの橋に供え物をする人はいない。

なまず橋のたもとに捜査車両を置いていくことにした。かつてバリケードで塞がれていたトンネルの左手に、階段がある。古道とつながっているらしい。

「あのトンネルを掘ってコンクリートの道を通したのは金文さんなんですがね……」

久保がなまず橋を渡っている最中、立ち止まった。物思いにふけった様子で、欄干に手を置く。

「そもそもここにも橋はかかっていなくてね。ぐるっと迂回する形でトンネルの脇まで古道が通っていたんです」

奈良も立ち止まり、滝を見つめる。十六年経ち、この界隈も変わったが、小さな瀑布は当時のままだ。自然はどんと構えて揺るぎない。人間だけが落ち着きなく動いているようだ。奈良は滝の水飛沫(しぶき)に手をかざす。

「そこの滝の水は飲まない方がいいよ」

久保が注意した。水を飲もうとしているように見えたらしい。

「道路が通る前は険しい山道だったから、その昔、みんな滝の水を飲もうとしちゃってたの。喉が渇くからね。だけどこの滝の水は腹を下すのよ」

名前の由来にもなっているらしい。

「のまず滝」

「飲めない、飲まず。だから、のまず滝ですか」

小山がスマホで由来を調べようとしていたが、相変わらずこの界隈は圏外だ。

「なにかの言い伝えとか、祟りとかですか」

久保は、違う違うと笑った。

「この黒部山は掘削が行われていない南側も、石灰の成分が多いんです。湧水に染み出ちゃうんで、飲み水に適していないんですよ」

そういうことかと奈良は納得した。三人で橋を渡り、トンネル脇の階段を上がる。

「階段脇の古道からだと徒歩で春日集落までだいたい一時間かな」

久保の話に、小山はうんざりした顔をする。

「トンネルくぐって舗装道路を行けば五分なんだけどね。なにせ途中が崩落しているらしいから」

足が不自由な久保は危なっかしい。奈良は腕を貸して階段を上がったが、体重をかけて寄りかかってくる。腕が痺れてきた。古道につながる階段は、削った段差に木枠をはめ込んで作られたものだ。ところどころで朽ち果てていた。

まだ午前中なのに、周囲を鬱蒼とした木々に囲まれていて、薄暗い。カラスの鳴き声が響き渡り、風で木の葉がざわめく。不気味な雰囲気だ。

「遭難しなきゃいいがな……」

小山が地図アプリで現在地を確認しようとしたが、やはり圏外だ。

「お父さん、本当にこの道で大丈夫？」

「間違いないったら。子供のころはね、往復十キロのこの道を毎日歩き続けてきたんだから」

当時の小学校は西武鉄道秩父線の黒部駅近くにあったらしい。さぞかし足腰が鍛えられただろう。

階段を上がり切ったところで、小山が歩を止めた。

「ありゃ無理じゃないか」

倒木が古道を塞いでいた。さすがにこれ以上は先に進めない。

奈良と小山は久保を小鹿野町の自宅に送り届けた。

「捜査のお役に立つかしら」

娘が気を利かせて、古いアルバムを物置小屋から出してきてくれていた。お茶も出ている。奈良は礼を言い、アルバムのページを早速捲る。

ランニングシャツ姿の若々しい久保が娘を抱く白黒写真が出てきた。六十年近く前の写真だ。背後の山に見覚えがある。一部が段々状に削られていた。

「これは黒部山ですか」

娘が茶を注ぎ足しながら頷いた。

「黒部山は江戸時代から漆喰(しっくい)の原料として削られていたんですよ」

セメントの原料として更なる掘削が始まったのは、明治時代からだという。

小山はカラー写真のアルバムを眺めていた。昭和五十年ごろのものだ。運動会や学校の入学式、遠足など、子供や地域の写真の至るところに黒部山がうつりこんでいる。

自治体の盆踊り大会の写真が出てきた。春日集落が金文商事の買収によって消滅したときは、十世帯十四人しか住んでいなかったが、昭和五十年ごろの盆踊り大会には五十人くらいの人出があった。戦後すぐの白黒写真では百人くらい参加者がいた。黒部春日神社の鳥居にぶら下がるしめ縄も立派だ。地域の住民でしめ縄を作る写真もあった。

奈良と小山がアルバムを捲る傍らで、久保が「あれはどこにあったか」「これはどこに置いたか」と娘に尋ねている。久保の亡き妻が黒部春日神社の娘だったから、春日地区にまつわる古文書や春日神社のお札、お守りなども、大切に保管しているらしかった。

小山に強く腕を引かれた。昭和五十八年と書かれたアルバムを開いている。

「これは金木じゃないか？」

盆踊り大会の写真だった。金木は来賓席と思しきテントの下で、酌を受けていた。ピントは小学生くらいの少女二人に合っている。金木忠相の姿は小さくてピンボケしているが、その巨体で本人と推測がつく。

「あ、それはうちの娘ね」

久保の娘がハイビスカス柄の浴衣の少女を指さした。久保の孫にあたる。続けて隣の水色の浴衣の子を指さした。

「隣は陽子ちゃんじゃないかしら」

村治陽子――このころは堀米陽子か。被害者の妻として泣き崩れていた姿を思い出す。喫茶店の二階の自宅では、微動だにせず座る背中が窓から見えた。久保が老眼鏡をかけて写真を見た。

「確かに陽子ちゃんだね。小学校三、四年生くらいのときかなぁ」

盆踊りの写真がたくさん出てきた。久保の孫娘と親友だったのか陽子がいつも一緒にうつっている。

次の写真に、奈良は釘付けになった。金木忠相が大輔の小さな手を引いている写真があった。大輔は青い浴衣姿で、よちよち歩きだ。金木が腕に大輔を座らせるようにして抱き上げている姿も、別の写真にうつりこんでいた。

次のアルバムに、陽子が中学校時代の写真が出てきた。赤いリボンタイを首に巻き、灰色のジャンパースカートを穿いて、久保の孫娘とうつっている。黄色い帽子をかぶった大輔を膝の上に抱っこしていた。大輔は地域の中学生の少女に甘えているふうにみえる。

「陽子さんと金木大輔は親しい仲だったのでしょうか」

奈良の問いに、久保の娘は首を傾げた。

「さあね～。その年頃の女の子って、年下の子の面倒を見たがるでしょう。大輔君は小学校高学年くらいから盆踊りには来なくなっちゃったし」

偶然に撮られた写真なのか。十五年後、二人は被害者の妻と容疑者という関係になるわけだ。十六年前に知りたかった情報だ。

久保が春日神社の札や絵馬、地域に配っていたお守りが入った箱を、次々と持ってきた。例大祭の写真なども見せてくれたが、頭の中に入らない。


久保の娘から件の写真を預かり、急いで捜査本部に戻った。比留間は写真を興味深そうに見たが、予想通りの反応を示す。

「ここは十六年前の殺人事件の捜査本部ではない」

小山が嚙みつく。

「なら、俺らで大輔を絞らせてください」

「絞る根拠は」

奈良は感情的な小山の前に立ち、冷静に訴える。

「我々にマニフェストを見せてください。金文商事が扱う産廃の流れをもう一度洗い直します」

「お前らは強行犯事案のプロであって、産廃行政のことは素人だろう。生活経済課ですら金文商事のマニフェスト過去五年分を確認するのに三か月かかった。お前らだと三年かかる」

比留間は三十年前の写真を改めて手に取った。

「この捜査本部はただでさえ十四のペーパーカンパニーの捜査と、東京ドーム三杯分の不法投棄物の捜査で、手がいっぱいだ。ここにお宮入りした十六年前の事件を持ち込むと、混乱する。大輔も陽子も同じ秩父地域で育った。接点があるのは当たり前とも取れる」

あくまで偶然と言いたいようだ。

「二人の関係性を掘り起こしたところで、この捜査本部の最終目標である不法投棄の実態が明るみになるとも思えん」

食い下がろうとした小山に、その隙を与えず、比留間は奈良を見た。

「十五時を過ぎた。そろそろ子守りの時間だろ」

秩父署の受付の職員が奈良を呼びにきた。

「奈良さん。壮真君が来ましたよ」


奈良は秩父警察署の駐車場に出た。捜査車両のボンネットに、ジャケットを置く。壮真もランドセルを乱暴に置いた。

「おいおい、置いてもいいけど傷はつけるなよ。おっちゃんが始末書書く羽目になるからな」

「ごめんごめん」

壮真は軽く言うと、急かすように車両のトランクの前でジャンプする。奈良はトランクを開け、ボロボロの段ボール箱を出した。野球のグローブとボールが二つ入っている。段ボール箱を地面に置かないうちから、壮真の手が伸びてくる。ボールとグローブを持って、駆け出した。

雅也は生活のために働きづめだが、一週間に一度は必ず愛子の捜索の状況を尋ねに来る。壮真は毎日放課後に秩父警察署に立ち寄るようになった。通っている小学校が警察署のすぐ北側にある。ランドセルを自宅に置いてから来いと言っているのだが、すると四十分近く歩かせることになる。道中には交通量の多い街道や線路もある。直接来ているが、学校にバレたら奈良も一緒に叱られるつもりだった。

当初は「ばあば見つかった？」と壮真は開口一番に尋ねてきたが、一か月経つころから訊いても無駄と思ったか、なにも言わなくなった。ただふらりと秩父署にやってくる。宿題を見てやると、「お礼に」と肩もみをしてくれるようになった。「腰の方が辛いんだが」とぽろっと言ったら壮真は強引にこじつけて誘う。

「運動不足だよ。サッカーしよう！」

奈良はサッカーをしたことがなく、空振りを繰り返すうちに更に腰を痛めてしまった。壮真が奈良に塗布用の鎮痛薬を塗ってくれた。そのさなか、突然、泣き出した。

「ばあばは見つからないし、おっちゃんは怪我しちゃうし、最悪だ」

見かねた小山が、息子が小学生のころに使っていたという野球のグローブとボールを持ってきた。埃をかぶっていたが、壮真は大喜びで飛びついた。

昔、プロ野球選手のＯＢが運営する野球教室に行ったことがあったが、お金がなくてチームには入れなかったらしい。地域でやっている無料の野球チームですら、土日も働きに出ている父親が付き添えないので、入会できなかったそうだ。

「結局さ、親に金と時間がないと、子供はなにも経験できないんだ」

厳しい現実を淡々と受け入れる壮真に、小山は毎日キャッチボールの相手をしてやっていたが、十日目に首を痛めて戦線離脱した。森川はスポーツが苦手だと知るや、「埼玉県警はポンコツ」と壮真は辛辣に評価した。腰の痛みが治まってからは、奈良がキャッチボールの相手をしている。

「おっちゃん、そういえばパパがさ」

　奈良は今日もフォームだけはそれっぽくかっこつけて、ボールを投げ返す。最初のころはお互いに、転がっていくボールを追いかけるばかりだった。最近はよほどの悪投でない限り、受け止められるようになってきた。

「毎日行くのもキャッチボールも迷惑だから、そろそろやめろって」

「そんなことはない。明日も来いよ」

「本当？　本当にいいの」

「俺からパパに言っとくよ。大丈夫」

「でも本当は忙しいんでしょう。パパがさ、ばあばが見つからないのも、犯人が見つからないのも、僕が毎日行って捜査の邪魔をしているからじゃないか、って」

「キャッチボールなんか三十分もしてないだろ。いい気晴らしになっているし、体を動かしているから、おっちゃんは最近体の調子がいいぞ」

　強めにボールを投げた。壮真はキャッチしたが、ボールの勢いに押されてか、尻もちをついた。

「わ、すげえ」

「だろー。おっちゃん来年のドラフトに出ようかな」

「なにそれ」

　説明したら、「おっちゃんの年齢では無理でしょ」と真面目な顔で突っ込まれた。

「土日もパパがいない日は来ていいぞ」

「えっ、公務員って土日は休みじゃないの？」

「警察官はそうでもないよ。俺は基本ここにいるし」

「そうなんだー。家族がいないと、気楽だねぇ」

奈良は苦笑いした。独身だと知っている。

「若いころ、ちょっと夢だったんだ。いつか子供ができて男の子だったら、休日にこうやってキャッチボールするの」

「うちの担任を紹介しようか？　独身だよ。どう見てもババアなのに、年齢訊くと十八歳って言うんだ」

「それはいいや」

壮真は大笑いして、ボールを落とした。駐輪場の方へ転がっていくボールをキャッチしたのは、小山だった。くわえ煙草で、脇に書類袋を挟んでいる。捜査に行くのだ。奈良はひとつ頷き返し、キャッチボールを続けた。壮真の方が察する。

「もう仕事に戻る？」

土砂崩落があった朝、まるで祖母の件を察したかのように学校に行くのを拒否したことにしても、壮真はカンが鋭い。

「まだ大丈夫。遠慮すんな」

「おっちゃん、土砂崩れの日のことなんだけどさ」

「おう。お前がずる休みした日のことだな」

奈良は深刻にならないように、敢えて笑いながら言った。

「たまに考えるんだ。どうしてあの日、学校に行きたくないと思ったのか」

壮真は首を傾げた。

「よく思い出せないんだけどね。がんばって玄関の外へ出ても、通学路が灰色に見えたんだ」

奈良は頷くにとどめた。喫煙所の小山も、神妙な表情だ。

「ばあばと最後にしゃべったとき、そういえば、野球の話をしたんだよね」

土日のどちらかを父親か祖母が付き添えれば、地元の少年野球に通える。祖母に付き添いを頼んでいたらしい。

「次の誕生日にグローブとかボールを買おうって話してたの。なのに死んじゃった」

まだ遺体は見つかっていないが、土砂崩れに巻き込まれたことは間違いない。生きている可能性はゼロに近い。雅也も壮真も、いまは遺体の発見だけを一心に願っている。

「いまはおっちゃんと毎日キャッチボールできるじゃん。ばあばは天国から約束を守ってくれたのかなーって」

奈良は返事ができない。

「おっちゃんが秩父署にいてくれてよかった。毎日キャッチボールしてくれて、ありがとう」

壮真は奈良が泣いていると気が付いたのかもしれない。「もう今日はいいや」と段ボール箱にグローブとボールを放り込んだ。ランドセルを肩にかけて、「バイバイ！」と走り去る。

「ちょっと遠いが、比留間がこいつを回れと」

捜査車両に座るなり、小山が書類袋を突き出した。奈良は助手席のシートベルトを締め、書類袋からクリップ留めの資料を出した。有限会社エレファントという会社の情報だった。春日地区の名義法人のひとつだ。ペーパーカンパニーであることは、生活経済課の石神らがすでに突き止めている。代表者は萩野俊一と記されていた。

「特殊詐欺の『役者』で逮捕歴があった。『受け子』でも逮捕歴がある珍しいやつだ」

特殊詐欺グループの受け子は、電話で騙された被害者から現金を受け取る係だ。雑魚でしかない。ここから不法投棄の首謀者に辿り着けるとは思えず、後回しにされてきた案件だ。

「県内を転々としていた。ようやく居場所を突き止めたらしい」

萩野は埼玉県北東部にある幸手市内の安普請なアパートで独り暮らしをしていた。役者として名義売りをしたせいで何度も苗字が変わっている。いまの姓も、萩野甚太郎という所在不明の男の養子になったことで、五年前に手に入れた。

受け子による四度目の逮捕で実刑を食らった萩野は、半年間服役したあと仮釈放され、保護司の紹介でさいたま市内のアパートに住んでいた。保護観察期間中は板金工見習いとして真面目に働いていたそうだ。特にトラブルもなく保護観察期間を終えたあと、川越市や狭山市を経て、現在の幸手市に引っ越していた。一時間半かけて幸手市に到着する。

「二年のうちに三度も住居を変えているのは妙だな」

小山が確かにと頷き、アパートの敷地内の駐車場に捜査車両を停めた。砂埃が舞う。

「二〇二号室だ」

階段を上がる。該当の部屋は表札が出ていなかった。扉に耳をつける。

「テレビの音がする」

平日の十四時だ。

「いまは無職か」

奈良はチャイムを押した。テレビの音が止む。気配が消えた。居留守か。萩野を怖がらせないように、スキンヘッドの小山をドアスコープの死角に下がらせた。奈良が正面に立つ。ニコニコと口角を上げて両手を前に組み、出てくるのを待った。催促のチャイムを押した途端、ギイイという動物の鳴き声がした。小山を振り返る。

「なんだいまの」

「猫か？」

ゆっくりと数センチ扉が開いた。奈良はドア枠をつかんでいっきに体をねじこんだ。萩野は素早く身を翻して脱兎のごとく部屋の中へ逃げていく。

「小山、外！」

ベランダ側に回るように指示し、奈良は土足で部屋の中に入った。間取りは１Ｋか。玄関の目の前がもうキッチンだった。その下に三毛猫がいた。毛を逆立てて奈良を威嚇(いかく)している。通せんぼしているようだ。萩野がベランダの窓を開けている。

「ちょっとどいてくれるか」

猫をまたごうとした。猫は奈良に飛び掛かり、爪を立てた。

奈良はトイレで、左手の甲についた猫の引っ掻き傷を洗った。血が滲んで痛い。

萩野の自宅アパートのすぐそばのコンビニにいる。イートインスペースがあった。誰もいない。小山に付き添われ、萩野がコンビニ袋を提げてやってきた。消毒液の封を開けた。「ミクがすみませんでした」と改めて謝る。ミクというのは奈良を引っ掻いた三毛猫のことだ。

「ずいぶん粗暴な猫だが、ちゃんと予防接種をしているんだろうな」

萩野は抗議するように目を見開いた。両目が離れた平べったい顔をした青年だった。愛嬌がある。

「当たり前です。ミクは僕の命です。予防接種を怠るようなことはしませんし、そもそも猫の引っ掻き傷で人間にうつる病気はありません」

口調は反抗的だが、萩野は甲斐甲斐しく奈良の傷を消毒する。

「敵が来ると素早く察知して戦闘態勢に入ってくれる。僕を守ってくれる女神なんです」

服役中は衛生保健係をやっていたとかで、萩野は傷の手当てに慣れていた。

「こんなに手厚くやってくれるのなら逃げないでほしかったけどな」

消毒液が染みる。

「だって踏み込んでくるんですもん。怖くてつい……」

闇金の取り立てと思ったようだ。借金があるらしい。小山がコンビニコーヒーを三つ買ってきた。軽く聴取する。

「出身はどこだ。ご両親は？　養子縁組しすぎて訳がわからなくなっているぞ」

萩野はコーヒーに砂糖とミルクを二つずつ入れて、マドラーでしつこくかきまぜている。

「僕は不肖の息子、できの悪い次男なので」

生い立ちを語る。優秀な兄と比べられながら成長したらしい。兄は大手メーカーに就職して所帯も持っている。萩野俊一は現在、三十二歳だ。もう実家とは縁を切っているらしい。

「受け子や役者をやり始めたきっかけはなんだ」

「なんでって、金がなかったからですよ。親も援助してくれなくなっちゃいましたし」

長い言い訳が始まった。大学受験に失敗し、モラハラ、パワハラ三昧の予備校講師のせいで、浪人生活に耐えられなくなった。料理が好きだったので、日本食レストランに修業に入ったが、そこでもモラハラ、パワハラ。イタリアンレストランで修業を始めたがここも……と続く。

「ところで、一体なにをしに僕のところに？　詐欺はもうやってませんよ」

「詐欺じゃない。別件だ。いまここで話せない」

萩野はほっとしたのか、ニヤニヤする。おしゃべりに火がついた。

「いろいろと人生くさくさしているときに、居酒屋のアルバイト仲間だったやつから、わりのいい単発バイトがあるって言われたんです。特殊詐欺の受け子でした」

用意されたシナリオで被害者から金を受け取る。取りまとめ役に金を渡し、一回にだいたい二万円から十万円ほどの報酬をもらっていたらしい。

「初めての相手がすげー頭がいっちゃってるばあさんで、五千万円っすよ。紙袋を四個も用意して待っていて、これで勘弁してくださいって僕に謝るんですよ。どういうシナリオで騙したのかは知らないですけど、まあ許してやるよ的な感じで受け取りました」

警察相手に、実に楽しそうに詐欺の話をする。全く反省していないようだ。

「一度で五千万はガチすごいでしょ。僕の取り分も二十万。十五分の仕事で、二十万円ですよ！」

五千万円の詐欺で、最も逮捕の危険がある受け子の報酬がたったの二十万円というのはわりの悪い仕事だと奈良は思うが、アルバイトで稼げる日給がだいたい一万円前後だろう。萩野はその比較で物を考えてしまうらしかった。

「それからもう、やめられなくなっちゃって」

余罪については逮捕のたびにペラペラとしゃべっていた。素直に自白するのは素晴らしいが、肝心の詐欺組織の全容については話していない。萩野は知らないのだろう。

特殊詐欺グループというのはピラミッド型の階層で構成されている。詐欺をするのに必要な経費を出す金主がトップだ。その下が番頭、組織の司令塔だ。金主の顔を唯一知る、組織のナンバー2だ。その下が『掛け子』で、電話をかけて被害者を騙す。最下層が受け子で、被害者宅に出向いたり待ち合わせしたりして現金を受け取る。宅配便で送らせた場合は、その受け取りをする。振り込ませたときは、その金を引き出す役を担うので『出し子』と呼ばれる。

最も逮捕者が多いのがこの『受け子』『出し子』だ。彼らは『掛け子』がどこで電話をかけているのか知らない。番頭の素性もわからず、金主という存在がいることすら知らない者もいる。

一時期は組織の摘発が相次いだ。詐欺被害額が落ち込んだときもあったが、最近はまた増えている。組織が海外に拠点をうつしてしまったからだ。

「名義売りをやり始めたのはいつからだ？」

「受け子で初めてつかまっちゃったあとです。そのときは不起訴処分ですぐ出られたんですけど、受け子のとりまとめ役の人に、しばらく仕事はあげられないって言われちゃって……」

「受け子のとりまとめ役って、どんなやつ？」

「ペリーさんって呼ばれています。本名は知りません」

「黒船のペリーみてえだな」

小山はつまらなそうに言ったが、萩野が「そうなんですよ」と微笑んだ。

「ハーフなんです。父親がスラブ系って聞きました。スラブってなんだよって感じですけどね」

奈良は萩野の態度を妙に思った。以前に逮捕されたときはペリーの話をしていない。いまは警戒心もなく警察にあれこれしゃべっている。

「ペリーさんは僕の命綱ですよ。受け子や役者の仕事のあっせんをしてくれる。神様です。警察には話せません」

「僕たちは警察だが？」

「だって、詐欺の件の捜査じゃないって刑事さんたちが言うから」

こいつはバカだ。ありがたいので指摘せず、話を続けた。

「逮捕されたらもう受け子の仕事はできない。それで名義売りをしろとペリーさんに言われたの？」

「はい。携帯電話の契約とか、マンションの賃貸契約とか。あのころは一日で何枚の契約書を書いたことか。ハンコ押すたびに目の前で五万円ずつ積んでくれるんですよ。ウハウハでした」

萩野は役者と受け子を掛け持ちし、逮捕と不起訴処分を繰り返して、とうとう五年前に実刑判決を受けた。

「保護司があっせんしてくれた家をなぜすぐ出た。板金工、がんばっていたんじゃなかったのか」

「社長は職人さんですよ。パワハラ、モラハラなんでもあり」

またそれか。

「仕事を辞めて川越に越したあとも、転々としているな」

「行く先々でトラブルがあったんですよ。仕事というより住居で」

無職の猫連れだ。アパートに入居してもすぐ追い出されてしまうのかもしれない。

「お前がトラブルメーカーなんじゃないのかよ」

小山が突っ込んだ。そろそろ本題に入りたい。

「場所を変えようか。もう少し静かに話ができて、おいしいコーヒーを出してくれるところがある」

「喫茶店とかですか」

奈良は小山に目配せした。小山が立ち上がる。

「車、出してやるよ。パトカーじゃないから安心しな。ついでに飯も食いたいよな」

「嬉しいです、ちょっと金欠気味なもんで」

拘束中の容疑者に支給される官弁は税金でまかなわれる。

「居留守を使っていたな。闇金に借金でもあるのか」

「そうなんです。それもあって、転々とせざるを得なくて」

二人で紙コップやマドラーのゴミを片付けながら会話する。

「そろそろペリーの番号を鳴らそうとしていたんじゃないか」

「さっすが刑事さん。冴えてますね」


十月五日。幸手市の無職、萩野俊一、三十二歳を、詐欺容疑で通常逮捕した。秩父市黒部春日の土地の譲渡に際し、実体のない会社、有限会社エレファント設立に名義を貸したことによる詐欺容疑だ。現在、小山が森川と共に、萩野を取調室で絞っている。萩野に名義貸しをあっせんしたペリーという人物を早急に洗い出したい。

比留間管理官は供述調書を捲りながら、呆れてため息をつく。

「珍しい容疑者だな、警察や刑事に対する警戒心が全くない」

いまは小山に「ペリーの連絡先を教えろ」とどやされ、取調室でわめいている。

「黒船の電話番号は吐いたか」

黒船とはペリーのことだ。

「ペリーさんは命綱だから教えることはできない、この一点張りです」

名義貸しのあっせんをしている男が命綱か。社会人としてネジが一本足りない彼にとってのセーフティネットは、ペリーが紹介するわりのいい仕事だけなのだろう。あの性格では組織で働くことは難しい。若くて健康なので生活保護などは門前払いだろう。

萩野が過去逮捕されたときの供述調書は段ボール一箱分あった。

「ぱらっと目を通しましたが、やはりペリーについてゲロった例はないですね」

誰から受け子の仕事をあっせんされたのかについては、「SNSで見つけた闇バイト」と供述をしていた。三回目の逮捕でようやく仲介者の存在をちらつかせたが、ペリーとは言っていない。

「不法投棄の捜査に対しては警戒心がないようだが、不法投棄グループはよくこんなのを名義人にしようと思ったもんだな」

「捜査をかく乱するためとはいえ、十四人集めるのは大変なことです。ああいうのが交ざるのは仕方がないことでしょう」

どうやってペリーを突き止めるか。萩野のスマホは逮捕時に押収している。奈良はアドレス帳一覧をプリントアウトしたものを見た。比留間がのぞきこむ。

「ペリーという名前での登録はない」

「慎重に連絡を取り合っているはずです。全くの別名義で登録しているはずですよ」

アドレス帳は九割が女だった。いかにも源氏名のような名前が多い。

「あいつ、意外に遊んでいますね」

「各携帯電話会社に開示請求を出すしかないか」

「下手にしらみつぶしにあたると察して地下に潜りますよ。逃げられたらせっかくの糸が途切れます」

いまペリーは、不法投棄グループとつながる一本の細い糸のようなものだ。比留間が顔を上げた。

「小山に伝えろ。もっと萩野を絞れ」

「それを小山に言って大丈夫ですか。あいつ、手が出ますよ」

「なにかあれば私が責任を取る」

比留間の男気は嬉しいが、どうしたものか。考えながら奈良は捜査本部を出て取調室に向かう。ジャケットをはおったとき、猫に引っ掻かれた傷が痛んだ。奈良は思い立ち、引き返す。受話器を上げ、萩野が住んでいるアパートの大家の番号を押す。


奈良は取調室に入った。小山は萩野を怒鳴り散らし、机を叩いて威嚇しているところだった。萩野は迷惑そうに小山を見ていた。恐れていない。あいつがモラハラだ、こいつもパワハラだとうるさく言うわりに、恐怖心を持たない性格らしい。

奈良は小山を下がらせた。

「ああ、鼓膜が破れるかと思った」

萩野が両耳をさすりながらブツブツ言う。

「怒鳴らなきゃペリーの番号を教えてくれないだろう」

「じゃあ刑事さん、詐欺罪で訴追されて再び服役して出所したあと、僕の面倒を見てくれますか？　楽して稼げる仕事を紹介してくれますか？　まともな人が俺たち前科者に紹介するのは、くさくて汚くて危険でなおかつ薄給な仕事ばっかりでしょう？」

「ところで、幸手市のお前のアパートの大家さんと電話をしてな。しばらくお前は戻らないと話したら、荷物は全部処分してあとで処分費用と家賃を請求すると話していた。猫は保健所に引き取ってもらおうと思う」

萩野の顔色が変わった。

「保健所だけはやめてください、どうかミクを殺処分しないでください！」

「残念だが、大家は一刻も早く部屋をクリーニングしたいそうだ」

「大家さんは猫好きです、きっと預かってくれるはずです」

大家は確かに猫好きらしく、預かると言っていた。奈良は首を振る。

「いや、大家は断っている。保健所行きだ」

どうしても、ペリーを引きずり出してほしいのだ。萩野はパニック状態になった。どうしたらいいのかとわめき、ミクが殺処分されたら生きていけないと顔を真っ赤にして泣く。

「誰かに保護してもらうしかないんでしょうか。でも誰に頼めばいいのか……」

「家族は」

「縁切りされてるのに無理ですよ！」

「じゃ、ペリーさんだな」

「そうだ、ペリーさんだ！」

萩野が手を叩いた。奈良は萩野にスマホを返した。

「一分間だけだぞ。警察に逮捕されていることは言うなよ。ペリーは警戒する」

「確かにそうですね。なんと言おうかな……」

「北海道旅行中に交通事故に遭い、現地で入院しているとでもいえ。全治三か月とか、なんとか」

遠方となればペリーがわざわざお見舞いに来ることもないだろう。萩野は親指を立て、奈良の目の前でペリーに電話をかけた。電話帳に登録はない。萩野は番号を暗記していた。


ペリーは面倒そうだったが、引き受けた。

「また役者をやってくれよ。いいオンナがいるから、婿に入ってよ」

猫を引き取ったら連絡すると言って、ペリーは電話を切った。奈良は小山に逮捕令状請求手続きを取るよう指示し、森川と共に幸手市のアパートに飛んだ。

ペリーがアパートに現れた時点で確保する。逮捕状が間に合えばいいが、なくても任意同行するつもりだった。猫のミクはすでに大家が預かっていた。一階に住む大家を訪ねる。ミクはケージの中で静かに眠っていた。

「ここは賃貸なのに、猫は大丈夫なんですか」

「萩野さんは敷金礼金を二倍払ってくれたので、特別に許可していたんです」

犯人の捕り物になるかもしれないと話すと、大家は途端に厳しい顔になった。万が一の損害が出たときにどこへ請求すればいいのか訊いてくる。猫には優しいが警察には厳しい。

大家を説得し、共に萩野の部屋に入った。整理整頓された部屋だった。ざっと家宅捜索したが、ペリーを始めとする特殊詐欺組織の他、本命である不法投棄グループにつながりそうなものはなかった。

奈良は玄関脇に、大家から借りてきた植木鉢を五つ並べた。森川を室内に待機させ、奈良は表の道路から張り込みをする。


ペリーは二日後に現れた。白の薄汚れたステップワゴンに乗っていた。手に真新しいキャリーバッグを持っている。奈良はすぐさま応援を呼んだ。近隣の幸手警察署が捜査員を出してくれることになっていた。

ペリーは色白というほどではないが、彫りが深い。髪は染めているのか地毛なのかはわからないが、黒髪で襟足を刈り上げ、清潔感がある。吊るしのスーツに使い古したビジネスバッグを肩掛けにしていた。違法な仕事で儲けているような雰囲気はない。ハーフで顔は目立つが、乗っている車は安っぽかった。警察が職務質問しようとは思わないタイプだ。敢えてそういう恰好をしているのだろう。階段を上がっていく。

森川は玄関の内側からペリーを張っている。奈良は建物の裏側、一階のベランダの脇から見張った。ペリーが二階の廊下に消えたのを見て、階段の下に待機する。ドアスコープからペリーを確認している森川が、奈良に無線を入れる。

「植木鉢の下を探っています」

あらかじめ萩野のスマホから、玄関脇の植木鉢の下に鍵がある、とメールを送っている。奈良は階段を途中まで上がり、二階の廊下を確認した。

ペリーが植木鉢をひとつひとつ持ち上げている。舌打ちしていた。鍵が置いていないからだ。

幸手署に一報を入れてから三分。早く来い。サイレンは鳴らすなと言ったから、時間がかかるかもしれない。

白のセダンが敷地に入ってきた。コワモテの男が運転席からアパートを見上げている。助手席にももう一人スーツ姿の男がいる。幸手署の応援だ。

奈良は無線で、森川にゴーサインを出した。階段を上がりきり、廊下を突き進む。ペリーが奈良に気が付いた。すっと目を逸らす。奈良は視線を外さない。

「こんにちは」

声をかけ、奈良は警察手帳を示した。森川が玄関から出てきた。挟みうちにする。ペリーは廊下の手すりに手をかけて、軽々と二階から飛び降りた。

真下には車が停まっている。ペリーは自分の車の屋根に着地した。ボンネットから、長い脚でまたぐように地面に降り立ち、逃走する。

「確保してくれ！」

奈良は叫びながら、自分も手すりを飛び越えた。車の屋根の上になんとか着地したが、ふらついた。武闘派刑事ではないのだ。頭脳派でもないが。ボンネット伝いによろよろと地面に降りた。

ペリーは幸手警察署の刑事たちともみ合っていた。奈良も無我夢中で、ペリーにタックルする。暴れるペリーの胴体を地面に押さえつけた。ペリーの手首にワッパをかける。

やれやれとため息をついた。地面に手をついて立ち上がろうとしたとき、ペリーが奈良の手首にがぶっと嚙みついてきた。

　奈良はペリーを幸手署の捜査車両の後部座席に放り込む。

「見ててくれ」

　捕り物の協力をしてくれた刑事たちに頼んだ。奈良の右手首に歯形がくっきりと残っていた。一部は血が滲んでいる。大家の部屋で洗面所を借りた。

「こんなんばっかだな畜生……」

　ひとり言を言っていると、大家が消毒液やばんそうこうを出してくれた。

「さっきの犯人、ちゃんと予防接種しているといいですね」

　冗談を言いながら、ミクを撫でる。奈良は改めて礼を言い、ばんそうこうを貼りながら大家の部屋を出た。秩父署の捜査本部の比留間に一報を入れる。公務執行妨害での立件について相談した。

「今後の聴取次第ですかね。黙秘か否認なら、こっちも時間稼ぎが必要です」

「そうだな。公妨での逮捕手続きは幸手署で取ってきてくれ」

「了解。秩父署への身柄移送はそのあとで」

　ばんそうこうは歪んでしまった。片手で貼るのは難しい。アパートの駐車場に出た。白のセダンが一台、増えている。スーツ姿の四人の男たちが次々と車から降りた。どうなっているんだと言わんばかりに、奈良に向かってきた。

「幸手署強行犯係です。捕り物はもう終わったんですか？」

　奈良は驚き、最初に到着した白のセダンを見る。捕り物を手伝った刑事の一人は助手席で奈良を睨んでいる。森川は運転席のそばに立って、運転席の刑事に叱られていた。森川が奈良に叫ぶ。

「奈良さん。大変なことになりました！」

ペリーには捜査二課の内偵がついていた。


奈良は県庁第二庁舎の七階にある、埼玉県警本部の刑事部長室で議論していた。もう一時間経っている。

「あれは私が逮捕した。確かに私がワッパをかけたんです！」

デスクに座る刑事部長に訴えた。

「我々の取り押さえがなかったらワッパは難しかった。奈良さん一人では無理だった！」

ペリーの確保を手伝った二人の刑事も主張した。

「そもそも、我々はラブロフ樹理央を一年以上内偵していたんだ」

ペリーの本名だ。

「今日も追尾の一環だった。どうしてか突然逮捕劇が始まったが、ここは援護すべきと思って手伝った。身柄を捜査一課が持っていくなんてもってのほか！　我々の一年に及ぶ内偵を水の泡にするおつもりですか」

奈良が幸手署員と勘違いした捜査員は、捜査二課の特殊詐欺担当の捜査員だった。ペリーことラブロフ樹理央は特殊詐欺グループの番頭、ナンバー2だという。組織を一網打尽にするため、長年泳がせて内偵していたらしい。

現場で解決できる問題ではない。それぞれの課のトップ――捜査一課長と捜査二課長も交えて話し合いをした。決着はつかなかった。双方の課を包括する刑事部長の判断を仰ぐことになった。

最終判断をせねばならない刑事部長は、執務デスクで慌てて捜査資料を読み込んでいる。埼玉県警の刑事部長は代々、キャリア官僚のポストだ。だいたい四十歳前後の警察官僚が一、二年おきにやってくる。現在の刑事部長はまだ三十八歳、森川と同い年だ。

捜査二課の刑事がため息をつく。

「金主まで辿り着けるかと思っていたのに、内部から邪魔が入るとは思いもよりませんでした」

「邪魔とはなんですか。こっちは大規模不法投棄事件で土砂崩れまで起こっている。未だ行方不明者がいるほどの事案なんだぞ！」

奈良は思わず声を荒らげた。捜査二課の刑事は醒めた顔だ。

「ただの不法投棄でしょう」

咎めたのは、刑事部長だった。

「いまの発言は撤回してください。見つかっていない人がいるんです」

捜査二課の刑事は「失礼しました」と刑事部長に頭を下げた。

「不法投棄の件は組織的な犯行のようだが、目撃証言もなければ不法投棄者につながる証拠も全くない。崩落で全てぐちゃぐちゃになってしまった。ペリーだけが組織につながるキーパーソンなんです」

「不法投棄はゴミそのものが証拠になりうる。そこから地道に捜査して不法投棄グループに辿り着けばいいことです」

「不法投棄の量は四百万立米、東京ドーム三・二杯分だ。しかも一部は工業用シュレッダーで断裁処理までされていて、原形をとどめていない」

「ゴミあさりが嫌だからって、我々が一年かけてやっと突き止めた犯人を横取りされては困る」

捜査二課の刑事は刑事部長のデスクに向かい、訴え始める。

「特殊詐欺は毎年のように三百億円近い被害が全国で出ているんです。埼玉県内の被害額は全国ワースト5に入る。ご存じでしょう」

刑事部長が厳しい表情で頷く。

「しかも最近は組織そのものが海外を拠点にするようになって、逮捕できるのは受け子か出し子ばかりです。いま金主の逮捕となれば、芋づる式に海外の拠点を摘発できる。いっきに県内での被害額を抑えてワースト5から脱却できる可能性が高い。埼玉県警の名があがります」

奈良は崩落現場の被害額と比べて反論する。

「不法投棄の量は四百万立米、秩父市や埼玉県が負う処理費用は三百億円です。特殊詐欺の年間被害額と同等のものが、あの不法投棄現場で発生しています。あの場所だけで、この一年間だけで！」

叫んだところで、気が付く。加害者側にしてみれば、三百億円の利益を得たことになる。たったの一年間、あの地域に集中的に不法投棄しただけで、三百億円も儲かったのだ。

特殊詐欺の方は、いまや詐欺組織が全国に数多あり、被害者の奪い合いをしている。ひとつのグループあたりの売り上げはせいぜい年間に一億から十億円程度だろう。

「不法投棄の方が断然、儲かる……」

乗り換えたか。ありうる。名義人に特殊詐欺の元受け子や役者の名前が使われているし、仲介したのは特殊詐欺グループの番頭だったのだ。

黒部春日に不法投棄した犯罪グループは、もともとは特殊詐欺をやっていたのではないか。

特殊詐欺で逮捕歴のある人物の情報を次々にあげていった。すでに釈放された面々を中心に、氏名と現住所がリストアップされた。埼玉県内だけではなく、関東管区内にまで対象を広げた。過去十五年と限定しても、受け子や出し子を中心に五百名近い逮捕者がいた。

この中から、現在、ダンプやユンボを所有または免許を取得した者を絞り込んでいく。準中型・中型・大型自動車免許を取得している者も追加したが、該当はない。

奈良は徹夜で絞り込みをしていた。昼食後、眠気が襲ってきた。コーヒーを淹れようと給湯室に向かう。受付の警察職員がお茶を淹れているところだった。いつも壮真を取り次いでくれる女性だ。

「そういえば、ここ数日、壮真を見てないな」

「一昨日と昨日は来ていたんですよ」

ペリーの件で、奈良は秩父署にいなかった。腕時計を見る。もう十五時を過ぎていた。

「今日は遠慮したのかも」

「今日こそ来ればよかったのに」

夕食後にでも、若月家を訪ねようかと考える。受付の職員が言う。

「昨日来たときに、伝言を預かるよと言ったんですけど、あの子、なんて返してきたと思います？」

僕の遊び相手は他にもいるんで、と話していたらしい。奈良は噴き出してしまった。

「生意気な」

「レスキュー隊の大泉隊長にもかわいがられていますからね」

レスキュー隊は現在、消防と合わせて三十人態勢で、荒川流域の捜索を続けている。人数は減った。捜索打ち切りの命令が出るのは時間の問題だ。あとは毎月の発生日時等に限定して捜索がされる。東日本大震災など、行方不明者の数が多いと毎年行われるが、今回はどうだろう。被害人数は、行方不明者の若月愛子一人だけだ。一、二年のうちに捜索が完全に打ち切られる可能性は少なくない。

過去の災害などでは、行方不明者家族が中心になって人を集め、民間のボランティア組織と連携して捜索を続けることもあった。ボランティアが遺骨や遺留品を発見する例は少なくない。

「近々、ボランティア頼みになるのかな。しかし若月さんのところは仕事が忙しいだろうから、ボランティア組織の結成とか連携とかは難しいだろうな」

受付の職員は微笑む。

「大丈夫ですよ、もう民間は動き出していて、レスキュー隊と一緒に捜索していますから」

「え、そうなんですか」

奈良が土砂崩落事件の捜索ではなく捜査をするようになって、もう二か月だ。捜索現場はかなり体制が変わっているらしかった。奈良は苦笑いする。

「ボランティアの大人たちもメロメロにさせてんだろうな、壮真は」

自分が一番壮真と仲がいいと思っていたので、ちょっと悔しい。

「あの無駄に走るところ、本当にかわいいですよね」

「わかる。出だしだけは必ず走るんだよな、あいつ」

受付の職員もそうそうと大笑いした。小山が厳しい表情で給湯室にやってきた。

「奈良。該当者が出た。出し子で逮捕歴がある。出所して二年後に大型取得、現在ダンプ所持だ」

丹羽直樹（にわなおき）、二十六歳の男性だという。

小山にペリーの聴取を任せ、奈良と森川は丹羽の自宅に向かった。

丹羽は六年前、詐欺電話に引っ掛かった被害者が振り込んだ金を引き出した。銀行の防犯カメラ映像にうつった姿が公開され、母親に連れられて、蕨（わらび）警察署に出頭してきた。

自首してきたことと反省している点を考慮され、不起訴処分になっている。以降の逮捕歴はない。大型ダンプの免許を取ったのは二年前のことだった。免許証の住所は、埼玉県南部の町、蕨市だ。川口市との市境に近い広々とした一軒家だった。

「昔っからの住民、地主ふうだな」

森川がインターホンを押した。女性の明るい声が聞こえてくる。名乗り、事情を話す。絶句するような沈黙のあと、消え入りそうな声で女性は答える。

「お、お待ちください……」

六年前、息子と共に出頭し警察に頭を下げた母親だろうか。玄関の扉が開いた。髪を後ろにまとめた眼鏡姿の女性が、背中を丸めて出てきた。

「中へお願いします、直樹はいま仕事でおりません……」

震える手で門扉を開けた。玄関はきれいに掃除されている。靴箱の上には日光東照宮の三猿の置物が置いてあった。和室の土間にも、猿の置物がある。リビングにあるテレビ台には猿のぬいぐるみが、電話機の横にも、猿のガラス細工が並ぶ。母親がお盆を持って和室に入ってきた。

「息子は申年（さるどし）なんです。つい出先で買ってしまううちに、こんな数になってしまって」

茶菓子をテーブルに出しながら、母親はおずおずと申し出る。

「うちの直樹がまたなにかご迷惑をおかけしたでしょうか」

「現在、直樹さんはなんのお仕事をなさっていますか」

奈良は質問に質問で返した。運送関係であると母親は短く答えた。

「どこの運送会社ですか」

「フリーランスというんでしょうか。どこの会社にも所属しておりません。なにか人脈があるようで、依頼があった荷物をあちこち運んでいるようです」

「なにを運んでいますか」

「ちょっとよくわからないです」

今日もダンプに乗って出かけた。帰宅時間もわからないという。

「帰ったり、帰ってこなかったり……遠くに運搬する場合は、日帰りは無理ですから」

契約書や配送委託の書類などを見たい。

「そのあたりの事務作業も直樹さんお一人でやっているのですか」

奈良の問いに母親はわからないと首を傾げた。

「税務関係はどうでしょうか。担当の税理士は」

「ごめんなさい、直樹に訊かないとわからないです」

「直樹さんの月収はだいたいどれくらいですか」

「わかりません……」

「息子さんの部屋を見せてもらえますか」

母親は震えながら頷き、立ち上がった。猿のチャームがついた二つ折りの携帯電話を出す。

「あの、本人を呼び戻しましょうか」

「帰宅を待ちます」

察知されて逃亡されたらかなわない。

「息子さんには絶対に連絡を取らないでくださいね」

母親は深刻そうに頷いた。廊下から駐車場が見える。軽自動車が一台停まっている。他にも乗用車三台分くらいのスペースがある。

「あそこにダンプを？」

「ええ。庭にあった池を埋めて、ダンプの駐車場にしました。十五トンあるものですから、カーポートもとっぱらって……」

廊下の突き当りが直樹の部屋だ。窓辺にデスク、反対側にベッドが置かれていた。テーブルには灰皿とビールの空き缶、つまみの袋が散乱している。ベッドの上には布団が丸まっていた。デスクの引き出しは学生時代の教科書やプリントばかりだった。母親が言い訳するように息子の不遇を語る。

「高卒で地元の製紙工場の営業部に就職してからは、残業残業で学生時代のものを処分する暇もないほど働かされて、心を病んで一年で退職したんです」

その後は、働いたり休んだり、特殊詐欺の出し子をやったりしてふらついていた。

「ダンプを使っての仕事は順調ですか」

母親は激しく咳き込み始めた。「ちょっと失礼します」と涙目で言って、部屋を出た。鼻をかむ音がする。

しばらく部屋をさらったが、運送関係の書類は一枚もなかった。フリーランスでやっているのなら個人事業主としての届出が必要だ。確定申告をしているべきだが、クローゼットや物入れを探っても書類は見当たらなかった。

奈良はリビングダイニングに戻った。母親はダイニングテーブルに亡霊のように座っていた。目の前に丸めたティッシュが転がる。

「息子さんの帰宅まで待たせてもらいます」

母親はお辞儀をするように、頷いた。

「ご主人はお仕事ですか」

「三年前に他界いたしました」

母親は両手で壊れるほどに強く携帯電話を握りしめていた。奈良は嫌な予感がした。携帯電話を取り上げた。発信履歴を見る。つい一分前に、『直樹』に電話をかけていた。通話時間は五秒だけだったが、充分だ。

母親は「ごめんなさい」と泣き崩れた。

「奈良、なにやってんだお前、甘いんだよ！」

小山が蕨市の丹羽の自宅に来て怒鳴った。

母親が六年前と同じように息子に自首を促すだろうと奈良は信じていた。失態だった。

直樹はダンプで逃走していると見て、県内全域に緊急配備を敷いた。Ｎシステムかオービスに引っ掛かる可能性もある。もう県外に出ているかもしれない。そもそも県内にいたかどうかもわからない。

比留間管理官が関東管区警察局に協力を仰ぎ、一都六県の警察本部に、直樹のダンプのナンバー情報を流した。

母親は犯人隠匿容疑で奈良が現行犯逮捕した。一旦蕨署で取調べをしている。黒部春日の不法投棄事件についても知っているかもしれない。いずれ秩父署に連行し奈良が絞る予定だ。

奈良がワッパをかけたとき、母親はすがりついて、頼んだ。

「直樹は何も知らないはずです。ただ黒部春日に産廃を運んでいるとだけ言っていたんです」

誰かを陥れたり、騙したりしたわけではなく、真面目に仕事をしていただけだと言いたいらしい。

現在、奈良は丹羽家の家宅捜索を行っている。押収物を箱に投げ込みながら、小山に尋ねる。

「ペリーの取調べはどうだ」

「雑談には応じる。父親はスロバキア人だと」

三歳のときに両親が離婚して、父親とは生き別れた。母親はペリーが十歳のときに再婚し、十四歳のときに弟が生まれた。

「その直後に家出。新しい家族の邪魔をしたくなかったと。家族とは縁が切れている」

新しいキャリーバッグを買ってわざわざ猫を迎えに来たところからして、根っからの悪人とは思えない。ワッパをかけられてもなお刑事に嚙みついたことにしろ、芯の強さを感じる。

「特殊詐欺グループの番頭をやるくらいだから、頭もいい。不法投棄については全く知らないと言っている。俺の印象では、信じていいと思う」

有限会社エレファントの代表者として萩野にサインさせたのは、知人に一枚五十万円で頼まれたからだという。その知人というのが不法投棄グループのメンバーか。

「親しい仲だろう。そうじゃないとペリーは子飼いの役者の名義を売ったりしない」

奈良の考えに小山も頷く。

「親しいのなら言わねぇだろうな。ペリーは義理堅いところがありそうだ。特殊詐欺の仲間の話を振ると途端に貝になる。拷問でもしない限り、無理だ」

「金文商事との関係は」

珍しく小山がため息をついた。

「生い立ち、犯歴、どこを見ても秩父や金文商事に関連している様子はない。大輔の名前を出したら、きょとんとしていた。つながりはなさそうだ」


一週間後、丹羽直樹のダンプが、茨城県内で発見された。乗り捨てられていた。直樹の行方はようとしてわからない。

奈良は、犯人隠匿容疑で逮捕した丹羽直樹の母、丹羽頼子(よりこ)、五十二歳の身柄を、秩父警察署に移送した。不法投棄や、直樹が誰から仕事を引き受けていたのかなど、知っていれば教えてほしいと丁重に頼んだ。気が小さそうに見えた母親は、毅然としている。

「直樹を罪に問わないと約束してくれたら、話します」

そんな約束は絶対にできない。

「息子さんには、土砂崩落を引き起こし、一人を巻き込んだ責任がある」

「息子は何も知らなかったんです。指示のままに産廃を運んでいただけで、自分が運んだものがいずれ土砂災害を引き起こすなんて夢にも思わなかったはずです」

夢にも思わなかったというのは通用しない。

「息子さんは産廃の搬送で金儲けをしながら、契約書、委託書、納品書の一切を残していません。産廃を処理するには、マニフェストという書類を残すことが法律で定められていますが、それすら見つからない」

意図的に捨てたか、そもそも作っていなかったかのどちらかだ。

「つまり自分が不法投棄に加担していると理解していた」

「そうかもしれませんが、その場所が崩落するなんてことは夢にも思っていなかったはずです」

その弁解も通じない。

「例えば違法に改造した車が交通事故を起こして誰かを死なせてしまったとして、違法改造したことで人が死ぬとは思いもよらなかったという弁解が通じると思いますか？　危険だから違法になっているんです。不法投棄も、人的被害が及ぶから違法なんです」

母親は息子を守ろうと必死だ。

「直樹はただ夫を亡くして食うのに困っていた母親を、若い自分ががんばって食わせなきゃならないという責任感から――」

「あんなに大きな家に住んでいて食うに困るは苦しい言い訳です。食うに困っていたとしても、違法行為をしていいはずがない。巷にはまっとうな仕事がいくらでもある」

「そのまっとうな仕事に息子はもう就けないんです。出し子として逮捕されたときに名前だけじゃなく、顔写真まで出回ってしまったんですよ！」

出し子は、学校の先輩に誘われて、若気の至りでついやってしまった小さな犯罪なのだと母親は訴える。

「警察が顔写真まで公開するものだから、どこへ面接に行っても息子は過去を責められて仕事にありつけない」

どうすればよかったのかと、今度は泣きつかれる。

「あなたたち警察がすべきは、直樹たちのような末端の逮捕じゃないはず。全てを牛耳る犯罪者がいるはずです。それは野放しにして、トカゲのしっぽ切りにされる下っ端の子たちばっかりをつかまえて、いじめる」

「息子さんをいじめるためにつかまえているんじゃないです。我々はあくまで、息子さんが知る情報から捜査を広げて、首謀者を逮捕することを目的としているんであって――」

取調室がノックなしに開かれた。苛立っていた奈良は思わず凄んで立ち上がった。

「邪魔するなっ」

森川だった。真っ青な顔をしている。悪い知らせだろう。


二時間半以上かけて、茨城県牛久市へ向かった。

平日の午後、アウトレットモールの広々とした駐車場は、半分くらいが車で埋まっていた。西側の一角が立入禁止になっている。茨城県警の警察官が交通整理をする脇で、鑑識課員と思しき人々がカメラや遺留品を片手に、忙しく動き回っている。

奈良は森川を連れ、規制線の立番の警察官に名乗り、身分証を見せた。茨城県警本部の捜査一課の刑事がやってきて、現場まで案内してくれた。

黒のミニバンが停まっている。捜査員がブルーシートを上げ、目隠ししていた。遺体を茨城県警のバンに乗せているのだろう。

巨大な牛久大仏がそびえ立っている。その足元で警察が蟻のように働く。

茨城県警の刑事が、ブルーシートの上に置かれた遺留品を見せてくれた。ボッテガ・ヴェネタのセカンドバッグがある。中にはハンカチとティッシュしか入っていなかった。二つ折りの財布はエルメスだが、所持金は十三円しかなかった。

「遺体を見せてくれますか」

茨城県警の刑事が案内する。

「身元確認をしていて驚きました。埼玉県警さんが手配中の人物だったもんで……」

森川が問う。

「一酸化炭素中毒ということですが」

「ええ。争ったような形跡もないので、司法解剖の必要もないかと。自殺で処理する方向です」

奈良は黒塗りのバンに乗り、運び入れられた死体袋のチャックを下げた。丹羽直樹は険しい表情で亡くなっていた。口がぽかんと開いている。なにか言いたそうだ。

奈良はバンを出た。直樹が運転していたレンタカーのミニバンの中は、アウトレットモールの買い物袋で溢れていた。ハイミセス向けの衣料品や靴、キッチン用品だった。ありったけの現金で、母親にプレゼントを買ったのか。安っぽいポーチもあった。おさるのジョージの絵柄が入っていた。

西の空を見上げる。牛久大仏が慈悲深く地上を見下ろしている。

2

奈良はジャケットを脱いだ。ワイシャツ一枚では寒いくらいの季節になっていたが、そのうち温まるだろう。壮真に一球目を投げる。

「全然来てくれないから、寂しかったんだぞー」

ストレートを投げたつもりが、ボールがすっぽ抜けた。壮真はへそが見えるほどジャンプしたが、ボールは頭上を越えていった。

壮真は文句も言わずひたむきに走っていった。ボールを片手にちんたら戻ってくる。

「おーい、走れよ！」

「変なボール投げるな！」

「ごめんごめん」

壮真がボールを投げ返す。フォームが整っていた。弓なりの軌道でボールが返ってくる。

「うまくなってんじゃん。動画で習ったか」

チームに入れなくても、教える人がいなくても、いまどきは動画サイトで野球指導動画を見ることができる。それを見て鍛錬を積めと言ってあった。

「いや、捜索ボランティアのおっちゃんで、教えてくれる人がいる」

「へえ、そうだったか。その人の方がうまいだろ。おっちゃん、野球はしたことがないし」

「その人もしたことがないから下手だよ」

「そうか。よかった」

「なにがよかったの」

奈良は女性のような高い声を出して、めそめそと泣き真似をする。

「壮真を取られたら寂しいもん」

壮真は体をのけぞらせ、ゲラゲラ笑った。

「もう体調はいいの？」

笑いつつも、壮真はちょっと心配そうな顔をして奈良に訊いた。

「腰はもうずっといいよ」

「そうじゃなくて、昨日会いに来たんだけど」

奈良はボールをキャッチし損ねた。股の間を転がっていったボールを、慌てて追いかける。昨日は昼には茨城から秩父の捜査本部へ戻っていたが、人と会える状態ではなかった。

「受付のお姉さんがね、奈良さんは体調が悪くて休んでいるって」

「そうか、昨日来てたのか。ごめんな」

今日は一時間近くキャッチボールに付き合った。いや、付き合ってもらった。壮真はカンがいいから、気が付いているだろう。


奈良はめげずに丹羽のスマートフォンの解析を進めた。流しや飛ばしと思しき番号も多かったが、身元を確認し聴取をするため、持ち主の情報を出すよう携帯電話会社への開示請求書類を揃える。そのさなか、丹羽直樹の自殺が報道されてしまう。

一般人の自殺は報道はされないものだが、本人が特殊詐欺の受け子で前科があったこと、秩父の土砂崩落を招いた不法投棄事件に関与していた疑いが濃厚だということで、一社がすっぱ抜いてしまった。氏名までは公表されなかったが、居住地と年齢と罪名が出れば、丹羽の仲間たちは気づくだろう。報道を境に、丹羽のスマホに登録されていた番号の半数が不通になった。開示請求で何人かは氏名や住所がわかったが、ヤサに飛んでも空っぽだった。逃亡したのだ。

気が付けば、十月も下旬になっていた。

捜査会議で、特殊詐欺グループを土台にした捜査の中止決定が言い渡された。

「ペリーことラブロフ樹理央の身柄は捜査二課の特殊詐欺の捜査本部に渡した。ペリーが不法投棄の件について情報を漏らすことがあれば、こちらに報告が入る」

隣の森川は肩を落としてうつむいた。小山は腕を組み、憮然としていた。奈良は比留間に尋ねる。

「俺たち、捜査一課は撤退ですか」

絶対、引き下がるつもりはない。だから敢えて尋ねた。

「あと、この捜査本部で強行犯係ができる捜査はなんだ」

行方不明者の鑑取り捜査は意味がない。地取り捜査は全て終わっている。奈良が答えるまでもなく、比留間が言う。

「ナシ割捜査だけだろ」

ナシ割捜査班は、鑑識捜査員が中心になって、不法投棄物の分析をしている。奈良たちに残されたのはゴミだけということだ。比留間が続ける。

「東京ドーム三・二杯分の不法投棄ゴミのうち、シュレッダーダストで粉々にされたり、焼却処理されたものは六割。残りの四割分のゴミが未処理のまま遺棄されている」

東京ドーム約一杯分だという。

「断裁もされていないし焼かれてもいないとはいえ、埋没や覆土で汚れ変形している。容積を減らすために、恐らくはユンボやダンプで土をならしながらゴミを潰したんだろう。ナシ割班は、犯人につながる証拠品がないか、災害発生直後からゴミ山をあさり続けていた」

いまのところ、排出企業の特定に至るものは出ていないそうだ。

「それでも産廃ゴミの種類に傾向は見えてきている」

詳細を語ったのは、比留間の隣に座る石神だった。

「家屋の梁に使われていたものが多数出てきています。続いて屋根瓦や石膏ボードが占める」

森川が首をひねった。

「家屋の解体ゴミ、ですか」

比留間が頷く。テレビ、冷蔵庫、洗濯機などの家電も多く捨てられていたらしい。石神が重々しく言う。

「埼玉県庁の産業廃棄物課も、これらは一般家屋の解体で出るゴミだと断言している」

「ゴミの元の持ち主は個人の可能性が高いってことか」

小山が唸りながら尋ねた。比留間が答える。

「その個人を特定し、どの業者に家屋の解体を依頼したのか。解体業者はどの産廃業者に排出を依頼したのか。それがわかれば、不法投棄グループに辿り着ける。やることはゴミあさりだが。やるか」

「やります」

奈良は即答した。視界の端で森川が嫌な顔をしたのがわかった。小山は奈良に言う。

「意味があるのか、その捜査――」

「他に俺たちができることはない」

「そのゴミがどこに保管されているか、わかって言ってんのか」

金文商事の小野原保管所だ。秩父市北部の荒川沿いにある。

奈良は言い切った。

「俺は撤退しない」


十一月に入った。奈良は小山、森川と共に埼玉県警の作業制服に着替え、長靴を履き軍手をはめる。金文商事の秩父小野原保管所に向かう。広大な河川敷にダンプがずらりと停車している。どのダンプにも『金文商事』の文字が入っていた。

いつここに来ても疑う。警察が撤収する夜間のうちに、金文商事が証拠品を探し出して廃棄しているのではないか。ナシ割班はそんな様子はないと否定している。東京ドーム一杯分のゴミを置く場所が他にないとはいえ、大切なところで金文商事頼みというのがもどかしい。

もし金文商事が不法投棄の真犯人だったら、金文商事の保管所に何か月も放置されたゴミに証拠品としての能力があるのか。金文商事が夜間に個人を特定できそうなものを抜いているかもしれないし、捜査をかく乱するために他の産廃業者のゴミを混入させているかもしれない。

不法投棄の山を前に、ため息を飲み込む。奈良の身長の三倍近くあるガラクタの山がいくつも見える。奈良班はナシ割班長の指示に従い、東側の三番目の山に向かった。

「怪我のないように行こう」

奈良は早速、じゃばらのホースを引っ張り出そうとした。エアコンの室外機のようだ。

「それは後にしましょう。ゴミ山が崩れそうですよ」

森川がスプレー缶を手に取って手押し車の中へ投げた。紐で結束された文庫本の山が落ちている。女性向けの恋愛小説ばかりだった。どれも個人を特定できるものではない。

蓋つきの籠が出てきた。中にキーホルダーのようなものがたくさん入っている。名札でもあればと探ったが、ない。小山はクッキー缶を開けている。貴重品をクッキー缶に保管している人がたまにいるから期待したようだが、手押し車の中に投げ捨てた。

「全部折り紙だ」

デスクの引き出しがある。中から古い携帯電話が出てきた。アンテナが伸びるタイプの、二十年近く前の型だ。奈良は手袋の手でディスプレイを拭った。炭がつく。枠が溶けて歪んでいた。

「一度焼かれているようだが、念のため」

奈良は埼玉県警の文字が入った押収用の段ボール箱の中に、携帯電話を収めた。ガラクタを積んだ手押し車を押す鑑識課員が、声をかけてくる。

「その携帯電話は入れない方がいいです」

小山は丸めた人工芝のようなものを引っ張り出していた。身を起こす。

「なんでだ。携帯電話なら、中のデータを解析すれば一発じゃねえか」

「一度でも焼却された痕があったら難しいです。基盤が溶けてダメになっているんで、復元に数か月かかります。そういう携帯電話が、もう二十台以上見つかっているんですよ」

さっきの携帯電話のデータ復元に取り掛かれるのは、数年後か。鑑識課が抱えるのは不法投棄事案だけではない。埼玉県警の規模では迅速な処理は不可能だ。奈良は携帯電話を手押し車の中に捨てた。

スプリングの飛び出たマットレスを引っ張り出そうとした。まだまだ上に物が積みあがっている。

あきらめた。テレビのリモコン、映画のＤＶＤが入った箱が出てくる。

「エロビデオくらい出てきてくれたら慰めになるのになぁ」

小山がぼやき、「お前はエロアニメの方か」と森川をからかった。小さな車輪がついた骨組みを引っ張り出す。ベビーカーだった。

「製造番号とかから購入者を割り出せるものか？」

ベビーカーを買った経験があるのは小山だけだが、「知らん」とそっけない。

旧型のプリンターが出てきた。製造番号シールが電源コードの脇に貼ってある。

「これはどうでしょう。プリンターってカスタマー登録をしますよね」

森川がプリンターを押収用の段ボール箱の中に入れた。奈良は、灰皿や木彫りの置物、一メートルほどの高さのクリスマスツリーを手押し車に積んだ。もういっぱいだ。

「捨ててくる」

奈良は持ち手をつかみあげて、ガラクタの山へと向かう。すぐ脇で、金文商事のユンボがガラクタをすくいあげ、ダンプの荷台に流し入れていた。耳を切り裂くような金属音がする。栃木県内の金文商事の中間処理施設に運ばれるらしい。

奈良はつい、疑惑の目でユンボの操縦士やダンプの運転手を見てしまう。ユンボの操縦士は手を止めて、「どうも」と帽子のつばを持ち上げた。

ダンプの運転手は、荷積みを待っている間はすることがないのか、足をハンドルの上に投げ出してスマホを見ている。奈良と目が合って、慌ててハンドルから足を下ろす。

金文商事の社員は総じて礼儀正しい。偉そうな態度を取るような社員には、いまのところ遭遇していない。この場所は警察官だらけなので、行儀のいい社員を回しているのだろうか。

奈良はゴミ山に戻った。小山が工具箱を開けていた。個人につながりそうなものがないか確認している。森川は額縁を取り出した。割れたガラスを危険物入れに捨て、中の紙を手に取る。

「賞状です」

『鈴木昭様』とある。日本中に何人いるだろう。表彰したのは袖ケ浦市立の小学校だった。

「袖ケ浦ということは、千葉県か」

「表彰日が昭和三十八年ですね」

奈良は軍手を取り、スマホで該当の小学校を調べてみた。舌打ちする。

「昭和四十九年に廃校になっている」

情報が古すぎる。念のため、段ボール箱の中には入れた。


夕方、戦利品を秩父市役所黒部分庁舎の体育館に持っていく。土砂崩落時は避難場所として使われていたところだ。秩父署の捜査本部には保管場所がない。

捜査員たちがゴミの写真を撮ったり、電話をかけたりしている。各自で持ち主の特定をしなくてはならない。

奈良はプリンターを押収ボックスから出す。製造会社はアメリカに本社がある大手メーカーだ。スマホでカスタマーサポートセンターの電話番号を調べ、かけてみる。音声案内ガイダンスに従い、直通で案内人と話ができる番号を押した。男性の声が軽やかに応答する。

「お電話ありがとうございます。ホームプリント日本法人、カスタマーサポートセンター、担当、フーでございます」

海外のカスタマーサポートセンターにつながったようだ。奈良はゆっくり話した。

「私は、埼玉県警の奈良と申しますが……」

「埼玉県警の、奈良様でございますね。お客様登録は、されていますでしょうか」

「いえ、私は顧客ではなくて警察です。プリンターの使用者について調べております」

「ケイサツ……はい。ケイサツですね」

プリンターの型番を伝えた。フーが復唱する。カタカタと音がするので、電話をしながらパソコンになにか入力しているようだ。

「こちらの型番は、現在、カスタマーサポート対象外になっております」

「型番の横に、製造番号が振ってあるのですが、ここから持ち主を割り出したいのです。カスタマー登録などされていたら、そちらで詳細がわかるかと思います。令状を取りますので、担当部署を知りたいのですが」

フーは唸った。

「申し訳ありません。お客様が何をおっしゃっているのか、わかりかねます」

「そちらに日本人スタッフはいますか」

「ここは、海外のカスタマーサポートセンターにかかっています。日本人はおりません」

「警察の捜査です。ホームページを見たのですが、日本法人の電話番号がありません。本社の人間と話ができる番号を知りませんか？」

「わたくしからは、別の部署の番号をご案内できかねます。わたくしが全力でお客様のお困りごとをサポートいたしますので、もう一度、プリンタートラブルについて、お話ししてくださいますか」

奈良は簡素な言葉を選び、ゆっくり事情を話した。フーはようやく事情を呑み込んだ。

「上司に相談しますので、お待ちくださいませ」

十分以上待たされた。小山と森川はとっくに確認を終えていた。全部ダメだったようで、冴えない顔で奈良の電話が終わるのを待っている。フーが電話口に戻って来た。

「もしもし、奈良県警様。大変お待たせいたしました」

「埼玉県警の奈良です」

「日本法人の担当部署と話をしました。日本法人法務課庶務係の、ヤマグチが担当いたします」

フーが言う電話番号を奈良はメモした。電話を切ろうとしたら、「お待ちください」と止められる。

「この後、カスタマーサポートセンターの評価にご協力をいただけますか」

「あいにくそんな時間は……」

「わたくしの日本語は、わかりやすかったでしょうか。わたくしのご案内に、不備はなかったでしょうか。お電話のあと、プッシュボタンで五段階評価がつけられますので、よろしくお願いいたします」

奈良県警と間違えたので、ひとつ星を減らして評価は四とした。フーに案内された番号にかけ直す。すでにヤマグチという男性の担当者に話が回っていた。本人が電話に出る。

「お伺いしております型番と個別番号を確認したのですが、すでにこちらの型番の製造を十年前に終了しております。カスタマー登録につきましても情報はこちらに残っておりません」


今日も不法投棄物を調べる。

捜査本部の隣室で長靴の中につなぎの裾を詰め込む。隣のスペースでは、レスキュー隊の二十人が出動準備をしていた。ゴミあさりを始めてから、ここでよく顔を合わせる。

「おはようございます。捜索の方はどうですか」

長デスクに身をかがめて書類を書いていた大泉隊長が答える。

「今日からダム湖の捜索です」

隊員が、緑色の塗装がされた搬送車両を駐車場内に誘導している。車両には萎んだゴムボートが積んであった。隊員たちが下ろす。これからコンプレッサーで空気を入れて膨らませるのだろう。何人かはウェットスーツを出していた。レスキュー隊の中には潜水士もいる。冬に差し掛かった山間部のダム湖での潜水捜索は、厳しいものになるだろう。ゴミあさりが大変だなんて甘ったれたことは言えない。奈良は頭を下げて立ち去ろうとした。

「あ、奈良さん」

大泉が呼び止めた。

「最近、がんばっているみたいですね」

ボールを投げるふりをした。なんのことかわからず、首を傾げる。

「壮真君、すっかり野球がうまくなって」

「最近はナシ割捜査が忙しくて、全然会えていないんですよ」

不法投棄物の捜査を始めた当初、奈良は泥まみれになって秩父署に戻ったことがあった。保管場所で滑り、腰も痛くてまっすぐ立てず、よたよたと歩いていた。壮真は悲愴な表情をしていたが、奈良と目が合うと表情を変えた。

「くっせー。大きいばあばみたいだ」

幼稚園のころに亡くなった曽祖母のことらしい。寝たきりでオムツをしており、愛子が介護をしていたという。壮真はキャッチボールのおねだりはせず、奈良を散々からかって、帰ってしまった。壮真なりに気を遣っていたはずだ。一か月くらい前のことだ。以降、壮真は一度も秩父署には顔を出していない。大泉は意外そうな顔をする。

「そうでしたか。奈良さんと一番仲良くしているように見えたので、てっきり、奈良さんが教えているのかと思っていました」

「俺はもともと野球ができませんよ」

「こないだ見かけたときは、リュックにバットとグローブを引っ掛けてましたよ」

野球を習い始めたのかもしれない。そうなら学校帰りに秩父署に寄ることもできないだろう。壮真が元気にしているのであれば嬉しい。

生活経済課の刑事がガレージに顔を出した。

「奈良さん、本部から電話が入ってますよ」

大泉に目礼し、一旦庁舎に戻った。捜査本部の電話を取る。相手はペリーの身柄を巡って争った捜査二課の刑事だった。刑事部長室で主張し合った日が、懐かしい。あのときはまだ、丹羽直樹は生きていた。

「ペリーを絞っている最中なのですが、奈良さんと話がしたいと言っておりまして」

着替える時間も惜しい。奈良はつなぎ姿のまま、覆面パトカーを飛ばして、県警本部へ向かった。

取調室に入ると、ペリーは変な目で奈良を見た。

「違う人が来たのかと思いました。もっと大柄な人だった記憶があったので」

つなぎ姿は小柄な奈良をさらに小さく見せるらしい。

「話したいこととはなんだ」

幸手市での捕り物から二か月近く経っている。

「関係者が自殺したと聞きました。本当ですか」

ペリーは言い訳する。

「拘置所にいるとスマホを使えません。人とも連絡が取れないし……」

「新聞は読めるだろう」

多少の検閲はある。ペリーが首を横に振った。

「あんな、難しい日本語がみっしりのでかい紙を読もうと思いません」

刑事が話をするまで知らなかったようだ。

「自殺は本当だ。俺が追っていたのは丹羽直樹という元出し子だった。知っているか」

ペリーは首を横に振った。ひとつ、咳払いをする。

「特殊詐欺グループはいろんなのがいます。暴走族あがりとか暴力団がバックについているとか。半グレも。群雄割拠っていうんですか。顧客の奪い合いや、名簿の高騰もあって、脱落するグループも多いんです」

「知っている。それで、用件は」

ペリーは意を決したようにまっすぐ奈良を見据える。

「ダツ――」

唐突に言った。何を意味する言葉なのか。奈良はペリーの次の言葉を待った。

「そういう新しい組織があるっていうのは、耳にしたことがあります」

「ダツというグループなのか？」

「個人名なのか、グループ名なのかはわかりません。ただ、特殊詐欺は参入グループが増えすぎて、顧客の奪い合いが熾烈になってきています。ようは、需要が多すぎて供給がないというか……」

詐欺被害者を『供給』と表現する理屈はわかる。

「次の儲け口を見つけて稼いでいるのがいるとは聞いたことがあります。ダツと呼ばれています」

「次の儲け口というのは、不法投棄のことか」

よくは知らない、とペリーは首を傾げた。

「受け子や出し子は逮捕が続いて実刑までいってしまうと、特殊詐欺の現場では使えなくなります。養子縁組や偽装結婚のしすぎで名義を売れなくなった役者とかもそうです」

特殊詐欺が始まってもう二十年近く――あぶれて食えなくなる輩が増えているらしい。

「でも就職口なんかあるわけない。もうなんでもいいからやらせてくれっていうのが出てくる」

丹羽直樹もその一人か。

「そういうやつらが最後に頼るのが『ダツ』。そんなふうに業界では言われています」

ダツとは何の略だろう。脱法の『脱』や奪取の『奪』などが頭に浮かんだ。

「ダツに連絡すると、まずは大型とかユンボの免許を取らされると聞いています」

丹羽直樹を雇っていたグループの輪郭がぼんやりと見えてくるようだ。奈良はペリーの証言に手に汗握っていた。

「そういう免許を取らされるのなら、まあやるのは不法投棄しかないよなというのが内輪で言われていたことです。俺らが掛け子や受け子に発破かけるときに、〝ダツに落ちるぞ〟みたいに言うこともありました。ダツに落ちたら苦役の毎日だぞとか。そんなふうな言い方で使っていました」

特殊詐欺は話術と頭脳と組織力がモノを言う。犯罪者にとってはホワイトカラーのような位置づけか。不法投棄は肉体労働だ。産廃を扱うのは危険で汚いし、くさい。だから〝落ちる〟という言葉を使うのだろう。

「ダツの連絡先を知らないか？」

ペリーは指を動かすそぶりをした。奈良がメモとペンを差し出すと、携帯電話の番号を記した。

「ダツとの間を取り持てると噂のやつです。別の特殊詐欺グループの受け子のリーダーもやっています」

「ペーパーカンパニーの名義人に萩野を差し出しただろ。その相手は教えてくれないのか」

「世話になった人です。彼のことは教えられません」

「ダツの仲介者はチクっていいのか？」

この番号は本物なのか。ペリーに嵌められているような気もするのだ。ペリーは笑った。

「そいつは受け子のリーダーもやっているって言ったでしょう。競合他社ですよ。娑婆に出たときに一社でも減っていてほしいものです。僕は不法投棄なんぞやりたくないんで」

奈良は急いで秩父署に戻った。電話番号のメモを比留間管理官に渡す。

「不法投棄グループのリクルート窓口になっている人物の番号です！」

比留間は険しい表情だ。メモを手にしても変わらない。

「もちろん、正面突破しようとしたら逃げられる。萩野を使いましょう」

萩野にこの番号へ電話をさせて、接触を図らせるのだ。

「囮捜査は認められていない」

「他に突破口はありません。情報提供者として登録し、動かせばいいのでは？」

情報提供者を育成し、対象組織から情報を取るやり方は、警備部公安課や、組織犯罪対策部がよくやる。囮捜査と違い、違法捜査ではない。

「それで今度は萩野俊一を殺す気か？」

奈良は言葉に詰まった。

「お前は丹羽直樹の件でやらかした失態を全く理解していなかったようだな」

比留間はメモを懐に入れた。

「携帯電話会社に令状を取って契約者情報だけは取っておく」

そもそもペリーが本当のことを言っているのか、比留間は疑っていた。

「高齢者が一生かけて貯めた金を血も涙もなく奪っていくようなやつだぞ。失態を重ねる警察に同情して情報を出したというのか？　まあ信じてしまうお前の気持ちもわかる」

肩を叩かれた。

「よほどゴミあさりが嫌なんだろうな。プライドが傷つくか」

比留間とは様々な事件を共にしてきた。奈良に対してここまで刺々しいのは初めてだった。

十二月二日、奈良班は今日も森川の運転で、金文商事の小野原保管所に向かった。彩甲斐街道に入ったところで、渋滞に巻き込まれた。

「事故でもあったか？」

朝夕、秩父市の中心地は渋滞するが、今日は特にひどい。歩道も人が溢れている。『秩父夜祭』の幟旗がずらりと並んでいた。

「今日から祭りか」

日が落ちてから始まるが、既に観光客が秩父に詰めかけているようだった。協賛企業の幟旗も見えた。『金文商事』の文字が目に入る。

不法投棄ゴミを相手にした不毛な捜査を一か月もしている。金文商事と金木大輔を徹底的に洗いたい。金木大輔の自宅をあされば、ペーパーカンパニーを作った際の書類が一部でも出てこないか。ペリーが言う『ダツ』を、萩野を囮に使って呼び出せば、金木大輔が現れるのではないか。金木大輔のスマホを押収すれば、丹羽直樹とのやり取りが出てくるのではないか。

窓の外のにぎわいに目をやる。夜になれば豪華絢爛な山車が曳きまわされるだろう。祭りを見たいと言い出す者はいなかった。

今日もテレビや冷蔵庫などが見つかったが、家電の類はすでに販売から時間が経っていて、カスタマー登録情報が製造元に残っていないものばかりだ。不法投棄グループは、新しいものはリサイクルショップなどに売り払っていたのかもしれない。

奈良と小山で泥まみれのサイドボードを引っ張り出した。引き出しの中に書類が大量に残っていた。NTTからの請求書だった。電話代を滞納していたようだ。顧客名は『高橋康雄』とある。小さな引き出しを次々と開けていく。本人の免許証が出てきた。

「ようやくだな。これなら正確に個人を特定できる」

すでに有効期限を過ぎているが、この高橋という人物が突破口になるか。早く免許証照会をしたい。はやる気持ちを抑え、ゴミ山を仕分けていく。

「おいおい……節操がねぇな」

小山が横倒しの仏壇を見つけた。側面が潰れていた。扉も片方だけ取れている。三人がかりで引っ張り出す。おりんやろうそくたて、観音像が片隅に寄り集まっている。奈良は軍手をした指で観音像の顔を拭いた。

「罰当たりな。仏壇を丸ごと捨てるとは」

「仏壇ごと空き家を破壊したのかもしれませんね」

森川がおりんやろうそくたてを手押し車に積み上げる。

「家屋の中の物を全部捨てるとしたら、全てを運び出して処分費用を払うと手間暇がかかります。家ごと解体して全部産廃ゴミとして排出した方が、金は多少かかったとしても簡単ですし、短時間で済みますからね」

「世知辛い世の中だな。俺も死んだら、住んでいるところごとぶっ潰されるのかなぁ……」

小山は妻子が出ていった一軒家に一人で住んでいた。いまでもローンを払っている。

「遺影まであるぞ」

奈良は割れたガラスを取り除いた。手押し車に置こうとして、考える。

「もし運転免許を持っていたら、顔認証から身元を割り出せるかな」

「どうだろうな。免許がずっと前に失効しているかもしれんし。遺影は顔を加工することもあるだろうしな」

奈良は念のため、遺影の写真を押収ボックスに入れた。

「祭りの日だ。秩父神社や黒部山の神様がおりてきているから、きっといいことがある」

小山は仏壇の引き出しを唸りながら引っこ抜いた。潰れているので引き出しも歪んでいる。中から出てきたのはろうそくと経本、数珠だった。

「これは位牌でしょうかね」

森川は金文字の漢字が彫られた黒い木札のようなものを、ぽいと手押し車へ放り投げた。奈良は慌ててキャッチする。

「すみません。罰当たりでしたか」

「いや、位牌なら戒名が書いてあるだろ」

潰されたせいか、位牌の台座がすっぽりと抜けて紛失していた。ところどころ黒い塗装が剝がれている。金の縁取りも黒ずんでいた。金文字も剝げかかっているが、なんとか読める。『正徳院太郎日灯居士位』と彫られていた。

「戒名は個人によって違うんだよな」

あの世での氏名と言われている。俗名、つまり氏名は、裏側に彫られているものだ。だが裏側はただの板面だった。割れてしまったらしい。周囲を探ったが、位牌の背面を見つけることはできなかった。奈良は位牌の一部を押収ボックスに入れようとした。森川が首を横に振る。

「戒名から個人を探り当てるなんて無理ですよ。お寺を手当たり次第にあたることになりませんか」

小山は両親の葬式を経験しているので、詳しい。

「いや、位牌は葬儀屋が仏具メーカーに依頼して作る。県内の仏具メーカーと葬儀屋に聞きまくればわかるかもしれんぞ」

夕刻、秩父市役所黒部分庁舎の体育館で、確認作業をする。小山が高橋康雄の免許証情報を照会センターで確認した。自動失効している。

「遺族が返納には来ていないようだな」

住所は神奈川県小田原市になっていた。市役所に問い合わせて、住民票や戸籍から家族関係を調べたいが、小田原は遠すぎる。もう十七時を過ぎて閉庁時間だ。明日の仕事だ。小山は上機嫌になる。

「小田原か。いいじゃないか。ずっと山奥にいたから海を拝みたいもんだよ」

森川は位牌片手に黙々と葬儀屋に電話をかけていた。ため息まじりに通話を終える。

「葬儀屋から探るのは厳しそうですね。位牌作製の依頼書、つまり請求書の控えは過去五年分あるそうですが、請求書そのものに戒名は書かないらしいです」

位牌に直接彫る仏具店なら戒名が残っているのか。奈良はスマホで県内の仏具メーカーを検索した。

「ざっと三百軒ある」

「寺を巡った方が早いんじゃないか。院号と道号のあとに、『日』という字が入っている。日蓮宗の戒名だろ」

小山の提案に、森川がすぐさまスマホで埼玉県内の日蓮宗について調べた。

「埼玉県内の寺の数は二千を超えますが、日蓮宗だけとなるとぐっと絞られますね」

九十四か所だという。


翌日は聞き込みにあてた。まずは免許証が見つかった高橋康雄の素性を確かめる。比留間から交通費のことをちくりと言われたので、小山が一人で小田原まで行くことになった。

「俺が一発逆転してくるからよ、のんびりお寺巡りしてな」

奈良と森川の二人で、秩父市内の日蓮宗の寺を回る。どの寺も寺務所が故人と戒名、依頼者である喪主の住所氏名を控えていた。戒名をつける僧侶が通夜や葬式でお経をあげるし、その後も四十九日、一周忌、三回忌と法要を執り行うことが多い。誰の戒名か、忘れることはないようだ。

近隣の小鹿野町、皆野町、長瀞町の日蓮宗の寺も一日かけて回った。ヒットはない。

「こんなものはローラー作戦を敷いて管内に捜査員が散らばれば数日で判明するのにな」

奈良はぼやいた。比留間はこの線から個人の特定は望みが薄いと見て、捜査員を配置してくれなかった。

夕食を取ろうと、長瀞町の定食屋に入った。長瀞ライン下りの乗船口を見下ろせる。土砂崩落の直後はゴミだらけで茶色く濁っていた。荒川の急流は元の美しい姿を取り戻している。かっぽう着姿の女性が水のおかわりを汲みながら尋ねてくる。

「お客さんたちは、秩父夜祭に行かないの？」

今日は祭りの二日目だ。市内はにぎわっているだろう。スーツ姿の男二人が現れ、奇妙に思っているに違いない。

「こんなところになんのお仕事？　観光会社かなにかの人？」

森川とそろって曖昧に笑う。

「秩父夜祭の時期は、長瀞の方まで観光客が押し寄せてくるから昼はめっぽう混むんだけど、夜になるとみんな秩父に殺到するでしょ。途端にがらあきになるの。で、観光業界の人？」

素知らぬ顔をしていると女性店員は「そんなわけないか」と首をすくめる。

「観光業界の人が秩父夜祭を見学しないはずないもんねー。スーツなんか着ちゃって、なにしに来たの？　役場の人？」

よせばいいのに、森川が公務員であることをほのめかした。かっぽう着の女性が手を叩く。

「わかった。刑事ね。黒部春日の件、どうなってるの」

この界隈で刑事がうろつけば、土砂崩落事件の関連と思うようだ。森川が尋ねる。

「奥さんがご存じのこととか、ありますか。この界隈にも産廃を積んだダンプが来るとか……」

「このあたりは観光で食っているのが殆どだから、不法投棄なんかあったら町中の男たちが総出でボコボコにするわよ。自治会長とか柔道三段のコワモテだからね」

女性は簡単に片付けた。

「でもあれって捜査しても無駄なんじゃないの。米軍が関わっているって話よ」

奈良は水を噴きそうになった。

「黒部春日の土地は金文商事が撤退したあと、在日米軍がドローン兵器の研究をやるために買い取ったとか。ほら、所沢の米軍基地は通信所でしょ？　その関係で」

陰謀論か。奈良は言い返す。

「我々が調べたときは、ペーパーカンパニーの所有になっていましたが」

「だからそれは、米軍が秘密の研究のために、日本政府に要請して表向きそうしたらしいって」

早く天ざるが来てくれないか奈良は厨房に目をやった。森川が真面目に反論している。

「ドローン兵器開発なら、山奥でやるのは現実的ではないですよ。木の枝に引っ掛かっちゃいます」

「だから、黒部春日地区の地下深くに巨大な地下要塞を作る予定だったのよ。けれど工事の最中に、水抜き施設が壊れた関係で、あの大雨で土砂災害を引き起こしちゃったって聞いたわ」

「東京ドーム三・二杯分の不法投棄物はどこから来たというんです？」

奈良はつい質問した。不法投棄物から必死に寺を回っていることをバカにされているような気になってしまったのだ。

「日本政府が米国に要請されて、こじつけのために、金文商事が一時保管所に引き受けていた産廃を交ぜ込んだって話よ」

「なぜ金文商事が出てくるんです」

「だってあの産廃業者は昔から政府筋と仲がよかったでしょう。町長や県知事とも親密だったから最終処分場計画が認可されたんだし」

十六年前の村治殺害事件にも話が及ぶ。

「警察が逮捕できなかったのも、当時の総理大臣が埼玉県警に圧力をかけたからなのよ。あなたがた、警察にいるのに知らないの？」

もう何も言うまい。揚げたての天ぷらはうまかった。サクサクの衣の食感に集中していると、森川が呟く。

「陰謀論と言えば、ずっと気になってたことがあるんすよ。十六年前の事件の被害者――」

食堂には他に客はいないが、森川はさらに声を潜めた。

「武蔵国際大学の出身なんですよね」

村治だけでなく、平沼和正もだ。二人は武蔵国際大学出身で、同じサークルだった。平沼が村治を運動に引っ張り込んだのだ。

「今回の土砂崩落時に武蔵国際大学の陸上部の学生さんたちが大勢宿泊していたでしょ」

「偶然だろ」

武蔵国際大学は都心の玄関口、池袋にある中堅どころのマンモス校だ。卒業生は累計で百万人に迫る。武蔵国際大学に進学する埼玉県民は多い。研修や合宿などで場所を押さえるとき、埼玉県民にはなじみの秩父アミューズメントパークを使うだろう。

「僕もそう思いますけど、こんな動画を見つけちゃって」

都市伝説ユーチューバーとかいう人物のチャンネルだった。黒部春日の土砂崩落は武蔵国際大学の学生を狙ったという趣旨の話を訳知り顔でしている。

〝武蔵国際大学はＵＦＯに関する研究が盛んなんです。十六年前に殺害されたＭさんは、その秘密を暴露しようとして、殺害されたという見方ができるんですね〟

奈良は森川に訊く。

「武蔵国際大学は本当にＵＦＯの研究なんかしているのか？」

「航空学科があるんですよ。ＵＦＯの研究をしているのかどうかまでは知りません。捜査してみます？」

「するか、バカ。令状が出ると思ってんのか」

動画の中の男は真剣な表情で話している。

〝武蔵国際大学陸上部は、高地訓練中にＵＦＯ関連の研究の秘密を知ってしまったのです。そして、宇宙人が最新鋭技術で円盤から土地をレーザー光線で切り取り、土砂崩落を引き起こさせたのですが、谷間の地形までは読めず、巻き込まれたのは全く無関係の掃除のおばあさんで――〟

壮真がこれを見たらどう思うかと考えた。


秩父警察署に戻った。小田原に行った小山も帰っていた。土産にかまぼこを渡してくる。

「高橋康雄は三年前に孤独死。親族はなく、空き家の処理は地域の民生委員が行ったらしい。だがその民生委員も高齢で、二年前に急死している」

高橋康雄の自宅の解体を誰に頼み、どこが引き受け、費用はどうしたかなど、なにもわからなかったという。

「民生委員をやっていた人物も小田原市で独り身、一人娘は横須賀のバーで知り合った米兵と恋に落ちて、バージニア州にあるノーフォーク海軍基地で暮らしているとさ。さあ、次は誰が聴取に行く？今度は海を眺めるだけじゃなく海を渡るぞ。バージニア州とやらはどこにあるんだ」

犯人でもない人物を追うために海外まで行けるわけがない。奈良もため息をつく。

「長瀞で、今回の不法投棄土砂崩落事件が米軍の仕業だという話を聞いたばかりだ。世間はこの二つをどう結び付けて新たなる陰謀論を作り上げて楽しむんだろうな」

奈良は思わずデスクに拳を振り下ろした。ざわついていた捜査本部が、静まり返る。

「失礼――」

奈良は意味もなく、ネクタイを直した。十八時には仕事を切り上げた。コンビニ弁当で夕食を済ませ、バスに乗り、若月家を訪ねた。チャイムを押すと、雅也が驚いた顔で扉を開ける。

「刑事さん。もしかして母が見つかったんですか」

余計な期待を持たせてしまった。

「すみません、そうではなく……。最近、壮真君が遊びに来なくなったので、元気かなと」

雅也はどうしてか、クスクスと笑い出した。

「壮真、もう寝ちゃいました。今日も野球の練習でこってり絞られたみたいで」

どうぞ、と促された。板敷きの廊下は冷たく、土壁が剥がれて廊下の隅に落ちている。和室へと続く襖(ふすま)を、雅也が少しだけ開ける。畳の上に敷いた布団の上で、壮真が鼻まですっぽり布団をかぶり、寝息を立てていた。普段はやんちゃなのに、寝姿はこぢんまりしていて、なんともかわいらしい。

ダイニングテーブルに促された。

「飲みますか」

冷蔵庫に缶ビールは一本しかなかった。

「すみません、ここへ来るまでに買ってくればよかったですね」

「気にしないでください。実は刑事さんに少し相談というか、愚痴というか、訊いてほしいことがあったんすよ。でも忙しそうだったから」

「なんでも言ってください。いつでも来てもらっていいんですよ」

奈良が前のめりに言うと、雅也は不思議そうに少し首を傾げた。

「俺、中坊のときちょっとグレてたって言ったじゃないですか。警察にも何度かお世話になりましたけど、ろくなのいなかったっすよ。威圧的で、上から目線で」

警察官の非礼を謝罪した。雅也はまた笑う。

「俺ら不良も、とりあえず警察は敵みたいな態度で挑んでいくから悪いんですよ。奈良さん、珍しいタイプの刑事さんですね」

「いやいや、若いころは威圧的だったところもあったかもしれません」

金木大輔を空港で押し倒し、手錠をかけようとした日のことを思い出した。雅也と一本の缶ビールを分け合い、乾杯する。相談ごととはなにか、尋ねる。

「実は母の自宅アパートのことなんです」

若月愛子は秩父市内の賃貸アパートで独り暮らしをしていた。質素で、孫への愛に溢れていた部屋を思い出す。

「まだ遺体が見つからなくて、引き払うべきか、判断が難しいです。母のケータイもなかなか解約する気になれなくて、やっとこの間、手続きをしました。水道や電気、ガスは止めましたけど」

「アパートの解約は？」

雅也は首を横に振った。

「もう亡くなっているってことはわかっているんですけど、部屋だけは解約できなくって。東日本大震災でも、そういう方がたくさんいるということをネットニュースで見ました。みんな五年とか十年の節目で、死亡届を出してるんですよね」

でも、と雅也はため息をつく。

「この先五年、十年と家賃等々を払い続ける余裕もないし。今月はちょうど更新月だったこともあって、倍ですよ。うちの家賃も含めると十五万円の出費。痛いです」

奈良は椅子を引き、頭を下げた。

「捜索活動がうまくいかず、本当に申し訳ありません」

「いやいや奈良さんのせいじゃないし、そもそも警察のせいじゃないですから」

奈良は拳を強く握る。黒部春日に不法投棄した犯人への怒りを新たにする。アパートはいますぐ解約すべきと思った。毎月かかるその金で、壮真のためにどれだけのことをしてあげられるか。愛子もきっと解約を望んでいる。言葉を選んで意見しようとして、雅也が「そうだ」と笑い、立ち上がった。

唇に人差し指を当て、抜き足差し足で、襖をそうっと開ける。豆電球だけの和室に居間の明かりがさし込み、壮真の寝顔を照らす。うつ伏せで顔が半分枕に埋もれているからか、まぶしがる様子もなく熟睡している。雅也は壮真の体をまたぐと、肩を震わせて笑いをこらえ、足元の布団を捲った。

壮真の棒のような足が見えた。アンパンマンの半ズボンを穿いている。お尻の形がくっきりとわかる。ぱつんぱつんだ。サイズがかなり小さいようだ。

「コイツが四歳のときに穿いてたンすよ。最近また穿き出して」

雅也は布団を捲ったまま、ダイニングテーブルに戻ってきた。

「アンパンマンのズボンを穿いて寝てることは誰にも言うなよって、厳しく俺に言うんすよ」

雅也は必死に笑いをこらえながら、説明する。

「最近の子はね、アンパンマンは幼稚園年少で卒業、年中、年長は戦隊モノか仮面ライダーってのが定番だったんすよ。小学校入ったらゲームですね。ニンテンドースイッチ」

「なぜ小三でもアンパンマンを？」

「このズボン、ケツんところに黒い糸でバツ印がつけてあるの、見えます？」

ズボンは擦り切れていた。サイズも小さすぎて、アンパンマンのまん丸の顔やほっぺが楕円形になっている。確かに、尻の上の方に黒い小さなバツ印が縫い付けてあった。

「それ、母が縫ったんですよ。ズボンの前と後ろを間違えないための印ですね。タグがなかったんでしょう」

ベビー服にも、タグがないものが多いらしい。

「母が行方不明になってから、突然思い出したように壮真がタンスから引っ張り出してきたんです」

奈良は枕元にしゃがみ、ぐっすり寝ている壮真の頰をそっと撫でた。思っていた以上に柔らかい。いまにも崩れてなくなってしまいそうなほど、ふわりとしている。

「遺影を作るような気持ちにはなれないし、偲（しの）べるような母の写真も、全く見当たらなくて」

母親の写真を全く撮っていなかったらしい。

「そういや、俺は昔から撮られるばかりでした。壮真が生まれてからは、俺は壮真ばっかり撮ってた。おふくろもですよ。自分は絶対うつらないんですよ。あの世代の女性って。自撮りとかもしないし」

ばあばの写真が一枚もない、と壮真が癇癪を起こした夜もあったようだ。雅也はスマホを出し、地図アプリを開いた。近所のスーパーに面した道路の画像を表示した。通行人はぼかしてあるが、そのうちの一人を表示させた。

「それで最終的に壮真が見つけた母の画像が、コレです」

青と白のボーダーシャツを着ているのがうっすらわかる。髪型も顔もよくわからない画像だったが、確かに母だと雅也は言った。

「Z世代っつうんですかね。すごいっすよね。俺のスマホずーっと使って動画でも見てんのかなと思ったら、ばあばを探してたって言うんです」

奈良は立ち上がった。愛子のアパートの部屋をどうすべきか、奈良が意見するまでもないと悟る。

「コンビニ行って、酒買ってきます。つまみも」

「なにも出せなくて本当にすみません」

雅也がおろおろと冷蔵庫や食器棚を開け始めた。カップラーメンと書類がごちゃ交ぜになっている。書きかけの履歴書が落ちてきた。

「転職なさるんですか」

雅也は恥ずかしそうに履歴書をしまった。

「いやいや、立派な刑事さんに俺の学歴や職歴なんか恥ずかしいっすよ」

「そんなことはないですよ」

「捜索ボランティアに来ている人が会社を経営していて、雇ってもらえることになったんです」

雅也はとても嬉しそうに、「正社員」と付け足した。

「二十年ぶりですよ。ボーナスもあるみたいだし、福利厚生もしっかりしているし、本当にラッキーでした」

「それはよかった。お祝いにもっと飲まなきゃですね」

奈良はコンビニへ行き、缶ビールやチューハイのほか、日本酒の大容量パックも買い物籠に入れて、若月家へ戻った。


翌朝、奈良は比留間の前で四十五度腰を折り、最敬礼した。

「お願いします。どうかもう一度、ご検討いただけないでしょうか」

「顔を上げろよ」

比留間が困った顔で、奈良を見上げる。

「決してナシ割捜査が嫌だと言っているわけではないんです。しかしどう考えても遠回りです。ペリーがしゃべってくれたんですよ。確かに私は丹羽を死なせてしまいましたが、もう一度だけ、チャンスをください」

萩野を使って、ダツという不法投棄グループに近づく。萩野は逮捕歴があって受け子の仕事ができず、名義貸しを始めたがそれも足がついたいま、『ダツに落ちる』のにぴったりの人材ではないか。

比留間は奈良の後ろを見ていた。石神がいるはずだ。立ち上がった。

「奈良、外へ出ろ」

比留間の後を追った。石神は奈良と比留間をうかがうように見ている。

比留間は一階と二階の踊り場までわざわざ降りて、懐から一枚のメモを取り出した。ペリーが書いた電話番号だ。

「石神が欲しがっている」

「あいつだけはダメです」

「どうしてだ」

「石神は金文商事と近すぎます」

「今回の件で金文商事はシロと判明している」

「結論づけたのは石神でしょう。十六年前も――」

比留間はうるさそうに手を振った。

「堂々巡りだな」

「とにかく、『ダツ』につながるかもしれない情報を、石神だけには漏らさないでください。握りつぶされます」

「石神もまた、萩野を情報提供者にする案を出している」

「俺にやらせてください。アイツは俺の班があげたホシです」

「突き止めたのは石神だ」

「ワッパをかけたのは俺です。萩野俊一の身柄はいまどこですか」

「詐欺罪で起訴済みだ。熊谷拘置支所にいる」

居場所を教えてくれた。ゴーサインだ。

萩野は最初、泣いて嫌がった。

「僕がおとりになるってことですか。スパイになってダツの組織に入れってことですよね？」

「そこまで難しいことは期待していない」

奈良は拘置所の取調室で、必死に萩野をなだめる。

「役者の仕事もできなくなってしまった、ペリーから番号を聞いた、儲かる仕事をしたいと電話で言え。それだけでいい」

自分のスマホを出し、奈良は電話番号を入力していく。

「それだけでいいって……そんなの緊張して声が震えちゃいますよ」

「いいからやれ！　年明けには裁判が始まるだろ。俺が弁護側の証人として出廷してやる。不法投棄事件捜査に大いに協力してくれた、情状酌量を、と涙ながらに訴えてやるから」

警察官が弁護側の証人として出る例は少ない。警察が裁いてくれと検察に送検しておいて弁護側に立つのは異例のことだ。大きな情けをかけているのだが、萩野は口をへの字に曲げたままだ。

「情状酌量を取れれば、実刑を免れる。裁判が終わればすぐにミクちゃんのところに帰れるんだぞ」

大家に引き取られたミクのその後を知らないが、適当に言う。

「ミクもお前がいいんだよ。お前の帰りを待っているはずだ。早く出所できるようにしないと、あの高齢の大家のもとじゃ遅かれ早かれ保健所行きだ。殺処分されてもいいのか！」

「そんなん絶対ダメです！」

「よし。かけるぞ」

奈良は発信ボタンを押した。萩野は背筋をピンと伸ばした。

「ちょっと、心の準備が」

「充分だ。いい具合に背筋が伸びている」

はい、と男が呼び出し音なしで電話に出た。萩野は唾を飲み込みながら、奈良を見上げた。もう泣きそうになっている。

「もしもし！　誰！」

電話口の相手はキレかかっている。奈良は萩野の背中をドンと押した。喉に詰まっていたものを吐き出すように、萩野がしゃべり出した。作った甲高い声だった。身元を知られたくないのだろう。

「あ、あの、ペリーさんからこの番号を紹介してもらったんですが」

返事はない。

「お仕事を紹介してくれる、って聞いたんですが……ダツとかいう」

相手は無言のままだ。奈良はメモ用紙にセリフを書いた。

『受け子でも出し子でも役者でも逮捕されて仕事がないんです』

萩野が一字一句間違いなく言った。棒読みだった。感情を込めろと手振りで訴えたら、萩野が電話口で泣き真似を始めた。わざとらしすぎる。相手にバレやしないか、奈良は冷や冷やする。

「君、まず名乗ってよ」

相手の男が迷惑そうに尋ねた。

「本名、ですか」

「なんでもいいけど」

奈良はメモ用紙に名前を書いた。

「タナカワタルです」

警察学校時代の担当教官の名前だ。仲が悪かった。

「ワタル君。君、冷たいのやってる？」

覚せい剤の隠語だ。電話口の男は笑い出した。萩野が棒読みだったり突然泣き出したりしたので、薬物で酩酊状態だと思ったのだろう。まともな説教を始める。

「仕事がないって言うけど、真面目に働けばいいじゃない。介護業界とかタクシー業界とか。人手不足の会社は多いよ」

「介護もタクシーも俺には無理っす」

介護は汚いし、給料少ないし、と萩野は文句を垂れた。

「ダツさんの仕事は汚いよ」

ダツさん──『ダツ』というのは個人のニックネームか。

「でも、羽振りはいいんですよね」

「まあね。タクシーはなんでダメなの。運転は苦手？」

もしかしたらもう面接が始まっているのか。奈良は慌ててメモに書いた。

『車の運転は好きだが、接客が嫌だ』

ダンプやユンボの免許を取得できるのか、確認している気がしたのだ。萩野はまた棒読みで答えた。

相手の男は、そっか、と妙に優しい声になった。奈良はメモを走り書きして、萩野に言わせる。

「なんとかダツさんに会わせてもらえませんかね？」

「一応、本人には伝えとく。ワタル君ね。折り返しはいまかけてる番号でいいのかな」

「もちろんです。ありがとうございます、待ってます！」

電話が終わってしまいそうなので、奈良は引き留めてメモを走り書きした。

「ダツさんはどんな人ですか」

「どんなんって、名前の通り、魚だよ」

男は大笑いした。からかっているのか。

確かに、ダツという魚はいる。鼻先が鋭利に尖った細長い魚だ。食べてもまずいし、群れにあたってしまうとダツの入れ食い状態になるので、釣り人からは嫌われている。鼻先が体に突き刺さり、怪我をする人もいる。

「現場にはカラスもムカデもモグラもいる。ゴジラもな。がんばれよ」

電話は切れた。


十二月二十八日、官公庁の仕事納めの日がやってきた。明日から大多数の公務員は、冬休みだ。捜査本部は順番に休みを取るが、奈良はそんな気になれなかった。

ダツから折り返しの電話はない。

位牌の戒名から不法投棄物の所有者を割り出す捜査も続けている。埼玉県内にある九十四の日蓮宗の寺を巡り続け、残りはあと二十四か所だ。結果が出なかったら首都圏の日蓮宗の寺まで捜査範囲を広げるのか、打ち切って再び投棄物調べをするのか。比留間の判断次第だ。ダツから連絡がないいま、命じられそうな雰囲気ではある。萩野を使い、ダツとの仲介者に催促の電話を二度したが、うるさがられるばかりだった。

――ダツさんは忙しいんだ、俺も連絡取れないの。とにかく待ってろ。

カラスやムカデ、モグラにゴジラの詳細を尋ねても、とぼけるばかりだった。

寺巡りをするしかない。明日も捜査だと小山と森川にも伝えた。東部にある伊奈町の日蓮宗の寺で、部下たちと別れた。奈良は一人秩父署に戻る。珍しく壮真が来ていた。野球のユニフォーム姿だ。尻と肘が土で汚れている。立派な野球少年だ。知らない女性が付き添っていた。赤ん坊を抱っこしている。母親だろうか。

「おっちゃん！」

「おー。かっこいいぞ。野球チームに入れたんだな」

壮真は顔をくしゃくしゃにして微笑み、大きく頷く。ユニフォームの胸元には『Goldens』というロゴがついていた。奈良は壮真の頭をめいっぱい撫でた。

「久しぶりだなぁ。ずっと来ないから寂しかったんだぞー」

「ごめんごめん、毎日練習でさ」

「今日は大丈夫なのか」

「こないだうちに来てパパと飲んでたでしょ。おっちゃんはよっぽど僕のことが恋しかったんだろうなと思って、帰りに寄ってもらうように頼んだの」

壮真がしゃべり続けているが、奈良は女性に視線をうつした。

「初めまして、壮真君の野球チームの保護者の一人です」

母親ではなかった。冬場は日が暮れるのが早いので、練習後は保護者が順番に車を出して、子供たちを送っているのだという。女性が壮真の肩をそっと叩いた。

「壮真君、試合の話を」

そうだった、と壮真は尻ポケットから畳まれた紙を出した。練習試合の案内だった。

「二月二十三日か」

「来れそう？」

「もちろん。予定あけとくよ」

「絶対だよ」

「お前、レギュラーなのか」

壮真は微妙な顔つきになった。奈良は額を小突いてやる。

「絶対レギュラーポジション取れよ。守備はどこだ」

「僕はショートだよ」

「絶対だぞ。おっちゃんが見にいってお前が試合に出てなかったら、居残りでおっちゃんとキャッチボールな」

壮真は「ええ〜」と抗議する。

「それじゃ、がんばって試合に出られたら、おっちゃんとキャッチボールできないの？」

奈良はびっくりしてしまう。

「キャッチボールなんか……」

いつでもできる、いつでも来い、という言葉が照れくさくて出ない。

「犯人をつかまえたら、またキャッチボールするか」

「つかまりそうなの」

「絶対につかまえる。壮真は試合でレギュラーをつかみ取れよ」

壮真の小さな拳にそうっと、自分の拳をぶつけた。

勢いよく走り去る壮真に、奈良は叫んだ。

「気を付けて帰れよ、転ぶなよ！」

赤ちゃん連れの母親が、丁寧に頭を下げた。

「失礼します、よいお年を」

3

年が明けた一月四日、和光市——埼玉県南部にある町の日蓮宗の寺を回る予定だ。電車で行くことになった。西武秩父駅のホームで電車を待つ。

どこからか破裂音がする。奈良は顔を上げた。黒部山だ。白い煙がモヤモヤと上がっている。

「今日もやってるのか。石灰の採掘」

南東の方角に、山頂付近に削られた痛々しい姿が見えた。

「昔はもっと高いところにあった山頂に、神社とか伝説の大蛇が住む池もあったんだっけか」

金木大輔が高校時代にそんなことを言っていた。写真で入賞した際のコメントだ。

「大蛇、ヤマタノオロチとかか？」

「それはスサノオにやっつけられたやつで、出雲の話でしょう」

森川が小山の適当な話をきっちり訂正した。奈良に訊く。

「そういえば、今年は初詣に行かなくてよかったんですか？」

年をまたいで捜査本部に入り浸ることはよくある。地元の神様に手を合わせるのが常だ。秩父なら秩父神社だが、かつての苦い記憶が蘇る。

玉垣には金文商事や金木忠相の名が刻まれていた。雪の中、境内でぬくぬくと祈禱を受けている金文商事ご一行に見下ろされた屈辱がある。あれから十六年、いや年が明けたので十七年だ。警察の捜査から逃げおおせた金木大輔が、金文商事の社長に収まっている。きっと秩父神社の玉垣には、金木大輔の名が新たに刻まれているに違いない。見たくなかった。

「ダツから電話は？」

小山が問いかけてきた。奈良は首を横に振る。

「ダツが金木大輔本人だったら話は早いのにな」

携帯用灰皿の中に煙草の吸殻を入れ、小山が呟いた。森川は懐疑的だ。

「表の顔は産廃業者の社長、裏の顔では不法投棄グループのリーダーってことすか」

大いにありえると小山は身を乗り出す。

「黒部春日の最終処分場の件で、金文商事があの土地を買収するのに使ったのは三百億だ。三百億円をどぶに捨てた」

三百億円は、あの黒部春日の不法投棄処理費用に匹敵する値段だ。

「金文商事はあの土地に恨みつらみが残っている。いつか三百億円を回収したいと思うだろう」

合法的に進めるのは無理だから、土地が競売にかけられたときにペーパーカンパニーの久我開発を使って安く買い戻し、警察の捜査を混乱させるために十四分割した。

「じゃんじゃん不法投棄させて、どぶに捨てた三百億をたったの一年で回収したのさ」

そして、場所を提供してやるからと不法投棄物の一時保管を引き受け、こっそり証拠隠滅している。

証拠はないが筋は通る。

十七年前から、金文商事を巡ってはこの繰り返しだ。どうやって彼らの牙城を切り崩せばいいのか。地道な捜査で証拠をつかむしかない。電車がやってきた。


最寄り駅からタクシーを使い、和光市の妙法寺という日蓮宗の寺に向かった。白木造りの山門をくぐる。まだ年が明けたばかりなので、参拝の人が列を作っていた。

寺務所の人に事情を話す。玉虫色の袈裟をまとった住職がやってきた。奈良は位牌の写真を見せる。

「年間で五十件以上はお葬式に呼ばれますからねぇ。調べるのには時間がかかりますよ」

住職は雪駄を履いた足で寺務所の奥にある平屋の建物の中に入っていった。エプロン姿の女性が出てくる。住職の妻のようだ。

「すみません、年始のお忙しいときに」

「今日からぐっと参拝のお客さんは減りますから、大丈夫ですよ」

こちらへ、とエプロン姿の奥さんが寺務所の隣にある平屋の建物の中へ奈良たちを案内した。祈禱申込者の控室のようだ。

畳敷きの控室に案内された。金色の壁紙が貼られた土間には、日蓮宗を開いた日蓮聖人の銅像が置かれていた。奥さんは位牌の写真を眺めながら、寺務所へ行った。座布団に座って待つ。小山は「煙草」と言って、消えた。

境内から住職のお経が聞こえてくる。途中で別のお経になったのか、歌うようなリズムに変わる。古文を暗唱しているようなお経も始まった。歌舞伎の演目を聞いているようだ。

「遅いですねー」

スマホを見ていた森川が手帳を広げた。捜査情報をたまにメモしているが、字が汚くて他人には読めない。奈良も刑事になりたてのころは大学ノートを持ち歩いて、熱心にメモを取っていた。そのうち暗記できるようになったので、しなくなった。

森川は黒い鳥や虫、ねずみの絵を描いている。

「ブレストですよ。ブレインストーミング」

「一人でかよ」

カラスやモグラを描いていたのか。いまは火を噴く怪獣を描いている。ゴジラか。『ダツ』なる不法投棄グループの仲介者は、四つの動物と架空の怪獣について口走っていた。不法投棄の隠語だろう。

「なにを意味するのか、考えているんです」

奈良は森川の手帳をのぞきこんだ。

「もう少しリアルに描いてみたらどうだ。カラスは空を飛ぶ。ダツは海を泳ぐ。ムカデやモグラは陸地だろ。地上と地中にいる」

「ゴジラは？　深海で爆誕したあと陸地に上がってきますが……」

「架空の動物は一旦、忘れよう」

森川は太陽と陸地を描く。右側を海にした。空を飛ぶカラス、海を泳ぐダツ、地を這うムカデ、地中を潜るモグラを、適切な場所に描いていく。

「はは ぁ、なるほど。不法投棄グループの役割分担って感じがしますね」

「ムカデとモグラはわかりやすいな。ムカデは不法投棄物の運搬か」

「モグラは、不法投棄する穴を掘る係？　カラスはなんでしょう」

「空を飛んでいるから監視役かな。ダツはなんだ」

「ダツがわかりませんね。海に不法投棄する担当でしょうか」

奈良は腕を組んだ。

「リーダーのようだったぞ。不法投棄グループをまとめて人をリクルートするのがダツでは？」

「ちょっとダツの立ち位置がよくわからないですね。ゴジラも」

奈良は更に考えてみる。

「鳥がいて、虫がいて、地中に動物がいる。海には魚がいて、ゴジラは……」

お堂の方からお経の声が聞こえてくる。

「鳥、虫、魚、動物、怪獣……」

奈良が呟く声もお経のようなリズムになってきた。森川が「あ！」と手を打った。

「鳥の目、魚の目、虫の目。そういうことわざみたいなの、ありませんでしたっけ」

「ことわざじゃなくて、格言みたいなのはある。鳥のように全体を俯瞰する目、魚のように流れを読む目。虫のように細部を見る目、という意味で使うんだったな」

捜査の現場でもこれが当てはまる。鳥の目の役割は管理官だ。魚の目は、捜査本部がスムーズに動けるように調整役を担う署長あたりか。虫の目はもちろん、奈良たち捜査員のことだ。

「不法投棄グループも、巧妙に組織化している特殊詐欺グループと同じような階層と役割分担ができているのかもしれないいな」

そもそも特殊詐欺に見切りをつけた連中だ。不法投棄の現場に舞台をうつしたとき、同じように組織化するのは当然だろう。それがこのダツ、カラス、ムカデ、モグラか。

「カラスは監視役、ムカデは運搬役――つまりはダンプを動かす連中か」

「モグラは穴掘り役ですよね。ユンボを扱うやつら」

「ダツはなんだろうと思ったが、流れを見る役割――つまり司令塔、リーダーってことか」

「カラスは本当に監視役でしょうか。鳥の目、つまり全体を俯瞰する係なら、こっちの方がリーダー格という気がしますが」

最後に残ったのはゴジラだ。森川は腕を組む。

「うーん。ゴジラは火を噴くから、産廃の焼却係ってところですかね」

「しかし、不法投棄物には焼却処分されていないものも多く含まれていた。ゴジラの役割だけ中途半端じゃないか？」

「ゴジラは出番があったりなかったり、ということですかね」

位牌の写真を持った奥さんがファイルを持って戻ってきた。目が輝いている。

位牌の戒名は、妙法寺の先代の住職が昭和六十二年に亡くなった故人につけたものだった。谷村正太郎（たにむらしょうたろう）、享年八十三で当時の住所は板橋区、東武東上線中板橋駅から徒歩十分ほどの住宅街だ。

「昭和六十二年だぞ。三十年前の話じゃねえか。あまり期待はできない」

煙草から戻った小山は面倒そうだ。妙法寺の住職に戒名を依頼したのは、谷村正太郎の葬儀の喪主を務めた、谷村正一（しょういち）だった。谷村正太郎の長男か。

「昭和六十二年の時点で父親が八十三歳……息子の谷村正一も、相当な高齢だろうな」

当時五十代くらいと奈良は推測した。三十三年経った現在は八十代か。

「仏壇を処分したときの引き取り書が残っているか、引き取り業者を覚えてくれていると助かるが」

森川は難しい顔になった。

「いや、恐らくは仏壇ごと自宅を解体したんだと思いますよ」

中板橋駅を降りて商店街を抜け、住宅地に入った。角を曲がった先の住宅密集地に、ぽっかり空間ができている。

谷村宅は更地になっていた。道路に面した部分に看板が打ち込まれている。『建築計画の概要』だ。

「コインパーキングができるらしいぞ」

施主の名前と連絡先が書いてある。奈良はすぐさま電話をかけた。


施主は谷村明彦（あきひこ）という五十代の男性だった。谷村正一の長男だという。電話で事情を説明し、谷村の職場の近くで会うことにした。都内にいくつもの系列クリニックを抱える医療法人の事務部門で働いているという。近くの喫茶店に入る。

流行りのツーブロックの髪型の明彦は、整髪料できっちりと髪を七三に分けている。太い黒縁の眼鏡をかけていた。耳にイヤホンを入れっぱなしで、スマホを離さない。内ポケットにもう一台スマホを持っている。聴取の間もせわしなくいじっていた。

「毎日分刻みで動いているもので。作業の効率化を図ってはいるんですけどね」

よく日に焼けていて潑剌としているが、目の下はたるんでいる。運転免許証によると五十三歳だった。奈良はまず、黒部春日地区で起こった不法投棄土砂崩落事件の捜査である旨を話した。

「不法投棄物を調べていたところ、谷村正太郎さんの位牌を見つけまして、ご自宅に伺った次第です」

位牌の写真を見せた。明彦は鼻の上の眼鏡を押しながら、「へえ、戒名から辿り着いたのですか」と感心した。

「確かに祖父はこんな戒名だったかな。あんまり中板橋の実家には帰っていなかったし、仏壇に一心に手を合わせるような人間でもないんで」

「失礼ですが、お仏壇を処理したのはいつごろですか」

「去年の春ごろのことですよ。二月に母が亡くなりまして、自宅を解体することにしたんです」

父の正一は十年以上前に他界しているという。

「仏壇の処理も解体業者に頼んだのですか」

「はい、自宅の解体ついでに家財道具も全て処分してもらいました」

ようは、丸投げしたのだ。

「どちらの業者に頼まれましたか？」

明彦はジャケットの中のスマホを出した。プライベート用らしい。しばらく画面をタップしたりスクロールしたりしたあと、「ふじみ土木さんですね」と言って、画面を見せてくれた。

解体についてメールのやり取りが残っていた。奈良は、メールの最後にある署名欄を自身のスマホで撮影した。社名の他、住所と電話番号、メールアドレスも書かれていた。森川がふじみ土木に電話をかけながら席を外した。小山は比留間管理官に報告しにいく。刑事たちが一斉に動く物々しさに、明彦は戸惑っている。

「こちらのふじみ土木はどちらで見つけてきた解体業者ですか？」

区役所で紹介されたとか、タウンページかと想像したが、明彦にとってそれらは非効率らしい。

「最近は悪徳業者が多いから慎重に決めます。ネット検索して最上位に出てきた会社に電話をかけたんです。その方が効率的でしょう」

森川が戻ってきた。

「不通です」

小山はふじみ土木の住所を地図アプリで調べながら、テーブルに座る。

「この住所は架空だな」

明彦の顔が引きつる。

「よい会社でしたよ。面倒な契約書類も打ち合わせも見積もり作業も一切なし。メールのやり取りだけで、たったの三日で物だらけの古い家をきれいさっぱり更地にしてくれました」

どうやらゴミ屋敷状態だったようだ。

「父母が築五十年の家で生涯ため続けたものをいちいちひっくり返すのも、ゴミを分別して出すのも、効率が悪いでしょう」

この男はつくづく「効率」という言葉が好きだ。

「ふじみ土木さんは、家財道具やゴミ一式を全て家屋の解体ゴミと一緒に引き受けてくれるというので、本当に助かりました。その会社が存在しないなんて――」

「格安で引き受けてくれたから、倒産しちゃったんですかね。なんだか申し訳ないな」

それが不法投棄ゴミとなり、黒部春日地区に遺棄されて無関係の一人を巻き込んだことに谷村明彦は全く気が付いていない。

解体業者までグルだったのだ。解体。壊す、破壊する——ゴジラか。

谷村明彦が、ふじみ土木との契約、解体、支払いに至るまでの流れがわかる資料を提供してくれた。電話を効率的な通信手段と考えない明彦は、メールで全てやり取りしていた。銀行の振込先の名義人は萩野俊一になっている。

「またアイツか」

請求書の金額を見た。生活経済課の捜査員に相場を聞き、比べてみる。

「三十坪で二階建て木造家屋だと解体費用は九十万円から百五十万円が相場だそうだ」

請求書の合計金額は、消費税込みで百万円になっていた。

「格別に安いというわけではないな。雑費で割り増しになっているのか」

家屋の中に家具等の生活用品がそのまま残っていると、雑費として料金が上乗せされるのだ。

「仏壇も位牌も仏さまも丸ごと捨てる手間暇を考えたら、このふじみ土木が最安値というわけか」

煙草に火をつけながら、小山も頷いた。

「家屋の解体ゴミは産業廃棄物扱いだったよな」

「依頼を受けた解体業者がゴミの排出責任者だ。通常なら、一立米あたり一万円から二万円で産廃業者に引き取らせる。中間処理場ではだいたい九千円で引き受けている」

森川が産業廃棄物処理法に関する書籍を捲る。

「木材は焼却、金属は再利用。プラスチックゴミは固形燃料に生まれ変わるらしいですね。それ以外はシュレッダーダストにかけられ、焼却処分を経て容積を小さくしたところで最終処分場行きです」

「中間処理業者に引き渡せば一立米あたり数千円の利益。不法投棄してしまえば中間処理代九千円分が丸儲けか」

奈良はつい鼻息が荒くなる。小山も頷く。

「黒部春日の不法投棄現場が家屋の解体ゴミだらけだったのは、解体業者がグルになっていたからだ。恐らくはこのふじみ土木が窓口だった」

一九六〇年代以降、日本全国で数々の公害やトラブルを巻き起こしてきた産業廃棄物業界は、いまや厳しい規制がかけられている。クリーンな業者ばかりになった。暴対法施行後は暴力団が入り込めなくなり、排出業者の責任も明確化された。不法投棄を行っているような業者に、一般企業は自社産廃の処理を依頼しない。この十年で不法投棄業者は激減した。だが事件は起こった。

「ネット上での取引が当たり前になったことで起こったと言えるんじゃないか」

小山が嘆いた。

「いまやネットでなんでもできちゃうからな。買い物もお食事も、スマホ片手にぱぱっと顔の見えない相手と取引をするのが普通だ」

顔の見える安心は二の次だ。利便性と最安値を求めて、人々は見知らぬ相手と取引をする。それに恐怖心を抱かなくなった。むしろ、対面での正式なやり取りを猥雑だとしてマイナスと考える。

「家屋の解体までも、顔の見えない相手に依頼する時代か」

森川が補足する。

「ネット検索で上位に出てくるのが大手で、企業への信頼の証だという思い込みも、危ないですね」

検索したときに上位に表示される企業に、規模や信頼は関係ない。リスティングといって、企業はオークション形式で検索エンジン会社に金を払うのだ。金を積めば積むほど検索結果の上位に表示される。検索語とホームページの内容が一致していることが重要視され、顧客への信頼性については審査されない。

谷村明彦と同じように、ネット検索で上位に出てきたふじみ土木に自宅の解体を依頼した顧客がいるはずだ。家屋の解体ゴミは東京ドーム一杯分もあったのだ。

「ユーザーは恐らく、それが不法投棄されるなんて予想だにせず、便利で簡単、最安値というだけで自宅の解体をふじみ土木に任せたんだろう」

まさか自分が出したゴミが、誰かを土砂ごと押し流すことになるとも知らずに。


ふじみ土木について、捜査幹部は大きな賭けに出た。

通常、組織犯罪を摘発する際は一斉逮捕を目指す。共犯者が察して逃亡し一斉に地下に潜る可能性が高くなるので、なにか判明してもギリギリまで記者発表しない。ペリーや萩野の逮捕も未だに発表していないのだ。ふじみ土木についても公表しないと思っていた。

だが、幹部は記者発表した。情報提供を呼びかけたのだ。

奈良は熊谷拘置支所に向かう車中、スマホで記者発表の映像を見た。捜査一課長を中央に、秩父署長が右にいて、左側に比留間が控えている。比留間が準備した原稿を、捜査一課長が読み上げている。

「かつてふじみ土木という解体業者に解体を依頼された方がいたら、埼玉県警秩父署まで情報提供を願えませんでしょうか。我々は最低でもこのふじみ土木を始めとする不法投棄グループが五百軒近い解体を請け負ったと考えています」

一般的な三十坪の木造家屋の解体で、二千立米の解体ゴミが出ると言われる。黒部春日地区の不法投棄ゴミのうち、家屋の解体ゴミは百二十万立米あった。単純計算で六百軒分になる。谷村明彦の実家のように、家財ゴミも含めていたとしたら、一軒あたりのゴミの量が増える。軒数は減るが、それでも四百軒は下らないだろう。

不法投棄されていた期間は一年間だけと思われる。毎日一、二軒の家を解体しないと出ない量だ。埼玉県内だけでなく、首都圏、甲信越あたりの解体ゴミも集められていたのではないか。ふじみ土木に解体を依頼した人が、全国で最低でも四百人はいるはずなのだ。県警はマスコミを通じて広く呼びかけた。異例のことだった。

熊谷拘置支所に到着する。奈良は逮捕状を胸に、取調室で萩野が移送されてくるのを待った。五分ほどで手錠に腰縄姿でやってきた。

「奈良さん！　ミクは元気ですか」

全く知らないが、「元気だろう」と話を流した。逮捕状を出そうとして、念を押される。両目の離れた平べったい顔が近づいてくる。

「奈良さん、約束を忘れていませんよね。僕はダツをおびき寄せるおとり捜査に協力しているんですよ。裁判で弁護側の証人として出廷して、情状酌量を訴えてくれるって――」

「裁判は先延ばしになると思う」

奈良は逮捕状を示した。

萩野の身柄を秩父警察署へ移送する。

「名義がどこかで使われるたびに、僕は逮捕されないといけないんですか？」

萩野は後部座席でうなだれている。

「売った相手が悪かったな。ペリーがどんな書類を何枚書かせたのか、正確に思い出せ」

「何枚って、署名だけで千回は書きましたよ。ほら」

萩野が右手の中指を突き出してきた。ペンダコを見せたかっただけのようだが、不愉快だ。萩野の手を振り払う。奈良は懐からスマホを出して、発着信履歴を表示した。

「ダツにもう一度かけろ」

萩野が嫌な顔をする。

「早く不法投棄に加わりたいと言うんだ。名前を間違えるなよ。お前はタナカワタルだ」

奈良は身を起こし、膝を萩野の方へ向けて座り直す。

「ムカデでもモグラでも、なんでもやると言え」

ダツの仲介者に電話をかけさせた。すぐにつながった。スピーカーにして通話させる。

「もしもしワタルくんねー」

雑な返答だった。電話の向こうが騒がしい。外にいるようだ。

「あ、はいワタルです。あの、ダツさんの件なんですけど」

萩野はしっかりとかつての甲高い声を再現する。そんなところは抜け目ない。

「あーごめんね。ちょっとあきらめてくれるかな」

奈良は慌てた。萩野にどう言わせるべきか。迷っているうちに、萩野が勝手に答える。

「どういうことっすかー」

もう関わらなくて済むと思ったのか、萩野は声が嬉しそうだ。

「いや、ダツさんは地下に潜っちゃったみたい。警察の捜査の手が伸びてきているんだろうね。連絡がつかないの」

捜査本部の情報提供を求める会見が裏目に出たか。背後で女性の声が聞こえた。誰かを案内しているようだ。「これからみなさまを……」と聞こえたが、仲介者がかき消す。

「カラスもムカデもモグラもゴジラも、みんなちりぢりで地下に潜った」

奈良はメモ用紙に走り書きし、萩野に見せた。萩野は頷きながら尋ねる。

「ええと、どこにアジトがあるとか、知ってますか」

相手に沈黙があった。質問がストレートすぎたか。

「知るわけない。知っていても教えるはずない」

奈良がメモ書きで返答を指示する。

「いや、差し入れとかして、顔を売っておきたいんです。逃亡の手助けもできますよ」

仲介者は笑う。なにかが金属とぶつかる音が不規則に聞こえてきた。砂利道を車で走っているとき、タイヤが巻き上げた石ころが車体にぶつかる音だ。男は走る車内にいるようだが、するとあの案内女性の声はなんだろう。バスガイドか。旅行でもしているのか。

「悪いけどもう切るよ。この番号も使えなくなるからね」

「いやいや、ちょっと待ってください。俺はどうしても不法投棄がしたいんです」

萩野が勝手に言っているが、まあそれでいい。

「好きにしたらいいよ。俺はもう足を洗うよ。新しい仕事が見つかりそうだし」

「それじゃせめて、あなたのお名前を……」

嫌だね、とからかうように仲介者は言った。奈良はメモで質問を指示する。

「ダツさんの本名を教えてくれませんか。自力で捜すんで」

「そんなの知ってるわけないだろ」

電話は切れた。バスガイドが「しゅうじん……」と言っているのが聞こえた。すぐにかけ直したが、もうつながらなかった。


二月三日、奈良は黒部春日地区の崩落現場に整列し、五時二十七分の黙禱のサイレンを聞いた。十五度の敬礼をする。全ての土砂や不法投棄ゴミが片付けられ更地になった地面を見つめる。土砂崩落事件以来、月命日にはこうして現場に捜査員や捜索隊員、消防も集まり、黙禱のサイレンを鳴らす。今日は大泉ら埼玉県警のレスキュー隊以外にも、消防の捜索隊四十名が加わり、玉淀ダムを大規模に捜索するという。

「今日こそ見つけるぞっ」

大泉隊長の強い掛け声に、隊員たちも気合充分の返事をする。各自が颯爽と特科車両に乗り込み、玉淀ダムに向けて出動していく。

奈良はしばし、風に吹かれて立ちすくむ。

ようやく突き止めた不法投棄グループの窓口、ふじみ土木を巡る捜査は全て終了していた。

板橋区の谷村宅で解体を行ったのは去年の四月だ。管轄する警視庁に問い合わせはした。防犯・監視カメラ映像は残っていなかった。目撃証言を募るべく大量の捜査員を中板橋にやった。ふじみ土木のダンプやユンボの記憶がある人、心当たりがある近隣の人もいなかった。もう一年近く前の話だから仕方ない。

戒名を突き止めるところから始まった三か月に及ぶ捜査は、ようやく不法投棄グループの一端に辿り着いたところで、ついえた。

萩野を使ったおとり捜査も、仲介者と連絡がついえたことで終わった。通話の際に聞こえた、女性の案内の声と、車体に砂利がぶつかる音、女性の「しゅうじん」という発言から、仲介者がいた場所を導きだせないかあれこれ推理したが、具体的に捜査の目星をつけることはできなかった。

萩野は元いた熊谷拘置支所に戻された。裁判はもう始まっている。奈良の情状酌量証言の出廷も三月九日と決まっていた。

生活経済課の石神を筆頭に行っていた、不法投棄の逮捕歴と行政指導歴がある産廃業者へのローラー作戦もすでに終了している。確認が終わったのは埼玉県警管内の者のみだ。現在は警視庁管内で摘発された業者を調べている。警視庁の生活安全部との共同作業だ。石神は秩父署の捜査本部に姿を見せなくなった。

奈良班はゴミの捜索からやり直しだ。

奈良は不法投棄ゴミの一時保管所に改めて降り立つ。初めてここに来たときは五メートルくらいの山が十個以上並んでいた。山の数はあと五個しかない。

不法投棄ゴミから排出者を探る捜査も、あと一か月で終わるだろう。排出者を特定できたところで、結局はふじみ土木にあたる可能性が高い。このナシ割捜査は意味のないものに終わるかもしれない。

不法投棄ゴミの山に、西日が落ちる。南の空に黒部山が見えた。ゴミ処理が進んだことで初めて気が付いた。ここは無言山から見下ろされる場所だったようだ。

第四章　役者

1

　奈良は寒さで目を覚ました。外はまだ暗い。スマホを見る。二月二十三日、日曜日。立春を過ぎたが、秩父の春はずっと先だ。六時半に秩父署の捜査本部に入った。比留間管理官が、昨夜以降に集まった報告書類に目を通していた。

「おはようございます。今朝も早いですね」

「おはよう。お前もな。しかも今日は日曜だぞ」

「そっちだって」

　比留間には妻子がいる。ご家族は大丈夫かと訊きたくなったが、比留間がため息をつくから、やめた。

「ふじみ土木についての問い合わせはどうですか」

　この質問は奈良の毎朝の日課になっている。

「昨日もゼロだ」

　比留間が椅子に寄りかかりながら、二度目のため息をついた。

　みな、自分が出したゴミが人を殺したと表明したくはない。信じたくもない。だからダンマリを決め込んでいる。警察の呼びかけに気が付いていない人もいるだろう。それにしても、ひとつも手が挙がらないとは思いもよらなかった。

「今日はちょっと私用で出ます」

奈良は捜査本部が立ち上がれば基本は土日も休まない。比留間が微笑んだ。

「珍しいな。自宅に帰るのか」

「野球観戦です。子供の野球ですよ」

若月愛子の孫の、と話をする。比留間はまたため息をついた。

「月命日の大規模捜索でも見つからなかったしな。申し訳ない限りだ」

犯人の目星もつかない。

「ダムにはいないんでしょうかね」

「なら、もう東京湾なんじゃないのか」


プレイボールは九時だ。観戦しながら朝食を摂ろうと、奈良はコンビニでおにぎりと茶を買い、タクシーを拾った。秩父市街地の南の外れにある河川敷で降りた。

すでに野球場には少年野球チームの子供たちが集まっていた。準備体操をしたり、グラウンドの整備をしたりしている。ベンチにユニフォーム姿の大人たちが多くいた。観戦スペースに上がった。お弁当や給水ボトルを準備している保護者らしき人々がいた。二十代くらいの若者が多い。髪の色を染めている人も何人かいた。

「奈良さーん！」

雅也が立ち上がり、手を振っている。すでに缶ビールを開けて周囲の男性たちと談笑していた。

「わざわざありがとうございます」

奈良は場所をあけてくれた保護者たちに礼を言い、雅也の隣に座った。

「壮真君は？」

雅也は親指を立てた。

「八番ショートです。背番号は６」

先発出場するらしい。奈良はまだホシをあげられていない。背番号6を探すまでもなく、背恰好で壮真を見つけることができた。壮真を見ると勝手に頬がゆるんでしまう。金髪の男性が、人なつっこい顔で名前を訊いてきた。奈良が口止めする間もなく、雅也が大きな声で言ってしまう。

「こちら、埼玉県警の奈良さん！　捜査一課の刑事だぜー。すごい知り合いだろ」

金髪の男はビールをちょっと噴き、卑屈な目になる。雅也の右隣に座るよく日に焼けた男が大笑いする。

「こいつ、十七ンとき傷害でつかまってるんで」

「おい、やめろよ！」

金髪の男が日焼けの男の肩を思い切りどつき、奈良に愛想笑いする。

「傷害じゃなくて暴行なんで。ブタ箱には三日だけ、ムショには行ってません。ただの喧嘩っすよ」

奈良は苦笑いで流した。雅也が肩書をばらしてしまったので、居心地が悪い。「捜査一課ってなんだっけ」「刑事だよ、刑事。ドラマみたいな」「殺人とか」と、雅也を中心に奈良の仕事の話で盛り上がる。質問攻めに遭いそうだったので、奈良は話を逸らした。

「みなさん、お子さんが少年野球のチームに？」

雅也が答える。

「うち、みんな同じ会社なんす」

「そういえば、転職されたんですよね」

おかげさまで無事入社しました、と雅也が頭を下げる。

「壮真が入った少年野球チームは社会人チームもあるんです。そこのオーナー会社が就職先です。保護者も同じ会社のやつらばっかりです」

二十代くらいの人間は、会社の少年野球チームを応援に来た若手社員らしい。バックネットに集った女性たちが、折りたたまれた布を袋から出し、紐をほどいている。横断幕を広げるのに苦心していた。

審判が整列の声をあげる。グラウンドに散らばっていた子供たちが一斉に駆けだし、向かい合わせに並んだ。背番号6の壮真の背中を、奈良は頼もしく見つめる。

「なんだか背格好が逞（たくま）しくなりましたね」

「家でスマホゲームばっかりしていましたからね。運動会の徒競走は万年ビリ。今年はいけるんじゃないかな」

よろしくお願いします、と挨拶する子供たちの声が、河川敷に響き渡る。背後は山なのでやまびこのように跳ね返ってきた。壮真はちょこんと頭を下げると、脱兎のごとくベンチへ走っていった。ゴールデンズは後攻だ。壮真はグローブをつけながら飛び出してくる。

「壮真！」

雅也と奈良の声がそろった。壮真は奈良を見て嬉しそうな顔をしたが、不満げに父に訊く。

「パパ。社長は？」

男たちが周囲を見回した。

「社長は忙しいからなあ。でも必ず来ると思うよ」

雅也が言う。日に焼けた男も微笑んだ。

「絶対来るよ、壮真がレギュラーを取ったと知ってすっげー喜んでた」

壮真は二塁の方へ走っていった。

「社長というのは？」

奈良は雅也に尋ねた。

「うちの会社の、です。壮真が先に仲良くなって、最終的に俺までお世話になっちゃった感じです」

試合が始まった。ゴールデンズのピッチャーは一回からピンチだ。守備も外野が総崩れで、三十分経ってもまだツーアウトしか取れない。ゴールデンズはあまり強いチームではないらしい。

「社会人野球チームの方も、地区対抗戦で負け続きだしねぇ」

日に焼けた男がぼやいた。

「仕事で体張ってっからさ、疲れてんのよ。しょうがない。でも子供は別だ」

長髪の男が「ほら、声出せよ！」と子供たちに発破をかけている。いまのところ壮真のいるショートにはボールが飛んでいない。次々とボールは高く打ち上がって外野手の頭上を越す。ようやくスリーアウトを取って交代になった。ゴールデンズの攻撃が始まる。雅也は壮真に声をかけに、ベンチへ降りていった。

壮真の打順は八番なので、回ってこないかもしれない。奈良はコンビニで買ったおにぎりを出す。

包装紙を外してかぶりつき、ペットボトルの茶を飲んだ。二つ目の包装を開けようとして、手を止める。これはプラスチックゴミだ。再利用できるだろうが、商品表示シールが貼られた部分はどうだろう。

カチカチ、とボールペンをノックする音が聞こえた。前に座っている若い女性がスコアブックをつけていた。奈良の胸ポケットにも、ボールペンが差さっている。芯の入れ替えが面倒で、使い終わったらゴミ箱に捨てていた。ペン一本にしても、外側はプラスチックか樹脂か、奈良にはよくわからない。ノックする際に使われるバネは金属だ。持ち手にはシリコンが巻かれている。ボールペンの先は金属だろうか。インクの入った芯はプラスチックか。インクが残り、先に金属がついたままでは再利用できないだろう。すると不燃ゴミとしてシュレッダーダスト処理して最終処分場行きか。分別し洗浄すればそれぞれリサイクルできるのに。

ゴミを捨てる際にいちいち背徳感が募るようになったのは、最近のことだ。ゴミ捨ては決められた指定日に収集場所に持っていけばそれで終わりだと思っていた。ゴミはなくならないということを認識したことがなかった。焼却しても灰は残る。

金文商事のことが頭に浮かんだ。創業者の金木忠相はどういう思いでゴミを扱う仕事をしようと思ったのだろう。

雅也が階段を駆け上がってきた。

「ベンチでも素振りするか声を出して応援しろと発破をかけてきました。あいつ、すぐサボるから」

奈良の顔を見上げながら微笑んだ雅也だが、その肩越しに視線を外し、パッと顔を明るくした。大きく手を振る。

「社長！」

奈良は振り返り、愕然とする。社長も奈良を見下ろし、表情を強張らせた。

金木大輔だ。

黒いチノパンに、黒いダウンジャケットを着ている。首に巻いたマフラーも黒かった。差し入れか、両手に飲み物やお菓子、食べ物が入った袋を大量に持っていた。雅也が大輔に駆け寄る。

「社長、持ちますよ。重かったでしょう」

大輔は、十七年前と同じように黒ずくめの恰好をして、奈良を見つめている。困惑しているようだ。

「駐車場で電話をくれればよかったのに」

雅也に言われ、大輔は我に返ったようだ。慌てて首を振る。

「大丈夫ですよ、これくらい……」

「スコアボードは見ないでやってください。まだ一回の裏なんで」

これからこれから、と別の若い男がグラウンドに叫ぶ。方々から「社長！」「おはようございます！」と大輔に声がかかる。いちいち立ち上がって腰を折る人ばかりだった。若い人も、奈良と同年代くらいの人も、カップ酒片手に観戦していた白髪頭の老人も、大輔に声をかけて頭を下げている。

奈良は足元に置いた荷物を手に持ち、帰り支度をした。

「若月さん、申し訳ない」

身振りで帰ることを伝えた。

「おっ。事件ですか」

雅也が得意げに、大輔に紹介した。

「こちら、埼玉県警の奈良刑事。めっちゃいい刑事さんなんですよ〜」

大輔は無言で奈良を見つめている。十七年前、金色の髪を振り乱して刑事たちを睨みつけていた面影が、切れ長の瞳にかすかに残る。

奈良は立ち上がった。

「仕事を残してるんで」

言ったのは、大輔だった。飲み物がたくさん入った袋を雅也に託し、「子供たちによろしく伝えてください」と微笑んだ。奈良を見て、表情を引きつらせながらも丁寧に言う。

「壮真の応援、よろしくお願いします」

大輔は立ち去った。奈良は追いかけるべきだが、できなかった。大輔は逃げたのではなく、奈良に譲ったのがわかったからだ。

絡まっていた紐がほどけたのか、ようやく女性たちが横断幕を広げる。バックネットに張りだされた。『行け！　金文ゴールデンズ』とある。

強い西日で、高く上がった野球ボールが消えた。あれ、と思った瞬間、奈良の顔面を直撃した。

「いってー」

奈良は思わず顔を押さえて、しゃがみこむ。壮真がゲラゲラ笑っている。

「軟式ボールだから、どうってことないでしょ」

「そうだけどよ」

奈良はグラウンドをとぼとぼと歩き、転がっていくボールを拾った。金文ゴールデンズは23対1の四回コールド負けだった。午後にも別のチームと試合があり、5対3で負けたが、粘った方か。奈良は壮真に居残りを命じ、キャッチボールをしている。西日に目を細めながら、力いっぱい投げ返した。

「それにしても三打数ゼロ安打は褒められたもんじゃないな」

壮真は午後の試合では出番がなかった。

「おっちゃんこそどうなんだよ。犯人は」

厳しいボールが返ってきた。

「お互い、まだまだ努力が足りないな」

「ま、お互いますますがんばりましょうということで」

壮真が調子よく言うので、奈良は笑ってしまった。

「もう帰ろうよ。お腹すいたし」

「もうちょっとやろうぜ。おっちゃんが送ってく。ファミレスで飯でも食っていくか？」

壮真は行きたい行きたいと飛び跳ねて喜んだ。奈良はようやく、切り出した。

「あのさ。ちょっと訊きたいんだけど。金文ゴールデンズのオーナー」

「オーナーってなに」

「パパの会社の社長」

「大ちゃんのこと？」

もうそんなに親しくなっているのか。仕方なく、言葉を合わせる。

「そう、大ちゃん。いつから仲良くなったんだ？」

詰問口調にならないように、気をつけた。

「忘れたよ。もうだいぶ前だよ」

どこでどう出会い、野球チームに入ったり父親が就職したりするほど親しくなったのか。詳しく知る必要があった。

「ばあちゃんの捜索現場で出会ったのか？」

雅也はそう言っていた。壮真は少し考えたあと、ボールを投げ返した。

「思い出した。ばあばが流されて一か月目の捜索のときだよ。僕はパパと消防団の人たちと、荒川の捜索を手伝ったんだけど、危ないから子供はダメって言われてさ」

仕方なく、車の中でゲームをして時間を潰していたという。そのうち充電が切れてしまい、暇潰しに川に石を投げて一人で遊んでいると、大輔が声をかけてきたらしい。

土砂崩落三か月目といえば、捜査本部が発足してすぐのころだ。奈良が捜査本部にこもって行政文書を解析していたころ、大輔は捜索活動に参加していたようだ。

「大ちゃんは水切り名人なんだ。すごいの。いきなり三回飛ばし」

奈良も子供のころ、近所の大落古利根川（おおおとしふるとねがわ）で石を投げて遊んだ。平たい石を選んで回転をつけて投げると、水面を跳ねて飛んでいくのだ。

「そうか。水切り三段はすげえな」

「教えてもらっているうちに、仲良くなったんだ」

「大ちゃんはどんな人だ？」

直球で尋ねてみた。壮真が少し首を傾げた。

「なんでそんなこと訊くの」

「壮真を取り合う、ライバルだ」

壮真は嘔吐する真似をした。

「おっさんがきめぇ。嫉妬してんの？」

奈良は笑うにとどめたが、壮真は少し悩んでしまったようだ。

「あんまり大ちゃんとしゃべらない方がいい？」

慌てて奈良は否定した。

「そんなことは言ってないよ」

しばらく無言でボールだけやり取りする。

「大ちゃんはさ」

壮真が切り出した。

「どうして水切り名人になったかというと、河原で道草してずっと石を投げてたんだって」

いじめられていた話を壮真にしたようだ。

「どうやっていじめから立ち直って社長になったのか、すごい話が始まるのかなと思ったらさ、大ちゃんが投げた石がレスキュー隊の隊長さんに当たっちゃったの」

大泉隊長か。雷が落ちただろう。壮真は思い出し笑いをする。

「大ちゃんすっごい怒られてたよ。面白かったー」

「面白かったのか？　金文商事といったら埼玉一の産廃業者だぞ。そこの社長が怒られたら面目丸潰れじゃないか」

「よくわかんないけど、消防の人たちもゲラゲラ笑ってたよ。大ちゃんも」

大輔はどうやら捜索の現場にすっかりなじんでいるようだ。壮真もレスキュー隊員も大輔を信頼しているのだろう。

「大ちゃんのこと、好きか？」

奈良は思い切って尋ねた。一番知りたかったことだ。

「うん。おっちゃんと同じくらい、大好きだよ」


奈良は秩父署の捜査本部に戻った。日曜日の夕方で、捜査員は殆どいなかった。小山と森川も今日は休みだ。石神がいた。平日は警視庁で仕事をしているが、週末だけ捜査本部に来る。

石神の部下たちはもくもくとマニフェストを確認し、帳簿の解析のため電卓を叩き続けている。石神も電卓を叩いていることが多い。捜査員があげた報告書に間違いがないか、数字を確かめているのだろう。彼のデスクは常に帳簿の山に囲まれている。今日も休み返上で夕方になっても電卓を叩いていた。

奈良は石神のデスクの隣に座った。石神は手を止め、驚いたように老眼鏡を外した。

「金文商事が若月愛子の捜索ボランティアに参加していたこと――」

奈良はどう続けていいか、わからなかった。行方不明者の家族をも取り込んでいたことに強烈な嫌悪感がある。同じくらい強い焦燥感もある。大輔のことが大好きだという壮真の言葉を重く受けとめている。

「レスキュー隊の大泉隊長に確認しろよ」

石神は再び老眼鏡をかけ、書類に視線を戻した。

「私が金文商事をよく言えば言うほど、君と小山さんは頭に血が上るだろ」

週明け、奈良は比留間の許可をもらい、この日だけレスキュー隊に交ざって捜索活動を手伝うことにした。六時には防災服のつなぎに着替えて、秩父警察署のガレージで待つ。大泉が出勤してきた。週末は休んでいたようだが、比留間から連絡があったらしい。挨拶もそこそこに捜索の話を始めた。

「梅雨時や夏場は玉淀ダムの水量も増えるので、潜水士を中心とした捜索を行いますが、冬場はかなり水位が下がります。奈良さんができる作業もありますから、遠慮なくいらしてください」

地図を見せてもらった。バナナのような形をしたダム湖の下流側に、堰が設置されている。今日は更にその先の下流域での捜索だという。

「場所によって、水位はふくらはぎくらいまでしかありません」

棒で湖底をついて捜すのだろう。奈良は壁際に並ぶ用具入れから捜索用の棒を手に取ろうとしたが、大泉が「それは使いません」と止めた。

「土砂崩落からもうすぐ八か月、白骨化している可能性が高い。するとバラバラに散らばります。棒でつついても見つけられません。川底の泥をふるいですくって、網に残ったものをひとつひとつ確認し、人骨が交ざっていないか確認します」

長靴を履いていても、足は冷えるそうだ。泥をすくう手もかじかむだろう。なによりかがんでの作業だ。腰痛が悪化しそうだ。念入りにストレッチしてから、レスキュー隊の車両に乗り込んだ。

人員輸送車の隣に座ったのは、大泉だった。

「私も最初は知らなかったんですよ。捜索ボランティアの中に、金文商事の社長がいたなんて」

奈良の気持ちを察したように、大泉が言う。

「身元を隠して捜索に参加していたということですか」

「あくまでプライベートの参加だから名乗らなかったんでしょう。そのうち、社員の方の参加も増えてきました。三か月目くらいから、社内で話し合い、当番制にしたということです」

捜索ボランティアに参加した日は出勤扱いにしているのだそうだ。大輔は当番の一人に組み込まれている。社長だから金を出すだけとか、指示役に回るということもなく、泥だらけになって捜索をしていたという。

「全く偉ぶる様子もない。年上の社員からはかわいがられているふうですね。ぼっちゃんと呼ぶ人もいます。まだ三十代の御曹司ですからね」

「嫌われている？」

「いやいや、愛されているように見えましたが」

金木大輔のことを大好きだと言った壮真の姿が、また蘇る。

「先代は圧倒的なカリスマだったらしいですからね。大輔さんは社長としてはまだまだ未熟ながら、社員が愛情を持って支えているという雰囲気がありましたよ。本人も一生懸命です」

三十分ほどで捜索現場に到着した。玉淀ダムの堰を見上げる、北側の湖畔だ。東側には末野大橋がかかる。皆野寄居バイパスが通っている。末野大橋と玉淀ダムの両方を見渡せる見晴台には、休憩所がある。屋根と固定テーブルに椅子が設置されていた。ボランティアたちは装備を整えている。今日はボランティアも泥浚(さら)いをするらしい。

先頭に立ってダム湖畔まで下りてきたのは、大輔だった。奈良を認めて今日も驚いたように足を止めた。ちょっと怪訝な表情のまま、目礼した。奈良の方から、声をかけた。

「日曜日は野球場で、どうも」

大輔は戸惑った顔になった。微笑もうと努力しているようにも見える。会話が続かないまま、泥浚いが始まった。金網を張った専用の用具を持って、湖の中に入っていく。大泉に指示された地点に立つ。水深はくるぶしくらいしかないので長靴の中に水が入ってくることはないが、じわじわと足先が冷えていく。見よう見真似で、奈良はふるいを使って湖底の泥をすくった。予想以上に重たい。湖面の水で泥を落としていきながら、網に残ったものをひとつひとつ、確認していく。殆どが石ころだ。ガラスの破片もある。プラスチックゴミの一部やペットボトルのキャップなども出てきた。白い石なのか、骨なのか判別がつかないものが出てきた。ビー玉くらいの大きさだ。奈良は大泉を呼び、白い物体を渡した。

「鑑定に回します」

大泉は大判の白地図を載せた画板を首から下げている。地図上の発見地点にバツ印をつけた。採証袋に入れて番号を振り、地図上にも記入する。

「一発目で出てくるなんて。白い石や骨はわりと多く見つかるものですか？」

「よく見つかりますよ。ほとんどが動物の骨です。このあたりは野生のイノシシや鹿もいますから。ツキノワグマも」

奈良は再び泥をさらった。また白いかけらが出てきた。二股に分かれていて、先がとがっていた。

「これは骨というより、鹿の角か」

念のため、大泉隊長に渡した。隊長はボランティアからも次々と発見の報告を受けていて、忙しそうだ。大輔は奈良のいる場所から三十メートルくらい離れたところで、淡々と泥をさらっていた。

一時間後、奈良は右足のふくらはぎが攣った。激痛にうめき、足を引きずって湖畔に倒れ込む。長靴の上からカチカチに固まったふくらはぎを拳で叩く。すぐに収まったが、十分ほどふくらはぎをもんだりさすったりしてほぐしてから、再び湖の中に入った。三十分後、身を起こした瞬間に腰に激痛が走る。情けないが、自力で動けなくなる前に離脱させてもらった。

「慣れないもので、本当にすみません」

大泉は苦笑いだった。

「事件が落ち着いたら、朝霞のサーキット訓練を受けに来てください。体が鍛えられます」

朝霞の機動隊基地内にある訓練施設のことだろう。奈良は苦笑いで応え、レスキュー隊の特科車両で休ませてもらおうとしたが、駐車場からは、捜索現場が見えない。

奈良は見晴台に行った。捜索現場がよく見下ろせる。大輔を探そうとしていると、軽ワゴン車がやってきてすぐ隣に停車した。金文商事の車だ。中から女性が二人出てきて、休憩所に差し入れを運び入れる。パケットの中身はおにぎりだった。まだ温かそうだ。握りたてだろう。

「どうぞ、召し上がってください。豚汁もいま出しますからね」

女性がバックドアを跳ね上げる。ラップで蓋が固定された寸胴鍋がトランクに置かれていた。お椀もたくさん用意してある。奈良はその場を辞することにした。

「私は警察なので……」

「警察さんの分もありますから。レスキュー隊の方もいつも食べていますし、遠慮なく」

「毎日、これを？」

なんでもないような顔で、金文商事の女性社員は頷いた。

「米代とか食材費とか人件費は、会社の経費ですか？」

奈良は塩にぎりのラップを外しながら、尋ねる。

「社員や地元の方の有志でまかなっています。農家さんが余ったお米や食材をくれるんですよ。会社経費で用意すると、警察さんが食べれなくなっちゃうでしょ」

贈収賄になってしまうと言いたいらしい。女性社員がぼそっと言う。

「昔それでうちは痛い目に遭っているもんで、社長がうるさいんです」

「痛い目――」

「地元の町長とか県知事に賄賂を渡したとか、なんとか。警察の捜査が入ったこともあって、会社が大騒動だったときがあったんですよ」

十七年前の、最終処分場建設認可を巡る、贈収賄疑惑のことだろう。

「ご存じかもしれないけど、殺人もあってね。社長は容疑者扱いされて本当に悔しい思いをしたみたいです。はいどうぞ」

女性はお椀を差し出した。具沢山の豚汁だ。

「里芋だけは、うちのファームで獲れたものなんですけどね」

女性社員の話が止まらない。

「ファームがあるんですか」

「栃木の中間処理場の脇に里山があるんですよ。そこでオーガニックファームをやっているんです」

パンフレットに書いてあったのを思い出す。嘘っぽいと思ったが、本当にあるようだ。

「獲れた里芋は地元の人に販売しているんですけど、親芋は繊維質が多くて形も悪いので、商品にならないんです。うちではそれをすりおろして、ファームで販売しているパウンドケーキに練り込んで使っているんですよ」

「ケーキに里芋ですか」

「もっちりしていておいしい食感になるんです。いつか栃木に遊びに来ることがあったら、是非食べていってください」

奈良は小さくカットされた里芋を口に入れた。確かに普段口にする里芋より筋が多い気がしたが、細かくカットしてあるので気にならなかった。体が温まり、腰やふくらはぎの痛みがやわらいでいく。

十二時になり、ボランティアたちが休憩のために見晴台までやってきた。奈良は途端に居心地が悪くなったが、逃げるのも卑怯なような気がした。アツアツのほうじ茶が入ったポットがいくつもあり、奈良はひたすらそれをすする。目の前におにぎりが突き出された。大輔だ。

「いや、さっきひとついただきましたので」

「もっと食べないと。午後、もたないですよ」

「すみません……」

奈良はありがたく頂戴した。大輔は自ら握り飯を二つ取り、奈良の隣のベンチに置く。社員や他のボランティアに交ざって豚汁の列に並んでいる。社長だから優先ということもないし、社長だから誰かがお膳をして持ってくるふうでもなかった。大輔は豚汁のお椀を二つ持って戻ってきた。

「どうぞ」

奈良の分のようだ。

「私はもう、いただきました」

「何杯でも飲んでください。体をよく温めておかないと、また足が攣ります」

大輔の口は笑っていた。奈良が無様にふくらはぎをさすっている様子を見ていたのだろう。奈良は苦笑いを浮かべて、豚汁をすすった。思わずため息が漏れる。

大輔も隣で豚汁を食べている。熱そうに喉を上下させたあと、奈良に尋ねる。

「奈良さん、おいくつになりました？」

「四十六ですが」

「まだまだこれから」

会話は続かなかった。大輔はもくもくと握り飯を食っている。奈良は沈黙を苦痛に感じた。大輔も同じなのか、急いたように話しかけてくる。

「そういえば、ゴールデンズは勝ちました？」

「コールド負けでしたよ。午後の試合は二点差で惜敗でした」

「壮真、悔しがっていたんじゃないですか」

「全然ですよ、へらへらしていて。レギュラー取れただけで満足してるのかな」

「チーム全体に負け癖がついちゃっているんですよ。社会人チームの方も弱小なので」

奈良はちょっと笑ってしまった。金文商事が社会人野球チームを立ち上げた経緯を大輔がしゃべり始めた。十七年前からずっと容疑者と見ていた人物を前に、奈良は事件の話ができない。

一週間後、朝から奈良は不法投棄物の保管所で小山や森川らと作業した。昼を食べに行くと言って、先に抜け出す。署でシャワーを浴びてスーツに着替え、車両に足を突っ込んだところで、小山に呼び止められた。彼らも署に戻っていたようだ。

「奈良。どこへ行くんだ」

小山と森川には、午後も作業を続けるように言ってある。

「ちょっと野暮用だ」

「どこへ。どんな」

「草加市の方だ。帰りにせんべいでも買ってきてやるよ」

奈良は車を出した。埼玉県南東部の町、草加市に向けて車を走らせる。一時間ほど走り、県道49号に入った。草加せんべいで有名な町だ。せんべいの工房がたくさんある。

綾瀬川沿いの一軒家の前で車を停めた。築四十年くらいの瓦屋根の一軒家は、手入れが行き届いていた。門扉の脇の鉢植えにマリーゴールドが咲いている。『難波』の表札の下のインターホンを押す。

難波は八十四歳になっている。とっくに金文商事の専務を退任し、隠居生活を送っているらしい。石神が今日の訪問を設定してくれた。

明るい声で応対に出てきたのは、娘の明日香だった。石神の元妻だ。奈良は十七年前に一度会っている。石神の衣類が入った紙袋を受け取ったのだ。

明日香は奈良に全く覚えがないようだ。にこやかに玄関へ通す。玄関には小学生くらいの女の子のサンダルやピンク色の傘が置いてあった。石神と離婚し、一人娘を連れ実家に戻ってきていると聞いている。

二階の和室に案内される。整然とした部屋で、塵ひとつ落ちていない。ノーネクタイのワイシャツ姿の男が、和テーブルの上座にあぐらをかいて待っていた。難波高志だ。髪は薄くなって頭皮の色も目立つ。瞼が痩せて目が一回り小さくなっていた。肌艶はよく、背筋がピンと伸びている。

奈良は緊張していた。いまさら何をしに来たのだと激怒されるのを覚悟でやってきた。

「立派な和テーブルですね」

気まずさから、どうでもいい話を振ってしまう。漆塗りの表面を触った。手触りはあまりよくない。

「金木さんから譲ってもらったんだ」

いきなりその名前を出すか。

「廃材を使ってリメイクしたと言っていた。手先の器用な人だからね。ただ、彼も九十四歳だ。三年前は電動ドライバーを使用中に滑らせて、手のひらに穴を開けるところだった。息子の大輔君が工具類を取り上げてしまったと、本人は苦笑いしていたよ」

明日香が茶と菓子を持ってきた。誰も口を利かなかった。明日香もそそくさとその場を立ち去った。難波が茶をすすり、顎で階段を指す。

「石神君と離婚するときにとても揉めてね」

難波もなかなか本題に入ろうとしない。難波とは十七年前に羽田空港で対峙したあとも、家宅捜索の現場などで顔は合わせた。奈良を咎めたのは、空港の件だけだ。十七年ぶりの今日も、奈良を非難する気配はない。

「石神君は高級時計の収集が趣味のようでね。いつもそれで揉めていた」

「いまでもランゲ&ゾーネをつけていますよ」

雑談のキャッチボールが続く。

「石神君には私が金文商事に再就職したことで何度となく迷惑をかけたが、それと明日香に対する扱いは別問題だろう」

「妻よりも時計を大事にしていたんですか」

難波は苦々しい顔で煎茶をすすっている。否定しない。

「明日香は家事、育児に追われながら捜査本部に入りっぱなしの夫に差し入れし、必死にパートで働いて家計をやりくりしていたんだ。蓋を開けてみたら、あのバカたれがへそくりをこっそり貯めて高級時計を買いまくっていた」

難波が笑い出した。罵ってはいるが、目尻に皺が寄って優しげではあった。男はそんなものだと思っているのかもしれない。離婚はしても情が残っているようだった。

「さて。奈良君。本題に入ろうか」

まあ楽にしろ、と難波は言った。奈良もあぐらをかく。

「私に訊きたいことがあるということだが。実は君はいつか会いに来ると思っていたんだ」

難波が茶をすすり、言った。

「もう一人いただろ、ふてぶてしい態度をした……」

「小山ですか」

「そう、それ。あいつはダメだ。頭が固くて思い込みが激しい。でも君は話せばわかってくれるような気がしていた。今回の不法投棄事件をきっかけに、君と話したいと思っていた」

「私も頭は固いです。ついこの間まで、金文商事が不法投棄事件の黒幕だと思い込んでいました」

金文商事にメスを入れられなかったのは、幹部から禁止されていたからだ。いまも完全に疑惑を払拭できたわけではないが、口には出さなかった。

「十七年前は新人だったからね。学んだ先輩が悪かったんじゃないか」

奈良は笑ってしまった。こそばゆく感じるほど、穏やかな会話が続く。

「奈良君、どうかね」

難波が投げかけてきた。

「金文商事を色眼鏡で見るのは、さすがにもう、無理があると気が付き始めてくれただろうか」

難波の口調は遠慮がちだった。

「正直、戸惑っています。ここのところ考えてばかりで眠れません」

壮真がなついていた相手が大輔だったということは大きな衝撃だった。壮真はカンの鋭い子だ。人を見る目は大人よりも的確だと思っている。見識のある大人が百人口をそろえて「金文商事は善良な会社だ」「金木大輔はいい人だ」と言っても、奈良の心は動かなかっただろう。

「私を見る目も変わったな」

そんなつもりはないが、難波にはわかるらしい。

「課長、警視正まで上り詰めたのに金のために産廃業者なぞに再就職をしたと軽蔑の目で見ていた。十七年前はな。いまは気まずそうだ。自分が間違えていたと自覚し始めているから、その目になる」

奈良は思わず目を逸らした。

「県警を定年退職して二十四年、何度疑惑の目で見られたか。距離ができてしまった後輩もいる。四課の猿渡とかな。あいつとは馬が合って、かわいがっていたんだがな……」

猿渡は薬物銃器対策課長を最後に、定年退職している。

「天下り先は豊富にあったはずなのに、なぜ産廃業者に再就職をしたんですか」

　難波が黒部署の署長時代の話を始めた。金木忠相と出会ったころと重なるらしい。

「最終処分場反対運動が始まる五年前だったと思う。黒部町の春日神社で毎年盆踊り大会があった。金文商事が協賛金の殆どを出していた」

　当時は黒部町を挙げての大きな盆踊り大会だった。警備の人員を警察から出す。行政や協賛企業のトップと所轄署の幹部が顔を合わせる機会は多くある。

「金文商事の本社は秩父市です。なぜ隣町の盆踊り大会の筆頭スポンサーなどになったのですか」

　目的は察しがつくが、敢えて難波の見解を尋ねた。

「最終処分場をいずれ黒部町に作るという思惑があったからだろう。盆踊り大会を口実に地域を金で釣ろうとしたとは、もう考えないよな」

　奈良は苦笑いするしかない。つい一週間前の自分なら、そう曲解しただろう。

「地域に貢献し住民理解を得るための企業努力だと、いまの君ならわかるはずだ」

　奈良は玉淀ダムで捜索ボランティアをしていた金文商事の社員たちのことを思い出した。蛍光緑色のベストを着ていたが、社名やロゴなどは入っていなかった。ボランティアを出しているという大々的な宣伝も一切なかった。辛そうな表情は見せず、淡々と作業していた。大輔は寒さで体を震わせながら、すくった泥から石ころやゴミを選別して捨てていた。

　難波が十七年前の話を続けている。

「最終処分場計画のため、水面下で春日集落移転の交渉が始まっていた。地上げ屋もどきが交渉に割り込んできて困っていると金文が相談を持ち掛けてきた」

難波はすぐ黒部署員に捜査させた。移転交渉の間に入ってきた暴力団員や悪徳弁護士を脅迫容疑や詐欺容疑で逮捕し、黒部町から追っ払った。奈良はソバージュヘアの女性刑事を思い出す。

「副島さんでしょうか。彼女が捜査を？」

「ああ。彼女は黒部で長らく駐在をやっていた男の娘でね。刑事になってからは黒部署ひとすじの女性刑事だった。あの土地の歴史、人間関係が全部頭に入っている」

優秀な警察官だったと難波は評した。両親の介護のため、定年を待たずに退職したらしい。

難波が異動後も、金木忠相との付き合いは続いた。

「工事現場に勝手に居座って警備費用を要求してくる暴力団がちらほらと現れて、金木さんはまたしても対応に苦慮していた。私が行くと、偶然にもかつて検挙したことのある暴力団員だった。すぐさましっぽを巻いて逃げたよ」

難波は苦笑しつつ、遠慮がちに重ねた。

「金木さんはその様子を見て、是非ともうちへ再就職してほしいと持ち掛けてきた。これが専務になったいきさつだ」

奈良は口を挟んだ。

「難波さんが金文商事を信用しているのはわかりますが、それでも、社会を誤解させるような行動をしていたのは確かです。十七年前は会社のパンフレットからして嘘だらけでした。一般ゴミを引き受けて将来的に黒部町の財政を救う予定だったというのも真実味がなかった」

「最終的には中間処理場も建設する予定だったんだ。そこで一般ゴミを引き受けられるし、処分の際に出る熱を再利用し、温泉施設を作る予定だった。雇用が生まれ、地域に貢献できる」

難波は誠実に答えたが、奈良は敢えて厳しく尋ねる。

「〝予定だった〟という口約束では信用は得られません。企業として嘘つき呼ばわりされるのは当然です。栃木の処理場の処理水の偽装とパンフレットの誇大広告がその証拠です」

「パンフレットは営業部門の暴走で、金木さんも大いに反省していた」

あっさり難波は非を認めた。

「処理水の件はなにかの間違いだ。君は一度、金文商事の栃木の中間処理施設を見学すべきだ。金文商事の取り組みがよくわかる」

何度も行こうとしていたが、捜査幹部に止められていた。

「栃木の処理場は地域活性化に成功した一例だ。以前の栃木県広岡町は産業も観光資源もなく、高齢化が急速に進んでいた。自力のゴミ処理施設を持たないから財政も厳しく、破綻しかけていた」

難波が熱っぽく語る。

「金木さんが黒部町で夢見ていた、処理の過程で出る熱を使った温泉施設の運営も順調だ。いまや大手企業幹部や環境学を専門とする学者がこぞってやってきて、金文商事の最新鋭のプラントやリサイクル技術を視察する。里山保護プロジェクトもやっている」

オーガニック野菜や鶏を育てていてカフェも併設している。子供向けのアスレチック広場も整備している——難波の口から次々と出る『善行』を奈良はどうしても胡散臭く感じてしまう。

「最終的には温泉施設やカフェ、里山の農業で大量の雇用が生まれて、人口も増えた。平成の市町村合併の波に耐えて近隣に吸収されずに済んだんだ」

「しかし、栃木でも結局最終処分場は作れませんでしたね。環境破壊や汚水の問題をクリアできなかったからでは？　産廃処理の過程で出た処理水で亀を飼っているなんて大嘘、実際は自然の湧水を使っていたというデータが出ています」

「そもそも栃木の広岡町に最終処分場を作らなかったのは、作れなかったからじゃない。この二十年でリサイクル技術が大いに発展し、産廃の殆どをリサイクルすることができるようになった。作る必要がなくなっただけなのだ」

他の産廃企業ではせいぜい五十〜八十パーセントだが、金文商事のプラントなら九十八パーセントはリサイクルできるという。

「最終処分場行きになるのはたったの二パーセントのゴミだけだ。自前の最終処分場を作る必要がなくなった。最終的にはリサイクル率を百パーセントにするのが金文商事が掲げる目標だ」

「ではそもそも黒部に最終処分場を作る必要はなかったということになりませんか？」

「リサイクル技術の発展は時代と共にある。一瞬でパッとできるものじゃない。あのときは必要だった。二十年かけて必要でなくするため金文商事は企業努力を重ねた。その結果なんだ。頼むからわかってくれ」

老人の目に涙が浮かぶ。奈良はもう口を挟めない。

「金木さんは、反対派リーダーの村治さんが命を落としたことを、誰よりも悼み嘆いていた。あのときに彼は決意したんだよ、もう二度と地域住民と揉めまいと。最終処分場を作ることに心血を注ぐのではなく、リサイクル技術を発展させることでしか、地域住民との和解の道はないと悟った。企業の行く先を方向転換したんだ。その決意を、悪意のあるよう捻じ曲げないでくれ」

難波はガーゼハンカチを出し、目元を拭う。

「すまない。年を取ると涙が勝手に出る」

鼻をかみ、難波は続ける。

「いずれにせよ、その後の黒部町の衰退を見れば一目瞭然だろう。横崎翔子なんかが町政のトップに躍り出てしまい、最終的に金文商事はあの土地を無償譲渡せざるを得なくなった。町は町であの土地を二束三文で潰れかけた城西開発に売却した。当時の城西開発にあの土地を再開発する企業体力があったとは思えないのに――」

難波は再び、涙を拭った。

「結局、開発が始まらないうちに倒産だ。そして競売にかけられ、悪党どもに目をつけられて不法投棄現場と化してしまった」

やがてたった八百ミリの雨で土砂崩落を起こし、壮真から祖母を奪った。八か月経ったいまも、彼女の骨のひとかけらも見つからない。

「奈良君――」

改めて迫られる。

「黒部町を破壊したのは、本当は誰か。土砂崩落の原因を作ったのは、本当は誰か。ここまで聞いてもまだ金文商事が諸悪の根源だと思うのかね？」

奈良は茶を飲み干した。

「パンフレットの虚偽に処理水の偽装、しまいには反対派リーダーの撲殺現場に大輔氏が居合わせた上、引っ掻き傷が残っていた。金文商事は優良企業かもしれませんが、なぜ十七年前に限ってこんなに悪い話ばかりが持ち上がるんです。ただの偶然と言いたいのですか」

「偶然ではないだろう。私が担当刑事だったらそう考えるがね」

奈良は驚き、難波を見据えた。

「誰かが金文商事を陥れようとした」

難波が前のめりになり、奈良に問う。

「十七年前、その観点からの捜査はしたのか？」

奈良は首を横に振った。

「全てが誰かの奸計(かんけい)ではないにしろ、一つか二つはそうだったかもしれない。その視点から捜査をしていたら、何かが違っていたかもしれない」


奈良は秩父署に戻ったが、捜査本部には入らなかった。隣の部屋の扉を開けた。十七年前の事件の捜査資料が置かれている。段ボール箱の山が壁際にできていた。いまや十七年前の事件に興味を持っている刑事もいない。段ボール箱は埃をかぶっていた。部屋も寒々としている。

奈良はエアコンのスイッチを入れ、かじかむ手に息を吹きかけながら、段ボール箱のラベルを探る。パンフレットの虚偽と処理水の偽装、大輔が現場に居合わせた上に被害者から引っ掻かれていたこと、この三点のうち、大輔にまつわることは十七年前に散々捜査をした。残りの二点に絞り、『金文商事が陥れられた』という視点のもとで、捜査資料を読み返すことにした。

十七年前のパンフレットを出し、印刷した会社に電話をしてみた。つながったのは雑貨屋だった。

「秩父印刷さんの番号ではないですか？」

「いまは違いますよ。番号を引き継いだのはもう十年以上前ですけど」

印刷会社は解散しているようだ。法務局に行って過去の登記簿を取り寄せないと、関係者の連絡先はわからないだろう。大輔や当時の社長の金木に尋ねてみるか。

正直、いまさらどの面を下げて金木親子に聴取すればいいのか。土下座して謝るべきだろう。腹の底が痛くなる。

処理水の件についても考えた。警察では処理水の偽装の真偽については捜査をしていないので、経緯は反対派の資料でしかわからない。奈良は反対派からコピーさせてもらった資料を探す。

「奈良――」

小山の声に、はたと我に返る。十七年前に気持ちが戻っていたせいか、奈良は立ち上がって敬語で返事をしそうになった。小山は変な顔で、扉の入口に立っている。

「なんだよお前。なにしてんの」

「いや……ちょっと気になることがあって」

小山に、金文商事は悪の権化ではないと納得させるのは至難の業だ。壮真とも関係が浅いから、壮真が信頼していると言っても、大輔を信用しないだろう。むしろ子供だから騙されているんだと考えるかもしれない。奈良は追っ払うために言う。

「手伝ってくれ。上から三番目、右から四番目の段ボール箱を取り出して、埃を拭いてくれ」

「ふざけんな」

小山は立ち去った。奈良は反対派の資料の箱を取り出し、処理水に関する書類を探していった。二時間探してようやく村治がマスコミ向けにリリースした資料を見つけた。

『金文商事栃木広岡中間処理場、処理水の偽装疑惑について』とタイトルがついていた。

『住民向けの中間処理場見学会にて、金木忠相社長が処理水について、〝生き物が棲息できるほど安全〟と説明したのを受け、しかる研究機関に分析を依頼したところ、化学的に処理された水ではなく、自然の湧水であることが判明した』

リリースの半分は金文商事に対する糾弾になっていた。添付の資料を見る。処理水を分析したのは、関西理科大学の研究室とある。

奈良は引っ掛かった。反対運動の現場は埼玉県で、処理水は栃木で採取したものだ。なぜその分析を埼玉や栃木の機関に頼まなかったのだろう。首都圏には水の分析ができる研究機関は関西圏よりもたくさんあるはずだ。

反対派住民の誰かのツテやコネがこの大学にあったのだろうか。分析する水は郵便や宅配便などで送ったとは考えにくい。大阪まで直接、持参したはずだ。余計な金と時間をかけてわざわざ大阪の大学まで行ったことになる。

奈良は、処理水の分析をした関西理科大学へ聞き込みに行きたいと、比留間に訴えた。ここに至るまでの経緯を一切説明しなかったこともあり、比留間はぽかんとしていた。

「ここは不法投棄事件の捜査本部だ」

「そうですが――」

「十七年前の未解決事案が解決したら、黒部春日の不法投棄グループとつながる情報が得られるのか？」

隣で聞いていた秩父署長も言う。

「そんなのは継続捜査係の仕事だろう」

　小山までもが嚙みついてきた。

「お前、ゴミあさり捜査を俺たちに押し付けておいて、なに一人で血迷ってやがる」

　比留間が受話器を上げた。

「とにかく、継続捜査係には伝えておく」

「お願いします、俺にやらせてください」

　奈良は頭を下げた。

「今回の不法投棄とは関係ないことはわかっています。それでも、やらせてください。三日だけ時間をください。なんなら、休暇扱いでかまわないんで」

「なぜいまやる必要がある」

「金木大輔氏を十七年も、殺人犯扱いしてきてしまいました」

　小山がすぐさま目を丸くする。

「お前、なに言ってんだ。事実、アイツは殺人犯だ」

「証拠はなかった」

「捜査本部はスパイだらけでアイツは海外逃亡だぞ！」

「難波さんも副島さんも、石神さんだってスパイじゃない。ただ金文商事を企業として信頼していただけだ。そして海外逃亡するように追い詰めたのは俺たちだ」

　小山は呆気に取られている。

「金文に金でも積まれたのか？　なんだよその突然の翻意は」

奈良は無視し、休暇の申請をすることにした。踵を返したとき、石神にぶつかった。石神は目を真っ赤にして奈良を見つめる。比留間に進言した。

「私も三日ほど休暇をいただけませんか」

「石神君まで、どうした」

「奈良君と一緒に、処理水の捜査をさせてください。この件はずっと気になっていましたが、私は当時は担当外で、直接捜査することはできなかったんです」

小山が石神と奈良の間に強引に割り込んだ。

「お前、ちょっと黙ってろ。これは俺と奈良の問題だからな」

「違うよ、小山さん。とっくに奈良君は君とは違う方を向いている。正しい方向だ」

「なんだと！」

小山が激しくがなりたてた。石神は声を張り上げた。

「金文商事の創業者、金木忠相はかつて関東産廃業者連合の会長を務めていた！」

「それがどうしたと――」

石神は小山の発言を遮る。金文商事が優良企業である根拠を並べた。

「産廃業としての認可を出しているのは埼玉県だけじゃない。運搬や収集に関しては、関東全域一都六県他、甲信越、東海地方の県の認可も取っている。ＩＳＯ、国際標準化機構の規格の取得は七つにも及ぶんだぞ」

世界的な基準に値する事業を金文商事が展開しているということだ。

「金文商事が取得しているＩＳＯは、環境ＭＳ、品質ＭＳ、エネルギー、労働安全衛生、情報セキュリティ、事業継続、学習サービス。MSというのはマネジメントシステムという意味だ」

有機JASなる認証も取得していた。大輔はソーシャルイノベーション賞も去年取っている。日本経営品質賞の経営革新推進賞も受賞していると石神は述べた。

「知っている！　現在の金文商事の企業パンフレットに掲載されてんだろ。あれもでたらめに決まっている」

小山はなおも反論した。

「君はまだ、金文商事が悪徳企業だと思い込んでいるのか？」

言ったのは比留間だ。小山は目を丸くして、振り返る。比留間は、奈良や小山ととっくに立ち位置が違っていたのだ。小山は言い張る。

「金文商事は十七年前のパンフレットも嘘を並べていたんだ」

比留間は小山を無視して、二人の捜査を許可した。

「休暇ではなく捜査だ。必ず三日で成果を出してこい。若月愛子は未だに骨のひとつも見つからず、不法投棄は犯人のしっぽすらつかめていないんだ」

奈良は十五度腰を折って敬礼した。石神と動作が揃っていた。


翌日、西武秩父駅から始発電車に乗って、大阪に行くことになった。石神と二時間かけてJR品川駅に到着する。コンコースは新幹線乗り場へ向かう人々で流れができている。

奈良は石神が新幹線の切符を買う間、十七年前の処理水の分析について知っていそうな人物に電話で確認をすることにした。まずは反対派副リーダーの鴨川竜平（りゅうへい）の実家の番号を押す。しゃがれ声の女性が電話に出た。鴨川の母だろう。名乗り、事情を話した。

「いま一度、竜平さんからお話を聞きたいのですが」

「うちの竜平はそのような反対運動には関わっていません」

電話は切れてしまった。奈良は啞然とする。鴨川は、横崎翔子や村治を巻き込んで写真集を出させ、町民に配り、反対運動の基盤を作った人物だ。かけ直したが、居留守かつながらない。

「ふざけんな。扇動したのはお宅の息子だろうがッ」

石神が新幹線の切符を手に戻ってきた。鴨川の話をする。彼はわかったような顔で言う。

「当時の反対派と連絡を取るのは、難しいぞ。ふじみ土木に家屋の解体を依頼した人が全国で四百人はいるはずなのに、誰からも情報提供がないのと同じだ」

当時、反対運動がなく最終処分場ができていたら、あの土地は崩落しなかったのだ。

「反対運動をやっていたと言い出せる人は少ないと思うがな」


新幹線に乗った。石神は二百五十ミリリットルのミニ缶ビールを買っていた。咎められると思ったのか、言い訳する。

「新横浜までに飲み干すよ。あとは寝ておけばアルコールは抜けるだろう」

酒を口にした途端、うかがうように尋ねてきた。

「難波さんの自宅に行ったんだろ」

娘の様子を知りたかったようだ。素面(しらふ)だと切り出せなかったか。奈良は苦笑いする。

「昼過ぎでしたので、難波さんと元奥さんしかいませんでしたよ」

「なら、難波さんはうちの娘の話はしていたか？」

離婚でなかなか会えなくなったらしい。奈良は首を横に振った。石神は悲しげなため息をつき、ポリ袋から缶ビールを差し出した。

いただくことにした。

「難波さん、ランゲ&ゾーネの時計をしていると聞いたら呆れていましたよ」

「そんな話をしていたのか。勘弁してくれよ」

いまさら石神は袖で時計を覆う。酔いが醒めないうちに、奈良は直球で尋ねた。

「石神さんはなぜ、捜査二課から生活経済課に鞍替えしたんですか」

石神は奈良にとっては、金文商事絡みの事件が起こるたびに肩書を変えて捜査本部に現れる怪しいやつでしかなかった。金文商事への疑惑が薄れつつあるいま、石神の立ち位置さえも変化して見える。

「わかってるさ。妻に内緒で、月三万円の小遣いを必死に切り詰めて貯めたへそくりで買ったランゲも、金文商事からの賄賂に見えるんだろう」

「公務員がへそくりで買える金額じゃないでしょう」

「これは中古だよ。月に二万円のへそくりとボーナス時のお小遣いを足せば三年で買える」

同僚と飲みに行くのを断り、昼食代を浮かせてやっと貯めたらしい。

「他の時計も殆ど中古だよ。新品は妻が結納返しに買ってくれたロレックスだけ。それを元妻はさ、私が生活の足しにとパートで稼いだ金で買ったようなもんだと、難癖をつけて」

「夫婦でもっと話し合いをすべきだったのではないですか」

「結婚したことのないやつに言われたくないね」

奈良は反論しなかった。

「話を戻すぞ。なんで所属を鞍替えしたか、だったな」

奈良にずっと伝えたいことだったのかもしれない。

「難波さんの影響もあるが、十七年前に捜査本部を追い出されたのが大きなきっかけだったとは思う。産廃は悪だという一般人の刷り込みのひどさに辟易していた」

奈良への当てつけかと思ったが、〝一般人の刷り込み〟を肯定もする。

「思い込むなという方が難しかったかもしれない。十七年前はまだまだ不法投棄が大きな社会問題だった。暴力団と密接に関わっている産廃業者も多かった。全国各地の住民が不法投棄被害に悩まされていた」

だが、それはごく一部だ、と石神は訴える。

「殆どがまっとうな業者なのに、人々はそれを理解してくれない。どうしてか。産廃業者のことを知らないからだ。ゴミを出さない人はいないのに産廃業者には興味がない。ゴミの話なんか聞きたくないからだろう」

その現実が、石神を決断させたようだ。

「一部の業者がやらかす不法投棄を徹底的に叩かないと、産廃業者の地位は上がらないし、悪人だという刷り込みも収まらない。思い切って捜査二課から、生活経済課へ異動を希望した」

「それは自分の地位向上の意図もあったんじゃないですか。産廃業者に再就職した男の娘を娶った。産廃業者の地位が低いままだとあなたへの風当たりも強いままだ」

奈良は敢えて厳しい見解を述べた。

「君はどこまでも意地悪な見方をする」

「元奥さんとの出会いはなんだったんですか」

「難波さんが卒配先の署長だった。彼女が持ってくる着替えの差し入れをよく代わりに受け取った」

懐かしそうに石神は目を細めた。

「難波さんは面白い署長だった。配属初日に署長を表敬訪問するだろ。難波さんは必ずクイズを出す」

この所轄署で一番偉いのはなにかと問うらしい。正解は、トイレだ。

「人の欲求の先に出てきたヨゴレモノを全部受け止めるトイレが、一番偉くて尊い場所だ。難波さんは新人にそう教える」

「そしてトイレ掃除を命じる？　俺も新人のころに散々やらされましたけど」

「違うさ。署長の難波さんが自らトイレ掃除をしていた」

奈良は驚いてシートから身を起こした。

「そんな署長がいますか。階級はもう警視か警視正あたりだったでしょう」

「それでもやっていた。難波さんはそういう人だ。毎朝誰よりも早く出勤して、署内のトイレをピカピカにしてから仕事に取り掛かる。俺は心から尊敬したよ。お互いに異動があって離れ離れになってもしょっちゅう難波さんと飲みに行っていたし、自宅にも遊びに行った」

懐かしそうに石神は話す。

「結婚してからも難波さんの教えを守った。俺は妻にトイレ掃除をさせたことがない。自宅に帰る日は必ず俺がやった。へそくりでランゲの中古品を買うくらい、許されるだろ」

石神が親密な笑みを送ってきた。すぐに口元は引き締まる。

「奈良君、産廃も同じだろ」

新幹線はいつの間にか新横浜を過ぎていた。

「物を作ると必ず出るのが産廃だ。日本の産業界はトイレのないマンションだと言われている。どういう意味かわかるか」

トイレがない家はない。排泄しない人間はいないからだ。同じように、廃棄物を出さない産業は存在しないと言いたいらしい。

「製造の過程で出る産廃の処理施設は、工場の建設と同時に考えて作るべきものだろ。それなのに、未だに生産活動と産廃処理活動が区分けされている」

産廃業はサービス業にあたる。製造業の中に組み込まれていない。

「だから日本の産廃業界はずっと誤解されたままなんだ。一般人から線引きされたまま。捨てたものが自分の目に触れなければ、それでいい。企業側は捨てたもん勝ちだ。それがまかり通る時代が長すぎた」

暴力団が産廃業に食いついていたことも原因だろう。

「気が付けば〝産廃は悪〟という刷り込みができあがってしまった。産廃業界の地位は低いまま、人々の深層心理に定着してしまった」

石神はため息をつく。

「少しでも産廃業者——つまり金文商事の肩を持つようなことを口走れば、やれ金文商事から袖の下をもらっているだの、時計を買ってもらっているだの、白い目で見る。君もだろ」

奈良は謝ったが、反論はした。

「石神さんの場合はタイミングが悪すぎませんか。金文商事の御曹司に殺人の疑惑がふりかかっていた。そんなときにその企業の幹部の娘と結婚したとなれば、誰でも白い目で見ます」

「タイミングが悪かったのは認める。元妻に猛プッシュされたんだ。周囲の結婚ラッシュに焦ってのことだとわかっていたんだ、くそ」

石神は冗談めかしたが、奈良はもっと言い訳したい。

「金木さん親子もそうです。ダンマリしていないで、もっと正当性を強く訴えてほしかった。産廃に対する色眼鏡の話も、十七年前に聞きたかったです」

石神が少しシートを倒した。

「奈良君、所沢のダイオキシン問題を覚えているかい？」

「知ってますよ。俺たちが十七年前に黒部の殺人事件を捜査していたとき、住民運動が盛んでした」

聞き込みに行った所沢市内の産廃業者の本社入口には監視小屋があった。聴取はシュプレヒコールでかき消された。

「その後、どうなったか知っているか」

「どうなったって――ダイオキシンを垂れ流していた焼却炉は全部撤去されたんでしょう。いまや所沢はクリーンな住宅街だ。駅前は開発ラッシュだし、企業進出の話も耳にします」

「そう、産廃業者は焼却炉を撤去したんだ。ダイオキシンを出さない最新鋭の焼却炉まで撤去せざるを得なくなった」

「なぜ最新鋭のものまで撤去したんですか」

「住民が納得しないからだよ。どれだけ安全な数値だと分析表を見せても、やれ偽装だ、嘘だ、信憑性がない、と取り合わない。正しいと主張すればするほど反対運動は盛り上がり、産廃業者は悪人呼ばわりされる。だから撤去せざるを得なかったんだ」

「しかし、実際にダイオキシンが所沢の野菜から出た以上――」

「君は健康被害を目にしたことがあるのか？　かつての四日市ぜんそくみたいな病状が、所沢で出た人がいたか？」

「住民が撤去を求めて焼却炉が撤廃されたから、被害を未然に防ぐことができたんじゃないですか？」

石神は天を仰ぎ、「ああ、石頭め」と奈良を罵った。

「スマホで調べてみろ。『所沢、ダイオキシン、誤報』これで詳細が出てくる」

奈良は言われるまま、スマホで検索した。『誤報』だの『キャスターが謝罪』だのという言葉が含まれた文章が、一覧になって目に飛び込んでくる。

「とあるニュース番組が、所沢の野菜から基準値を超えるダイオキシンが出たとすっぱ抜いたのが全ての始まりだった。ところが実際に検出されたのは野菜じゃなくて濃度が凝縮されやすい茶葉だった。しかも飲んでも害のない基準値でしかなかった」

完全な誤報だ。

「それなのに反響が大きすぎて所沢の野菜の値段は大暴落し、産廃反対運動のきっかけを作った」

奈良は、自分が二十年近くも誤報と知らずにきたことにも愕然とする。

「当時はネットが発達していなかったからな。誤報と判明したら後日、テレビキャスターが十秒くらいで説明して頭を下げただけだろ。視聴者がその十秒を聞き逃したら永遠に誤報と知らないままだ」

　奈良は聞き逃した一人なのだろうか。世間の大多数が、誤報という事実を聞き逃したということか。

石神は、そうじゃないと首を横に振る。

「情報というのは怖いんだ。全ての情報が公平にまんべんなく広がるわけではない。危機や疑惑は一瞬で広がる。だが言い訳や弁解は広がりにくい。信じてもらえないことも多い」

　当時も、ダイオキシン報道は誤報で所沢の野菜は安全だとアピールしても、野菜の値段は暴落し続けた。廃業する農家も相次いだようだ。

「農家は怒りの矛先を産廃業者に向けるしかない。そもそもここに産廃業者がいるせいだとな」

　農家がそう考えてしまうのは仕方がない気がした。

「ダイオキシンが出ない最新鋭の焼却炉を使っていたが、どれだけ説明しても住民の怒りは収まらず、撤去せざるを得なくなった。中には、環境に優しい事業だと証明するためにプラントの近くの里山で蛍の育成を始めたところもあった。それでも反対運動は終わらなかった」

　所沢を撤退する産廃業者が相次いだ。いくつかは休日に社員総出で地域のゴミ拾いを行ったり、祭りを主催して地域住民と交流する場を作った。プラント内部に見学路を設けて、積極的に産廃処理の過程を見せた業者もあった。

「それこそ一人ずつ理解者を増やしていくという地道な努力を二十年続けて、ようやくいま一部の業者が共存している状態だ」

　奈良の脳裏に一枚の写真が浮かぶ。盆踊り大会で地域住民と談笑する金木忠相の姿がうつっていた。金で住民を釣っていると考えていた。彼らからしたら、理解者を増やす企業努力のひとつか。

「所沢の方は二十年間地域への貢献を続けてようやく生き残っている状況だが、金木忠相氏は出自のせいで不利な状況だろう」

在日朝鮮人だ。それだけで差別され、場合によっては嫌われる。

「金木さんは生まれも育ちも朝鮮の人で来日は十四歳のときだ。難解な日本語が不得手だ。日本人特有の、暗黙の了解もわからない。空気を読むこともできない」

言語と文化の違いにぶつかるたびに、金木は沈黙せざるを得なかったようだ。プロレスラーみたいなあの巨体も災いしただろう。彼が簡素な日本語で訴えるほど威圧的になり、人々は恐怖を覚えて逃げていく。

「それを脅迫や恫喝と取ってしまう人もいた」

反対派の集会に金木忠相がコンクリートの塊を摑んで押しかけてくるという騒動があった。あれも、彼なりになにか説得したいことがあってのことだったのだろうか。

「日本人は控えめな人間が好きだ。その方がうまく物事が運ぶと気が付いた金木さんは、いつしか黙り込むことを処世術としてしまったんだと思う」

言い訳せず、口をつぐみ、ただ、耐える。いつの間にか新幹線は静岡県に入っていた。富士山が雄大な姿を見せている。奈良の脳裏には無言山が浮かび、目の前の富士山がかすんで見えた。

ＪＲ新大阪の駅に降り立つ。そこから御堂筋線に乗り換え、一時間ほどで関西理科大学のキャンパスに到着した。環境学部内にある水環境研究室を訪ねる。会議室のようなところへ通された。分析装置が動く音や、パソコンのキーボードを叩く音が、扉の向こうから聞こえてくる。

現れた教授は長らく奈良と石神の名刺を無言で見つめたあと、切り出した。

「私が助教だったころのことです。埼玉県の村治さんという方から、水を分析してほしいと当時の教授のところに電話がかかってきましてね。助教だった私のところへ丸投げですわ。教授は忙しいでしょう、研究もあるし講演もあるし内ゲバもある」

「内ゲバ？」

奈良は石神と同時に訊き返した。大学内でのポスト争いのことのようだ。

「学部長選は命がけですから。面倒そうな案件は全て助教が担当するんです」

教授が笑った。冗談だったようだ。

「当時、埼玉の最終処分場建設反対運動にこちらの大学が関わっていた、ということは？」

「ありません。そんな運動があったことも知らなかったですね。当時はあちこちで不法投棄とか産廃に関する住民運動が起こっていましたでしょ。関西圏のことや、ニュースになりやすい東京都内のことならともかく、埼玉はね……」

個人的なツテが反対派のメンバーにあったとか、誰かがこの大学の出身だったということもないようだ。

「村治さんは環境問題の本でうちの大学のことを知ったとか言うてましたけど」

かつてこの大学の水環境学研究室は、香川県の小さな島で起こった産廃問題の汚水の水質調査を行っていた。

「信頼できると思ってわざわざ埼玉から大阪までご足労いただいたようです。ただその手の調査や分析をやっている大学は首都圏に腐るほどあるでしょう」

首都圏でもかつては夢の島のゴミ問題があった。埋立地で六価クロムが出たとか、小さな産廃問題はたくさんある。

「首都圏の各大学が分析に協力したはずやから、実績はあっちの方が多いですよ。わざわざ関西に来るなんて、不思議な人やなぁとは思いましたけどね」

「それでもこの大学に依頼した理由について、話していましたか？」

「地元でやると外野がうるさいと。それしか言わはりませんでしたけど」

外野とは金文商事のことだろうか。金文商事の賄賂で、分析結果すらも改竄（かいざん）されると村治は考えたのか。いまとなっては、別の線も考えうる。

反対運動内部の内輪揉めだ。さっき教授が〝内ゲバ〟という言葉を使ったからか、余計そのイメージが強く浮かんだ。

奈良は水の分析結果のレポートを教授に見せた。教授はページを捲り、懐かしそうな顔をする。

「中間処理場の処理水だと聞いとりましたから、検出されたもんを見て驚愕しましたわ」

「さほどに違うものですか」

「村治さんが持ってきた水はあきらかに天然水なんですわ。微生物も多く含まれていましたよ。化学処理された水に微生物はいませんから」

「具体的にどこの水かということは、結果からわかるものですか」

「それはちょっとねぇ。この手の微生物はどこの河川にもいるものです。ただ、炭酸カルシウムと酸化マグネシウムの含有量が多いですね。これがヒントかなとは思います」

分析結果の数値を指さしながら、教授が説明した。

「これは石灰の成分です。石灰が取れる地域の湧水じゃないかと思います」

奈良はハッと顔を上げた。のまず滝の水か。

石灰の成分が多く含まれているから、滝の水は飲んだらいけないという、黒部春日の住民、久保恵一が奈良に注意した言葉を思い出した。

処理水を偽装していたのは金文商事ではなく、村治の方か。栃木広岡処理場は当時から評判がよかった。パンフレットの数字はめちゃくちゃでも、反対派の住民を招いての説明会では、賛成派に転じる住民が多く出たと聞いた。村治は焦ったのではないか。このままでは住民投票に影響しかねない。栃木で採取した処理水を捨て、秩父の湧水に入れ換えた。金文商事が偽装しているように見せかけた。

教授がそうそう、と手を叩いた。

「その分析をやった一か月後くらいだったかな。えらい剣幕でクレームを入れに来た人がいてはりましてね。プロレスラーみたいに体がでっかい」

金木忠相本人だろう。

「この分析結果のコピーを持っていましたわ。何かの間違いだから、もう一度分析してくれと、試験管の水を何本も持ってきたんです。こちらがデータを交えて丁寧に説明したところ、もういいやという様子で帰られてしまいまして」

研究者のデータを交えた丁寧な説明など、専門用語だらけだろう。日本人でもわかりかねるのに、難解な日本語がわからない金木忠相に理解できたはずがない。

ここでも彼は、無言を選んだのか。

「結局、金木氏が持ってきた試験管の水は分析したんですか」

「ええ、一応は。分析結果を名刺の住所に送ったところ、お礼のお菓子と、分析にかかった費用の払い込み先を教えてくれという丁寧なお手紙が届きました」

「ちなみにその分析結果は？」

前のめりの奈良の腕を、石神が引いた。

「金文商事側は、あの池の水は間違いなく処理水だと主張する分析結果を会社のホームページに載せ、プレスリリースも出した」

新聞もテレビも週刊誌も、どこも報じなかったという。

奈良と石神は大急ぎで大阪から埼玉県に戻った。捜査本部に到着したころにはもう日は落ちていた。報告する。

「十七年前の反対運動のメンバーを聴取し直す必要があります！」

小山は激怒した。信じがたいという様子で、奈良を見据える。

「栃木の処理水が黒部の湧水だったとして、どうして村治が偽装したということになるんだ。金文商事は秩父に本社があるんだぞ。隣町から水を運んで池に入れたかもしれないじゃないか」

「何のためにわざわざ秩父から？　地元の広岡町の水を運んでくればいいじゃないか」

「水を引いているところを見られたら、処理水じゃないことがバレるだろ。だからわざわざ黒部から水を運んだんだ」

小山はまだ頭が『産廃は悪』で凝り固まっている。奈良を裏切り者のような目で見た。

「被害者を疑いたいのなら勝手にしろ。そもそもここは十七年前の殺人を追う捜査本部じゃない」

ついていけねぇ、と小山は椅子をちょこっと蹴って、捜査本部を出ていった。かつてのような威勢がない。本人の考えもぐらついてきているのだろう。

「とにかく、のまず滝の水を分析させよう」

比留間が受話器を上げた。

石神はすでに隣室から、十七年前の事件の資料箱を運び入れていた。当時の反対派メンバーのリストがあったはずだ。事情を知っている者がいるかもしれない。

「明日からローラーをかけたいです。何人か割り振れませんか」

比留間は苦い顔だ。

「ここは不法投棄事件の――」

石神が段ボール箱を置き、手を挙げた。

「うちの課から一個班、出します」

比留間は根負けした。

2

翌朝、奈良はあてがわれたリストをもとに、森川と捜査に出た。捜査車両の助手席で、リストを捲る。

「改めて見ると、反対派は若いのが多かったんだな」

昭和五十年代生まれが目立つ。いまは中年だろうが、当時は二十代だった。

「環境問題は若い人の方が敏感でしょう。先が長いから未来にかかる問題についてより深刻にとらえるんじゃないでしょうか。気力、体力が有り余った血気盛んなころでしょうし」

一人目を訪ねる。黒部町の中心地から近い、住宅街の一角だ。年老いた父親が対応に出る。

「息子はとっくに家を出ていますよ。盆正月にしかこっちに帰ってきません」

「いまはどちらに？」

「東京です。練馬区にマンションを買ってね」

現住所と連絡先を聞き、辞した。二人目はお隣さんだったが、更地になっていた。三人目の自宅は路地を曲がった裏手にある。インターホンを押すと、年老いた女性が対応に出た。

「娘は嫁ぎましたよ。いまは川口市に住んでいます」

四人目の自宅はそこから徒歩三分の一軒家だった。ここは全くの別人が住んでいた。前の住民がどうしているのか知らないという。五人目、対応に出たのはやはり反対派メンバーの年老いた両親だった。

「子供は全員、東京に出ました」

黒部地区はどこもかしこも高齢者だらけだった。中年すらいない。反対派メンバーに一人も会えないまま、午前中の聞き込みを終えた。黒部山の麓にある観音茶屋で飯を食う。奈良は愚痴をこぼした。

「黒部の未来を守るために産廃業者を追い出したんじゃないのかよ。なんで反対派の中心だった若者が殆ど町を捨てていやがるんだ」

「背に腹は代えられませんよ。仕事がなけりゃ都会に出る。黒部から都心への通勤は酷でしょうから、便利なところで家を買い、家庭を作った。黒部にアミューズメントパーク以外の産業がなかったのが原因です」

その黒部に産業を作ろうとしていた金文商事は、悪のレッテルを貼られ、追い出された。

奈良は窓の外の景色を見下ろした。奥秩父連峰に雲がかかり、幻想的だ。曇っているせいか、水墨画のようだった。

十七年前に住民投票で反対派が勝利したとき、この自然が守られてよかったと奈良は思った。だが住民は生きていくために町を捨てざるを得なくなった。残された土地は荒廃した。住民の目という監視機能をなくし、行政の手も行き届かず、不法投棄グループの楽園となった。

午後は川口市や東京都を回り、反対派住民を訪ね歩く。道中、比留間管理官から電話がかかってきた。

「反対派の筆頭だった人物の現住所が判明したぞ」

村治が処理水の偽装をしたら当然揉めるであろう人物は、反対派の人間たちだ。特に横崎翔子町長の怒りはすさまじいはずだ。直前に呼び出したのは、処理水の偽装の件を話すためかもしれない。刑事を前に歯切れの悪い説明を繰り返すしかなかった彼女の言動の説明がつく。

「横崎翔子は現在、ストックホルム在住だ」

スウェーデンか。遠すぎる。

「相変わらず写真を撮りながら、環境保護活動家として世界中を回っているようだ。事情を訊くのは難しい」

もう一人の副リーダーで、事件当夜、監視小屋の当番に入れなかった平沼は、故人だった。

「まだ若かったのに。肺の病気ですか」

「そのようだ。ニューデリーで石炭企業に対する反対運動のデモを手伝っていた際に倒れ、肺炎で亡くなっている。享年四十だそうだ」

奈良は唇を噛みしめる。あのとき、ノリや気分で反対運動の活動をやっていた者もいただろうが、命がけの者もいたのだと痛感する。

「のまず滝の水の成分分析はどうでしたか」

「関西理科大学で分析された水の成分と、ほぼ一致したそうだ」

十七年前の真実に、一歩、近づく。


川口市の新興住宅地に到着した。表札の苗字を確認し、インターホンを押す。奈良と同年代くらいの女性が出てきた。警察手帳を見て驚く。

「一体なんの捜査でしょうか。うちの人がなにか……？」

夫がなにかやらかしたと思ったようだ。

「いえ、奥様ご本人に。旧黒部町のご出身だと思うのですが」

女性の顔つきが途端に張り詰めた。

「十七年前、春日地区の最終処分場問題で反対派として運動をなさっていましたね」

「言いがかりはやめてください」

女性は近所の目を気にしたか、顔をキョロキョロさせる。

「私はなにも知りませんし、あの崩落事件とは一切関係がありません」

扉は閉ざされてしまった。

以降、午後は四人の反対運動メンバーに接触したが、話を最後まで聞いてくれたのは一人だけだった。みな門前払いか、関わりを否定した。「あれは若気の至りだった」と話す者もいた。あの土地を荒廃させた責任を、反対派のメンバーたちも感じているのだろう。最後まで聴取に付き合ってくれた男性は、処理水の偽装について嘆く。

「もしそれが真実だとしたら、僕たちが善と信じてしてきたことがひっくり返っちゃうじゃないですか。そんなことを十七年も経っていまさら言われても……。あの土地が崩落してしまったいま、巻き込まれた人になんとお詫びをしていいのかわかりません」

あの土地を崩落させたのは、本当は誰なのか。

難波の問いが頭に蘇る。もちろん、不法投棄をした連中が悪い。彼らに罪を問うべきだ。だが、そこに至るまでの過程を担っていたのは、少しでも安く効率的に自宅の解体を済ませたいという当たり前の消費者心理と、環境を守りたいという善良な市民の善行だ。

処理水の偽装について新しい情報が得られないまま、日が暮れてしまった。秩父署に戻った。満月のせいか、周囲はいつもより明るい。森川が秩父署の裏にある駐車場へ回ろうとしたが、奈良は玄関口につけるように言った。

「ちょっと寄るところがある。お前は先に休んでいろ」

森川はシートベルトを外しながら、遠慮がちに訊く。

「一人でどこへ行くんですか」

「ちょっとな」

本当は小山も連れていきたいが、やめておく。喧嘩になる。

一路、十七年前の殺人事件現場へ向かう。秩父アミューズメントパークにつながるY字路を右へ進んだ。ヘアピンカーブをいくつか越える。ヘッドライトの先に、なまず橋が見えてきた。

奈良は捜査車両を停めて、外に出た。夜間は特に冷える。コートの襟を立てて首をすくめながら、橋へ近づく。何度もこの場所に来た。そのたびに死者に頭を垂れてきた。いまはただ困惑ばかりだ。

橋の真ん中まで行き、しゃがみこむ。血が広がっていたそこに手を当て、問う。

——村治さん。あんた、なにをやらかしたんだ。

死者の姿を思い出す。頭部が割れ、血が橋げたにまでつたっていた。頭蓋骨が潰れたことで、左眼球が飛び出してしまっていた。殺人の動機が処理水の偽装への怒りだとしたら、ホンボシは横崎翔子が濃厚だが、小柄な彼女では村治にあそこまでの致命傷を与えられない。ここからどう犯人を絞り込めばいいのか。

どこからかウィンドチャイムの音がした気がして、反射的にトンネルの方を見た。

かつて監視小屋があった場所だ。いまは更地で雑草が大人の腰まで生い茂る。かつては監視小屋の扉に取り付けられていたウィンドチャイムは、ハープの音色のようでいて、鈴の音にも似た音を立てていた。いまそれが聞こえたような気がしたが、気のせいか。

車の扉が閉まる音がした。奈良の捜査車両の後ろに、軽トラックが停まっていた。老人が近づいてくる。久保恵一だった。小山と三人で古道を歩いたとき、彼は足を引きずっていた。あれから半年近く、すっかり怪我の後遺症から立ち直ったのか、今日はスムーズに歩いている。

「刑事さんか。なにやってんですか」

奈良は口ごもる。久保はまた滝の水を飲まないように注意しかけた。

「わかっていますよ。のまず滝ですからね」

久保はよく知っているなぁと感心した顔だ。自分が説明したことを忘れている。

「この橋の名前の由来にもなっていますからね」

久保が橋の銘板を指さした。右肩上がりの癖のある文字で『なまず橋』と記されていた。

「橋をかけるときに、銘板を書いた人が聞き間違えちゃって、なまず橋になったの。本当は、のまず橋だったのに」

「この橋は私費で作られたものなのですか？」

行政がそんな間違いはしないだろう。久保が意味ありげに答える。

「金文商事さんがかけたの」

トンネルを掘ったのなら、橋もかけたか。

「この先に最終処分場を作る目的があったからだろうけどねぇ。計画が持ち上がるずっと前に私費をなげうって道を通してくれた。のまず滝ってみんな言っていたつもりだけど、日本語が不得手な金木さんはなまずって思い込んでたみたいだね」

久保は懐かしそうに目を細め、欄干に手をやる。十七年前は赤く暗闇に映えていたが、いまは退色し、一部は剝がれている。

「橋の落成式のときに金木さんがじゃーんと銘板にかけられていた布を取ったんだ。途端に、みんな腹を抱えて大笑い。のまず橋のはずが、なまずになってんだもん」

久保は声をあげて笑った。目に涙が浮かんでいる。

「金木さんも頭をぽりぽりかいてた。あのとき初めて金木さんの笑った顔を見た気がするよ。それまでは、気前よく金は出してくれるけど、無口だからよくわからない人だし、在日朝鮮人というから怖かった。ここの落成式でいっきに親しみがわいたもんだよ」

この手のエピソードが捜査の最中には耳に入ってこなかった。奈良や小山が金文商事を悪と決めつけていたからというわけでもないような気がする。最終処分場賛成派はいたし、彼らの話も聞いたが、彼らの声はとても小さかった。小さく扱われた、と言うべきか。

久保が「じゃ」と軽トラックに戻ろうとした。なにをしに来たのか、慌てて呼び止めた。

「自宅に一時帰宅するためですよ」

「こんな日暮れに？」

十月は昼間でもあきらめて古道を引き返したのだ。

「道路が直ったと役場から連絡が来たんです。今日の午後のことです」

捜査本部にも連絡が入っていたはずだが、奈良はずっと聞き込みに出ていて、知らなかった。

「崩落した春日地区まで車で行けるんですか」

久保は頷いた。

「奈良さんも、よかったら一緒に行きませんか」

崩落した黒部春日地区へ。


トンネルの先へ進むのは崩落事件以降、初めてのことだった。十七年前はバリケードに阻まれていた。最近は、道路の崩落で進めなかった。

いまその道を、奈良は徐行しながら上がっていく。勾配がある上、急カーブも続く。アクセルを踏み込みすぎるとスピードが出てしまうが、徐行しようとすると上がれない。最近は運転を部下に任せっぱなしであまり運転もしない。奈良はハンドルを握る手に汗をかいていた。ヘッドライトの先だけが暗闇にぽっかり浮かぶ。ヘッドライトの明かりが強すぎるせいで周囲の暗闇がコールタールのように濃く見えた。

前を走る久保の軽トラックが、スピードを落とす。停車した。崖の先に黄色い規制線がぼうっと浮かんで見える。奈良も車を停めた。ヘッドライトが消えて闇に包まれた。

車を降りる。久保はガードレールに手をついて、下をのぞきこんでいた。新しいガードレールは真っ白で、暗闇にくっきりと浮かびあがる。

奈良も横に立ち、崖を見下ろした。遮る樹木も葉もなにもない。眼下、五メートルほど先に、黄色の規制線が張られていた。地面にはブルーシートが敷かれている。だんだん目が慣れてきた。ブルドーザーやユンボがぼんやり見えた。その先は真っ暗だ。なにがあるのかわからない。

奈良は空を見上げた。今夜は満月だったのに、月は雲で隠れていた。風が強い。雲の切れ間に月が出たら、崩落箇所が見えるかもしれない。久保が暗闇に目を凝らしながら、言った。

「俺んちはこの先の道路の突き当り。この界隈は、集落を見下ろせる場所だったんだ。段々畑があって、民家が十軒。右手にはお堂と春日神社があってね。お堂じゃ――」

久保が言葉に詰まった。涙を流している。悔しそうだった。

「春日神社のお堂にみんなで集まって盆踊りをやってさ。金文さんがトラックの荷台に酒やら鯛やらマグロやらを積んでやってきてね。助手席にはまだ小さかった大輔君がいたよ」

「集落の子供たちは、よちよち歩きの大輔くんをかわいがっていたようですね」

久保がうんうんと頷く。

「夏は金木さんが持ってきた竹を割って流しそうめんの装置を作ってな。子供たちは大喜び。大人たちは酒盛りして、盆踊りを踊ってさ。冬は金木さんがユンボで積もった雪をどっかり集めて、かまくらを作って、中で餅を焼いた。子供たちは雪合戦ですよ」

目の前の暗闇に、当時の情景が浮かぶようだった。

空を見上げる。隠れていた満月が、雲の切れ間に顔をのぞかせた。奈良と久保の目の前に、クレーターのような巨大な真っ黒い穴が現れる。

テレビの報道や県警のヘリテレ映像、ドローンの映像でも何度も崩落箇所を見てきたが、こんなに間近で見たのは初めてだった。ただの穴ではない。一人の人生を奪った。雅也からは母を、壮真からは祖母を奪った。久保が泣き崩れた。

「俺は――俺たち春日地区の住民は、こんな真っ暗な穴を作るために、故郷を去ったんじゃないよ」

悲痛な叫び声が穴にこだまする。久保は両手で顔を覆ってかみ殺すように叫んだ。

「確かに嫌だったよ、故郷が最終処分場になるなんて、許せなかったよ。金木さんに激怒して塩をまいて追っ払った日だってある。朝鮮人が、と罵ってしまった日もある。それでも金木さんは根気よくこの集落にやってきて、自治会のたびに説得してきた」

集落の子供たちは果たして将来この春日に、黒部町に残るのかと、問うてきたらしい。

「働き口もろくにないこの町での生活が成り立つのか。最初は産廃と聞くだけで嫌だったし、金木さんの顔を見るだけで怒りが燃えあがった。でもさ――」

久保は途方に暮れた顔だ。

「金木さんを嫌いにはなれなかった。その話を持ち出すずっと前から、あの人はこの場所に通い詰めて、金を落としてくれた。地域活性化に情熱を注いでくれた。たとえそれが最終的に処分場を作る目的だとしても、この町を守りたいが故の決断なんだということは、あの人の真剣な熱い目を見りゃわかるからさ……」

　黒部町の未来のために最終処分場という産業は必要だ。黒部町の財政を圧迫するゴミ処理委託問題も解決する。いずれは地熱を利用した温泉施設ができあがり、大量の雇用と発展を黒部町にもたらす。

「俺たち春日地区の住民はさ、連日連夜、お堂に集まって金木さんと膝を突き合わせて議論を重ねた。時に泣きながら、時に怒鳴り合いながらね。当時の町長が来たこともあった。言っとくがあのよそから来た女町長じゃないよ」

　横崎翔子のことを言っているのだろう。

「前の町長は、黒部町出身で町を知り尽くした人だったよ。あの人と、春日自治会のメンバーと、そして金木さんと。みんなでわんわん泣きながら、結論を下したんだ。黒部の未来を守るために、この土地を金文商事に託そうってさあ……」

　久保が震えながら繰り返す。

「俺はこんな穴を作るために決断したんじゃない」

　奈良は背中をさすってやる。

「十七年前、もっともっと、最終処分場賛成派として、声をあげるべきだった」

　久保もまた懺悔する。

「金文商事は優良企業だ。そして金木さんは埼玉県の秩父地域を誰よりも大切に思う立派な人だ。それなのに、産廃屋というだけで悪人扱いされちゃった。こっちがなにか言おうものなら、やれ金文に買収されたのだと反対派や環境保護派の連中は後ろ指を指す。無論、俺たちは補償金をもらっていたわけで、否定はできない。もう、貝になるしかなかったんだ……」

久保がハンカチを引っ張り出して目に当てた。車のキーが地面に落ち、ガシャンと小さな音を立てた。銀色のキーホルダーと共に、地面に転がる。『春日神社』という小さなプラスチックの札が鈴の根元についていた。拾い上げると鈴とは思えない不思議な音がした。

奈良は背筋が粟立った。さっきなまず橋で聞いた音だ。久保の車のキーにつけたキーホルダーの鈴の音だったのか。監視小屋のウィンドチャイムの音とよく似ている。

十七年前、現場に居合わせた大輔は、悲鳴や殴打する音、ウィンドチャイムの音がしたと話していた。この鈴の音だったのではないか。

久保を秩父警察署に連れていった。彼は目を白黒させて戸惑っている。奈良は応接スペースに案内し、車のキーについたお守りを外してもらった。テーブルの上に出させる。領置書類を久保に書いてもらっている間、奈良は鈴を持って捜査本部に戻った。

石神にはすでに話してある。「こっちだ!」と石神が奈良を連れて捜査本部を出る。秩父警察署生活安全課の応接スペースに入った。

金木大輔が神妙な面持ちでソファに座っていた。石神に呼び出してもらった。奈良は深く頭を下げ、向かいに座った。

「今日は十七年前の事件の件です」

「ええ。石神さんから事情を聞いて、自宅から飛んできたところです」

　奈良は、大輔が十七年前の事件当夜のことを思い出しやすいように、時系列の確認から始めることにした。鈴の音が鳴らないように右手でギュッと握りしめた。

「十七年前の十二月三日。秩父夜祭の最終日でした。夕方からでかまいませんので、どこでなにをしていたのか再度、話してもらえますか」

　殺人死体を発見してしまった日のことだ。詳細を覚えているようで、大輔は淡々と語り出した。

「企業ブースで祭りの見物をしていました。当時まだ新米社員でしたが、いずれは会社を継ぐ人間として、午後は挨拶回りをさせられていました。挨拶が終わると、あとは父の使い走りです」

　飲み物を買いに行ったり、屋台に行って焼きそばを買ってきたりしていた。

「花火の時間が近づいてきて、私は思い立って、黒部山に登ることにしました」

「なぜ黒部山に？」

　十七年前はこの点が曖昧だった。いま、大輔ははっきりと理由を口にする。

「花火の写真を撮りたかったのです」

「協賛企業のブースから撮った方が近いでしょう」

「秩父市街地の全景を、構図に入れたかったんです」

　大輔は途端にもじもじした。

「この点を十七年前、はっきり言わなくてすみません」

　大輔は反対派の意識をひっくり返してやりたいとずっと思っていたようだ。

「金文商事のど真ん中にいる自分にはその力があるはずだと過信していました。当時はまだぺーぺーですが、私としては唯一、武器があるつもりだった」

大輔がカメラを構える仕草をした。

「反対運動の後ろ盾は、私の写真を評価してくれた横崎翔子さんです。彼女を絶対に説得してやると思ったんです。最終処分場予定地には、すでにコンクリートの建物ができていました。あの屋上から、秩父市街地がよく見えるんです」

産業によって削られていく山から、発展を遂げたことで毎年打ち上げられる二千発の花火を撮る。その写真で横崎町長の気持ちを動かせないかと思ったようだ。

「そこにあるのは自然破壊だけではないということを伝えたかった。あの人には口で言うより写真で伝えた方がいいと思ってしまって」

浅はかでした、と大輔は目を伏せる。若いながら、会社のためともがいていたようだ。

「なぜ十七年前に話してくれなかったのですか」

「副島さんには話しました。そんなくだらない理由でわざわざ反対派のテリトリーに入るなと叱られました。理解してもらえない、バカにされると思い込んでしまいました。特に本部の刑事さんには言わない方がいいだろうと……」

大輔にそう思い込ませたのは、小山と奈良の態度のせいでもある。お前が第一発見者か、と小山は大輔の襟ぐりをつかみ、引きずり倒していた。大輔が当時の話を続ける。

「当時乗りまわしていた車は車検に出していたので、会社の四トントラックを借りて、黒部山に向かいました」

大輔はバリケードで通れないことは知っていたが、鍵を開ければ徒歩で通過できると思っていたようだ。反対派も、写真を撮るくらいなら通してくれると思っていたのだろう。

「しかし見張りもいなければ、監視小屋も空っぽでした。花火の時間が迫っていたので、勝手に監視小屋の中に入りました」

奈良はすかさず、口を挟んだ。

「その時、なにか音はしましたか」

「音がしたのはそのもう少し後です。殴打する……」

「扉を開けたときは」

「ああ。ウィンドチャイムの音がやかましかったですね」

鍵を探している最中、男性の悲鳴と殴打する音が聞こえてきた。話が事件直後に及んだところで、奈良は手に持っていた鈴をテーブルの下で鳴らした。大輔は腰を浮かせるほど驚いた。周囲を見回している。この鈴は音の反響が一般的な鈴よりも大きい。音がどこで鳴っているかよくわからない。

「この音でしたか？」

「ええ。この音でした。ウィンドチャイムの音だったはずですが」

奈良は手の中の鈴を大輔に見せた。

「この鈴の音だったようです」

大輔は何度も瞬きして、鈴を見つめた。

「一体、誰が持っていたんですか？」

奈良は久保がいる応接スペースに戻った。すぐさま問う。

「久保さん、この鈴の出所を教えてもらえませんか」

久保はなにかを察したように、真っ青になった。

「これは、水琴鈴（すいきんすず）というやつですが……」

「春日神社と札がついていますね」

「かつて春日神社で、正月に集落の住民に無料で配ったものです」

「十七年もの間、車のキーにつけ続けていたのですか？」

久保は首を横に振る。

「以前、刑事さんたちがうちに来たときに、春日集落の思い出の品を見せたでしょう」

大量のアルバムや春日神社の物品が段ボール箱の中に残っていた。奈良は大輔と陽子の写真に釘付けになっていて、鈴には全く注意を払っていなかった。

「あのとき、久しぶりにこの水琴鈴のキーホルダーを見つけました。大切に保管していたから、いまでもきれいな音が鳴る。懐かしさもあって、車のキーに改めてつけたんです」

奈良は質問を戻した。

「春日神社で当時、集落の住民に配っていたものだということですね。販売はしていましたか？」

「いいえ。この水琴鈴は集落の人間しか持っていないはずです」

「つまり、当時の十世帯十四人のみ？」

「ひと世帯ひとつですから、十四人が持っているとは限りません。誰かにあげた人もいるでしょうし」

この鈴が根拠になるか。奈良は立ち上がった。久保が慌てる。

「これは一体どういうことなんです？」

　奈良は答えず、急いで三階の捜査本部に戻る。捜査員が過去の資料をあさり、混沌としている。比留間が立ったまま二つの受話器を交互に取っていた。奈良を見て電話を切る。

「どうだった」

「あの鈴は春日地区の住民のみが持っているものだそうです」

　奈良はすでにホンボシを見極めつつあった。あの春日神社の鈴を持っている人物は、黒部春日から移転していった住民たちだ。殆どが腰の曲がった高齢者だった。久保ですら当時七十歳近かった。村治を撲殺できそうにない。当時五十五歳だったあの男ならどうか。身長は百八十センチ近かった。カウンターの奥でコーヒーを淹れる腕には、くっきりと筋が見えた。

「堀米功、被害者の義理の父親です」

「鈴の音だけでいけるか」

　共に話を聞いていた石神が腕を組み、首を傾げる。

「厳しいでしょう。なにせ十七年前の事件です。裁判所も逮捕状を出すのに慎重になると思いますよ。ましてや音が根拠じゃあ……」

　監視小屋のウィンドチャイムの現物がもうない。十七年前と同じものを手に入れないと、水琴鈴の音とよく似ている根拠を示せない。ウィンドチャイムをどこで購入したのか、現在でも全く同じものを製造しているのか、十七年前の品物と全く同じ音色なのか。そこまで根拠を示さないと厳しい。

　いつの間に捜査本部に戻ってきていたのか、小山が割って入る。

「金木大輔は春日地区によく遊びに行っていたんだろ。春日地区の住民の誰かが大輔にあげたかもしれないじゃないか」

「大輔が持っていたというのか？　鈴の音を聞いたのは大輔なんだぞ」

電話がかかってきた。比留間が受話器を取る。電話の相手に返事もせずに受話器を置いた。

「ホンボシは健在のようだ。十七年前に引っ越した先の住所にいまも住んでいる」

「娘の方は」

奈良は反射的に訊いていた。

「再婚した相手が経営するベーカリーの店舗付き住宅に住んでいる。ホンボシはそのお向かいだ」

奈良は暗澹たる気持ちになった。被害者の妻、陽子は再婚し、一児の母になっている。すぐ近所に実父が住んでいるのなら、交流も盛んだろう。子育てを手伝っているかもしれない。

奈良は十七年前の堀米を思い出す。娘を想う寡黙な父親に見えた。聴取にも冷静に証言してくれた。奈良と小山においしいコーヒーを淹れてくれたこともある。義理の息子の逝去のためと、喪中はがきまで書いていた。

「任意同行をかけませんか」

奈良は思い切って、提案する。

「突発的な犯行であり、計画された殺人とは思えません」

早くに妻を亡くし、ログハウス調の喫茶店を細々と守りながら、男手ひとつで娘を育ててきた男だ。冷徹に計画を立て、娘の夫を殺害したとは思えない。

「任意で連行して事情を訊けば、自白するかもしれませんよ」

小山はデスクを勢いよく叩き、奈良を指さした。

「被害者が抵抗して引っ掻いた相手は誰だ？　金木大輔でしかない。堀米功が自供したとして、大輔がとどめを刺した。きっとそういうことだ！」

小山は憤慨しながら、捜査本部を出ていった。比留間は決断する。

「奈良、行ってこい。俺は地裁に相談をしてみる」

堀米の自宅は荒川にかかる秩父橋のたもとにあった。秩父署からは車で六分の距離にある。あっという間に到着した。

『堀米』と表札が出た一軒家の前に立つ。金文商事の補助金をもとに建てられた家だ。築十八年、手入れの生き届いたきれいな家だった。向かいには『ガーデンベーカリー』と英語で記した看板を出す、小さなパン屋があった。シャッターは閉まっている。自宅兼店舗だろうか、二階の窓にかかるカーテンの隙間から明かりが漏れている。ベランダには洗濯物が干しっぱなしになっていた。子どもはまだ三歳と聞いた。陽子は大変な悲しみを乗り越えて、いまの幸せをつかんだはずだ。奈良はそこに大きな水を差すことになる。

森川がインターホン越しに名乗る。扉が開いた。二十一時半、もう風呂に入って就寝準備をしていたのだろう、堀米功はパジャマの上にガウンをはおっていた。

「夜分遅くに失礼します」

十七年ぶりの再会だった。堀米は覚えていたようだ。表情が張り詰めている。かつて娘を支えていた腕は痩せ細り、ガウンはぶかぶかだった。奈良や小山にコーヒーをふるまった手は血管が浮き出ている。頭は真っ白だ。口元はしわくちゃになっていた。

十七年間、人を殺したことを胸に秘めて生きてきた。変わり果てた姿に、警察が逮捕にやってくることに怯え続けた毎日だったのかと察する。

「埼玉県警の奈良と申します。私がなぜ来たのか、おわかりですね」

堀米の視線が、奈良の背後に飛んだ。娘を想っている。


堀米は十七年前に人を殺した状況をことこまかに覚えていた。忘れられないだろう。毎日その瞬間を思い出しては悔いていたようだ。

発端は事件の一か月前、二〇〇三年の十一月だ。バリケードの建設が進んでいた。かつての故郷があった場所に立ち寄ることすらできなくなるのかと、堀米は夜間に思い立ってなまず橋へ向かったのだという。そこで偶然、村治を目撃した。試験管を手に持っていた。中身を捨て、のまず滝の水を汲んでいた。堀米に目撃されて狼狽していたという。

「怒ったように訊くんですよ。こんなところに何をしに来たのかと。舅に対する態度とは思えない、えらい剣幕でした」

村治の行動を不審に思った二週間後、栃木広岡中間処理場の池の水が処理水ではなく、自然の湧水だということが発表された。マスコミも取り上げた。反対派の住民たちは一斉蜂起だ。金文商事本社を取り囲み、シュプレヒコールを繰り広げた。

「賛成派に流れていた住民たちの気持ちが翻意した瞬間でした。私は村治君がしたことになんとなく気が付きました」

本人に問いただすのは憚られた。村治は娘の夫なのだ。夫婦関係にひびが入り、娘が傷つくようなことがあってはならない。堀米が相談相手に選んだのは、横崎翔子町長だった。

「町長はなにも知らなかったようです。私の話を聞いて、血相を変えて村治君を呼び出しました」

それが、事件のあった十二月三日二十時のことだった。横崎は、警察にはスピーチ原稿の件で呼び出したと嘘をついていた。村治の偽装を知りながら、事実に蓋をしたわけだ。犯人の心当たりもあったはずだが、言わなかった。処理水の偽装がバレると、住民投票に不利になるからだ。あの土地に最終処分場を作らせないために、彼女もまた真実を捨てたのだ。

「町長室で、横崎町長は村治君に問いただしましたが、村治君は主張を曲げません。私の勘違いだと言い張る。分析された水がのまず滝の水だという証拠を出せと強く反論したんです」

あの日、堀米は席を立った。

〝ならばいまからのまず滝の水を採取して、しかる機関に分析を依頼するよ〟

村治は好きにしてくださいと強がっていたという。だがなまず橋に到着してみると、村治が先回りしていた。どうか今回の件を見逃してくれ、と泣きついてきた。

〝このままでは最終処分場が完成してしまう。黒部の自然は失われてしまうんです！〟

そうだとしても優良な一企業を陥れていいわけがない。堀米のまっとうな意見を前に、村治は開き直った。

〝僕がしていることは偽装ではなく正義です。森を倒し、土を掘り返すのを止めるために必要な、ある種の必要悪だ〟

堀米は村治の言葉を一言一句覚えていた。激しい言い争いは全て、堀米の車内で行われたという。真冬で窓はきっちりと閉めていた。大輔が乗りつけてきたダンプがバリケードの前に停車していたが、大輔の姿は見ていないという。すでに鍵を探すために監視小屋の中に入っていたのだろう。村治を殺害するつもりなどなかったから、堀米は第三者の存在に全く注意を払っていなかった。なまず橋から滝の水を採取しようとしたが、村治が力ずくで阻止しようとした。

「私は村治君に後ろからマフラーを引っ張られて、引き倒されました。マフラーが締まって息ができなくなりました。村治君も必死だったのでしょうが、私には、偽装をしてまでも主張を押し通そうとする村治君が、もはや犯罪者に見えました。怖かった。このままでは殺されると思ったんです」

堀米は四つん這いになって逃げまどった。鉄パイプが手に触れた。バリケード設置の予備として監視小屋の脇に積みあがっていたものだ。

「こんな男が娘の夫なのは危ない。私が始末しなくては。そういう思いも強かった」

堀米は無我夢中で、殴打の瞬間のことは記憶から抜け落ちてしまっているという。

「気が付けば、村治君はなまず橋に血まみれで倒れていました」

堀米は恐怖のあまり橋の下に鉄パイプを落としてしまった。逃げようと自分の車に向かったが、気が動転していて、西も東もわからなくなっていた。パニック状態の彼はポケットから車のキーを出しながら——水琴鈴の音を激しく鳴らしながら——やっと車に辿り着き、車で走り去った。

3

堀米の逮捕から三日後、奈良はハンドルを大きく右に切り、高速道路の入口のループを進む。花園インターチェンジから、関越自動車道に入る。下り車線の群馬県方面に向かう。助手席には小山が座る。

「十七年前に関越道で金木大輔とカーチェイスしたな」

煙草に火をつけた。

「俺は一歩遅れて、先にお前が一人で捜査車両を運転していたんだよ」

「覚えてる」

「あのときの気概はどこへ行った。お前もすっかり金木の仲間入りとはな」

栃木県広岡町の金文商事中間処理場へ向かっている。金木大輔から調書を取るためだった。大輔は昨日から栃木に入っていた。この先一週間は広岡町の中間処理施設で業務があるという。奈良に中間処理施設を是非案内したいとかで、栃木まで来てくれないかと頼まれたのだ。

「あんたも堀米が自供したのを見ただろ。金木大輔は犯人ではなかったんだ」

「十七年前はな。だが今回の不法投棄はどうだ。罪に問われたくないから、捜索ボランティアを出したり、行方不明者の孫をてなずけたりしているんだ」

「よくぞそこまで思い込めるものだな」

小山は自信満々に煙草を吸い、煙を吐きながらニヒルに笑う。

奈良は鼻で笑い、煙草をくわえて火をつけた。

「懐かしいな。お前が運転席で、俺が助手席。俺は新人のお前が好きだったよ」

「いまは大嫌いだがな」

ずず、と洟(はな)をすする音がする。

「金文商事も、大嫌いだ！」

「小学生か、あんたは」

ちらりと助手席を見た奈良は仰天した。小山は泣いていた。

「おい、どうしたんだよ」

くそ、と呟いて、小山は目頭を押さえた。泣きながら言う。

「この三日間、一人で聴取に行ってたんだ」

「どこへ」

「金文商事界隈に決まっているだろうが！」

泣いているくせに、巻き舌で凄む。金文商事の汚点を探したい一心で、本社ビル周辺で徹底的に聞き込みしていたそうだ。悪い噂を聞けぬまま、小山が五軒目に扉を叩いたのは、土産物屋だった。十七年前も金文商事の向かいに店を構えていた。かつては何度訪ねても「話すことはない」「知らない」と戸を閉めてしまった店だった。当時は金文商事の建物を見て、怯えていた。

「あの女将、今ごろになってペラペラよくしゃべり出してよ」

〝二十年近くごたごたに巻き込まれて、金文さんは本当に気の毒ですよォ。いい方なのに〟

いきなりこう言ったらしい。話を聞くにつれて、小山は怒りすらわき上がったという。

「あの土産物屋のゴミは商店街の組合がまとめて排出していた。そのゴミの排出先が三十年来、金文商事だというんだから、笑っちまうだろ。俺たちが聴取した十七年前から、やつらは金文商事の味方だったんだよ」

土産物屋の女将は金文商事との関わりを長々と話したという。

〝最初はね、創業者の金木さんはあの見てくれだし、朝鮮の方だし、怖そうだから商店街の人たちもみんな避けていたんだけど〟

評価が一変したのは、商店街のゴミの排出先を決める会議だった。

「何社か手を挙げた中で最高値を示してきたのが金文商事だったんだと。ありえない、高すぎるとみんな文句を垂れる中、金木忠相はコンクリートの塊を持って商店街組合にやってきたらしい」

金木は全く同じことを最終処分場反対運動の集会のときにやらかしている。

「金木は廃棄物であるコンクリート片を片手に、熱心に、これが最終的にゴミとしてどう処分されるのかを商店街の面々に説明したんだと」

それまでは自分が出したゴミがどんなふうに処理されどこに行きつくのか、考えたこともなかったから、人々は金木の話に引き込まれたらしい。

「しかもそのコンクリート片は黒部山の石灰が原料らしい。あの山を削ってできたものの末路がこれなんだと金木は熱心に話したそうだ」

未だに黒部山は、毎日十二時半に爆破で削られ続けている。その恩恵にあやかり発展してきた秩父市民は後ろめたい気持ちで黒部山を見ているのだろう。戦後の秩父の経済を支えてきたのは間違いなく採石灰によるコンクリート産業なのだ。

「金木は戦中に、たったの十四歳で朝鮮半島から大阪に強制連行されてきた。移送船の環境は劣悪。軍人には奴隷扱いされ、ろくに食べ物も寝床もなく、死んで日本海に放り投げられる仲間もいた。関西の港からぎゅうぎゅう詰めの列車で移送されている最中、このままでは死ぬと思った金木は、列車から飛び降りて命からがら逃げだした」

金木忠相はその後、炭鉱を渡り歩いて生きてきた。終戦の直前に辿り着いたのが、秩父の黒部山の採石灰現場だったらしい。

戦後は秩父の地に根を張った。最初の妻と結婚して子供をもうけ、真面目に採掘業を続けていた。

「一九七九年に、黒部山の山頂を爆破する計画が持ち上がった。それは無理だと金木のじいさんは採掘業からは足を洗ったんだ。神様だけは爆破したくない、とね」

当時、黒部山の山頂には神社があった。十四歳で強制連行されてきて四十年、金木忠相は日本に愛着を持ち、日本古来の神道にも敬意を持っていたようだ。自らに繁栄をもたらした黒部山を崇め感謝しながら、黒部山のためになる仕事を始めようと決意した。

「廃棄されたコンクリートを再利用する——それが、金文商事の始まりだったんだ」

小山は悔しそうに大笑いした。涙を流しながら。

「感動的なサクセスストーリーじゃないか。俺は土産物屋の女将から話を聞きながら感涙したぜ」

「どうして十七年前に話してくれなかったんだ。金文商事をかばう証言がひとつでもあれば——」

奈良の記憶では、金文商事をかばっていたのは黒部署の署員たちと難波、石神だけだった。黒部署員は袖の下をもらっているという噂があったし、石神は金文の幹部の娘を嫁にもらっていて、金文商事と近すぎた。金文商事と利害関係のない中立の立場の人々は、なぜ、金文商事を正しく評価する証言を警察にしなかったのか。同じ質問を小山も土産物屋の女将にしていた。

「かばった結果、その地域住民はどうなると思う。あの熾烈を極めた反対運動のさなかだぞ」

小山が女将の言い訳を代弁した。

〝金文さんをかばうようなことを言うと、金文商事から賄賂をもらっていると反対派が警察に通報しちゃうんだもの、そりゃ言えないわよ〟

当時、埼玉県警本部に賄賂の通報が大量にあったことを思い出す。村治の殺害が起こる前から、当時捜査二課にいた石神らが必死に調べていた。だが、結果は出なかった。誰も賄賂などもらっていなかったのだから。

「女将さんは、賄賂をもらっていると疑われた元町長や議員、町役場の職員たちを気の毒がっていた。警察が捜査に来るわ、マスコミにまで追いかけまわされるわ。挙句に、自宅の目の前に監視小屋を建てられて、反対派の監視対象とされる。女将さんとこは土産物屋だから、監視小屋なんか建てられたら商売あがったりだろ」

そもそも向かいの道路の目の前には金文商事を見張る監視小屋があった。女将が聴取のときいつも気にしていたのは、反対派の監視小屋の目だったのだ。決して金文商事の圧力ではなかった。

奈良はハンドルを握りながら、寒気がした。

あのとき、町を席巻していた反対派住民は、自分たちこそ正義と信じて運動していた。悪意を持っていた人間など一人もいない。正義の暴走ほど恐ろしいものはない。自分があのとき振りかざした正義も、そのひとつだ。


車は埼玉県を出て群馬県に入った。あとはひたすら東へ、栃木県と福島県の県境へ向けて走る。広岡町に入ると、十トン規模の大きなダンプが目につくようになった。

左手に『金文商事』の大きな看板が見えてきた。ダンプの搬入口は五車線に分かれていた。『建廃』『チップ』『廃コン』などと書かれた誘導看板が出ている。なにを積んでいるかによってダンプの待機列が違うようだ。

金文商事栃木広岡工場の業態を示す大きな看板が背面に出ていた。産業廃棄物処分業許可証として、大輔の名前や許可番号、認可日などが示されている。許可一覧までずらりと掲示してある。埼玉だけでなく、東京、千葉、神奈川、山梨から認可を受けた許可番号が並んでいた。これは運搬に関するものだけのようだ。

道路の反対側、右手に栃木支社ビルが建っていた。秩父にある本社ビルよりも立派だが、周囲の景観を圧迫するようなものではない。八階建てくらいだろうか。奈良は右にウィンカーを出し、支社ビルの駐車場に車を停めた。

中に入ろうとして、小山に肩をつかまれる。顎で中庭を指していた。池がある。竹製の手すりに囲まれた日本庭園の中にあった。飾りだろうか、池には小さな赤い橋がかかっている。苔（こけ）むした池の中で大きなコイが何匹も泳いでいた。置物のように動かないが、亀もいる。

「採取して分析するか？」

小山が自嘲気味に言った。

「もうその件は終わっただろ」

小山は建物の中へ入っていった。奈良はしばし池のほとりに佇む。この池が、全ての不幸の始まりのような気がしてならない。ここの水が正しく分析されていたら、最終処分場は完成していたかもしれない。黒部春日の土地が見捨てられ、不法投棄場になることはなかった。

亀が池に飛び込んだ。波紋が広がる。一方は飾り石に跳ね返り、一方は橋げたにぶつかって別の形を作る。

「埼玉県警の方ですか」

背後から女性の声がした。栗色の髪をした若い女性だった。派手な印象だが、金文商事のユニフォームを着ている。

「その池の水は、産廃を中間処理施設で処理する際に出る汚水をろ過した処理水なんですよ」

鼻にかかったような甲高い声でしゃべる女性だった。慌てて自己紹介する。

「金文商事、総務課の安藤千穂と言います」

気が付けば、十五人ほどの人が本社ビルの前にいた。安藤千穂が手を上げてみなを集めた。

「それでは早速、金文商事栃木広岡中間処理場の見学会を始めます」

まずはプラントへと安藤千穂は歩き出した。奈良は見学者ご一行を池のほとりで見送った。ビルの中へ入ろうとして、安藤千穂が慌てた様子で戻ってきた。

「奈良さん、小山さん。お二人もです、早く早く！」

奈良は訳がわからないまま、ロビーで煙草を吸っていた小山を呼びにいった。


どうやら奈良と小山は、中間処理施設の見学会の一員に数えられているらしかった。出入りのダンプ業者がタイヤを洗う洗車場に連れていかれた。小山は「大輔はどこだ」と鼻息荒い。

「まあいいじゃないか。小一時間くらいなら」

安藤千穂がみなに説明をしている。

「出入りのダンプはタイヤが汚れていることがあります。近隣住民から道路が汚れるとクレームがあったので、このような洗車場を作りました。節水のため、貯めた雨水を利用しています」

見学会は毎日行われているようだ。同業他社だという男性が興味深くビデオ撮影している。スーツ姿の会社員は産廃の排出先企業を探すために参加していた。地域の新聞社のカメラマンと記者もいる。女性ばかりの五人連れがいた。小山が訊いてみると、彼女たちは広岡町の婦人会の幹部だった。自然豊かな広岡町を次世代に残すことをモットーに活動しているという。

「それではいよいよ、プラント内部をご案内いたします」

見学者用の外階段を上がり、プラント内部に入った。見学通路は重機の動きがよく見えるように三階の高さに設置されていた。サッカー場四個分の広さのプラントには重機が四基、稼働している。ゴミを仕分けレーンに入れたり、シュレッダー断裁の機械に入れたり、大まかな仕分け作業をしている。頭が痛くなるほど大きな金属音が響いていた。

「こちらは遮音ガラス越しに見学をしていただいてますが、それでもすさまじい音がしますよね」

安藤千穂が見学者の心情を察したように言った。

「一般的な産業廃棄物業者は、作業場を屋外に設置していますが、周辺に騒音をまき散らす、ゴミが風で飛んでいってしまう、悪臭を漂わせてしまうという三つの大きな問題がありました。そこで金文商事はこの中間処理場を建設の際、思い切って作業場を屋根で覆ってしまうことにしました」

屋根には太陽光パネルが敷き詰められているらしい。プラントを稼働させる電気代の八割をまかなっているという。

「あとでご覧いただきますが、プラントの周囲には更に、高速道路にも使用される遮音壁を張り巡らせています。騒音レベルを検知しており、遮音壁の外は常に二十デシベル以下を保っています。二十デシベルの音は具体的にどれくらいかご存じですか」

安藤千穂が小山を指名した。小山はちょっとあたふたしている。

「車の走行音、ですかね」

安藤はにっこり笑った。

「二十デシベルは、木の葉が触れあう音、雪の降る音程度と言われています」

　見学者たちは驚きと感心でどよめく。

　見学通路を進む。ベルトコンベアに載せられたゴミを人が手作業で仕分けしていた。近所のパートの主婦だという仕分けの女性は、慣れた様子で木材やビニール、プラスチック、布ゴミなどを取り除いている。その脇ではマニピュレーターが動いていて、ゴミをつかんでバケツの中に仕分けている。ベルトコンベアの先では、強力磁石によってゴミから吸い寄せられたネジや釘などの金属類が別のレーンへと流されている。これは完全にＡＩ化されているのだという。

「布ゴミや木材は燃やして極限まで小さくします。コンクリートや金属類は再利用し、ビニールやプラスチックゴミは固形燃料に生まれ変わります。このリサイクル努力によって、金文商事のリサイクル率は九十八パーセントを超えます」

　写真を撮っていた同業他社がびっくりしたように目を丸くした。

「我が社は七十パーセントですよ。それでも地域一なのに」

　排出先を探している三人組からは、控えめながら苦言が出た。

「確かに金文さんが業界屈指というのはわかりますが、一立米あたりのゴミの引き受け料がちょっとお高いですよねえ」

　彼らが現在利用している産廃業者は九千円で引き受けているらしい。安藤千穂は頷く。

「そうですね、我が社の一立米あたりの引き受け料は一万三千円です。仕分けを徹底しリサイクルすればするほど、値段は高くなります。社の方針としても、値下げ交渉には応じていません」

　堂々と断言した。

「一万三千円にはここで働く人々の労働に対する正当な対価の他、技術革新を担う自社研究員の努力の成果が含まれています。我が社が業界最高値であることは間違いありませんが、むしろそこに価値を置いて正当な対価を払ってくださる企業があるからこそ、我々はここまでリサイクル率を上げることができたのです。不当な最安値競争に身を置いたら分別できず、最終処分場にゴミが溢れます」

安藤は、次の見学場所へ一行を誘導しながら、この中間処理施設の未来設計も語った。

「将来的にはプラントを完全に地下化する予定です。地上には地域の子供たちが楽しめる森を作ろうと、二代目社長の金木大輔はすでに次のステップに進んでいます。社長はリサイクルと環境保護の最先端であるドイツの大学で環境学を学んでいます」

十七年前の逃亡の時間稼ぎと思われたアメリカからドイツへの出国も、れっきとした目的があったようだ。婦人会の女性が目を細めた。

「隣の里山を拡張するんですか。素敵ですねえ」

プラントの南側にある里山には、オーガニックファームや大規模なアスレチック広場があると聞いた。全て無料で地域に開放しているという。

「では一旦プラントの外に出て、遮音壁や風力発電設備を見ていただきますね」

プラントの外に出た。まだまだ重金属がぶつかり合う激しい音が聞こえているが、遮音壁の外の道路まで出てみると別世界だ。張り裂けるような金属音は消えていた。道路を挟んだ向かいには新興住宅が並んでいた。安藤千穂が言う。

「あちらの新興住宅地は畑だったのですが、金文商事が広岡町に処分場を作った十年後に宅地開発されました。住宅地の建設に合わせて遮音壁を設置したので、騒音のクレームが来たことは一度もありません。ここの子供たちは毎日、隣の里山に遊びに来てくれます」

余談ですが、と安藤千穂は微笑んだ。

「うちの社長は子供が大好きで、週末にはよく里山に出かけて子供たちと遊んでいます。廃材を使っておもちゃを作るエコ授業が人気です。手先が器用な先代を呼んで、壊れたおもちゃを直す『おもちゃの病院』も月に一回、開催しています」

金木忠相もたまに栃木にやってきて、地域の子供たちと交流しているようだ。

「先代は体が大きくて頭はつるつる、白い髭を長く伸ばしているので、子供たちからは『魔法使い』『おもちゃ仙人』と呼ばれています」

奈良は小山を見た。疑わしそうな目で、遮音壁を睨みつけている。

「二重構造になっているんだってよ。真ん中は土が入っているようだ」

遮音壁からは草木が生えていた。安藤千穂が気づき、笑顔で話しかけてきた。

「まだまだ苗木ですが、将来的にはこの遮音壁が植物の壁として中間処理場をぐるりと覆う予定です。プラントが排出する二酸化炭素量を半分に抑える役割を担います」

通路を進み、風力発電設備を見た。カチ、バチ、という石ころかなにかがぶつかる音が聞こえてきた。

「こちらは、集塵のために送り出す風を再利用して、プロペラを動かしています」

――しゅうじん。

奈良は足を止めた。どこからか砂や石ころが金属に当たる音が断続的に響いている。しかも不規則だ。ダツの仲介者と最後の通話をしたときに聞こえてきた音とそっくりだ。断続的な金属音は、車が砂利道を走る音だと思っていた。通話が切断される直前に聞こえた「しゅうじん」は集塵のことだったのか。

婦人会の女性たちが珍しそうな顔で、プラスチックで覆われた装置を見ている。音はそこからしていた。プラントのベルトコンベアから磁石で吸い寄せられた金属類のゴミが、滑り台を通して落ちてくる。下には金属の山ができていた。勢いよく流れてきた釘やネジはそのまま落ちて金属の山とぶつかるが、たまにプラスチックの壁にぶつかって乾いた音を立てる。

「風下に小さな風車を置き、風力発電を行っています。こちらの熱量は……」

奈良がバスガイドと勘違いした安藤の説明は、続いている。奈良は小山を連れ、見学会を離脱した。

金文商事栃木支社の総務課に出向き、大至急、社長の金木大輔との面談を求めた。秘書課の人間が慌てた様子で対応する。

「アポは一時間後です。埼玉県警の方は現在、プラントの見学ツアーの真っ最中かと……」

「それどころではないんです。不法投棄の犯人が金文商事の見学会に参加していた可能性があります。すぐに社長と話をさせてください！」

「社長は現在、日本イノベーション協会の会長と懇談中で——」

「頼むからご本人に伝えてください。犯人がわかるかもしれないんだ！」

秘書課の人間は奈良の剣幕に押され、出ていった。五分後、奈良と小山は社長室に通されることになった。奈良は小山を外で待たせることにした。

「おい！　ここで俺を追い出すとはどういうことだ」

「あんたは大輔との再会がまだだろ」

「そうだが――」

「まずは謝罪をしてからだ。俺たちは十七年前、大輔に対し、冤罪をやらかしかけているんだ」

小山は黙り込んだ。

「頭を下げられるか？　丁重に会話ができるか？」

小山はなおも口を固く閉ざす。

「ここで揉めてもらっちゃ困る。一旦待ってろ」

奈良は小山を置いて社長室に入った。大輔はスーツ姿だった。事情を説明すると目を丸くした。

「犯人がうちの見学会に来ていた？」

奈良はスマホを出し、最後に萩野を使ってダツの仲介者と電話した日の発信履歴を探す。

「これだ。一月九日の午後二時二十三分です」

大輔は思案顔になった。

「風力発電設備は、見学会を開始して二十分後くらいに通過します。時間的に、午後の部の見学者ですね」

「見学者の氏名、住所は控えていますか」

大輔は総務課の人間にすぐさま内線を入れ、大至急、一月九日午後の見学者一覧表を持ってくるように指示した。受話器を置きながら奈良に言う。

「身分証の提示は求めていません。申込時に氏名と住所、電話番号を申告してもらうのみです」

偽名でないことを祈るしかないが、奈良は本名だと半ば確信していた。

「電話の中で仲介者は、新しい仕事が見つかりそうだと言っていたんです」

大輔はじっと奈良を見つめている。

「ダツという不法投棄グループのリーダーが地下に潜ってしまい、もう不法投棄はやめるというような口ぶりでした」

「まさか、我が社に転職しようとしていた？」

奈良は大きく頷いた。

「採用担当にも一報を入れられますか。採用希望者一覧とか、顔写真付きの履歴書があれば、なお探しやすいです」

大輔はすぐさま受話器を上げて、人事担当者を呼び出した。十分ほどで、総務課の人間が一月九日午後の見学者リストを持ってきた。全部で十四名いた。殆どが同業他社の社員や、産廃の排出先の業者を探す企業の人だった。肩書のない個人の見学者は五名いた。奈良はその五人にマーカーを引いていく。

人事担当者が、一月以降の就職希望者の履歴書ファイルを持ってきた。

「毎月採用を行っているのですか？」

「正社員は毎年春のみですが、パートやアルバイト従業員は希望があり次第、随時適性試験と面談を実施しています」

奈良は履歴書を一枚一枚、確認していった。マーカーで引いた名前と一致する人物はいないか探していく。一月採用分にはいなかった。大輔や、他の社員たちも総出で履歴書を調べ始めた。

「あった！　この人だ！」

奈良は声を裏返して叫んだ。

「柏木智彦（かしわぎともひこ）、三十二歳！」

確かにこの名前は見学者一覧の中にある。現住所はさいたま市中央区だ。スーツを着用しネクタイを締めているが、眉尻を剃り落としていて目つきが悪い。不採用のハンコが押してあった。奈良はすぐさま捜査本部の比留間に報告を入れる。

奈良と小山は捜査車両に乗り込んだ。奈良は助手席に座り、ダッシュボードから回転灯を出して車の屋根に載せた。サイレンを鳴らしてさいたま市へ急行する。

比留間から電話がかかってきた。

「免許証照会をした。柏木智彦、現住所さいたま市中央区」

「本名だったということは、本気で金文商事に就職するつもりだったんでしょうね」

通話を小山にも聞かせた。バカな野郎だと小山は鼻で笑った。

「不法投棄できなくなったから堅気に戻るなんて虫がよすぎる。罪を償ってからだ！」

東北自動車道を経由し、二時間弱でさいたま市中央区内にある柏木の自宅に到着した。築年数の浅そうな、大規模集合住宅だった。最上階の十五階の角部屋に住んでいる。賃貸物件のようだ。

奈良は捜査車両から降りて、マンションを睨み上げた。

「いいところに住んでいやがるな」

「そりゃあ、不法投棄に一枚嚙んでぼろ儲けしただろうからな」

本人に気づかれないよう、パトカーの集結は避けて周辺を巡回させている。覆面パトカーが来客者用駐車場を占めていた。先に到着していた森川が、厳しい表情でオートロックマンションから出てきた。奈良に報告する。

「部屋は女性の応答がありました。隣人は不在、一階下の住民をあたりましたが、子供の足音がよく聞こえる程度ということで、特にトラブル等はないそうです」

当該の部屋の間取り図を見せてくれた。３ＬＤＫで八十平米、家賃は十九万円だという。石神の姿が見えた。管理人に協力要請をしているところのようだ。奈良を見るなり、裏の立体駐車場へ手招きした。

「車を二台所有している。一台はアルファードだ」

目の前に黒光りする三列シートのミニバンが停車していた。赤ちゃん用のチャイルドシートが取り付けられている。

「柏木は妻と、幼稚園児の娘、双子の息子の五人家族だ」

石神が書類を見せた。柏木の勤務先は、都心にある不動産会社になっていた。日本リビルド株式会社という名前だった。

奈良はスマホで日本リビルドを検索してみる。世界のリゾート地や観光地などの美しい画像が流れるように表示される。かなり手の込んだホームページだ。リゾート地などの大規模施設の不動産仲介業をやっているらしい。老朽化し廃墟となったリゾート地の土地改良や売買を得意としているようだった。小山が代表の番号に電話をかけようとした。奈良はやめさせた。

「柏木が本当に勤めているかどうか、確かめる必要があるだろ」

小山が反論した。

「いるはずがない。本人は金文商事に再就職をしようとしていた。リゾート系の不動産売買業とはあまりにかけ離れている。恐らく、ここに友人か知人がいて、賃貸契約ができるように社員に見せかけてもらっただけだろう」

本人は不法投棄でぼろ儲けしていたのだ。家族にもそれを伝えず、不動産会社社員と偽っている可能性もある。

「妻子の前で逮捕を執行したくないな」

石神が立体駐車場を顎で指した。

「本人所有のベンツがない」

「ベンツを持ってんのか」

「管理人曰く、な。全身ブランドもので固め、常にイヤホンマイクを耳に入れてビジネスの話をしているそうだ。やり手ビジネスマンのように見えたらしい」

不法投棄グループの仲介をやっていたのだ。ひっきりなしに電話はかかっていたのだろう。奈良は比留間に確認の電話を入れた。

「マンションを張り込みます。戻ってきたところで任意同行をかけます」

通常なら犯罪組織の場合は、一斉摘発を目指すためにマルタイを泳がせるが、比留間はその判断はしなかった。仲介者のみの逮捕を目指す。すでに不法投棄グループが解散し、地下に潜ってしまっているからだ。ここから泳がせ捜査を開始しても時間の無駄と思ったのだろう。

比留間の指示のもと、捜査員を配置する。殆どが駐車場の車両内で張り込みだ。オートロックの先にあるロビーはいつもがらんどうらしい。ガラス張りなので張り込みには適していない。何人かは管理人の衣類をまとい、森川と小山は敷地内にある自動販売機に商品を補充する業者を装った。奈良は管理人室の防犯カメラ映像前で、指示を出す。

張り込みはいつものことなのに、今日は一分一秒がやけに長く感じられる。十五時を過ぎると、ランドセルを背負った子供たちが次々とマンションに帰ってきた。エントランス前の広場でボール遊びをしたり、集まってゲームをしたりしている。十八時を過ぎると、仕事を終えて帰宅するサラリーマンやスーツ姿の女性が見えるようになった。車で帰宅する人はあまりいなかった。二十時を過ぎると、人の出入りが極端に減った。

二十一時半。周辺道路を流していた埼玉県警の自動車警ら隊が、柏木が所有するベンツを発見した。五百メートル南のＪＲ与野駅方面からマンションに向かっているという。角を曲がるたびに報告があがり、無線のやり取りが活発になる。奈良の緊張感も増していく。

管理人に変装している捜査員が、敷地の入口の脇にあるゴミ捨て場でゴミの整理をしている。無線を流してきた。

「マルタイのベンツ、通過！」

駐車場に張り込んでいる捜査員からも、マルタイ到着の報告が入る。

「二一三二（フタヒトサンフタ）、下車。黒の上下のスーツ、赤地に青のドット柄ネクタイで、エルメスのビジネスバッグを手にしている。なおマルタイは通話中の模様」

奈良は急いで無線に指示を流した。

「通話中は手を出すな。相手は仲間かもしれない」

一斉逮捕は難しいと比留間は踏んでいるが、なんとか柏木を絞って自供させ、一人でも多くの共犯者の名前を吐かせたい。共犯者たちに、柏木の逮捕を察してほしくはない。エントランス手前の自動販売機にいる小山から無線が入る。

「二一三七（フタヒトサンナナ）、マルタイ通過。エントランスの扉を開けた」

「通話しているか？」

奈良は逮捕執行の準備を進めながら訊く。管理人室の扉のドアノブに手をかけていた。

「わからないッ。イヤホンを耳に入れている」

「口は動いているか？」

「もうここからでは見えない。オートロックを抜けるぞ」

奈良は管理人室の窓口のカーテンを少し開き、管理時間外で閉ざされた窓を数センチ開けた。耳を澄ませる。かつて電話越しに聞いた男の声が、じかに耳に入ってくる。

「オッケーオッケー。五十でお願いしまーす。じゃ」

電話を切ったと見た。男はカードキーを出し、オートロック画面にかざそうとした。奈良は管理人室の扉を開け、エントランスに踏み込む。方々から革靴の音が、マンションエントランスに響き渡る。

「柏木智彦だな」

柏木はびくりと肩を震わせ、奈良を振り返る。

「埼玉県警の奈良だ。どうして警察が来たかわかるな」

柏木の目が周囲をせわしなく見る。続々と駆け込んできた捜査員の数の多さを見て、早々に逃亡をあきらめた様子だった。五十人も配置したのだ。肩をすぼめ、カバンの取っ手をぎゅっと握る。

「いまなら自首扱いにできる。何をやったか、自分で言え」

直接の証拠はない。奈良はあたかもなんでも知っているふうに言った。

「不法投棄です」

柏木の取調べは小山が担当した。柏木は母子家庭で育ち、祖母が母親代わりだった。当初はふてくされていたが、愛子が大切にしていたクッキー缶の中身を見せたら、涙を流して謝罪した。完落ちだ。小山が威圧的な態度を取らなくても、いまは素直に白状する。小山もまた、怒鳴ったり机を叩いたりしないように自省しているように見えた。

三月九日、柏木の逮捕執行から三日経っている。奈良は取調室の隣にあるマジックミラー越しに中を見られる部屋から、柏木の取調べを見つめた。隣には比留間が立っている。

柏木は暴走族上がりの半グレだった。しばらくは闇金の取り立てで食っていたらしい。脅迫と傷害の逮捕歴はある。二度目の傷害事件で実刑を食らって三年間、塀の中にいた。塀の外に出たのは二〇〇八年で、闇金組織はすでに消滅していた。保護司の紹介先の運送業者で真面目に働いていたが、業績不振を理由に首を切られ、また裏の道に入ってしまった。特殊詐欺だ。逮捕されづらい掛け子を希望したが、分厚い詐欺のシナリオを覚えられず、ネットで受け子のリクルートをするようになった。てなずけていた受け子や出し子は三十人くらいいたが、運悪く五人連続で逮捕されてしまい、番頭から仕事を切られてしまった。

小山に促されながら、柏木がとつとつと、不法投棄をするに至る経緯を自供している。

「食うのに困ってたときに誘われたのが、不法投棄でした。大型の免許は取っていたんで」

「不法投棄の仕事を始めたのはいつだ？」

「えーっと、二〇一五年ごろだったか……」

いまから五年前のことか。黒部春日で不法投棄が行われたのは、恐らくは久保が怪我をして入院し、黒部春日に人の目がなくなった一昨年の夏ごろから一年間だけだ。

「君が不法投棄を行っていたのは五年前からということで間違いはないか」

柏木はこめかみをかきながら頷いた。

「運んだものは？」

「主に首都圏の解体現場で出た、家屋の解体ゴミです」

解体業者の名前を柏木は知らなかった。トラックやユンボに会社名は入っていなかったという。

「書類のやり取りもなかったので、アングラなところなんだろうなとは思ってましたけど、みんなゴジラと呼んでいました」

間違いない。奈良が追い続けた不法投棄グループだ。取調室で、小山が問う。

「解体ゴミはどこへ運んだ？」

「秩父市の黒部春日です。がらあきで捨て放題と言われて……」

取調べの助手に入っていた森川が、地図を見せる。

「場所を指してください」

柏木は指が震えていた。

「何回くらい運んだの？」

「一、二回です。まだまだ土地が余ってたんで、これはもっと人が必要だなということになって、リクルートする側に回りました」

「つまり君は当初はムカデだったわけだ」

小山が隠語を知っていることに、柏木は驚いた顔をする。自分が教えてしまったと気が付いていない。

「ゴミの排出を頼んだ解体業者、ゴミをここに捨てるように誘導した人物、金を渡した人物。不法投棄グループの面々と接触しているだろ」

はい、と柏木は素直に頷いた。

「リクルートもしていたなら、一人一人の顔や名前、ニックネームを覚えているな」

「顔は、いまいち……。髪型とか、眼鏡をかけていたとか、そんな程度のことしか覚えていません」

柏木が上目遣いに小山を見た。

「特徴のある者はいなかったか。君のように眉尻を剃り落としているとか。顔に傷があったとか」

全然ない、と首を振る。

「どこにでもいそうな人とか、真面目そうな人ばっかりです。ヤクザとか反社の人間じゃなかったです」

不法投棄グループからの仕事の依頼は全てSNSを通して入ってきたという。

「ツイッターです。DMでやり取りしてました」

アカウントの持ち主と直接やり取りできるものだ。他からは閲覧できない。

「不法投棄の現場がいっぱいになると、アカウントは消滅します」

森山がメモ片手に、アカウント名を尋ねた。

「ヤマナシとかサイタマとか、その時々によって変わります。フォローもフォロワーもゼロで、つぶやきもない。ＤＭで個人的に連絡を取るだけのアカウントだったと思います」

柏木のスマートフォンをすでに押収している。ＳＮＳの運営会社に開示請求を出し、アカウントの解析作業中だ。いずれＤＭを送った相手も判明する。

「現場やＤＭのやり取りの中で、ダツとかゴジラとかいう隠語を使っていたな。カラスはなんだ」

柏木は初めて言いよどんだ。小山を拝む。

「勘弁してください、長らく世話になっている先輩なんす。言えないっす」

奈良は小山のイヤホンにつながるマイクに、伝える。

「恐らく、柏木の勤務先になっていた不動産屋じゃないか？」

日本リビルド株式会社は、リゾート跡地を買い取り、再開発の仲介をする不動産屋だった。

「カラスは監視役だと思っていたが、不法投棄できる土地を探してくる役のことかもしれない」

黒部春日も、かつては城西開発が秩父アミューズメントパークを拡張するために買い取った経緯がある。ある意味、リゾート跡地と言えるかもしれない。小山が柏木に迫る。

「カラスは不法投棄に適した土地を見つけてくる役のことか。日本リビルド株式会社の社員だろう。お前が賃貸物件を借りる際に、正社員である虚偽の書類を出したやつ」

柏木はほっとしたように、頷いた。タレこんだことにならなければ、素直に自供するようだ。

「日本リビルドの、中田(なかた)社長です」

比留間がすぐさま捜査本部に一報を入れ、日本リビルドに捜査員をやるように手配する。

「ダツはどうだ」

小山がいよいよ、不法投棄グループのリーダーに迫る。

「魚の名前がこのニックネームの由来らしいが？」

柏木は困ったように首を傾げた。

「ダツさんのことはよく知らないです。うまいことといろいろ采配して、マージン取っていく頭のいい人って感じで、現場にも殆ど来ません。連絡先も足がつかないようにコロコロ変わるんで。連絡先が変わったら、連絡が来るのを待つのみです」

「最後に連絡を取ったのはいつだ？」

「去年の十月ごろです。つながらなくなったんで、あ、地下に潜ったなと」

「七月は？　不法投棄物が崩落して大規模な土砂災害につながったことがニュースになっただろ」

「はい。電話は来ました。一か月ほど潜ろうか、と」

「人が巻き込まれたことについては？」

柏木はこらえるような表情になった。

「自分は、あんまりニュースをちゃんと見ていなかったんで……」

巻き込まれた人の詳細を知らなかった。知りたくなかったから目を逸らしたのだろう。

「ダツさんは……逃げ遅れた鈍くさいババアがいる、面倒なことになるかも、と」

奈良は拳を握りしめた。ダツの携帯電話番号は頻繁に変わっている。相当に警戒しているだろう。本人名義のものを使っていない可能性が高い。ＳＮＳの運営会社に開示請求を出しても無駄だ。どうやってダツの素性を突き止めるか。小山も焦ったように、柏木に問う。

「いまどこでなにをしているのか、本当に知らないのか」

「知りません。本当です。勘弁してください」

小山が厳しく追及する中、比留間が奈良の肩を叩いた。掛け時計を指さす。

「もう時間だろ」

今日は、萩野俊一の裁判の日だった。奈良は約束通り、情状酌量の証言をしに行かねばならなかった。裁判でたんと萩野を褒めてやるつもりだった。やつが協力してくれなかったら、ダツという存在に辿り着けなかったのだ。

奈良は比留間に訴えた。

「似顔絵捜査官を呼んで、ダツの似顔絵を取らせましょう」

奈良はジャケットをはおり、秩父警察署を出た。


奈良は電車でさいたま地裁へ向かう。西武秩父駅のホームで風に吹かれたとき、その生暖かさに驚く。春になろうとしていた。冬物のコートが重たく感じる。今日も黒部山は無言で秩父市街地を見下ろしている。十二時半になるのと同時に、ダイナマイトの音が聞こえてきた。段々状に掘削された山頂付近から、砂埃が立っていた。

電車を乗り継ぎ、十四時過ぎにはさいたま地方裁判所に到着した。十四時半から、裁判が行われるA棟にある二〇一号法廷の控室で、打ち合わせだ。奈良は地下にある売店でコーヒーを買い、廊下のベンチに座ってひと息つく。

比留間に電話をかけた。応答する声がひっそりとしていた。

「似顔絵捜査官が到着した。早速、描き始めている」

今日中に柏木の証言からダツの似顔絵を完成させるということだった。

「途中経過でいいので、俺も見られますか。今日の法廷でも証言できたら萩野は喜びますよ」

「待ってろ、俺のスマホから撮影して逐一送ってやる」

電話を切った。比留間から画像が届いた。顔の輪郭ができあがったところだった。髪型は中分けで、耳や襟足はきれいに刈り上げられている。『髪の色は黒』と余白にメモ書きがしてあった。えらが少し張っている。二枚目の画像は鼻ができていた。横に広がっている。

十四時半になった。奈良は二〇一号法廷の控室に向かった。萩野本人は出廷時間まで移送されてこないので、控室にいるのは弁護士と検事のみだった。奈良は今回、罪人を逮捕し送検する身でありながら、被告人をかばう弁護側の証人として出る。検事は奈良を不愉快そうに見ている。

だいたいの質問事項をあらかじめ聞かされた。ここで情報を出さない検事や弁護士もいるので、法廷で激しい応酬が繰り広げられることもある。神聖な法廷の場ではあるので、なるべく事前打ち合わせで流れを決める。裁判官とも先に顔を合わせる。

奈良は裁判官や検事に、黒部春日の不法投棄事件の話をした。

「現在、首謀者の似顔絵を作製中です。萩野被告の協力がなければ、ここまで辿り着けませんでした」

裁判官は何度も頷いている。

「本当に痛ましい事件でした。不法投棄は現行犯でもない限り、立件が難しいですからね。警察側が相当な無理をしていないか、心配ではありますが――」

「自白頼みで強引に送検しないでくださいよ、苦労するのは我々検察ですから」

検事がねちねちと言った。打ち合わせを終え、控室を出た。奈良は喫煙所で煙草に火をつけ、スマホを見る。比留間から大量の着信が残っていた。似顔絵の画像も送ってきている。奈良は添付画像を開く。あとは耳を残すところで顔はほぼ完成していた。奈良がよく知る男の顔が描かれていた。衝撃で叫び出したくなる。捜査本部はパニック状態だろう。比留間から電話がかかってきた。

「奈良。逮捕しろ。令状は後でもいい。執行猶予で外に出られたら、逃げられる」

奈良は頭が真っ白になったまま、喫煙所を出た。二〇一号法廷の扉が開いたところだった。

「ただいまより開廷いたします！」

奈良は放心状態のまま、法廷の中に入った。証言者専用の席に案内された。被告席のすぐ目の前だ。萩野が上目遣いに奈良を見ていた。

似顔絵捜査官が描いた似顔絵と同じ、平べったい魚のような顔で、小さく両手を合わせて卑屈に微笑んでいる。怯えたように首をすくめ、法廷を恐々と見回していた。

どこまでも『役者』だ。

裁判長が木槌を構える。

「これより事件番号令和元年（わ）第百五十八号法廷を開廷する」

奈良は腰ベルトにはめられた手錠ホルダーに手をかけた。

開廷を知らせる木槌が振り下ろされる。

奈良は証人席を立ち、被告人席のテーブルを飛び越えた。

エピローグ

五月の大型連休の真っ最中になっても、萩野俊一を不法投棄事件の首謀者として送検できずにいた。現在、五度目の勾留延長手続きを取っている。他にもカラス役の日本リビルド社長の中田、仲介役の柏木の他、ＳＮＳの開示請求で浮上した五名のモグラと八名のムカデを逮捕している。彼らはとっくに送検した。

ＳＮＳで集められたムカデやモグラは、フリーランスのダンプ運転手や、零細企業の社員だった。ＳＮＳでアップされる闇バイトに応募して、不法投棄を行っていた。単発のアルバイトに応募しているような感覚で、お気軽にやっていたようだ。

ゴジラことふじみ土木は、捜査本部にかかってきた一般市民からの通報で逮捕できた。ほとぼりが冷めたと思ったのか、彼らは愛知県で似たような解体業を始めていた。契約書がなく、会社住所がでたらめだったことから、自宅の解体を依頼した男性が不審に思い、埼玉県警に情報提供をしてくれた。このときはみかわ土木と名乗っていた。

総勢二十二名を逮捕しているが、まだまだこの不法投棄に関わっている人物がいると奈良は見ている。たったの一年間で東京ドーム三・二杯分の不法投棄をやらかしたのだ。二十二名で捨てられる量ではない。

連休中日の今日は休みを取り、奈良は栃木県広岡町の金文商事中間処理場を再訪した。三月に来たときは柏木の件があったので、プラントの見学を途中で抜けてしまった。

今日はいちから見学者に交じり、金文商事の最新のリサイクル技術を見学した。今回は壮真を連れている。巨大なユンボが動くさまや、ＡＩロボットの自動選別を見て、感嘆の声をあげていた。

「大ちゃんって、まじでこの会社の社長なのぉ？」

目の前の技術に感動した様子ながら、疑わしそうに壮真は言った。

「そうだよ。金文商事の二代目社長だ」

「なんか信じらんないなー。だってキャッチボールとかへっぴりごしだったんだよ」

「運動はあまり得意じゃないのかもな」

奈良は苦笑いで、「本人の前で言うなよ」と口止めした。安藤千穂が聞いていた。ひっそりと笑っている。

施設の見学を終え、一行は隣接する里山に向かった。通路に敷き詰められた石も廃材のリサイクルで、敷地を囲う木の柵もゴミを再利用したものらしかった。

「この里山には、新たに購入したものは、ひとつもありません」

安藤千穂が誇らしげに、見学者一行に説明している。なだらかな芝生の広場には、玉淀ダムの見晴台にあったようなテーブル、椅子のセットが十組設置されていた。カフェが併設されていて、里山に遊びに来た地域の人がコーヒーを注文していた。

カフェの向こうはアスレチック広場になっていた。ベビーカーを押す母親の姿がたくさん見える。よちよち歩きの子供たちが遊んでいた。大きなけやきの木にはツリーハウスがある。午後、地域の子供たちが行列を作っている。壮真の目がきらりと光った。

「遊んできていいぞ」

壮真は一目散に走っていった。行列の子供たちとあっという間に打ち解けている。見学者の質疑応答が行われていたが、いつの間にか、解散していた。

小山が隣のテーブルで、憮然とパウンドケーキを食べていた。改めて大輔に捜査協力の感謝を伝えに来たが、十七年前の詫びもあるので、小山を連れてきた。小山はよほど気まずいらしい。見学会にも参加せずにここで奈良がやってくるのを待っていた。

「大輔は」

短く尋ねてきた。

「見学会が終わるころにファームに来ると言っていた。もうすぐ来るだろ」

「このパウンドケーキ、うまいぞ。もちもちしている」

「親芋を使っているんだそうだぞ」

「は?」

「たくさんの子芋をつけることで子だくさんのご利益があると言われるだろ、里芋は」

「知らん」

「親芋は形がいびつで繊維質が多いから廃棄される。それをケーキに練り込んでいるらしい」

「お前、金文商事の回し者か」

小山はアスレチック広場を顎で指した。廃材で作られた立派なツリーハウスを見る。

「ありゃトム・ソーヤーの真似事か」

「いちいち難癖をつけるな」

いや、と小山はぽつりと言った。

「うちの子供らが小さいころに、連れてきてやりたかったな、と思ったんだよ」

金木大輔がやってきた。今日はスーツではなく、安藤千穂と同じユニフォームを着ている。

「ちょっと、煙草吸ってくるわ」

小山はまだ逃げ腰だ。

「おい、後にしろ。今日こそちゃんと謝罪しろ」

「すぐ戻る」

小山はオーガニックファームを出ていってしまった。豪放磊落(らいらく)ぶっていて、実は気が小さい。十七年の付き合いだから彼の性格はよくわかっている。

大輔はカフェで二人分のコーヒーを買い、奈良のテーブルにやってきた。

「今日もわざわざ栃木まで、ありがとうございます」

「こちらこそ、このたびは捜索だけでなく捜査協力までしていただき、誠にありがとうございました」

奈良は立ち上がり、腰を折った。

「とんでもないです。まだまだこれからですよ」

大輔は穏やかだが、目元は厳しい。アスレチック広場で遊ぶ壮真を見ていた。

まだ若月愛子が、見つかっていない。萩野俊一も落とせていない。

「新聞記事で読みました。不法投棄は昔から組織ぐるみでありましたが、ネットの募集で集まってきた一時的な組織がやっていたんですね。よく逮捕できましたね」

大輔は、ダツを名乗っていたリーダー、萩野俊一に興味を引かれたらしい。

「報道はされていませんが、一部、ネットで噂されているのは本当なんですか」

萩野俊一が在日朝鮮人四世だということだ。警察は発表していないが、奈良は頷いた。

「何度も養子縁組をしていて、三度目は書類上だけで日本人女性と婚姻しています。その際に日本国籍に帰化していました」

出生名は朴夏俊（パクハジュン）、通名は木下俊一だった。帰化した際の氏名は山本俊一、七度目の養子縁組で萩野姓になった。これまで萩野は受け子や役者等、微罪での逮捕しかされていないので、過去の養子縁組の全てが解明されていたわけではなかった。

逮捕後、奈良が萩野の取調べを担当しているが、萩野は黙秘している。取調室に入っても、ピンと背筋を伸ばし、まっすぐ奈良を見つめるのみだ。絶対にしゃべらない。かつては余計なことまでペラペラしゃべっていたのと同一人物とは思えないほどの豹変ぶりだった。

「やつは受け子や役者として逮捕されたとき、お調子者で浅慮の若者を上手に演じていました」

本当は組織のナンバー2、番頭だった。特殊詐欺グループの底辺で使い捨てにされていたというのは、警察を欺くための大嘘だったのだ。部下にタレこまれて初めて逮捕されたとき、咄嗟（とっさ）に『底辺』を演じたことがきっかけだった。自分は受け子で何も知らないと、頭が悪そうな鈍くさい若者を演じた。いくつかの詐欺を受け子として自供し、警察を信用させた。彼は不起訴で済んで、二晩で釈放された。番頭で逮捕されたら十年は出てこられない。

「それがきっかけで『役者』のふりをするようになったんですね」

奈良は頭をかいた。

「恥ずかしながら、私もコロッと騙されていました」

どうせ逮捕されるなら『微罪』で済ませる。最初から逃げおおせることを目的とせず、プロの捜査員相手にペラペラと嘘をつくことで小さな罪をかぶり、大罪を逃れるのが萩野の作戦だった。警察官相手に大芝居を打った度胸に驚かされる。だが、特殊詐欺組織の番頭をやっていたときは、暴力団幹部や反社会的勢力の幹部と渡り合ってきただろうから、萩野にはなんてことないことなのかもしれない。

逮捕されたときに、これまでの逮捕で絶対に口にしなかったペリーの名前を自供し、連絡先まで暴露したのも、頭の悪い男を演じる以外に大きな利点がある。警察の目が、ペリーに集中するからだ。ペリーの方がより不法投棄グループに近い人物として、厳しい取調べに晒される。

萩野の誤算は、ペリーが不法投棄グループの仲介役である柏木を知っていたことだろう。彼は自分の作った不法投棄グループが、特殊詐欺業界の最後の受け皿として浸透し広がっていたことを、把握しきれていなかった。

萩野は奈良にどやされながら、手下である柏木に、自分の組織への仲介を頼んでいたことになる。声音をあそこまで変えたのはそのせいだ。萩野もあのとき、必死だったはずだ。

「萩野は検察の取調べでも黙秘しています。裁判でも名前すら名乗らない可能性がありますが、突破口はあると思っています」

奈良の言葉に、大輔が身を乗り出した。

「萩野は子供時代に壮絶ないじめに遭っています。その話だけは私にしてくれるんです」

奈良は萩野に吐かせるため、彼の生い立ちを調べ、卒業した学校も全て回った。いじめに遭遇していたことは小学校で突き止めた。その話を振ると、萩野は唐突に自分の顔を指さしたのだ。

〝俺は不細工ですよね〟

奈良が否定すると、舌打ちして笑った。目が離れすぎてて気持ち悪い、お前は朝鮮半島から来たヒラメだと、いじめられてきたらしい。移動教室で静岡県の海に行ったときは岸壁から突き落とされ、泳いで朝鮮半島に帰れと罵られた。図工の授業のときは、お前は魚だから開きにしてやると彫刻刀で顔を傷つけられた。

「萩野は、彼が作り上げた不法投棄組織の中で、自分のニックネームをダツとしていた。ダツの方がヒラメよりかっこいいからだと言うんです」

ヒラメは平べったいが、ダツは鼻先が鋭くとがっている。アイスピックみたいに、人の皮膚を突き破り、釣り人を死に至らしめることもあるのだ。

「これまでの人生でどれだけの無念があったのか、きっと萩野は私に知ってほしいんだと思います。私は彼を見て、いつもここまで出かかる」

奈良は喉元を指さした。

「あなたの話が」

大輔も同じく、在日朝鮮人だ。子供時代にいじめに遭って不登校になっている。父親の職業差別も重なって、大人になってからも後ろ指を指される日々を過ごした。奈良もまた、彼を糾弾した一人だ。

「あなたはなぜ、我慢できたのですか」

奈良は大輔に尋ねた。

「道を誤らず、腐らず、金文商事をここまで大きくできた。なぜでしょうか」

「理解者がいたからです」

大輔は即答した。

「子供のときは父が絶対的な理解者でした。事件のときは、会社の人間はもちろんのこと、難波さんや、黒部署の副島さんも私を信じ、守ってくれました」

十七年前に敵、悪と思っていた人々の顔が次々と浮かんでくる。

「本部の刑事が強引に逮捕状を取ろうとしている、逃げた方がいいと教えてくれたのは、副島さんでした。それでも空港まで追いかけてきて私に手錠をかけようとした奈良さんを――」

「殴ってくれてよかったのに」

奈良はつい急いて、言った。

「殴ったら、私を守り続けてきた父や、難波さんや副島さんに迷惑をかけます」

改めて奈良は頭を下げた。

「十七年前のこと、本当に申し訳ありませんでした」

「奈良さん、もう謝らないでください」

「しかし――」

「あなたはもう、私の理解者になってくれました。それで充分です」

奈良は涙が込み上げてきた。

「そして次は、萩野の理解者になってやってください。そのとき初めて、不法投棄事件の全貌がわかるんじゃないかと思います」

涙を押し戻そうと、奈良は晴れ渡る空を見上げる。新たなる決意を胸に、大きく頷いた。

「大ちゃーん！」

壮真がアスレチック広場から、全速力で戻ってきた。大輔がやってきたと気づいたのだろう。誰から借りたのか、野球のボールとグローブを三つ、持っている。

芝生の広場はなだらかな丘陵になっていた。壮真を一番高い地点に立たせて、十メートル下に奈良と大輔が立つ。奈良と大輔の間は五メートルちょっとくらいしか離れていない。二等辺三角形の形を三人で作り、キャッチボールを始めた。

「そういえば、雅也さんはどの部門で働いているんですか」

奈良は大輔にボールを投げながら訊いた。悪いボールではなかったが、大輔はどたどたと足を踏み鳴らし、かろうじてキャッチした。本当に苦手なのだろう。

「雅也さんは固形燃料の出荷部門のトラック運転手をしています。もともと配送業をやっていた方ですから、即戦力ですよ」

いくぞ、と大輔は壮真に言って、大袈裟なフォームでボールを投げた。届かず、壮真の足元をゴロゴロ転がる。

「大ちゃん、めっちゃ下手になってる」

「ほっといてくれ。忙しかったんだ」

大輔がぼそっと言った。奈良は笑ってしまう。

「おっちゃんは犯人逮捕したんでしょ」

壮真からストレートのボールが飛んできた。ぴしゃりとグローブを打つ。

「お前、いいボール投げるようになったな。やっぱり将来はプロ野球選手か？」

奈良はボールを手で弄(もてあそ)びながら、尋ねた。

「プロなんて無理無理。あんなに練習したくないし。面倒くさいし」

「子供がなに夢のないことを言ってんだ」

奈良は大輔にボールを投げた。大輔はボールを取りこぼしたが、壮真に投げる。

「じゃあ壮真の将来の夢はなんだ」

「んー。迷ってるんだよね」

壮真は大輔のゆるいボールを素早くキャッチした。ボールをグローブに何度も投げつけながら、照れくさそうに言う。

「ばあちゃんのことがあったとき、警察官になりたいなってちょっと思った」

奈良にまっすぐのボールが飛んできた。

「おっ。なっちゃうか、警察官」

奈良は嬉しくて、壮真にボールを返した。壮真は大輔を見据え、彼にボールを投げた。

「でも金文商事もいいなって」

大輔は「おーっ」と嬉しそうな声をあげた。キャッチの体勢を取るのが遅れ、転がっていくボールを慌てて追いかけていく。

「金文商事にさ、新しい部門を立ち上げるんだ。野球の古くなったグローブを新しいものに変える技術を開発するの。グローブって一年でボロボロになっちゃうから、もったいないじゃん」

「それはいい夢だな。実現しろよ」

奈良は言った。ボールを拾い戻ってきた大輔が、壮真に投げ返す。

「警察もいいと思うよ、壮真」

奈良は驚いて、大輔を見つめた。

「奈良さんみたいな警察官とか。大変そうだけど、すごいなと心から思うよ」

スマホがポケットの中でバイブしていた。緊急呼び出しかもしれなかったが、刑事としていま、なによりも大切な時間を過ごしている。あと少しだけ、この瞬間を嚙みしめたい。

煙草を吸いに行っていた小山が、走って戻ってきた。血相を変えて奈良に叫ぶ。

「奈良！　バカヤロウ、電話に出ろ！」

小山はスマホを耳に当てたままだ。通話相手に何か確認している。奈良は一旦グローブを外し、スマホを見た。森川から三度も着信が入っていた。奈良が出ないので、小山にかけているのだ。

「一体どうした！」

奈良は小山に叫んだ。小山は電話の相手に「いますぐ連れていく、秩父署でいいのか？」と確認し、電話を切った。壮真を見つめて叫んだ。

「ばあちゃん、見つかったぞ！」

壮真は三秒くらい固まっていた。次の瞬間にはグローブを投げ捨て、衝動的に走り出す。小山が抱き留めた。

「落ち着け、おっちゃんらが連れていくからな。ばあちゃんは秩父署に運ばれるそうだ。お父さんも秩父署に向かっている」

奈良も急いでジャケットをはおった。

「よかったです」

大輔は静かにひとこと言い、壮真が投げ捨てたグローブを拾う。壮真の肩を強く叩き、見送ろうとしている。小山が壮真を奈良に託し、大輔に声をかけた。

「あんたもだ」

「えっ……」

大輔は不思議そうに小山を見た。家族の対面だから、自分は部外者だと思っているようだ。

「あんたが玉淀ダムの泥浚いで見つけた中のひとつが、遺骨だったんだよ。若月愛子さんのＤＮＡと一致したんだよ！」

大輔は茫然と立ち尽くしている。

「あんたが……」

言いかけた小山は、口調を正す。

「社長。あなたが第一発見者です」

小山は背筋をピンと伸ばし、礼儀正しく言った。

「発見時の様子などお話を伺う必要があります。どうかご同行とご協力のほど、お願いします」

小山は腰を折り、大輔に深く頭を下げた。いつまでも腰を折ったままで、頭を上げない。大輔は涙を流した。絞り出すように答える。

「わかりました。一緒に行きます」

四人で捜査車両に乗り込み、一路、若月愛子が運ばれる秩父警察署に向かった。車内で男たち三人は大泣きだった。

壮真から泣くチャンスを奪ってしまったかもしれない。
埼玉県に入り、長いトンネルを抜けた。黒部山が見える。

参考文献

朝日新聞名古屋社会部『町長襲撃　産廃とテロに揺れた町』（風媒社）
石坂典子『五感経営』（日経ＢＰ社）
石坂典子『絶体絶命でも世界一愛される会社に変える！　２代目女性社長の号泣戦記』（ダイヤモンド社）
石渡正佳『産廃コネクション』（ＷＡＶＥ出版）
大川真郎『豊島産業廃棄物不法投棄事件』（日本評論社）
尾上雅典『産廃処理の基本と仕組みがよ～くわかる本　第３版』（秀和システム）
下野新聞「鹿沼事件」取材班『狙われた自治体』（岩波書店）
杉本裕明『テロと産廃』（花伝社）
杉本裕明『産廃編年史50年　廃棄物処理から資源循環へ』（環境新聞社）
柳川喜郎『襲われて　産廃の闇、自治の光』（岩波書店）

本書は書き下ろしです。

この作品はフィクションであり、登場する人物、団体は架空のものです。

装幀　片岡忠彦

〈著者紹介〉
吉川 英梨　一九七七年、埼玉県生まれ。「私の結婚に関する予言38」で第三回「日本ラブストーリー大賞」のエンタテインメント特別賞を受賞し、二〇〇八年デビュー。他に「女性秘匿捜査官・原麻希」「新東京水上警察」「警視庁53教場」「十三階」「海蝶」「感染捜査」といったシリーズ作品や、『ハイエナ 警視庁捜査二課 本城仁一』『雨に消えた向日葵』など著書多数。『雨に消えた向日葵』は本書の主人公・奈良健市が失踪した少女を捜索する警察ミステリーで、連続ドラマ化された。

虚心
2023年3月30日　第1刷発行

著　者　吉川英梨
発行人　見城 徹
編集人　森下康樹
編集者　長濱 良

発行所　株式会社 幻冬舎
〒151-0051 東京都渋谷区千駄ヶ谷4-9-7
電話：03(5411)6211(編集)
03(5411)6222(営業)
公式HP：https://www.gentosha.co.jp/

印刷・製本所　中央精版印刷株式会社

検印廃止

Printed in Japan
ISBN978-4-344-04089-2 C0093

この本に関するご意見・ご感想は、
下記アンケートフォームからお寄せください。
https://www.gentosha.co.jp/e/